SHARON BOLTON

E.L.A.S — ESPECIALISTAS LITERÁRIAS NA ANATOMIA DO SUSPENSE

ESPECIALISTAS LITERÁRIAS NA ANATOMIA DO SUSPENSE

CRIME SCENE® FICTION

THE PACT
Copyright © Sharon Bolton 2021
Todos os direitos reservados.

Tradução para a língua portuguesa
© Daniel Bonesso, 2025

Diretor Editorial
Christiano Menezes

Diretor de Novos Negócios
Chico de Assis

Diretor de Planejamento
Marcel Souto Maior

Diretor Comercial
Gilberto Capelo

Diretora de Estratégia Editorial
Raquel Moritz

Gerente de Marca
Arthur Moraes

Gerente Editorial
Bruno Dorigatti

Editor
Paulo Raviere

Editor Assistente
Lucio Medeiros

Capa e Projeto Gráfico
Retina 78 e Arthur Moraes

Coordenador de Diagramação
Sergio Chaves

Preparação
Vinicius Tomazinho

Revisão
Bárbara Parente
Rodrigo Lobo Damasceno
Retina Conteúdo

Finalização
Roberto Geronimo

Marketing Estratégico
Ag. Mandíbula

Impressão e Acabamento
Ipsis Gráfica

DADOS INTERNACIONAIS DE CATALOGAÇÃO NA PUBLICAÇÃO (CIP)
Jéssica de Oliveira Molinari - CRB-8/9852

Bolton, Sharon
    Um pacto de silêncio / Sharon Bolton ; tradução de Daniel Bonesso. — Rio de Janeiro : DarkSide Books, 2025.
384 p.

    ISBN: 978-65-5598-508-5
    Título original: The Pact

    1. Ficção inglesa 2. Suspense I. Título II. Bonesso, Daniel

25-1034   CDD 823

Índice para catálogo sistemático:
1. Ficção inglesa

[2025]
Todos os direitos desta edição reservados à
DarkSide® *Entretenimento* LTDA.
Rua General Roca, 935/504 — Tijuca
20521-071 — Rio de Janeiro — RJ — Brasil
www.darksidebooks.com

SHARON BOLTON

TRADUÇÃO DANIEL BONESSO

E.L.A.S

DARKSIDE

Para a turma de 2020 de Magdalen College School,
em Oxford. Tem sido um ano assustador,
mas vocês são estrelas e brilharão cada vez mais.

PARTE UM

1

Quando a memória daquele verão os visitava, lembravam-se do gosto amargo do rio na boca e dos respingos da espuma da cerveja contra a pele bronzeada; eram dias que começavam após o meio-dia e terminavam com o raiar do sol no leste.

Lembravam-se das longas tardes deitados debaixo das castanheiras em University Parks e do tom particular de rosa dourado projetado nas construções medievais ao pôr do sol. Lembravam-se de quando tinham descoberto a *steampunk* em Magdalen Bridge e de vestirem-se como vampiros glamurosos naquele mês, desfilando pelos paralelepípedos ao anoitecer, para a diversão — e sustos ocasionais — dos estudantes estrangeiros.

Eles se lembravam das nuvens de poeira nos festivais de música deixando a caca do nariz preta e dos sussurros implacáveis dos traficantes: "Tá a fim de um pó? Precisa de algum bagulho?". A resposta era sempre afirmativa, e eles nem precisavam perguntar o preço.

Aquele verão não era um tempo de esperança ou promessa, mas de certeza: eles eram os escolhidos, a quem o mundo pertencia, e suas vidas, apenas no começo, seriam longas e brilhantes.

Não podiam estar mais enganados.

• • • •

Naquele verão, todos os dias sempre acabavam a poucos quilômetros de Oxford, com todos na monstruosidade da casa elizabetana da família de Talitha. O pai da Tali raramente estava por perto, e a mãe nunca os incomodava, para falar a verdade, eles mal tinham a certeza se ela estava lá na maior parte do tempo. A geladeira estava sempre cheia graças à governanta (que não morava lá). Ninguém precisava de comanda no bar dentro da casa da piscina, e a Domino's Pizza, perto de Thame, entregava até meia-noite.

Ficavam quase sempre ao ar livre, cochilando alcoolizados na casa da piscina ou no gazebo circular com teto de folhas em frente ao lago. Acordavam quando o sol chegava e partiam para casa apenas para seus pais terem a certeza de que ainda estavam vivos. Dormiam durante o dia em suas próprias camas e, por volta das quatro da tarde, estavam prontos para recomeçar. E assim foi o verão inteiro, desde a última prova — a de Latim, que Daniel fez no dia 4 de junho. (Deu tudo certo, ele achava, mas nunca dá pra ter certeza, não é?)

Na noite anterior aos resultados das provas, juntaram-se novamente na casa de Talitha após uma tarde no centro da cidade. Xav sentou-se à beira da piscina com os pés dentro da água, enquanto Amber se ajeitava ao seu lado.

"Eu tô enjoada", resmungou ela, deixando a cabeça cair apoiada no ombro dele.

"Não vai vomitar na piscina. Da última vez, minha mãe teve que mandar alguém limpar os filtros. Vou pagar caro se acontecer de novo", avisou Talitha.

Driblando enormes vasos de terracota e estátuas de criaturas míticas, Felix caminhava pelo terraço em direção aos amigos, os dedos da mão direita estavam esparramados por debaixo de uma bandeja com drinques. Seu cabelo, que cresceu desde que terminara as provas, brilhava prateado como o luar que pairava sobre o ombro direito. Seu andar, firme e cativante, o distinguia como um atleta, e, numa inspeção mais minuciosa, era possível confundi-lo com um remador pelos braços bombados, as enormes coxas e o abdômen levemente contraído. As luzes de segurança da área externa ativaram quando ele passou, dando a ilusão de que Felix projetava a própria luz.

"Não é isso, não estou bêbada", Amber esclareceu com um suspiro, ao mesmo tempo que Felix se aproximava. "Quero dizer que tô enjoada por causa de amanhã."

"Na verdade, hoje", Daniel a corrigiu de sua espreguiçadeira.

O menor dos rapazes e o menos atlético, ele nunca tivera o mesmo sucesso com as garotas que seus dois amigos, e, ainda assim, seu rosto era perfeito. Secretamente, os outros se perguntavam se Dan era gay. É óbvio que não haveria problema nenhum caso fosse, desde que não tivesse um *crush* em Xav ou Felix, porque aí, você sabe, seria bem esquisito.

"A escola abre em seis horas", ele olhou para seu relógio, "dezessete minutos e cinco segundos. Quatro. Três."

"Cala a boca", retrucou Amber.

"Alguém aceita um *Manhattan*?" Felix ofereceu a bandeja para Dan. "Duas doses de Bourbon, uma de vermute adocicado e uma pitada de licor de laranja para dar aquela incrementada."

Felix fora o primeiro a completar 18 anos; os outros, cientes do seu amor por química, compraram de presente um conjunto de coquetel. Logo, preparar drinques se tornou sua nova paixão, a qual encarava com seriedade e amor.

Talitha fez que não quando chegou sua vez; de todo o grupo, era a que menos bebia. Numa conversa específica, quando ela não estava por perto, os outros se perguntaram se seria por causa de algum senso de responsabilidade — afinal, estavam quase sempre na casa dela. "Mé...", Felix falara com desdém. "Ela tá pouco se fodendo se tiver algum prejuízo por aqui — ela gosta é de se sentir no controle da situação."

As luzes do terraço se apagaram, deixando o jardim na completa escuridão, exceto pelo brilho azul-turquesa da piscina. Cinco pares de olhos detiveram-se na esbelta figura, pálida como o luar, a deslizar contra os ladrilhos no fundo das águas. O maiô de Megan era de um rosa delicado e dava a impressão de que a garota nadava nua.

"Sou só eu, ou ela anda meio esquisita ultimamente?" Felix agachou-se na beira da piscina para observar a sexta e mais peculiar integrante do grupo. Havia algo de sublime na forma como a garota se movia na água sem mover os braços ou pernas.

"É só a Megan, ela sempre foi esquisita", respondeu Amber.

"É, só que mais do que o normal."

"Ela tá mais calada", observou Daniel.

"Ela *sempre* foi calada", insistiu Amber.

Megan flutuou para a superfície. O aclive das nádegas e omoplatas apareceu uma fração de segundo antes de ela ficar em pé. Água correu pela pele que se tornara turquesa na luz da piscina. Ela quase parecia uma sereia, se sereias tivessem cabelo curto e loiro prateado. Talvez aquelas sereias fatais, que atraem e matam marinheiros desavisados. Calada e nunca transparecendo seus pensamentos, Megan estava longe de ser uma sereia do tipo bondosa ou que ajudaria humanos.

"Seis horas e quinze minutos", Daniel a avisou.

"Olha o barulho", reclamou Talitha. "Se acordarmos minha mãe, ela vai mandar todo mundo ir dormir."

"É, Dan, cala a boca." Amber correu para os degraus da piscina. "Eu sei que me ferrei em teologia." Ela segurou uma toalha aberta para Megan se cobrir. Talvez tenha feito isso por gentileza e não apenas para esconder o corpo de sua amiga da visão de Xav.

"Ninguém consegue se ferrar em teologia", argumentou Felix.

"Ela quer dizer que tirou um B", ponderou Xav.

"Realmente, pra uma prova de teologia, qualquer coisa menos que um A é se ferrar com Deus."

Amber mostrou o dedo do meio para Felix.

"A gente devia ir dormir." Megan andou em direção à espreguiçadeira onde deixara suas roupas e começou a colocá-las. "Logo, logo chega o horário dos resultados."

"Essa é a última coisa que a gente devia fazer." Escorregando novamente para o lado de Xav, Amber aninhou o rosto no pescoço dele. "Eu quero enrolar o máximo que der."

"Vocês dois podiam transar. Vai dar uns dois ou três minutos a menos de espera", disse Felix.

Daniel riu. É possível que Megan também tenha dado uma risadinha, porém escondeu muito bem.

"Se um de nós não conseguir boas notas, talvez não dê para ir pra casa da Tali no sábado", falou Daniel.

"Como assim?", questionou Xav, olhando por cima do ombro de Amber.

"Se não conseguirmos notas boas, precisaremos passar pelo processo de verificação para uma nova universidade. Não dá pra fazer isso na Sicília."

"Pode não parecer, mas tem telefone na Sicília também", declarou Talitha, afrontada.

"Só estou falando, acho que vamos precisar estar aqui para, você sabe, bolar um plano B."

Felix, que já matara toda a sua bebida, se levantou. "Não somos o tipo de pessoa que bola um plano B", anunciou ele. "Vamos todos tirar notas boas. E eu sei como podemos matar o tempo. Dan, você tá muito bêbado?"

Dan balançou a mão direita num sinal de *mais ou menos*.

"Consegue dirigir?", perguntou Felix.

"Não mesmo", respondeu Megan de sua espreguiçadeira.

"Ele é o único de nós que ainda não fez", disse Felix. "Vai, Dan, você não quer ser o único frouxo do grupo."

Megan não se deu por vencida. "A gente disse que ia parar."

"É sua última oportunidade." Felix pescou a cereja em seu copo vazio e a engoliu. "Amanhã e na sexta, vamos passar festejando com a família. E, no sábado, viajamos de manhã cedinho."

"Eu faço quando a gente voltar." Dan se deitou na espreguiçadeira, porém os olhos permaneceram abertos em alerta.

Felix balançou a cabeça. "Não vai dar tempo. Eu estou indo pros Estados Unidos, e a Tali vai ficar na Ilha da Máfia até o final de setembro."

"Se você disser 'Ilha da Máfia' na frente do meu vô, vai amanhecer boiando de barriga pra baixo na piscina", disparou Tali.

"O que provaria que estou certo", rebateu Felix enquanto caminhava na direção de Talitha.

Tali era alta, porém todos se tornavam um anão perto de Felix. Ela deu um passo para trás a fim de manter o contato visual. "E, no seu funeral, a gente coloca no epitáfio que você era um espertalhão de merda."

"Qual é!" Felix a segurou pelas mãos e simulou que a levava em direção à entrada da garagem. "É a nossa última chance de nos divertirmos de verdade."

"Não é uma boa ideia", comentou Megan. "Nas outras vezes, estávamos sóbrios."

"Falei pra vocês que ela anda meio esquisita", resmungou Felix, após um olhar de rancor para Megan.

"Eu não estava sóbria", afirmou Amber.

"Você nunca está sóbria", retrucou Felix. "Bora, galera, vai levar no máximo uma hora, e o Dan vai se tornar oficialmente um homem."

"Já falei que ainda nem peguei minha carta", contestou Daniel.

"Ah, como se isso fizesse toda a diferença. 'Tudo bem, seu guarda, sei que quebrei todas as regras do código de trânsito, sem mencionar diversas leis, mas olha, aqui está minha carteira de motorista. Podemos ir agora?'"

"Preciso dar uma distraída na mente. Você fica, Megan. Eu vou com você, Dan", disse Amber, ao mesmo tempo que se levantava.

"Ou vai todo mundo, ou não vai ninguém", retrucou Felix.

Xav se levantou. "Tô dentro."

Talitha, Megan e Dan pareciam trocar olhares preocupados; Talitha deu de ombros, fingindo desinteresse. Daniel se levantou com uma expressão consternada, e Megan o seguiu. Quando Felix e Xav concordavam em fazer algo, esse algo acontecia. Era assim que as coisas funcionavam e ponto-final.

Como você pode ver, eles guardavam um segredo naquele verão. Durante os anos seguintes, nas raras ocasiões em que conversavam a respeito, nunca entraram em consenso sobre como exatamente aquilo começou ou de quem foi a ideia. É possível que no começo ninguém tivesse a real intenção de pôr em prática; talvez fosse apenas uma coisa engraçada de se imaginar. O desafio mais descolado possível; simples e ainda assim tão louco, emocionante e perigoso. Ninguém sabia dizer quando as palavras se transformaram em ações, quando perceberam que ia mesmo acontecer. Tudo que sabiam era que, em determinado momento, estavam todos sentados em volta da piscina da casa de Talitha e, no momento seguinte, estavam acelerando, a 120 quilômetros por hora na contramão da rodovia M40.

2

A primeira vez ocorreu às três da madrugada. Felix estava ao volante — é claro que tinha que ser ele —, e ninguém viu outro carro passando. Demorou pouco mais de dois minutos, porque Felix dirigia como um maníaco pela pista central. Depois do primeiro minuto, quando nenhum deles disse nada, e todos encaravam a escuridão com olhos e bocas bem abertos, a A40 se transformou na M40. Aceleraram por mais um quilômetro e meio antes de Felix pisar com tudo no freio, fazendo o carro rodopiar, antes de entrarem na saída sete. Dois minutos de risco estúpido e sem sentido, e todos estavam de volta ao lado certo da lei.

O interior do Golf Cabriolet da mãe de Felix se encheu com o alto barulho eufórico dos seis. Eles riram, gritaram e se abraçaram. Nenhum deles nunca se sentira tão vivo. Ninguém dormiu naquela noite; beberam e conversaram até depois do amanhecer. Não havia droga que pudesse ser comparada àquilo; eles sabiam que nunca se sentiriam daquela maneira novamente enquanto estivessem vivos. Foi um rito de passagem; uma aposta contra as probabilidades em que saíram vencedores. Eles eram especiais.

Porém, até o barato mais forte de todos por fim acaba, e foi só uma questão de tempo até Xav também ter sua vez ao volante. Ele não foi tão sortudo quanto Felix. Ao alcançar a M40, a um pouco mais de 130 quilômetros por hora, Felix, que estava no passageiro, avistou as luzes traseiras de um carro que seguia no sentido correto pela pista oposta. O outro veículo estava um pouco à frente deles, porém, à velocidade que estavam, o Golf o ultrapassaria em breve.

"Para o carro e volta!", gritou Amber.

"Não, diminui um pouco. Eles podem pensar que saímos da curva e estamos atrás deles", afirmou Daniel.

"Desliga o farol. Eles não vão ver a gente." Felix se inclinou sobre o banco do motorista e desligou as luzes do farol.

A noite estava escura, cheia de nuvens e sem luar; o carro estava acelerando às cegas em direção ao vazio. Amber deu um grito, e Xav ligou as luzes de volta.

"Foda-se", falou ele, pisando fundo no acelerador. O velocímetro subiu para 140, 145, 150. Xav se inclinou sobre o volante, como se tentasse fazer o carro ir ainda mais rápido. Todos os outros congelaram, silenciosos, virando a cabeça em sincronia para a esquerda enquanto alcançavam um grande sedã vermelho na pista oposta.

Como se seu instinto o alertasse, o motorista e única pessoa dentro do veículo se virou para eles. Ele voltou a visão para a frente, conferiu seu espelho retrovisor, então olhou novamente para o lado. O rosto era uma careta de incredulidade.

Felix ergueu a mão direita e acenou.

"Não ultrapassa", avisou Megan, espremida no meio do banco de trás. "Deixa o carro emparelhado com ele."

"Por quê?" Xav ainda estava debruçado sobre o volante.

"Se você ultrapassar, ele vai ver o número da placa."

"Tem uma luz à frente", alertou Talitha. "Alguma coisa tá vindo na nossa direção."

"Merda", Xav virou o volante para a direita, em direção ao que deveria ser a pista lateral. A luz forte se aproximando estava bem acima do solo e bem distante. Era a luz de um veículo pesado.

"Dá tempo", falou Felix, sua voz estava rouca de tensão. "A saída é logo ali."

Xav freou, o carro ao lado seguiu em frente, e a luz que se aproximava ficava mais forte. Uma buzina, grave e enfurecida, rompeu com o som de pneu no asfalto. O ar dentro do carro parecia reverberar com aquele som.

"A saída!", gritou Felix, enquanto a placa de sinalização, ilegível por estarem no lado oposto da faixa, se tornou visível contra o fundo de árvores e sebes. Xav virou o carro com tudo. Eles estavam indo rápido demais e iriam bater na grade metálica de proteção. Amber gritou. Talitha protegeu a cabeça com os braços. No último segundo, Xav consertou a direção do carro, e eles saíram da autoestrada.

Um mês se passou, e nada foi dito sobre as duas aventuras, até que, numa bela noite, Felix e Talitha tiveram uma discussão sobre mulheres e sua permissão nas forças armadas. Elas simplesmente não têm a coragem necessária, Felix usava de argumento. Para provar que estava errado, como ele tinha certeza de que ela faria, Talitha insistiu em repetir a façanha da autoestrada. Mais uma vez, eles se amontoaram dentro do carro da mãe de Felix — o único grande o suficiente para comportar todos os seis. Felix sentou no assento do passageiro; Megan, a menor deles, sentou no colo de Daniel. A essa altura, cada um tinha o lugar fixo, alternando apenas o condutor.

O percurso transcorreu sem incidentes, até Talitha entrar pela contramão da saída sete e se deparar com um carro da polícia rodoviária no acostamento da A329. Ela entrou em pânico, e o carro morreu.

"Anda logo", exclamou Felix. "Senão, ele vem atrás do nosso pescoço. Liga esse carro e sai daqui."

"E se ele viu?" O rosto de Talitha estava branco de medo. "E se mandarem a gente parar?"

"Se você não dirigir, é isso mesmo que vai acontecer."

Talitha saiu dali, afastando-se do acostamento. Todas as cabeças no carro se viraram para ver a viatura policial, porém ela continuou onde estava. E essa foi a terceira vez que eles saíam ilesos.

Amber estava bêbada quando decidiu ir. Antes mesmo de a garota insistir que era sua vez, um acordo não falado fora instaurado de que, mais cedo ou mais tarde, todos se sentariam ao volante e realizariam aquela proeza por três minutos. Naquela noite, não avistaram outros veículos, e ainda bem, pois Amber certamente não conseguiria reagir a tempo.

Megan, para a surpresa de todos, se provou a mais calma ao volante. Durante as primeiras horas da madrugada de um domingo, ela entrou na A40 e se deparou com as luzes de um farol ao seu encontro. Antes de qualquer um ter tempo para reagir, ela desviou em direção ao acostamento, pisou fundo no freio até o carro morrer e apagou o farol.

"Todo mundo se abaixa", sussurrou ela enquanto escondia a própria cabeça debaixo do volante.

Assim que o outro veículo passou voando, ela voltou a ligar o motor e dirigiu a 120 ao longo da pista interna para saírem da autoestrada.

"Chega dessa brincadeira, né?", sugeriu ela, quando todos voltaram para a casa de Tali. "A sorte sorriu pra gente nessa, mas sem chance de a gente se arriscar assim de novo."

Abalados pelo medo, todos concordaram, e ninguém tocou no assunto novamente. Até a noite de hoje.

E agora, ao que tudo indicava, era a vez de Daniel.

Pouco depois das três da manhã, a rua que saía do bairro de Talitha estava tão vazia que não se enxergava vivalma. O carro andava com o teto retrátil aberto, pois Amber ainda se sentia enjoada. O ar noturno cheirava a madressilva, o que parecia um bom presságio; e a lama com estrume, o que não parecia algo tão bom.

Daniel era péssimo ao volante, mesmo dirigindo devagar. O carro acelerava aos trancos, e a direção pendia pros lados numa vã tentativa de consertar os solavancos. Quase acertaram uma parede na pequena ponte sobre o rio.

"Presta atenção." Felix, como de costume, estava no assento do passageiro.

"Não estou acostumado com esse carro", reclamou Daniel.

"Tá", respondeu Felix, enquanto se aproximavam do cruzamento com a London Road. "Todo mundo sabe o procedimento se formos parados. Estávamos voltando pra casa da Tali. O Daniel não tinha certeza do caminho e se perdeu. Estamos todos um pouco bêbados, e ninguém prestou muita atenção. 'Estamos extremamente arrependidos e envergonhados e nunca faremos isso novamente, seu guarda.'"

"Você não precisa fazer isso, Dan", falou Megan sem ouvir uma resposta.

"Todo mundo de cinto?", perguntou Xav.

"Se segura, Meg", avisou Talitha.

"Sem pensar duas vezes, segue reto pela faixa do meio", comentou Felix, ao mesmo tempo que Daniel virava à direita no cruzamento e dirigia pela estrada de acesso que os levaria para a A40. "Você vai ter que acelerar, tá muito devagar."

Daniel aumentou a velocidade do carro para cinquenta por hora; a curva na estrada era fechada em direção ao sul, depois para o sudeste. A entrada correta — e única legalmente permitida — fazia quase uma volta completa em direção a Oxford. Continuando em rumo ao sudeste, a faixa se bifurcava com uma via de entrada para a A40 e outra de saída.

Divisas pretas e brancas surgiram, indicando que todos os veículos deveriam virar à esquerda, depois vieram as placas de entrada proibida que flanqueavam o lado direito da faixa. Era impossível ser mais claro sobre o lado que deveriam seguir. Daniel deu um gemido baixo.

"Segura a onda." Felix se inclinou para a frente, como se esticasse o pescoço para dar uma olhada na pista que estavam prestes a entrar.

"Ai, meu Deus, odeio essa parte." Amber afundou o rosto no ombro de Xav. Talitha se inclinou para agarrar o encosto de cabeça do assento de Felix.

"E vai", disse Felix no momento crucial. O carro virou à direita, passou as placas de proibida a entrada e entrou na contramão da A40. A pista dupla sem iluminação à frente estava vazia.

"Graças a Deus, obrigada, Senhor", balbuciou Talitha.

"Você vai ter que acelerar", avisou Felix. O carro mal andava a cinquenta por hora. "São só quatro quilômetros. Vai levar menos de três minutos se você pisar fundo no acelerador."

Com a mandíbula travada e sem piscar, Daniel pisou fundo no acelerador. O velocímetro subiu para 60 quilômetros por hora, 80, 90. A linha branca que dividia as pistas passava em rápidos *flashes*.

"Ninguém atrás", avisou Megan.

"A gente tem que ir mais rápido." Felix batia os dedos impacientes no painel como se fosse uma bateria.

"Tá devagar demais, Dan." A voz de Xav estava angustiada pela tensão.

O câmbio berrou quando Daniel subiu a marcha de maneira desajeitada.

"Tem uma raposa. Cuidado com a raposa!" Amber apertou o ombro de Daniel.

"Puta que pariu, Amber!", surtou Talitha.

"Tudo bem, tá tudo sob controle." Daniel dirigiu para a pista mais próxima do canteiro central.

"A rodovia tá vindo aí", anunciou Xav.

"Nunca mais eu faço isso", Talitha se queixou.

"Quase lá", falou Felix. "Muda para a pista central quando puder. Vai facilitar na curva."

Talvez a curva na estrada tenha pegado todos de surpresa. Numa hora, tudo à frente estava escuro, e, no momento seguinte, uma luz cegante se aproximava em alta velocidade. Surgindo do nada, outro carro apareceu.

Amber deu um grito.

"O acostamento!", berrou Felix.

Todos foram jogados para a frente pela brusca freada, enquanto o odor acre de fluido de freio preenchia o interior do carro. Felix tomou o controle do volante das mãos de Daniel, e o carro virou de súbito para a direita. Deveria ser o suficiente.

Porém, o outro carro copiou a manobra, como se um enorme espelho estivesse na frente deles. Ficaram a centímetros de colidir. Daniel congelou, encarando com os olhos esbugalhados.

Felix rodou o volante no sentido contrário. O carro deu um pinote e pareceu gritar. Puderam ouvir o guincho dos freios e o toque de uma buzina. A luz encheu o carro, iluminando seus rostos horrorizados. Houve uma fração de segundo de silêncio, então o outro carro se foi, e eles ficaram parados na estrada. O mundo havia parado de girar.

3

Minúsculos ruídos insistentes preencheram a noite, e levou algum tempo para perceberem que o som vinha do motor, como se ele protestasse diante do tratamento recebido. Atraída pelas luzes dos faróis, uma mariposa pousou no para-brisa, e, no meio do silêncio sepulcral, conseguiram ouvir seu gentil arfar de asas. *O que foi que vocês fizeram?* O inseto parecia perguntar. *O que foi que vocês fizeram?*

"Merda." Felix mergulhou a cabeça entre as mãos e falou por entre os dedos. "Tira a gente daqui, Dan. Agora."

"Não batemos", respondeu Daniel. "Aquele carro. A gente desviou dele, não foi? Alguém me fala que a gente desviou."

"Ele bateu", sussurrou Megan, como se, ao falar baixo o suficiente, tudo aquilo não passasse de imaginação. "Acertou uma árvore ou alguma outra coisa."

Ninguém se moveu.

"Dan, a gente tem que sair daqui." Felix o segurou pelo ombro. "Sai daí. Eu dirijo."

Daniel não mostrou resistência aos chacoalhões de Felix. Seu corpo estava sem reação.

Xav se inclinou para perto do banco do motorista. "Dan, não dá pra ficar aqui. Alguém pode chegar."

Talitha afastou a mão de Felix do ombro de Daniel. "Dan, por favor", falou ela de maneira gentil. "A gente tá morto se ficar aqui."

Daniel girou a chave na ignição. Nada aconteceu.

"De novo, tenta de novo", gritou Felix.

Na segunda vez, o motor deu partida. Daniel manobrou o carro até o acostamento e o desligou.

"Que porra você tá fazendo?", indagou Felix. "A gente tem que vazar daqui."

O cheiro de borracha queimada no interior do carro era insuportável. Nenhum som se ouvia do lado de fora.

"Temos que ver se eles estão bem", afirmou Amber.

"Tá maluca?", Felix a interrompeu sem paciência. "A gente vai tomar no cu por causa disso. Dan, me dá as chaves."

"A Amber tem razão", concordou Xav. "Precisamos ir lá conferir."

Dan olhou pelo retrovisor e fechou os olhos com força. Na pista oposta, um veículo entrou na autoestrada e passou acelerado.

"Vou lá ver." Megan se sentou no painel lateral do carro. Ela balançou as pernas para tentar sair.

Devagar, sem conseguir focar direito e com os quadris trêmulos, Xav abriu sua porta. No lado oposto, Talitha fez a mesma coisa.

"Eu juro, se vocês saírem, deixo todo mundo aqui", ameaçou Felix. "Meg, volta pro carro."

"Eu vou", voluntariou-se Xav. "Não deixem que ele vá embora sem mim." Mas ele não saiu do lugar.

De repente, num movimento que surpreendeu a todos, Daniel saiu pela porta do motorista e permaneceu olhando em direção à estrada. Vendo uma oportunidade, Felix pulou para fora e contornou o veículo pela frente. Antes que o amigo alcançasse o assento do motorista, Xav se esticou para a frente e tirou as chaves da ignição. Por fim, ele próprio saiu do carro. Amber deslizou pelo banco e o seguiu. Do outro lado, Talitha fez o mesmo.

Os seis adolescentes, abatidos, encararam o desastre que haviam causado.

O outro carro, um Astra branco, estava a cerca de trinta metros de distância. As rodas traseiras ainda estavam no acostamento, mas a dianteira desaparecera no matagal. Os faróis iluminavam a vegetação e o tronco de uma árvore.

A árvore parecia acusá-los, a sensação era que, se fechassem os olhos, poderiam ouvi-la gemer de dor. Então, o silêncio foi cortado pelo som de um grito do interior do carro. Parecia uma voz tênue, aguda e apavorada.

"Acho que é uma cri..." Amber parou, incapaz de terminar a frase. Xav caminhou em direção ao Astra.

"Me dá a chave", exigiu Felix. "Xav, passa a chave pra cá, porra."

Ignorando-o, Xav avançou mais um passo. Megan também, vendo a própria movimentação numa sombra vaga pela luz dos faróis. A gritaria parou, sendo substituída pelo som de batidas contra o vidro.

Xav pegou seu celular.

"O que você tá fazendo?", exigiu saber Talitha.

"Precisamos de socorro."

Colocando as mãos em volta, ela fechou o celular. "Não podemos chamar a emergência."

"O Dan pode dar a volta com o carro", sugeriu Xav. "Podemos falar que estávamos viajando pela pista certa e houve um acidente. Não sabemos como aconteceu."

"O Dan tá bêbado", observou Amber. "Ele vai acabar indo pra cadeia."

"Talvez não." Xav se afastou de Talitha. "E se for, será por um curto período de tempo. A gente pediu por isso, não tem como se safar dessa."

"Fumaça", sussurrou Megan. "Tem fumaça subindo do capô. Vai pegar fogo."

"Tá legal, tá legal." Felix se virou para encará-los, suas mãos estavam erguidas como se estivesse em rendição. "O plano é o seguinte. A gente vê se eles estão bem, e aí volta para o carro. Dirige até o orelhão mais próximo e chama uma ambulância de lá. Ninguém precisa se identificar."

"Não dá pra deixar eles aqui", ponderou Megan.

Felix se aproximou, e Megan desviou o olhar diante da expressão ameaçadora. "É bem provável que eles estejam bem." Ele olhou nos olhos de cada um. "Foi só uma batidinha. Nem sequer acertaram a gente. Xav, eu e você vamos lá para dar uma conferida agora. Beleza?"

Sem tirar os olhos do Astra, Xav assentiu.

"Desliga o motor", recomendou Talitha. "Vocês têm que fazer isso. É a ignição que solta faíscas."

"Vai dar tudo certo, pessoal. É tranquilo." Felix colocou a mão no ombro de Xav. "Voltem pro carro e esperem por nós. Dan, senta atrás. Eu volto dirigindo."

Daniel e as garotas permaneceram onde estavam, enquanto Felix e Xav andavam em direção ao carro. Eles percorreram metade da distância quando uma erupção brilhante de fogo surgiu no capô do carro.

Talitha deixou escapulir um gemido de aflição. Um segundo depois, o tanque de combustível do Astra explodiu.

4

A noite se transformara, como se alguém houvesse ligado holofotes em cima deles. Uma capa de calor os cobriu, e tanto Felix quanto Xav deram um passo instintivo para trás. Durante o que parecia uma eternidade, ninguém se moveu. Então os dois garotos, agindo como se fossem um, se viraram e correram em direção ao Golf. Xav arremessou as chaves do carro para Felix, que se jogou no assento do motorista.

"O que vocês estão fazendo? Não dá pra ir agora!", exclamou Amber, sua voz não escondia a aflição.

Talitha a empurrou para dentro. Depois, entrou com tanta velocidade que as duas garotas formaram numa pilha de carne e ossos no banco de trás. Daniel pulou para dentro, e Megan entrou por último, com o carro em movimento. Felix dirigiu por cem metros no acostamento antes de entrar na próxima saída da rodovia.

A A329 estava deserta. Felix virou à esquerda, e, em poucos minutos, estavam de volta à rua que os levaria à casa de Talitha. O mundo estava estranhamente normal, como se nada terrível tivesse acontecido.

• • •

A mansão de pedra estava em completa escuridão quando chegaram. O único ponto positivo da noite até o momento, pois ninguém precisaria começar com as mentiras por enquanto. Saíram do carro devagar, se arrastando, como se seus corpos tivessem envelhecido na última hora, como se ficar de pé, andar em linha reta ou apenas falar fossem ações extremamente árduas. Instintivamente, andando como um pequeno rebanho ferido, foram todos para a casa da piscina. No último instante, Megan ficou para trás, sua atenção fora atraída pelo brilho da água, porém, quando Felix a pegou pela mão, ela não hesitou em acompanhá-lo.

Na escuridão, sentaram-se e esperaram, ainda que nenhum deles soubesse dizer o que aguardavam.

Por fim, Xav falou. "A gente não vai se livrar dessa. Vão encontrar a gente."

"Não dá pra acreditar que deixamos aquele carro." O rímel de Amber estava borrado com as lágrimas. Pequenos caminhos de água negra desciam pelo rosto sem indícios de parar.

"O que dava pra fazer?", indagou Felix. "Depois que o carro pegou fogo, já era."

Amber o encarou. "A gente deveria ter chamado a polícia."

Com a voz branda, Felix lhe respondeu com uma gentileza que não era característica sua. "A polícia não chegaria a tempo. Todo mundo viu a velocidade com que tudo aconteceu. Estávamos no local e nem tivemos tempo de fazer alguma coisa."

"A polícia já deve estar lá", falou Talitha. "O carro que passou na estrada deve ter chamado. Acho que tá tudo parado agora pelo acidente. Mesmo assim, não tem nada que possam fazer. O carro explodiu, fim da história."

"A gente deveria voltar e dar uma olhada", sugeriu Amber.

"Tá louca?", surtou Talitha.

"A gente precisa chamar a polícia." Xav pegou a mão de Amber. "Mais cedo ou mais tarde, vão encontrar a gente. Vai ser pior se não confessarmos."

"Vou ser preso por assassinato." Dan estava encolhido num canto, sentado no chão com os braços ao redor dos joelhos, como se tentasse se esconder. "Era eu quem estava dirigindo. A escolha deve ser minha."

"Todos somos culpados", declarou Amber. "Concordamos em ir juntos nessa."

"Aos olhos da lei, não faz a menor diferença", argumentou Daniel. "O motorista é o responsável."

"Ele tem razão", complementou Talitha.

"Eu vou confessar", afirmou Daniel. "Mas vou falar que vocês também fizeram. Eu fui o azarado, só isso."

"Você não foi o azarado, seu otário", esbravejou Felix. "Você foi o incompetente. Se tivesse dirigido pro acostamento, como eu falei, o carro teria desviado."

Daniel passou a mão pelo nariz. Mesmo na escuridão, conseguiram ver o reflexo brilhante do catarro. "Você agarrou a porra do volante — é tudo culpa sua!"

"Já chega", interrompeu Xav. "Vamos manter a calma. A gente vai dar um jeito de sair dessa."

"Não podemos ir até a polícia", comentou Daniel.

"Vão encontrar a gente", insistiu Xav. "Alguém morreu naquele carro hoje. Eu sei que ninguém quer ouvir, mas precisamos encarar a verdade. Alguém morreu. Só peço a Deus que tenha sido apenas uma pessoa, mas..."

"Tinha uma criança naquele carro", afirmou Amber.

Houve um momento aterrador de silêncio, e Xav largou a mão dela. "Isso não tá ajudando, Amber."

"O grito que ouvimos não era de um adulto."

"Amber, por favor, agora não."

"Olha, galera, não podemos mudar o que aconteceu", ponderou Talitha. "Era o que eu mais gostaria, mas não tem como. Precisamos bolar um plano."

"Ninguém abre a boca", decretou Felix. "Não tinha testemunhas. Ou não sobrou nenhuma. Desculpa ser tão frio, mas a gente precisa focar. Ninguém além da gente sabe o que rolou, e não vou jogar meu futuro no lixo por essa idiotice."

"Aquele carro do outro lado da pista", Amber os lembrou. "Aquele que entrou na saída sete. Acho que ele viu a gente."

"Não temos certeza disso." A voz de Felix estava aumentando. "O carro não tinha explodido quando ele passou. Ainda estávamos no Golf e não tem iluminação naquele trecho da estrada. Pode ser que não viram nada ou podem até achar que viram alguma coisa, mas só de relance. Sem chance de alguém ter anotado nossa placa."

"Eles devem ter visto algo", falou Daniel. "A polícia vai saber que dois carros estavam envolvidos no acidente."

"Mas não batemos neles. Não tem marca alguma no Golf da minha mãe."

"Eles vão encontrar a gente", insistiu Xav. "Isso não é mais uma brincadeirinha. Alguém morreu. A polícia vai cair de cabeça na investigação. Não vai descansar até descobrir o que aconteceu."

Amber começou a chorar alto. Talitha se levantou num solavanco. "Eu vou atrás da minha mãe", declarou ela. "Não tem mais como."

Daniel pulou do chão de ladrilhos e chegou antes dela à porta. "Espera aí", pediu ele. "Só mais um pouquinho. A gente pode dar um jeito."

Ele olhou nos olhos de um a um. O tempo pareceu voar nas últimas horas, e Daniel voltou a ser o garoto de anos atrás do qual eles mal se lembravam: baixinho e tímido, desastrado nos esportes e com medo de mostrar sua inteligência em sala de aula, pois os outros garotos maiores e mais legais poderiam chamá-lo de nerd.

"Alguém tá sóbrio?", prosseguiu, e sua voz também parecia ser a mesma de antigamente. "Se o motorista for alguém que já tem carta e que não bebeu, então a gente só precisaria dizer que estava andando na pista correta e foi um acidente. Dá pra escapar com apenas alguns pontos na carteira de alguém. Basta a gente permanecer unido."

"Você quer que alguém leve a culpa no seu lugar?", Felix se aproximou um passo de Daniel. Seus ombros se endireitaram, e os dedos abriam e fechavam, como se estivesse prestes a socá-lo.

"A ideia foi sua, caralho!", berrou Daniel. "Eu não queria fazer isso. Ninguém além de você e do Xav quis. Não vou levar a culpa pelo que você fez."

Felix deu mais um passo, seu dedo apontou para a cara de Daniel. "Era você o otário atrás do volante. Podemos falar que éramos apenas passageiros inocentes implorando para que você não fizesse aquilo."

"Seu merdinha filho da puta." Daniel pulou para cima de Felix. Ele era diversos quilos mais leve, porém, pego de surpresa, Felix perdeu o equilíbrio e tropeçou numa cadeira, e ambos caíram contra a parede. Desprevenido, Felix ficou deitado, enquanto uma tempestade de socos desabava sobre sua cabeça e ombros. Xav e Talitha correram para apartá-los. Não demorou muito, porque nenhum dos dois estava realmente disposto a lutar. Suados e com as faces avermelhadas, cada um caiu de volta em sua cadeira.

"Esse é o nosso fim, não é?" A cor rubra de Felix se esvaía enquanto falava. "Mesmo que o Dan seja o único condenado — desculpa, cara, mas vamos encarar os fatos — somos todos cúmplices. Fugimos de um acidente sem prestar socorro."

No silêncio que se sucedeu, eles viram novamente a cortina de fogo e sentiram o calor contra a pele.

"Todo mundo vai nos odiar", comentou Talitha.

"Nenhuma universidade vai nos querer", acrescentou Amber. "Vamos aparecer em todos os jornais."

"Por quê?" Xav olhou ao redor. "Foi um acidente de trânsito. Acontece o tempo todo. Não são todos que viram notícia."

"Acorda, Xav. Somos os monitores do conselho estudantil* de All Souls", lembrou Talitha. "A Megan é embaixadora do conselho estudantil**, pelo amor de Deus. Moramos nos melhores bairros da Inglaterra. Todo mundo adora acabar com a imagem de gente assim. Não se enganem, os jornais vão adorar essa história."

"Meu pai pode perder o emprego", murmurou Amber. Seu pai era um dos membros do parlamento em Buckingham.

"A gente estragou tudo." Talitha também parecia à beira das lágrimas. Nenhum deles jamais a viu chorar.

Felix ergueu as mãos como se tentasse acalmar os ânimos.

---

*　No original, *senior prefect team*. Nas escolas europeias, é um grupo de alunos cujo destaque fez com que fossem selecionados como representantes da escola. Eles realizam diversas ações e auxiliam em várias atividades. Ser um *prefect* é algo de muito destaque para o currículo estudantil. [NT]

**　No original, *head of school*. Seria a líder, cargo máximo dentro da equipe de *prefects*. [NT]

"Não necessariamente", alegou. "Só é preciso que um de nós estivesse no carro. Ele pode falar que foi um acidente, que cometeu um erro. Tínhamos um plano, se lembram? Bem, é isso que vamos fazer. Vamos no ater ao plano. Um único motorista cometeu um erro e causou um terrível acidente."

"Não vem com esse olhar pra cima de mim", defendeu-se Daniel. "Não vou me foder sozinho pra você escapar de graça."

De maneira quase imperceptível, houve certa movimentação no cômodo que levou os quatro — Felix, Xav, Talitha e Amber — a formar um círculo ao redor de Daniel. Ele encarou um a um, como um animal encurralado, desesperado para fugir.

De seu lugar ao lado da porta, Megan observava com seus olhos negros abertos e atentos.

"Pensa a respeito, Dan." A voz de Felix era calma; seus movimentos, suaves. "Um de nós vai ter que pagar pelo que aconteceu. Não tem como evitar. Mas não precisa ser todo mundo. Você ainda é jovem, e sua ficha tá limpa. Você é um aluno exemplar. É bem provável que só pegue um ou dois anos, talvez nem isso. Existe a chance de só pegar serviço comunitário. Seja lá o que acontecer, a gente vai te compensar."

Daniel encarou Felix com o que parecia ser ódio no olhar.

"O que você tá sugerindo?", perguntou Talitha. Daniel lhe retribuiu com um olhar angustiado.

"A história é a seguinte", explicou Felix. "A gente estava curtindo por aqui, e o Daniel foi embora. Ele estava nervoso por causa dos resultados e quis ficar na dele em casa. Como não tinha outra forma de voltar, pegou o carro da minha mãe sem pedir. Só que ele bebeu demais e estava cansado, além de não ser um motorista experiente, então se confundiu e entrou na via errada. Ele ficou desesperado quando o outro carro explodiu e foi direto pra casa."

"Não acredito que estou ouvindo isso", Daniel começou a se opor.

"Cala a boca, Dan. Deixa o Felix terminar", interrompeu Megan.

"A primeira coisa que ele fez de manhã foi voltar pra cá e contar pra gente o que aconteceu."

"Então, eu liguei pro meu pai, que chegou aqui em menos de uma hora", completou Talitha. "Ele concordou em ser o advogado do Daniel — eu tenho certeza de que ele vai, Dan — e os dois foram para a delegacia."

Lágrimas corriam pelo rosto de Daniel. "Não. Eu não vou fazer isso."

"Meu pai pode até provar sua inocência", argumentou Talitha. "Ele é um gênio, todo mundo fala isso."

"Eu posso é ir pra cadeia, isso, sim. Fim de jogo. Por que eu deveria ser o único a se ferrar? Por quê?"

"Não é melhor ter cinco amigos que estão se dando bem, que podem cuidar de você e garantir que nada te falte quando tudo isso acabar", indagou Felix, "do que cinco amigos cumprindo pena na cela ao lado?"

Daniel escondeu a cabeça entre as mãos. "Não eu. Não vou assumir a culpa sozinho."

"A gente podia tirar na sorte", sugeriu Xav.

Daniel olhou para cima. "O que você quer dizer?"

"O Felix tem razão", afirmou Xav. "É burrice os seis assumirem a culpa. Por que estragar seis vidas quando apenas um de nós precisa fazer isso? A pergunta é: quem?"

Ninguém se manifestou.

"Todos somos igualmente culpados, todos nós cometemos o crime. Podia ser qualquer um no assento do motorista quando o acidente aconteceu", alegou Xav. "Você tem palitinhos ou fósforos, Tali?"

"Você tá falando sério?", retrucou Felix.

"Por que não?", rebateu Daniel. "A ideia de alguém pagar o pato não é tão agradável quando pode ser você?"

"Você é um idiota. Foi você que causou o acidente, não eu."

"Deixa comigo", manifestou-se Megan.

Megan estivera tão quieta desde o retorno, que possivelmente os outros até se esqueceram de sua presença. Em sua cadeira dobrável perto da porta, ela parecia calma de uma maneira incomum, com os braços cruzados em volta do corpo e os olhos voltados para o chão.

"Como assim?", indagou Felix.

Ela o encarou. "Eu digo que fui eu."

Todos a observaram inspirar profundamente. Ela fechou os olhos e, por um segundo ou mais, pareceu ter se transformado em pedra. Então, abriu os olhos negros como se estivessem fixados em algo que nenhum dos outros podia ver.

"Eu vou dizer que estava sozinha", continuou. "Que cansei de ficar aqui com vocês, que estava nervosa por causa de amanhã e quis ir pra casa."

"Aquele não é o caminho pra sua casa", contrapôs Felix, devagar e desconfiado. "E por que você levaria o carro da minha mãe?"

Outro silêncio prolongado.

"Eu estava realmente cansada de vocês", Megan falou por fim. "Vocês estavam se comportando que nem uns idiotas."

Seus olhos encararam os de Felix.

"Fiquei perdida no cruzamento", prosseguiu ela. "Talvez estivesse exausta, sem me concentrar como deveria. Quando vi o outro carro, não deu pra fazer nada."

Mais alguns segundos de silêncio.

"Por quê?", quis saber Xav. "Por que você faria isso?"

"Deixa ela, se for o que a Megan realmente quiser", opinou Daniel.

"Você e Felix estão certos", justificou Megan. "É uma ideia idiota arruinar a vida de todo mundo. Um de nós pode salvar os outros. Sempre falamos que somos os melhores amigos que vamos ter nessa vida. Agora, chegou a hora de demonstrar que falamos a verdade."

"Não consigo acreditar que você faria isso", afirmou Xav.

"Um de nós precisa fazer, e o Dan não é forte o suficiente pra isso. Sem ofensas, Dan, mas acho que você já provou isso."

"Qual vai ser o preço?", perguntou Felix.

Megan se levantou. "O preço é que vocês vão ficar me devendo suas vidas, porque o que estou fazendo irá salvá-las. Concordam?"

"Concordo", falou Daniel, apressado.

"Eu não sei, Meg", hesitou Amber.

"O que você vai querer?", Felix tornou a perguntar.

"Tali", exclamou Megan. "Você é a nossa especialista em assuntos jurídicos, pega uma caneta e papel."

Tali meio que se levantou de sua cadeira. "Mas, o que..."

"Só vai e busca. Dan, vai com ela. Tem uma câmera no quarto, fica geralmente no móvel de cabeceira. Confere se tem um rolo de filme e traz também."

Com um olhar mútuo de nervosismo, Talitha e Daniel deixaram a casa da piscina.

"O que você tá armando?", questionou-a Felix.

"Um jeito de livrar vocês da prisão", respondeu Megan. "Você estava bem feliz quando era com o Dan. Qual é o problema agora?"

Felix abriu a boca para falar.

"Não, cala a boca", interrompeu-o Megan. "Preciso pensar."

Os segundos se transformaram em minutos conforme o tempo passava. Amber enterrou o rosto no ombro de Xav, e Felix encarou Megan da mesma forma que predadores observam a presa que pretendem atacar, ao mesmo tempo que a temem. Megan fixou seu olhar na água do lado de fora. Ela se virou apenas uma vez, só por um segundo, para fazer contato visual com Xav.

Os dois retornaram, Daniel segurando a câmera, e Talitha com uma prancheta, várias folhas de papel e uma caneta. Ninguém abriu a boca, eles esperavam que Megan tomasse a iniciativa.

"Escreva o que vou dizer", ela falou para Talitha, que se sentou.

"Coloque a data", instruiu Megan. "O dia de hoje, 7 de agosto, quinta-feira, e coloca o horário também, 3h35 da manhã."

"Pronto." A mão de Talitha estava visivelmente trêmula.

"Tá legal, agora escreva isto. 'Nas primeiras horas de hoje, nós, cujas assinaturas constam abaixo, seguíamos no Volkswagen Golf, placa V112 HCG. Aproximadamente às 3h10, entramos na contramão da A40 pela via sudeste. Um pouco mais à frente, dentro da autoestrada, evitamos por pouco a colisão com um Vauxhall Astra, placa S79 THO que viajava na direção oposta.'"

"Como você conseguiu o número da placa?", questionou Amber.

"Eu tenho uma excelente memória fotográfica. Tali, vamos continuar. 'Como resultado de nossas ações, o Astra colidiu e pegou fogo. Fomos incapazes de ajudar os passageiros.'"

Tali parou de escrever e balançou a mão, como se tentasse aliviar uma cãibra.

"A gente devia colocar que o Dan estava dirigindo", afirmou Felix.

"Cala a boca, porra", manifestou-se Daniel, irritado.

"O que está em jogo aqui é a responsabilidade coletiva", afirmou Megan. "Já estou quase terminando, Tali. 'Agimos de forma deliberada, cientes de que nossas ações eram potencialmente perigosas. Era um desafio, um que praticamos cinco vezes em situações anteriores, com cada um de nós ao volante. Assumimos a total e plena responsabilidade pelo acidente.'"

"Estou quase no final da página", avisou Talitha.

"Tem espaço para seis assinaturas?", perguntou Megan.

"Acho que sim."

"Agora, todos assinamos", orientou Megan.

"Por que estamos fazendo isso?", indagou Felix, quando chegou sua vez de assinar. "O que você planeja fazer com isso?"

"Guardar num local seguro", esclareceu Megan. "Vou usar apenas se for necessário."

"Por quê?" O rosto de Felix ficou rígido como pedra. "O que você vai querer da gente?"

"Se eu fizer isso por vocês, todos terão uma dívida comigo. Eu assumo a culpa, mas quero um favor de cada um, algo que poderei cobrar quando sair da prisão. Ou antes disso. Quando eu quiser, basicamente."

Os olhos de Felix se estreitaram. "Que tipo de favor?"

"Qualquer coisa que eu pedir."

"Eu não vou concordar com isso", informou Felix.

Megan abriu um sorriso fino. "Então, nada feito."

"Que tipo de favor?", quis saber Xav. "O que você quer? Dinheiro?"

Megan parecia pensar a respeito. "Talvez", respondeu ela. "Esses são os meus termos. Vocês todos concordam em cada um fazer um favor. O que eu quiser, quando eu quiser. Se alguém se recusar, essa pessoa vai ferrar com todo mundo."

"Em outras palavras, estaremos em suas mãos", comentou Felix.

"Se tá achando tão bom assim, assume o meu papel", rebateu Megan.

"Temos que saber agora quais serão os favores", alegou Talitha. "Vai saber, você pode pedir que eu mate a minha mãe."

"Não se preocupe, sempre gostei da sua mãe." Megan sorriu. "Eu poderia pedir que você mate o Felix."

A cabeça de Felix se virou rapidamente para os amigos. "Que porra é essa?"

"Tô te zoando. Se você morrer, como vou exigir o seu favor?"

"Meg, essa não é você", declarou Xav. "Por que você tá fazendo isso?"

"Não sei se algum de vocês me conhece de verdade", revelou Megan. "Vocês me deixaram entrar no seu grupinho porque sou a embaixadora do conselho estudantil, mas nunca fui uma de vocês."

"Isso não é verdade", retrucou Amber, porém não havia convicção em sua voz, o que a fez manter os olhos fixos no chão ladrilhado.

"Tanto faz. Vamos para a versão oficial. A gente passou um tempo juntos, como de costume, e fiquei meio cansada e irritada com vocês. Saí de mansinho, por volta das três da manhã, e roubei o carro da mãe do Felix. Foi a última vez que vocês me viram."

Felix assinou o papel e o passou para Daniel, que assinou sem falar uma palavra. Amber foi a próxima, por último Xav.

"Amanhã de manhã, vocês vão para a escola conforme o planejado", prosseguiu Megan. "Se alguém perguntar onde estou, ninguém sabe. Depois de uma hora mais ou menos, liguem pra minha mãe e vão pra minha casa. Tali, quando eu te contactar, vou precisar que seu pai venha e que seja meu advogado."

"Esse é o meu favor?"

Os olhos de Megan brilharam. "Nem ferrando. E não aceite um não como resposta. Se precisar, obrigue o cara."

O papel foi entregue de volta para Megan. Ela própria assinou e o devolveu para Talitha.

"Fiquem juntos, todos vocês", pediu ela. "Tali, segura o papel."

Eles obedeceram. Megan tirou diversas fotos, retirou o filme da câmera e o guardou em seu bolso. Ela estendeu a mão para Felix.

"As chaves do carro", ela disse. Ele as entregou.

"Boa sorte amanhã", desejou Megan. "Que vocês possam viver boas vidas. Não se esqueçam de mim."

"Meg, espera aí..." Amber deu um passo em sua direção, porém Felix a segurou pelo ombro.

"Xav, me acompanha até o carro", solicitou ela.

Xav deu um último olhar desesperado para o grupo. Em seguida, ele e Megan deixaram a casa da piscina.

5

"... e é provável que permaneça assim durante a hora do rush desta manhã. Por fim, a entrada norte da M40 entre a saída sete em Thame e a saída oito em Oxford foi reaberta, após o acidente fatal no início desta madrugada. Uma mãe e seus dois filhos faleceram no local, a polícia solicita que testemunhas se apresentem para mais informações. Nenhuma das vítimas foi identificada, e, a essa altura, é provável que nenhum outro veículo esteja envolvido com a tragédia. É com você, David Prever."

Xav desligou o rádio do carro e sentiu como se o coração sangrasse, nada poderia doer tanto assim. Ao lado, Amber soluçava baixinho.

O relógio marcava 8h45 da manhã. O sol projetava raios dourados nas antigas construções da cidade, e o céu estava azul-claro, adornado com nuvens feitas à mão e rastros de vapor similares a pequenos cortes de papel. Ainda assim, Xav não conseguia se lembrar se algum dia o mundo já lhe parecera tão sombrio. Sentia que sua vida acabara nas primeiras horas daquele dia e, de agora em diante, semelhante a um zumbi, viveria um reflexo trôpego dessa realidade.

"Eu disse que tinha uma criança no carro", balbuciou Amber entre as lágrimas. "Eu sabia."

Duas crianças, Xav pensou. *Duas crianças morreram na noite passada por nossa culpa.*

O estacionamento ficava cada vez mais cheio, e o ar quente do verão parecia pesado com a tensão que vinha da inquietude interna de Xav. Ah, isso sem contar com o resultado das provas finais. Os pais que estavam de companhia nem tentavam esconder a própria ansiedade. Eles se amontoavam em grupos, pálidos, sussurrando entre si — sim, estavam morrendo de medo, e não, não tinha ficado mais fácil com o segundo ou terceiro filho, e por que a escola não abria logo para acabar de uma vez com isso?

O que eles não falavam, porque ninguém podia ser honesto a esse ponto com outra pessoa, ou consigo mesmo, era sobre a enorme quantidade de grana que investiram na educação dos filhos, embora todos tivessem a noção maldosa de que, em poucos minutos, saberiam se aquele investimento traria retorno ou não.

Os graduandos fizeram uma boa tentativa de mascarar esse sentimento com um pouco de ânimo enganador, porém, igual aos seus pais e mães, não paravam de olhar com o canto dos olhos para as portas do refeitório, onde descobririam seus resultados. De seu assento atrás do volante, Xav conseguia ver as pessoas do lado de dentro: o pessoal da cozinha, o porteiro, a secretária, até teve um vislumbre da diretora usando um terno cor-de-rosa, mas as portas estavam trancadas e permaneceriam assim até o sinal das nove.

"Eu não consigo."

Ao seu lado, Amber tremia. Seu rosto ainda trazia as marcas da maquiagem da última noite, e o hálito da garota estava azedo. Xav presumiu que o seu também estaria.

"Amber, você tem que se acalmar. A gente pega os resultados, daí volta pra casa da Tali e conversa a respeito."

"Não dá. *Duas crianças*. Eu não consigo, Xav."

Aquela não era a primeira vez do dia em que Xav preferiu estar sozinho. Mal conseguia lidar com os próprios pensamentos, e cuidar de Amber se provava algo além de suas capacidades. Até doze horas atrás, sua vida era perfeita. Como ele nunca tivera consciência disso?

"Eles estão chegando." Uma sensação de alívio chegou junto ao Mini Cooper de Talitha, que estacionava numa das poucas vagas remanescentes. Felix estava no passageiro; e Daniel, no banco de trás. Ao saírem, os três pareciam um lixo. Daniel encostou na porta do carro, como se ele mal tivesse forças para se manter de pé, mas Felix foi direto até Xav e Amber.

"Vocês ouviram o rádio?", perguntou Xav quando eles se aproximaram.

Felix assentiu. "Não faz a menor diferença." Igual a Xav, ele mantinha a voz baixa. "Duas crianças, vinte crianças, não tem nada que a gente possa fazer. O mais importante é que não cogitaram o envolvimento de outro veículo. Algum de vocês falou com a Megan?"

"Ela não me atende." Amber assoou o nariz. "Ela disse que não iria atender."

Felix olhou ao redor com nervosismo. "Sim, mas agora é diferente. Se eles acreditam que o outro motorista perdeu o controle, não vão procurar nenhum suspeito. A Megan não precisa confessar. Precisamos encontrá-la."

"Vou tentar de novo." Xav selecionou o número de Megan. "Nada", disse ele, após um instante.

"Que horas são?", perguntou Daniel.

"São 8h45", informou Talitha. "Precisamos entrar daqui a quinze minutos."

"Eu vou até a casa dela", afirmou Felix. "Ainda dá tempo de impedir que ela vá até a delegacia. Xav, posso pegar seu carro?"

"Pode deixar que eu vou...", Xav começou a falar.

"Xav, não." Amber segurou em sua mão.

Segurando-se para não soltar o que realmente queria dizer, Xav entregou as chaves do carro. Felix entrou, o Peugeot 205 prata acelerou em direção à saída do estacionamento.

"Tarde demais", lamentou Xav, enquanto observava Felix com o carro. "A essa altura, ela já deve ter ido à polícia."

Ele perdeu a oportunidade de convencê-la do contrário quando foram até o carro. Espera aí, deveria ter dito, espera um pouco e vamos ver o que vai acontecer, porém Xav perdeu o chão com o que ela dissera para ele antes de ir embora.

Dois professores de educação física com sorrisos simpáticos caminharam entre a multidão. Eles haviam presenciado aquela cena diversas vezes.

"Ah, pelo amor de Deus, qual é?" Talitha encarou as portas do refeitório como se pudesse abri-las com o poder da mente. "Vamos acabar logo com isso."

"Não tô nem aí", desabafou Xav. "Danem-se as minhas notas. Posso ter bombado em tudo que tanto faz."

De certa forma, ele até desejava ser reprovado, como se falhar nas provas compensasse parte do que fizera na noite anterior. Entretanto, ele sabia que se sairia bem, sempre achou as provas fáceis demais.

Amber enrolou os braços em volta da cintura do rapaz, e Xav precisou inspirar profundamente, pois a vontade de empurrá-la para longe era tentadora demais.

"Amber, você precisa se recuperar", aconselhou Talitha. "Não dá pra entrar chorando desse jeito."

Sentindo-se ao mesmo tempo grato e culpado por Tali manifestar seus próprios pensamentos, Xav abraçou a namorada.

"Vamos falar que ela está nervosa", sugeriu ele. "E, depois, a gente fala que é de alívio."

"Ou de tristeza, caso ela se ferre em teologia", retrucou Daniel.

6

Ainda daria tempo, tinha que dar. Era cedo demais, não daria tempo de Megan ir à polícia. O acidente foi feio, não dava para fingir o contrário. Ainda teria que ficar de olho em Amber e Dan nas próximas semanas, talvez Xav também, porém eles superariam, contanto que Megan não tivesse ido à polícia.

Enquanto Felix dobrava a esquina da rua de Megan e estacionava num local não permitido, ele percebeu que nunca estivera dentro da casa dela. Nas poucas ocasiões que a trouxera após uma noite de curtição, sempre parava o carro em frente à porta e a deixava sair. Nunca foi convidado para entrar, e, pelo que sabia, nenhum dos outros também.

Logo após seguir a pé em direção a casa, ele viu o carro da polícia. Estacionado em fila dupla, com o giroflex ligado para avisar outros motoristas, o carro oficial estava parado diretamente em frente à casa de Megan. Então era isso; ele havia chegado tarde demais. Quase deu meia-volta e saiu correndo, porém o bom senso o manteve caminhando. Aproximando-se um pouco, conseguiu ver um reboque erguendo um veículo em sua traseira. Mais alguns metros e percebeu que era o carro de sua mãe que estava prestes a ser guinchado. (*"Mais uma multa, Felix, e eu juro que você está fora do seguro — Dessa vez, eu estou falando sério."*) Felix decidiu ignorar a voz da mãe em sua cabeça. Um carro guinchado era o menor de seus problemas neste momento.

Um pouco mais perto e pôde ver o policial fardado na rua, observando o carro ser erguido. Felix deu os últimos passos que o comprometeram.

"Com licença", ele olhou do policial para o homem em amarelo que guinchava o carro. Pesadas correntes foram presas ao redor das rodas e dois mecanismos de elevação, similares a guindastes, se preparavam para tirar o carro do chão. "Esse é o meu carro, o que está acontecendo?"

O homem de amarelo olhou com dúvida para o policial. O homem deu um aceno com a cabeça para que continuasse.

"Senhor, poderia me fornecer seu nome?", perguntou o policial. "Esse carro está registrado no nome de Elizabeth O'Neill."

Os mecanismos foram acionados, e as correntes se esticaram.

"É minha mãe. O carro é dela, mas eu posso dirigir. Sou Felix O'Neill."

"E foi você que estacionou aqui?"

Força agora. Ele precisava parecer preocupado, mas não preocupado demais, ainda era cedo para isso.

"Não." Felix fixou os olhos no carro, que agora estava a poucos metros do chão. "Eu emprestei pra minha amiga na noite passada. Quero dizer, meio que emprestei." Ele olhou em direção à porta da frente da casa de Megan. "Ela está por aqui? Vim procurar ela. Precisamos ir pra escola."

"Essa sua amiga seria Megan Macdonald, residente da Warren Road, número 14?", perguntou o policial, após conferir sua caderneta de anotações.

"Isso mesmo." Felix olhou de novo para a porta da frente. Nas grades do lado de fora, duas bicicletas estavam presas com correntes. "O que é isso? Aconteceu alguma coisa?"

Ignorando os resmungos de objeção do policial, Felix caminhou até a casa de Megan. Ao mesmo tempo que abria o portão e batia com força à porta de entrada, o garoto falou para si mesmo que estava indo bem e suas palavras estavam perfeitas, que deveria apenas continuar daquele jeito.

Olhou diretamente para a estreita faixa de terra com cascalho que fingia ser o jardim de frente da casa, ali havia um vaso quebrado com algumas ervas daninhas surgindo.

Uma mão pousou em seu ombro. Era o policial.

"Calma aí, filho. Não tem ninguém em casa, posso te garantir. Agora, quando foi a última vez que você viu a srta. Macdonald?"

"Noite passada. O que aconteceu? Ela se machucou?" Felix olhou de volta para a rua em direção ao guincho. "Preciso contar pra minha mãe se alguma coisa aconteceu com o carro. Posso dar uma olhada nele?"

O policial ergueu a mão, claramente bloqueando o caminho de Felix. "A que horas você emprestou o carro para a srta. Macdonald?"

Felix fingiu pensar, em seguida balançou a cabeça de forma vaga. "Não sei."

"Dez horas? Onze horas?"

Na rua, o carro de sua mãe estava balançando no ar, enquanto era erguido em direção à traseira do guincho. As pessoas se reuniram para assistir, principalmente as crianças, porém um ou dois adultos observavam da porta de suas casas. Sua mãe iria matá-lo. Como se não bastasse, ela nunca mais o deixaria dirigir o carro. Não que isso importasse agora — nada mais importava —, porém era um pouco estranho como continuava a ter pensamentos de... como as coisas eram antes.

"Não, mais tarde", retrucou ele. "Ficamos no pub Lamb & Flag até fechar."

O policial parecia prestes a tomar uma decisão. "Sr. O'Neill, acredito que seria uma boa ideia você me acompanhar até a delegacia."

Pânico desceu pelo corpo de Felix como um gole quente de destilado.

"Por quê? Digo, agora não posso. Preciso ir pra escola. É dia de receber os resultados finais. Nós dois deveríamos estar lá, eu e a Megan." Ele sentiu lágrimas brotarem nos olhos e não as impediu de caírem.

Por um momento, o policial hesitou, e deu um passo para trás, liberando o caminho de Felix. "Tudo bem", assentiu. "Vá pra escola saber das suas notas. Já peguei as suas informações e conversamos depois."

A diretora da escola — uma mulher alta, magra e com cabelo cinza espetado — abriu os braços o máximo que conseguia.

"Minhas obras-primas", exclamou ela. "Muito bem, queridos!"

Sabendo o que viria a seguir, Talitha, Amber, Xav e Daniel deram um passo à frente e deixaram a diretora os engolir num abraço grupal.

"Estou tão orgulhosa de vocês", afirmou ela após soltá-los. "Cinco As", ela falou para Xav. "Esplêndido." A diretora colou a mão no ombro de Amber. "E você também, Amber, só as notas máximas."

"Até em teologia", Xav olhou para Amber, que não reagiu. Desde que as portas abriram há trinta minutos, ela se trancara dentro de si, seus olhos perderam o foco, e a boca não emitia um som. Ninguém acreditaria na desculpa de estar nervosa por tanto tempo. Ele precisava tirá-la dali.

Mesmo assim, à sua volta, a reunião no refeitório da escola estava se transformando numa festa. Duzentas pessoas ou mais estavam conversando de maneira altiva, cheias de alegria e alívio. Nos primeiros vinte minutos, após a abertura das portas, um silêncio de ansiedade prevaleceu, enquanto os graduandos formavam fila para pegar seus envelopes. Naquele momento, os pais permaneceram no lado oposto do salão, acenando com as mãos em sinal de boa sorte. De forma gradual, ao passo que cada vez mais envelopes eram abertos e os graduandos compartilhavam seus resultados entre si, com os pais e com os professores — que já sabiam, porém fingiam ser novidade —, os níveis de agitação foram aumentando, e os dois grupos começaram a se misturar.

De tempos em tempos, um *flash* de luz aparecia do fotógrafo oficial, que capturava os breves momentos de triunfo e alívio.

Os olhos da diretora se moveram de rosto em rosto. "Onde estão seus pais?", perguntou ela. "Espero que já tenham contado as boas notícias."

"Ficamos na casa da Tali", explicou Xav. "Mas já mandamos os nossos resultados. Eles estão maravilhados."

"E com direito de estarem." O semblante da diretora perdeu o brilho. "E onde está a Megan? Ela já foi embora? E o Felix? Queria uma fotografia com todos vocês, mas, nas atuais circunstâncias, melhor não... vocês sabem se ela está bem?"

"Não vimos a Megan", respondeu Talitha, apressada. "Ela não veio com a gente. O Felix foi atrás dela."

"Ali está ele." Xav viu seu carro entrando no estacionamento com Felix ao volante.

"Hummm", exclamou a diretora. "Com licença, pessoal. É melhor eu..."

Ela saiu andando sem terminar a frase, em direção à mesa em frente ao salão onde uma professora — sra. Sparrow, de Latim — estava sentada com uma caixa vazia. As duas conversaram por poucos segundos, depois olharam de volta para o grupo.

Sem acordo mútuo, agindo puramente por instinto, os quatro se afastaram da multidão de pessoas.

"Vocês viram o rosto dela quando falamos da Megan? Ela sabe de alguma coisa", começou Talitha.

"Tá cedo demais", comentou Xav. "Não tem como."

"A gente devia ligar de novo para a Megan", sugeriu Daniel.

"Não", discordou Talitha. "Vamos esperar o Felix."

Felix e a diretora chegaram ao mesmo tempo. A face dela estava preocupada; a dele, indecifrável.

"Quando foi a última vez que vocês viram a Megan?", questionou a diretora. "Alguém teve notícias dela nesta manhã?"

"Acabei de chegar da casa dela." Felix manteve os olhos cravados nos da diretora, sem olhar para mais ninguém. "Estava vazia."

Ele era o melhor mentiroso, Xav guardou essa informação para o futuro.

"Ela ficou com a gente por um tempo na noite passada", complementou Daniel. "Mas depois foi pra casa."

A diretora deu um aceno vago com a cabeça e pareceu prestes a dizer algo, porém se afastou sem falar nada.

"Tem alguma coisa errada", constatou Talitha.

"Ah, você acha mesmo?", respondeu Xav com uma expressão irônica.

"Quero dizer que tem outra coisa errada. Ela está preocupada com a Megan, mas por quê? A menos que a polícia já tenha entrado em contato."

"Vocês não acham que ela fez alguma burrice, correto?", disse Daniel.

"O que aconteceu?", Xav perguntou a Felix. "Conseguiu falar com ela?"

Felix balançou a cabeça para os lados. "Aqui não. Vamos lá pra fora."

Haviam quase saído quando Talitha se lembrou. "Felix, suas notas."

Eles esperaram Felix andar até a mesa e receber seu envelope das mãos da sra. Sparrow. Ele abriu enquanto caminhava de volta, e sua expressão não se alterou em nada. A maioria das pessoas estava saindo, os mais jovens iriam comemorar pela cidade; os pais, de volta para casa ou para o trabalho.

"Quatro As", revelou Felix quando os alcançou.

"Muito bem, cara", Xav tentou sorrir, porém sem muito sucesso.

"Nenhum de nós tirou menos que A em todas as matérias", afirmou Daniel. "Somos as 'obras-primas da diretora', tá bom?"

"Palmas para nós", respondeu Talitha.

Nesse momento, um *flash* os cegou. O fotógrafo oficial os alcançou, e o momento ficaria eternizado para a posteridade.

7

As coisas não deveriam ser assim. Era para estarem na cidade agora, pulando de alegria pela rua principal a caminho do Eagle & Child, da Turf Tavern ou de qualquer outro pub que servisse champagne para garotos que tivessem idade para beber, mas nenhuma responsabilidade com moderação. Seus celulares deveriam estar tocando sem parar com mensagens de parabéns. Aquele era o momento que todos esperavam, o primeiro dia do resto de suas vidas, seu triunfo.

Em vez disso, escapavam à francesa do salão, evitando contato visual e perguntas bem-intencionadas dos pais de amigos, que os conheciam desde que eram pequeninos, e de quem seria legal receber um abraço, possivelmente pela última vez. Tiveram que voltar correndo para a casa de Talitha, evitando até mesmo a governanta, cujas tentativas de parabenizá-los — a desgraçada chegou até a fazer um bolo com velas vulcão — apenas os deixavam mais atormentados.

"A gente se saiu bem", Talitha comunicou à mulher. "Que bolo lindo, muito obrigada. Podemos levar pra piscina?"

Eles a deixaram para trás, triste e confusa, e retornaram para sua toca a fim de lamber as feridas e planejar o próximo passo. Caso houvesse um próximo passo.

• • •

Felix terminou a ligação. "O carro não foi levado pro pátio", ele contou aos outros. "Foi a única coisa que falaram pra minha mãe, que ele está em custódia da polícia. Não souberam dizer quando poderia ser retirado. Ela tá putaça."

"Não vão encontrar nada." Talitha tirou a vela do bolo, a cheirou e depois a jogou num canto. "Ao menos, nada que ligue a gente ao acidente."

"Nosso DNA está lá", argumentou Amber.

"A gente entrava lá direto. Não quer dizer nada."

"Precisamos descobrir onde a Megan está", falou Daniel. "Onde ela está e o que disse. Alguém tem o número da mãe dela?"

"Xav, o que ela te falou quando você foi até o carro ontem?", perguntou Felix.

Desde que voltaram, Xav não participou da conversa. Com um silêncio que não era característico seu, o jovem estava sentado com os cotovelos apoiados nos joelhos, encarando o chão laminado.

"Nada", respondeu ele. É como se o esforço de sobreviver às notas o tivesse drenado completamente.

"Ela deve ter falado alguma coisa", insistiu Felix. "Nem mesmo comentou para onde estava indo?"

"Para casa." Ele os olhou por um breve instante. "Ela disse que estava indo para casa."

"Por que a gente não segue ela?", indagou Felix. "A gente precisa saber o que ela fez com a carta que assinamos e o filme. Se a polícia fizer uma busca e apreensão na casa dela, com certeza vai encontrar."

"A Megan não é idiota", afirmou Talitha. "Ela não ia deixar em algum lugar dando sopa."

"Onde então?" A atenção de Felix permanecia direcionada para Xav. "Onde ela iria esconder?"

"Porra, como que eu vou saber?", rebateu Xav.

"Por que você?", perguntou Amber. "Por que ela quis que você a acompanhasse até o carro? Eu sou a melhor amiga dela."

Talitha bufou. Amber se virou para ela. "Que foi? Você acha que é você?"

Xav ficou de pé.

"Sei lá por que ela quis que eu fosse", ele falou para Amber. "Talvez porque o Dan estava um bagaço, você não parava de chorar, a Tali é uma fingida e tudo foi culpa do Felix pra começo de conversa. Talvez eu fosse o menos pior de cinco lixos inúteis."

Um silêncio se sobressaiu, como se Xav trouxesse à tona uma verdade que todos sabiam, mas preferiam ignorar. Que talvez a cola que os unia fosse a noção de compartilharem os mesmos privilégios, que ninguém ali era uma pessoa realmente legal e, com toda a certeza, que eles estavam longe de serem pessoas de bem.

E, mesmo assim, deram duro nos estudos, foram agradáveis e respeitosos com as figuras de autoridade, fizeram caridade e investiram tempo e esforço nas atividades escolares. Até a véspera do dia de hoje, ninguém cometera um crime realmente condenável — a menos que se considerasse que não fosse nada de mais o uso esporádico de algumas drogas recreativas ou beber e dirigir sem ter idade para ambos. Podiam não ser santos, mas eram decentes o suficiente para que coisas assim não acontecessem com eles.

"Continuo achando que vou acordar a qualquer momento", comentou Amber.

"A polícia." Daniel ficou de pé num pulo, dando a impressão de estar prestes a sair correndo. "A polícia tá aqui."

As janelas da casa da piscina davam de frente para a entrada, onde se via um carro de polícia estacionado. Dois policiais fardados saíram da viatura e caminharam em volta da piscina em direção a eles. Pouco tempo depois, todos os cinco estavam a caminho da Delegacia de Polícia da Cidade de Oxford.

8

"Aconteceu alguma coisa com a Megan?"

O investigador, um homem magro, loiro de 40 e poucos anos, vestindo uma camisa rosa com óculos lilás do mesmo tom da gravata, piscava duramente para Xav quando retrucou: "Por que você está perguntando isso?".

Xav não conseguia se manter quieto. Desde que entrara na pequena sala de interrogatório sem janelas, precisou mover sua cadeira uma meia dúzia de vezes e uma coceira percorria todas as partes de seu corpo. Era como se as formigas que assolavam a grama perto da piscina de Talitha tivessem pegado uma carona na viatura policial e estivessem determinadas a participar do interrogatório.

Ele encontrou um clipe de papel perdido no tampo da mesa e o quebrou em três pedaços. O investigador, que tinha uma propensão a cores chamativas, já havia pedido para que parasse de mexer nas chaves no bolso. Xav tinha plena noção de que, além de irritante, estava se entregando de bandeja. Mesmo assim, não conseguia parar. Seu calcanhar direito tamborilava no chão, e ele nem sequer se lembrava de ter adquirido aquele hábito.

"Ela não apareceu na escola hoje de manhã." Ao perceber que estava falando rápido demais, Xav fez o esforço consciente para desacelerar.

"Ela não estava em casa quando Felix foi lá para buscá-la, e o carro que ela pegou emprestado foi guinchado. Não precisa ser um gênio para perceber que tem alguma coisa acontecendo."

A mãe de Xav pousou a mão no joelho do filho, apertando-o de leve para que parasse com o batuque. A enorme vontade de apenas segurar a mão da mãe chegou a assustá-lo.

Apenas a duas semanas de completar 18 anos, pois seu aniversário só chegaria ao final de agosto, Xav era o único membro do grupo que, tecnicamente, ainda era menor de idade. Por isso, lhe fora permitido, até esperado, estar com um pai ou responsável na sala de interrogatório. Também lhe ofereceram um advogado. *"Vamos ver como as coisas vão se desenrolar"*, disse sua mãe.

"Meu filho está preocupado", a mulher falou para o investigador. "Já foi uma manhã difícil para ele e seus amigos. Ainda por cima, descobrir que algo pode ter acontecido com a Megan só piora a situação."

Xav nunca ficou tão grato pelo comportamento calmo e pelo ar de autoridade que emanavam de sua mãe. Nada parecia perturbá-la. Mesmo com seus 40 e tantos anos, ela era linda e tinha o poder de impactar qualquer um que se aproximasse. As pessoas se comportam de forma diferente perto de gente atraente; ele testemunhara isso com sua mãe e, nos últimos anos, sentiu na própria pele.

"A Megan é uma amiga próxima?", perguntou o investigador a Xav, após um aceno educado e um sorriso de canto para a mãe dele.

"Todos nós gostamos da Megan", ela falou antes de Xav ter a chance de responder. "E, naturalmente, estamos muito preocupados."

"Ela está aqui na delegacia, nos ajudando com o inquérito." O investigador observava Xav com atenção. "Não está machucada, mas temos motivos para acreditar que ela se envolveu num acidente de trânsito no começo desta madrugada."

"Alguém se machucou?", perguntou a mãe de Xav.

"Xavier, eu gostaria que você nos contasse sobre ontem", solicitou o homem. "Comece pelo horário que todos vocês se encontraram."

Tá, essa era fácil. Contar a verdade até onde desse, Talitha os orientou após Megan sair na noite anterior. Dessa forma, suas histórias seriam a mesma. Ele começou a falar e logo sentiu confiança na voz. Os seis se encontraram em University Parks às quatro. As meninas trouxeram comida; os meninos, bebida e limonada. Jogaram *Frisbee* e ficaram sentados, jogando conversa fora, sem a noção da bomba que o destino reservara para eles. Nervosos e agitados com as notas que logo sairiam, andaram até Port Meadow, porém o lago estava frio demais àquela hora para um mergulho, por isso desistiram da ideia e foram beber umas no Lamb & Flag.

"Quanto tempo você ficou no pub?", perguntou o investigador.

"Meu filho conversou comigo pouco antes das oito", interveio a mulher. "Eu queria saber se iria jantar em casa. Ele disse que não, e ouvi uma barulheira ao fundo. Perguntei onde estavam, e a resposta foi que ele e o pessoal foram pra lá."

"Obrigado."

"Quero apenas ser útil."

"Prossiga, Xavier."

"Ficamos lá até fechar e depois seguimos para o Park End", continuou Xav.

"Você quer dizer a balada em Park End Street? Quanto tempo ficaram?"

Xav olhou rapidamente para a mãe. Ela não sabia de sua identidade falsa para entrar nas baladas da cidade com os amigos. "Não entramos", explicou ele. "O Dan e eu estávamos usando roupa esportiva. Todo mundo que não estava a caráter era barrado. Em vez disso, fomos pra casa da Tali."

O investigador olhou para baixo e leu em voz alta o endereço de Talitha. Xav confirmou.

"Por quanto tempo ficaram lá?"

Agora era o momento de permanecer atento ao roteiro. "A Amber, a Tali, o Felix, o Dan e eu ficamos a noite toda", declarou ele. "A gente ficou perto da piscina, depois que esfriou, entramos pra casa da piscina. Eu devo ter cochilado, porque, quando acordei, a Megan já tinha saído."

O investigador teve uma reação estranha: as sobrancelhas se arquearam, e ele se recostou na cadeira, avaliando Xav com um olhar.

Merda, pensou Xav. *Acabei de falar besteira.*

9

"Por quanto tempo pretendem nos manter aqui?"

Barnaby Slater, conselheiro e representante legal da Coroa[*], sentou-se na cadeira ao lado da filha, que tremia. Era um homem alto, rígido, chegando aos 60 anos de idade. Ele não parecia confortável, na verdade, nunca parecia estar confortável. Talitha gostava de se vangloriar de que podia contar nos dedos de uma mão o número de vezes que o vira usando algo que não fosse terno. Ainda que falasse em tom de brincadeira, havia um fundo de verdade nisso.

"Hoje é um dia especial para minha filha", prosseguiu. "Ela alcançou resultados excepcionais em suas provas e deveria estar comemorando com a família e amigos."

Mesmo num ambiente pequeno, Slater projetava a voz como se estivesse em frente a uma sala de audiência lotada. Cada vez que falava, e não tinha problemas para interromper o assunto, a investigadora que conduzia o interrogatório se encolhia.

---

[*] No original, Queen's Counsel: um título de honra concedido a advogados na Inglaterra que aumenta consideravelmente o valor de seus honorários. [NT]

"Tenho certeza de que já estamos terminando por aqui", informou a mulher jovem com cabelo ruivo despenteado, esforçando-se ao máximo para não transparecer o nervosismo. "Por favor, você pode responder à pergunta, Tabitha?"

"Ta-*li*-tha", Slater a corrigiu. "Ênfase na segunda sílaba com *li*."

"Os meus amigos ainda estão aqui?", perguntou Talitha. Não era nada fácil estar longe dos outros, pois teve a vã esperança de que seriam interrogados juntos, assim teriam a oportunidade de falar suas versões da história com segurança. Precisava fazer um grande esforço para se lembrar do que deveria dizer e fora *ela* a responsável por decidir o que cada um deveria falar! O combinado era falar a verdade sobre os acontecimentos até o horário da meia-noite. Daí pra frente, serem vagos em tudo que falassem. *Todos nós fomos dormir. A gente não se lembra da Megan saindo*. Era esse o acordo, não? Tinha quase certeza de que foi o que dissera.

"Acredito que sim", respondeu a investigadora. "Deixe-me perguntar novamente. Como Megan estava ontem à noite?"

"Bem, ela estava..." Talitha olhou para o pai em busca de um direcionamento, mas nunca dava para saber o que se passava na cabeça do homem.

Dezoito anos de convívio, e ela ainda não sabia dizer se ele estava satisfeito ou irritado, orgulhoso ou decepcionado, ansioso ou completamente relaxado. Na falta de provas concretas, ela sempre ficava com a opção negativa; era o mais seguro.

"Ela estava bem, eu acho", afirmou Talitha. "Um pouco quieta, mas a Megan não é de falar muito. Sem contar que estávamos todos nervosos com a manhã de hoje."

"Por que você acha que ela saiu tão cedo se o plano era passar a noite na sua casa e irem para a escola juntos?"

"Não sei. Não tenho certeza se ela foi mesmo embora. Só me lembro vagamente do Felix se perguntando o que aconteceu com o carro dele, e imaginamos que a Megan tivesse pegado."

"Ela tinha esse hábito? Pegar o carro dos outros sem permissão?"

"Não. Quero dizer, talvez."

"Com que frequência?"

Talitha se virou para a figura ao seu lado. "Pai!"

O pai de Talitha não se moveu, mas, novamente, ele pouco o fazia a menos que precisasse de verdade. Slater nunca se mexia na cadeira ou coçava a cabeça. Mais de uma vez, quando estavam sozinhos após o jantar, Talitha contou em segredo quanto tempo ele conseguia ficar sem mover um músculo. Ela sempre se entediava antes que o pai se movesse.

"Responda à pergunta, Tali", disse sem olhar para ela. "Megan possuía o hábito de furtar os carros do grupo?"

"Não era furtar. O Felix não se importava."

Por fim, a cabeça do pai se virou e olhou em sua direção. "Se ela pegou o carro sem permissão, eu consideraria um furto."

Não. Já bastava Megan levar a culpa pelo acidente, Talitha não iria adicionar a acusação de furto. Por outro lado, faria tanta diferença assim agora? Se Megan fosse acusada de causar as mortes por direção perigosa, qual seria o peso de um pequeno furto?

"Bom, Talitha!", exclamou a investigadora. "Ela chegou a pegar o carro do Felix, o seu, ou...", ela deu uma olhada em suas anotações, "o de Xavier, sem permissão?"

"Eu não sei. Não consigo me lembrar. Por que você não pergunta pro Xav? Ele estava com ela."

Um erro feio. Não deveria ter dito aquilo. Aquela era a parte da história que nunca deveria contar, que Xav levou Megan até o carro, após ela concordar em salvá-los.

A investigadora não deixou a informação passar. Ela se curvou para a frente em sua cadeira. "Xav saiu com ela ontem à noite?"

"Não. Não foi isso que eu quis dizer. Quero dizer que eles passavam muito tempo juntos. Normalmente. Por isso, ele pode saber sobre os carros."

"Eles ficaram juntos na noite passada?"

"Talvez. Era bem comum."

"Eles estavam namorando?"

"Não, o Xav tá ficando com a Amber. Mas sempre tive um pressentimento de que a Megan também gostava dele. Ela nunca disse isso, mas dá pra perceber nesses casos, não dá? Ela sempre se sentava ao lado dele ou procurava ficar perto do Xav quando a gente saía. Sem contar que não parava de falar sobre ele quando não estava por perto. Tudo parecia uma desculpa para trazer o assunto à tona."

Seu pai emitiu um suspiro pesado.

"A Amber sabia disso?", perguntou a investigadora.

Seria uma boa ideia falar sobre isso? Esse negócio todo de um triângulo amoroso... seria seguro conversar sobre isso?

"Acredito que sim. A Megan é muito inteligente e atraente. Não me surpreenderia se o Xav gostasse dela."

O pai de Talitha limpou a garganta. "Não estou certo da relevância disso para o assunto atual, inspetora, e a hora está passando."

Ignorando-o, a investigadora indagou: "Podemos afirmar que Megan era um peixe fora d'água no seu grupo?".

Essa acertou em cheio. Não por causa da pergunta em si, mas porque a investigadora percebeu aquele fato com muita rapidez.

"Não sei o que você quer dizer", alegou Talitha, apesar de saber. "A gente se conhece há anos, mas acho que só nos tornamos boas amigas no meio do último ano."

"Quando vocês se tornaram monitoras do conselho estudantil?", instou a investigadora.

Talitha arriscou outra olhadela para o pai. De novo, nenhuma resposta.

"Isso mesmo", respondeu, sentindo-se num terreno um pouco mais firme. "A gente precisava passar muito tempo juntas. Havia o baile de final de ano para organizar e o itinerante de visitantes, um monte de coisa de caridade, fora as questões do estacionamento para dias de visita aberta. Começamos a nos encontrar antes das aulas na maioria dos dias e foi aí que começou."

"Certo. Mas a vida da Megan é bem diferente da sua? De todos vocês, não? Acho que podemos afirmar isso com tranquilidade."

Talitha olhou novamente para o pai. Nada. Meu Deus, por que ele estava ali se não ajudava?

"Ela tinha uma bolsa de estudos", prosseguiu a investigadora. "Sua mãe não teria condições de pagar as mensalidades do colégio All Souls, não sem ajuda financeira."

"A gente não se importava com isso", Talitha se apressou em dizer. "Ela era uma de nós."

Mesmo verbalizando, sabia que era uma mentira e, de alguma forma, era uma mentira que doía mais que as outras que ela contara ou que ainda contaria. Parecia uma traição contra Megan.

"Criamos nossa filha para julgar os outros por seus méritos." Enfim, Barnaby Slater se pronunciou, porém foi notável que ele o fez para se defender, mais do que a filha.

A investigadora lhe deu um olhar longo e avaliador. "É claro que sim", respondeu ela, antes de se voltar para Talitha. "O que quero dizer é: será que Megan sentiu que nunca pertenceu verdadeiramente ao seu grupo?"

"Eu não sei. Nunca pensei nisso."

"É provável que não, mas algo que nunca passou pela sua cabeça pode ter sido um grande problema para Megan."

"Onde você quer chegar, inspetora?", perguntou o pai de Tali.

"A lugar algum, estou simplesmente imaginando o que a Megan estaria disposta a fazer para ser aceita por um grupo do qual sempre quis fazer parte."

10

Ansiosa para terminar logo com isso, Amber concordou em ser interrogada sem a presença de um advogado, porém, passados cinco minutos, a garota estava prestes a mudar de ideia. Talvez um atraso de uma hora fosse melhor, daria tempo de pensar melhor e decorar a história. Por outro lado, se solicitasse agora o advogado, pareceria culpada, não?

"Me fale sobre a Megan", pediu Rachel.

Rachel era a investigadora encarregada de interrogá-la, apesar de não parecer muito mais velha que a própria Amber. Seu cabelo loiro, tingido em casa — Amber era especialista em notar —, estava preso num coque elaborado, e ela usava muita maquiagem. Talvez fosse uma estagiária ou algo do tipo, o que era um bom sinal, indicando que não quiseram colocar alguém mais experiente. Tinha certeza de que estavam apenas cumprindo as formalidades e logo estaria fora daquele lugar. Nem sequer estavam numa de sala de interrogatório como as que Amber via na TV, em vez disso, estavam sentadas num canto silencioso do refeitório da delegacia. Rachel até ofereceu um café para Amber.

Mesmo assim, havia um gravador em cima da mesa e um notebook aberto.

"O que você gostaria de saber?", perguntou Amber.

Rachel sorriu. "O que vier à sua cabeça. Há quanto tempo vocês duas são amigas?"

Algo não parecia certo. Por que Rachel não estava perguntando sobre a noite passada?

"Acho que nos tornamos boas amigas quando viramos monitoras do conselho estudantil", explicou Amber com cuidado. "Mas a gente se conhece desde que entrou em All Souls."

"Ela era da mesma casa estudantil que você: Faraday, correto? Vocês se encontravam todas as manhãs e tardes para entrega de relatório. Quantos alunos por grêmio estudantil?"

Amber ouviu o distante som do sinal tocando em sua cabeça. Poucas pessoas sabiam das tarefas realizadas em escolas independentes, só que essa mulher, que parecia ter um emprego de meio período numa loja de cosméticos, tinha feito a lição de casa.

"Doze", falou Amber.

"Seis garotas, certo?"

"Quatro. All Souls tem mais garotos. Antigamente, era uma escola apenas para rapazes."

"Quatro garotas, e você e a Megan eram duas delas. Seria natural que vocês se tornassem amigas próximas."

"Eu tinha outras amigas. Garotas que conheci no ensino fundamental."

"Quando estudou na Collingdale Preparatory School, com mensalidades de quase dez mil libras por ano", afirmou Rachel.

"E o que isso tem a ver?"

"Megan foi para Chorley Wood, uma escola pública perto de sua casa. Ela tinha uma bolsa de estudos em All Souls. Era por isso que você não gostava dela?"

Isso estava muito errado, como se Megan houvesse reclamado deles para a polícia.

"Não. E sempre gostei dela. Ela me ajudou com matemática na preparação para os exames do ano passado. Eu tinha dificuldade e, se não fosse aprovada, não conseguiria passar de ano. Megan passou horas comigo, mesmo sem ter a obrigação. Graças a ela que tirei um B."

Por um breve momento, Amber se perguntou se havia realmente agradecido a Megan por todo o tempo investido para ajudá-la em suas provas.

"Você ficou brava quando ela foi escolhida como embaixadora do conselho estudantil? Sei que você foi entrevistada para essa função."

Sim, nunca admitira para nenhuma pessoa sequer, mas a notícia da escolha de Megan fez seu sangue ferver.

"Não", respondeu Amber. "Ser a embaixadora do conselho estudantil exige muita responsabilidade. Eu estava feliz em ser apenas uma monitora. E qualquer um de nós tinha capacidade para ocupar aquele cargo, foi a própria diretora que nos disse. Megan deu sorte. Não a culpo por isso."

"Você não acha que a escola tentou criar uma boa imagem em cima disso? Transformar a aluna bolsista em embaixadora do conselho estudantil. Logo a que era filha de pais divorciados."

Amber se encolheu na cadeira. "Talvez. Provavelmente."

Rachel abaixou os olhos e começou a digitar; ela era rápida. Vários segundos se passaram.

"Quero dizer, ela era esperta", afirmou Amber com hesitação. "Não tem como negar isso, mas inteligência social não era seu ponto forte. Ela não era muito popular na escola."

Rachel parou de digitar e fitou os olhos de Amber. "O fato de ela ter uma quedinha por Xav chegou a causar algum atrito entre vocês? Ele é o seu namorado, certo?"

"Sim. E quem disse que ela tinha uma quedinha por ele?"

Rachel soltou uma expressão confusa. "Desculpa, pensei que todos sabiam que Megan e Xav se davam bem... bem até demais."

"Eu não sabia."

A investigadora digitou um pouco mais. "Vamos falar sobre a Megan ser esperta", disse, após terminar. "Ela recebeu uma proposta para estudar em Cambridge, certo?"

"Isso mesmo. No St. Catherine's College. Para estudar *natsci*."*

"*Natsci*? O que é isso?"

---

* Abreviação de *Natural Sciences*. [NT]

Então a senhorita espertalhona não sabia de tudo.

"Ciências naturais", explicou Amber. "É um dos cursos mais disputados no Reino Unido, possivelmente do mundo. Você tem que ser muito bom mesmo para conseguir."

"Para isso, ela precisaria tirar ótimas notas. Três As no mínimo, correto?"

"Correto, mas isso não seria problema. De todos nós, era a menos preocupada com isso. Ela conseguiria cinco As sem sombra de dúvida."

"Igual ao Xav?"

"É. Os dois escolheram três matérias em ciências, matemática e matemática avançada. A gente chama de 'Os Cinco Japas' ou 'Strike Asiático', porque geralmente são os alunos asiáticos que fazem as cinco. Não estou sendo racista, eles são mais crânios do que a gente. Com exceção do Xav e da Megan."

"Vocês eram um grupinho inteligente, certo? Mesmo que todos não tenham feito o 'Strike Asiático'?"

"A gente se dava bem. Estudávamos bastante, tínhamos bons professores. Demos sorte no fim das contas."

A investigadora olhou diretamente para Amber. "Então, você poderia me explicar por que Megan falhou em conseguir qualquer nota próxima de um A?"

Levou pelo menos um segundo para Amber conseguir processar a informação.

"O quê?", exclamou por fim.

Rachel olhou para o notebook. "Ela tirou quatro Cs e um B. O B foi em matemática."

Era uma pegadinha, embora Amber não conseguisse ver como isso ajudaria. "Impossível", retrucou ela.

Rachel deu um sorriso presunçoso de alguém que acaba de conquistar uma pequena vitória. "Conversamos com a diretora no começo da manhã. Ela estava muito preocupada com Megan, a ponto de ir até sua casa quando a contatamos. Acredito que a mulher suspeitava que Megan fizesse alguma besteira por não conseguir lidar com a decepção que causaria nas pessoas."

Era um absurdo, mas de tudo que acontecera nas últimas horas, o fato de Megan tirar notas medíocres parecia o mais chocante. Era como se o mundo estivesse com um *bug*, e tudo estava ao contrário de como deveria estar.

"Você tá mentindo pra mim", disparou Amber. "Ela teria contado se não fosse bem. Passamos o verão todo junto com ela. Ela nem sequer mencionou estar preocupada com as notas. Bom, não mais do que a gente."

Enquanto falava, Amber se lembrou de Megan estar diferente naquele verão, mais quieta, até mais reservada que o comum. Quando perguntavam se havia algo de errado, ela simplesmente dava de ombros e falava que tudo mudaria em breve e que sentiria saudades dos amigos.

"Você não vai ser a única a ir pra Cambridge, sua vaca", Talitha dissera uma vez, e apenas Amber percebeu como os olhos de Megan ficaram marejados.

A investigadora sorriu. "Como você disse, srta. Pike, vocês não eram amigas tão próximas assim, não é mesmo?"

11

O investigador, um homem corpulento de 50 e poucos anos, cujo cabelo parecia ter fugido de sua cabeça só para reaparecer em tufos semelhantes a fungos esponjosos nas sobrancelhas, orelhas e narinas, empurrou uma fotografia pela mesa em direção a Daniel.

"Sophie Robinson." O investigador falou tão devagar, que até pareceu entediado. Daniel o vira bocejar duas vezes e esperava que aquilo fosse um bom sinal. "Trinta e seis anos, casada, mãe de duas crianças pequenas. Médica em uma clínica geral. Muito querida por todos à sua volta. Prestes a voltar ao trabalho após uma licença-maternidade. A foto foi tirada há alguns meses. A bebezinha, Maisie, estava quase completando 9 meses de idade. Quer dizer, até o começo do dia de hoje. A outra criança, Lily, tinha 4 anos."

Daniel realmente não queria olhar para a foto. Nada tinha a ganhar com o fato de que Sophie Robinson era morena e que as rugas no rosto davam a impressão de que sorria com constância. Com absoluta certeza, não ajudava em nada ver que ela apertava as filhas com tanto carinho para perto de si que dava a impressão de que o vento poderia arrastá-las para longe se o abraço não fosse forte o suficiente.

Ele queria fechar os olhos, mas a fotografia era hipnotizante, disparando detalhes da vida da família Robinson, como agulhas a perfurar sua pele. Fora tirada num dia com ventania, porque o cabelo de Sophie esvoaçava para longe e uma mecha ficara presa no canto da boca. Dava pra ver um solitário balanço infantil ao fundo do jardim da família e algo que parecia ser a borda de uma toca de coelho. Havia uma macieira, que possivelmente não dava muitas maçãs nessa época do ano, pois o vento levara a maior parte das folhas.

Melhor assim, pois ninguém estaria mais por perto neste outono para colher seus frutos.

Sophie, a sra. Robinson — meu Deus, ele nunca mais conseguiria escutar a música "Mrs. Robinson" de novo —, vestia uma camiseta de bolinhas com uma mancha no ombro direito onde a bebê havia babado. Em seu rosto, havia uma pequena cicatriz em cima da sobrancelha esquerda. A filha mais velha estava com 4 anos e tinha cabelos castanhos e ondulados, os olhos brilhavam na foto; a bebê era gordinha, enrugada e carrancuda.

Sophie, Lily, Maisie. Daniel imaginou qual delas ouviram gritar na noite passada. Com certeza, não foi a bebê; nenhum bebê conseguiria berrar tão alto.

"A menorzinha estava viva quando chegou ao JR", informou o investigador, fazendo referência ao John Radcliffe Hospital. "Com queimaduras severas, mas viva. Ela sobreviveu por cerca de uma hora."

Daniel abriu a boca para contar o que ouvira no rádio sobre o acidente. Por sorte, deteve-se no último segundo, percebendo que o investigador nada falara sobre a causa da morte. Deveria perguntar o que a família Robinson tinha a ver com ele? Ou já não passou muito tempo? Não deveria ser o seu advogado a fazer esse tipo de pergunta? Foi um erro concordar com um defensor público de plantão.* Deveria ter ligado para o pai, que garantiria um advogado particular. Foi o que os outros fizeram, tinha certeza. Talitha chamaria o próprio pai, e Felix insistiria em esperar que os pais encontrassem o melhor advogado possível.

---

*   Na Inglaterra, as delegacias possuem defensores públicos de plantão que podem atender como advogados em interrogatórios. No Brasil, o interrogado tem o direito a um defensor público, porém ele não permanece de plantão na delegacia, apenas é convocado mediante solicitação. [NT]

Em melhor vantagem, um deles poderia jogá-lo aos tubarões, quem garantia que as promessas e o acordo da noite passada seriam cumpridos? Para piorar, detalhes da vida da família Robinson surgiam para atormentá-lo mais ainda. Havia um gato num dos canteiros com flores, um gato preto com manchas e orelhas brancas, deitado daquele jeito contorcido que gatos fazem, lambendo o pelo, totalmente absorto.

"Vamos liberar essa foto para a imprensa em breve", afirmou o investigador antes de Daniel ter a chance de comentar. "Ainda não divulgamos os nomes das vítimas. O sr. Robinson está arrasado e pediu um pouco de tempo para avisar a família. Era o mínimo que podíamos fazer."

"O que isso tem a ver com o meu cliente?", perguntou o advogado de Daniel.

Porra, finalmente ele fez alguma coisa.

O investigador enfiou o dedo na orelha peluda e a coçou. "Ah, eu não mencionei? Elas foram mortas na madrugada de hoje na M40. Logo depois da saída sete. A culpada foi sua amiga, Megan Macdonald."

Só que ela não era a culpada, ele estava ao volante. Não que fosse sua culpa. Felix pegou o volante, ele que tirou a direção de suas mãos. De qualquer forma, era tudo ideia do Felix, ele foi praticamente obrigado a dirigir. Deveria ser Felix a levar a culpa, não Megan.

"Sr. Redman! Alguma coisa a dizer sobre isso?"

"Não. Digo..." Daniel precisou se controlar. "Do que você tá falando? A Megan nunca mataria ninguém."

"Ela confessou. Temos seu depoimento assinado."

"Mentira", ele tentou. "Quer dizer, como assim?"

Então, ela realmente confessou. Até aquele momento, Daniel não tinha certeza se ela confessaria. Estava convicto de que a garota mudaria de ideia no último instante e contaria a verdade para a polícia. Ele até supôs que nunca fosse sua intenção assumir a culpa, queria apenas ser a primeira a abrir a boca e receber tratamento especial. A noite toda, enquanto os outros cochilavam ou até dormiam de exaustão emocional, Daniel pensava nas possibilidades, pesando cada consequência e chegando à inevitável conclusão de que ele estava fodido.

Mesmo agora, permanecia desconfiado, ciente de que a polícia usa todo tipo de artifício nos interrogatórios. Não tinha garantia alguma de que não estavam armando para cima dele. Até seu advogado podia fazer parte do esquema, pois, convenhamos, ele era um inútil.

"Ela dirigia pela contramão da M40", explicou o investigador. "Entrou na saída oito, onde a estrada vira a A40 sentido Oxford, e seguiu pela pista errada."

"Ela não faria isso." Ele seria justo com Megan; não colocaria o dela na reta.

"Megan era boa motorista", prosseguiu. "Melhor que os outros. Conseguiu passar no exame prático de primeira."

"Os outros?", repetiu o investigador. "Então, você não dirige?"

"Não. Pelo menos, não ainda. Estou fazendo aulas, mas não fiz o exame prático."

Ele mentiu. Tentara passar duas vezes, embora os outros pensassem que foi apenas uma. Após a primeira falha, guardou segredo sobre a segunda tentativa. Ele percebia agora que nunca conseguiria passar, porque nunca mais se sentaria ao volante de um carro.

Não deveria ter mentido sobre isso, senão o investigador poderia perguntar sobre o que mais estava mentindo. Poderia apenas dizer que cometeu um erro, que quis dizer "não passei" em vez de dizer "não fiz". Ele percebeu que seu pai ficaria puto sobre a decisão de não dirigir. O homem ainda não perdera as esperanças de que o único filho um dia assumiria o que ele chamava de "o grande terreno", mas que na verdade era apenas uma fazenda modesta.

Deus, como era difícil manter a concentração.

O investigador tornou a falar. "A A40 sentido Oxford seria a rota mais óbvia para a casa dela", ele prosseguiu. "Direto até a rotatória em Headington, circulando a estrada, depois direto na Iffley Road."

"Isso mesmo", concordou Daniel.

"Então, por que você acha que ela virou à direita em vez de à esquerda? É óbvio que não era muito difícil — a pista está dividida, há placas de entrada proibida."

É claro que havia. Se ele fechasse os olhos, ainda conseguiria vê-las.

Daniel encolheu os ombros. "Estava tarde e escuro. Ela devia estar cansada."

"Com todo o respeito, você não espera que meu cliente saiba quais foram as motivações da srta. Macdonald", interveio o defensor público. "Em seu próprio testemunho, ela admite estar sozinha no veículo."

Os olhos do investigador encararam os de Daniel. Ele sabia, o garoto percebeu. Sabia de tudo; Daniel estava certo, aquilo era uma truque, e...

"Ela tinha bebido." Ele não quis dizer aquilo, só escapuliu.

"A Megan?"

"Todos nós. Começamos às quatro, no parque. Depois, fomos para o Lamb & Flag até fechar e pra casa da Talitha, onde o Felix começou a fazer mais coquetéis. Estávamos bêbados. A Amber chegou a vomitar."

O investigador franziu a testa. "Se vocês estavam bêbados, como foram do Lamb & Flag para a casa de Talitha?"

Daniel olhou para seu advogado.

"Daniel! Como?", insistiu o investigador. "Alguém deu uma carona? Pegaram um ônibus? Um táxi?"

"Felix e Xav tinham carro", revelou Daniel. "Eles não beberam muito no pub. Quando eu disse que estávamos bêbados, quis dizer que foi depois, na casa da Tali. Àquela altura, ninguém achou que precisaria dirigir novamente."

"Mas a Megan não dirigiu? Alguma ideia do porquê?"

"Eu estava dormindo. Não vi quando ela saiu."

"Você não é o único a afirmar que estava dormindo quando Megan saiu. Se todos dormiam, eu me pergunto o que aconteceu para logo ela, entre todos vocês, achar que precisava ir pra casa."

O advogado de Daniel se manifestou. "Meu cliente já disse que estava dormindo. Não existe a possibilidade de que ele saiba."

O investigador o ignorou. "Mas você afirma que a Megan estava bêbada?", perguntou a Daniel.

"Não tem como ele saber disso também", protestou o advogado. "Ele não estava dentro da cabeça da menina."

"Minhas sinceras desculpas. Daniel, você afirmou que ela bebeu bastante."

"É, ela bebeu", respondeu Daniel. "Deve ser isso que aconteceu. Ela bebeu bastante, insistiu na ideia de que precisava ir para casa, então cometeu um erro na entrada porque não estava em plena capacidade mental."

Agora, não tinha mais volta, ele transformara Megan numa motorista alcoolizada que assassinou uma mãe e duas crianças. Estar bêbado é muito pior do que estar cansado e cometer um erro. Ele realmente a abandonou, mas era tudo ideia dela, ela pediu por isso quando se voluntariou.

O investigador pegou outra fotografia e colocou à frente do rosto de Daniel. Ela exibia uma rua de Oxford cheia de casas geminadas.

"Você reconhece este carro?" O dedo gordo apontou para um Golf conversível vermelho.

"Sim, é do Felix. Pelo menos, é o carro da mãe dele, mas o Felix que dirige."

"Vou te dizer o que me intriga, Daniel", o investigador se reclinou na cadeira. "Conversamos com os proprietários dos outros dois veículos na foto, os que estavam à frente e atrás do Golf, e eles não saíram de carro desde ontem à noite. Isso significa que, quando Megan chegou em casa, logo após causar um acidente fatal, além de estar bêbada segundo seu depoimento, ela conseguiu a incrível proeza de fazer uma baliza perfeita numa vaga minúscula."

O investigador encarou Daniel por vários segundos antes de voltar a falar.

"Como você acha que ela conseguiu?"

12

"Megan fez o exame toxicológico às nove da manhã", Felix e sua advogada foram informados pelo investigador designado a eles. Era um homem magro, vestindo uma camisa rosa com gravata roxa. "Não encontraram vestígios de álcool em seu sangue."

A advogada de Felix, que tinha quase a mesma idade da mãe dele, balançou levemente a cabeça; eles acordaram que era um sinal para que o garoto se mantivesse quieto. Felix insistira em esperar até que os pais encontrassem uma advogada criminalista com experiência para participar do interrogatório. Até o momento, foi um tiro certeiro; ela vencera todos os joguinhos do investigador.

"Felix?", exclamou o investigador.

"Isso não foi uma pergunta", rebateu a advogada.

"Vou tentar de novo. Diante dos fatos sobre o tempo necessário para o álcool sair do sangue, e do intervalo de seis horas entre o acidente e o teste, parece improvável que Megan estivesse, nas suas palavras e de alguns de seus amigos, 'alterada', 'bêbada' e 'fora de si' quando dirigiu seu carro."

"Novamente, esta é uma conclusão sua, não uma pergunta", insistiu a advogada.

"Então, você gostaria de reconsiderar sua opinião de que ela estava bêbada?", perguntou o investigador.

O gesto que Felix realizou parecia dizer "Como que eu vou saber?".

"Eu não estava fazendo comandas ou contando copos. Apenas fiz os drinques, não abri a boca e joguei goela abaixo de ninguém. Presumi que ela estivesse bêbada porque nós estávamos. Não estava na cabeça dela para saber."

"Acredito que meu cliente respondeu à sua pergunta", concluiu a advogada.

O investigador olhou para baixo, em direção ao caderno que estava usando como cola no interrogatório. "Você afirmou que a notícia sobre as notas ruins da Megan foi uma surpresa?"

Dessa vez, Felix não precisou de dicas da sua advogada. "Com certeza. Eu apostaria uma grana alta que a Megan teria as melhores notas de todos nós."

"O que você acha que aconteceu?"

Ele não fazia a menor ideia. Assim como os outros, sempre acreditou que Megan era praticamente um gênio. "Problemas em casa?", ele disse. "Alguma coisa que ela não contou pra gente. É apenas uma hipótese, pra ser sincero."

"Que não ajuda em nada", acrescentou a advogada.

Parando para pensar agora, havia alguma coisa estranha acontecendo com Megan naquele verão. A garota parecia prestes a explodir em vários momentos, sobretudo com ele. E, diferentemente dos outros, ela se tornou a única com verdadeira disposição a enfrentá-lo. Ele deixou isso de lado, recusando a ideia de que poderia ser uma disputa pela liderança.

"Você diria que ela era uma boa motorista? Cuidadosa ao volante?" O investigador pareceu ignorar a advogada.

Felix se encolheu.

"Apenas para registro, por favor."

"Ela era razoável", afirmou. "Nada espetacular. Talvez um pouco desleixada."

As palavras mal terminaram de sair de sua boca quando o arrependimento chegou. Na verdade, Megan era uma excelente motorista, os outros provavelmente alegariam isso.

"E mesmo assim, você a deixava dirigir o carro da sua mãe?"

A advogada interveio: "Já foi estabelecido que a srta. Macdonald pegou o carro do meu cliente sem a sua permissão durante a madrugada".

"Onde você deixou a chave?"

"O quê?"

"A chave do seu carro", explicou o investigador. "Presumo que o Golf da sua mãe precisava de uma para dar partida. A maioria dos carros precisa."

Felix olhou para sua advogada, que, dessa vez, nada respondeu.

"Felix!"

"Não consigo me lembrar. Já disse que eu estava bêbado."

"Você sabia que a maioria das pessoas guarda a chave do carro no próprio bolso?"

"Acho que sim. Parece o normal a se fazer. Só que não foi o que eu fiz, porque senão a Megan não teria pegado sem me acordar."

"Tivemos tempo de sobra para conversar com a Megan enquanto sua advogada não chegava", revelou o investigador. "E perguntamos como ela pegou a chave do carro. O que você acha que ela falou?"

"Não tem como meu cliente saber o que a srta. Macdonald falou durante seu interrogatório."

Os olhos do investigador se estreitaram ao encará-la de volta, e, pela primeira vez, os dois pareciam adversários em pé de igualdade. "Ele saberia se ambos estivessem falando a verdade", afirmou o investigador.

"Me desculpa", falou Felix. "Não consigo me lembrar o que eu fiz com a chave. Eu sempre jogo ela em algum canto quando tomo umas. A Megan conseguiria pegar sem muita dificuldade."

O investigador virou algumas páginas de seu caderno. A face da advogada era dura como pedra. Felix olhou para o relógio. Era quase meio-dia. Ele passou quase duas horas na delegacia.

"Onde você estava na madrugada da quarta-feira, dia 7 de junho?", perguntou o investigador, por fim.

Por um momento, Felix não tinha a menor ideia e chegou a abrir a boca para falar, quando caiu a ficha sobre a fatídica data.

"Não faço a menor ideia", respondeu ele, mesmo assim.

Era dessa forma que tudo ia pelo ralo, numa sala bege, suja, sem janelas e com poeira nos cantos. Felix ainda não tinha noção de como as coisas tomaram um rumo tão catastrófico. Ele deveria estar no pub agora. Eles reservaram uma mesa para seis pessoas, com direito a café da manhã e champagne de comemoração.

Quarta-feira, 7 de junho. A noite em que dirigiu seu carro pela M40 na contramão. A noite em que tudo teve início. Megan traíra sua confiança.

"Tenta se lembrar." O investigador devia estar distraído para não perceber a tempestade na cabeça de Felix. "Foi há mais ou menos umas nove ou dez semanas, no começo das férias, não tem tanto tempo assim."

"Eu precisaria ver no meu diário, mas deixei em casa."

Felix se perguntou se estaria com cara de choro, pois sentia as lágrimas brotarem.

"Em específico, o que você estava fazendo por volta das 2h30, 3h da madrugada?"

Megan passou todos para trás, mesmo prometendo de pé junto de que não faria isso.

"Podemos trazer o seu diário até aqui", adiantou-se o investigador. "Acho que sua mãe ou seu pai poderiam pegar — seria bom conversar com eles também. Da mesma maneira que seria bom saber onde você estava nas noites de domingo, 25 de junho..."

No carro com Xav ao volante.

"Segunda-feira, 17 de julho..."

Foi a vez da Talitha.

"Terça-feira, 25 de julho..."

Amber. Podia apostar que a vadia da Megan não contara sobre sua própria vez ao volante.

"E domingo, 30 de julho."

"Meu cliente já informou que não consegue se lembrar sem olhar no seu diário", a advogada de Felix o interrompeu. "Então, não consigo entender o porquê dessas perguntas."

"Estou quase chegando lá."

Felix não fazia ideia de como o tímido investigador tinha adquirido essa nova postura, confiante de uma hora para outra, como se estivesse no controle de toda a situação.

"E pode ter certeza de que iremos fazer essas mesmas perguntas para os seus amigos", ele adicionou. "Pode ser que um deles tenha uma memória melhor que a sua, sr. O'Neill."

Qualquer um deles poderia entregar todo mundo, se já não o tivessem feito. Provavelmente Amber. Mas, se Megan já tivesse contado tudo, não havia mais pelo que lutar. Ele iria matá-la, Felix pensou. Se ela foi responsável por colocar a corda em seu pescoço, ele iria encontrá-la e iria matá-la. Não importa quanto tempo fosse necessário.

"Veja bem, na madrugada de domingo, 25 de junho, recebemos uma ligação de um caminhoneiro que parou no posto de gasolina de Oxford na M40, perto da saída oito", explicou o investigador. "Ele dirigiu a noite inteira desde a Antuérpia e precisava esticar as pernas. Ele foi dar uma volta pelas redondezas do posto."

O investigador fez uma pausa para suas palavras serem absorvidas.

"Ele viu um farol entrando na A40 na direção oposta de onde estava, só que na contramão", prosseguiu. "Sendo um estrangeiro, ele tinha noção de como pode ser fácil alguém se confundir, especialmente quando se está exausto. Pensou que podia ser um conterrâneo europeu, cometendo um grande engano."

Não era um engano. Xav estava ao volante. Ele dirigiu na contramão pela pista de acesso a 90 por hora.

"Não ficamos muito preocupados na hora", continuou o investigador. "Ninguém reportou nenhum acidente. Igual à nossa testemunha, presumimos que foi um engano sem consequências desastrosas, graças a Deus. Só que recebemos outra ligação, um motorista que viu um carro na contramão da M40 na mesma noite. Disse que o carro dirigiu ao seu lado por um tempo e tinha certeza de que havia mais de uma pessoa dentro."

"E o que isso tem a ver com o meu cliente?", perguntou a advogada.

"Você estava naquele carro, Felix?", o investigador o interrogou.

"Não."

"Você sabia quem estava no carro?"

"Como eu poderia saber?"

"Foi o carro da sua mãe?"

"Impossível."

O investigador pegou uma maleta no chão que Felix não notara até o momento e tirou uma fotografia de dentro.

"Duas denúncias fizeram a gente levar o acidente um pouco mais a sério", declarou ele. "Então, fomos até o posto de gasolina, e acontece que ele possui um circuito de CFTV com uma câmera que filma o trânsito na direção oposta."

A advogada de Felix se inclinou para a frente a fim de examinar a foto. "Essa foto não prova nada, está muito borrada", afirmou ela. "Eu mal consigo identificar o modelo do carro."

Felix conseguia, porém tinha a vantagem de saber o exato modelo do carro já que estava em seu interior durante o ocorrido. Ainda que falasse em termos jurídicos, sua advogada estava certa. Na fotografia, o carro parecia apenas um borrão contra um fundo preto de árvores. Graças a Deus, não havia iluminação naquele trecho da A40, e as luzes do posto de gasolina não chegavam a iluminar a estrada.

Domingo, 25 de junho. Não havia luar, e chegaram a comentar como a noite estava escura. Amber, que sempre tivera um lado místico, mencionou a possibilidade de ser a noite perfeita para se brincar com a sorte. Pouco tempo depois, Xav falou que ele iria fazer o desafio, foram suas palavras que transformaram aquilo num desafio, um que todos deveriam cumprir. Até aquele momento, a façanha de Felix, duas semanas antes, era apenas um evento isolado.

"Vocês têm o número da placa?", indagou a advogada.

Seria impossível, Felix pensou. Se já o tivessem em junho, teriam batido à sua porta fazia muito tempo. Por um milésimo de segundo, ele desejou que tivessem. Xav teria sido multado, todos teriam se dado mal, mas a vida teria tomado seu rumo e nunca teriam repetido o risco.

"Naquele momento, não", revelou o investigador. "Mas assistimos novamente à gravação. Demorou um pouco, mas encontramos imagens do mesmo veículo entrando na A40 no começo da madrugada e dirigindo na contramão em cinco ocasiões diferentes."

Todas as cinco vezes. Eles gravaram todas as vezes que fizeram aquilo. Como ninguém cogitou aquela possibilidade?

"Vocês têm o número da placa?", repetiu a advogada.

Não deviam ter. Senão, teriam ido atrás dele muito antes.

"Já chego lá", retrucou o investigador. "Então, veja bem, Felix, não vou cair nesse papinho de que foi apenas na noite passada porque a Megan estava cansada ou bêbada. Em primeiro lugar, ela não estava bêbada e, para piorar, ela — ou seja lá quem for — já tinha feito aquilo."

13

Um toque telefônico ressoou enquanto Amber e Xav seguiam a mãe de Megan por um estreito corredor. A mulher mais velha se virou rapidamente, o rosto marcado pelas lágrimas tinha uma expressão simultânea de alerta e de esperança.

"Pode ser a Megan", comentou ela. "Preciso atender. Podem ir subindo, é a segunda porta à direita." E apontou para as escadas.

Amber sentiu os dedos de Xav, empurrando-a para a frente.

"Alô!", a voz da mãe de Megan era estridente na casa pequena. "Meggy! É você?"

No andar superior, depararam-se com quatro portas brancas.

"A segunda." Xav queria acabar logo com aquilo. Amber nem queria começar.

Ela não deveria se surpreender com o fato de que a casa de Megan era minúscula e — impossível negar — tão humilde. Ela estivera em frente ao local mais de uma vez, vira a entrada estreita, as lixeiras na rua e as bicicletas acorrentadas às grades dos portões por não haver espaço no interior. Deveria ter imaginado que a parte interna da casa seria um ambiente depressivo, porém nunca se deu ao trabalho de pensar a respeito. A realidade e a vida de Megan fora do grupo não eram uma de suas preocupações.

O quarto de Megan era tão pequeno que Amber e Xav mal conseguiam se mover entre a cama de solteiro, a escrivaninha com cadeira e o cabideiro repleto de blusas e casacos que servia de guarda-roupa. A maioria das roupas de Megan era dos brechós da cidade, e Amber acreditava ser parte de um estilo arrojado, retrô e excêntrico da amiga. Em poucos segundos dentro daquele quarto, percebeu que o estilo da amiga era na verdade movido pela necessidade. Todo o cômodo parecia gritar "Somos necessitados!".

Necessitados de dinheiro para roupas novas. Necessitados de espaço para que coubessem mais livros na prateleira com os clássicos em brochura de Megan. Necessitados de tempo ou vontade para manter as janelas limpas ou repintar as paredes.

Acima da cama, o único ornamento do quarto, além dos bens de Megan, era um quadro de cortiça repleto de fotos com todos os seis: no rio, em Port Meadow, em frente às antigas construções de pedra. No centro, estava o retrato original de quando foram selecionados para o conselho estudantil. Todos pomposos, sorridentes, um pouco soberbos, segurando no corrimão da primeira das pontes brancas que levam ao Campo da Escola.

"Amber, dá uma olhada na cama." Xav estava fazendo sua parte na busca, examinando a prateleira, tirando os livros e balançando-os a fim de derrubar qualquer coisa que estivesse dentro. "Não fica aí parada."

Amber se abaixou no carpete — fino e um pouco grudento — e procurou debaixo da cama por algum envelope, talvez uma pasta. Ela passou a mão pelo espaço entre o colchão e a cama e depois sacudiu o edredom e o travesseiro. As gavetas da base da cama estavam transbordando com as diferentes peças do uniforme de Megan.

No andar inferior, o som abafado da conversa parou. A mãe de Megan era tão pequena quanto a filha, e quase não fez barulho ao subir as escadas.

"Am, pelo amor de Deus. Olha atrás do quadro."

De pé novamente, Amber tirou e recolocou o quadro de cortiça no exato momento em que a porta se abriu. A chance deles foi embora.

"Ela foi acusada." A mãe de Megan se agarrava à maçaneta da porta como se estivesse exausta por subir as escadas. "Ela foi acusada de homicídio doloso."

"Como assim?" Xav derrubou o livro que estava segurando ao mesmo tempo que Amber sentiu uma pontada contra o peito. Homicídio? O que essa mulher estava inventando? Morte por direção perigosa, Talitha falara, isso se dessem muito azar; morte por direção *irresponsável** se as coisas fossem da forma que Megan gostaria. A atual acusação, muito mais pesada, tinha pena máxima de quatorze anos, porém Megan ficaria no máximo sete anos presa, talvez menos, por conta de sua idade e por ser ré primária.

"Por que acusaram de homicídio?" A voz de Amber soava como se pertencesse a outra pessoa. "Ela não quis matar ninguém — foi um acidente."

Com o canto do olho, ela viu Xav se apoiar na escrivaninha.

"Tinha uma testemunha." A mãe de Megan parecia à beira de um colapso. Um mórbido brilho de suor despontou na testa. "Alguém na ponte que a viu entrando na estrada."

"A A329", murmurou Xav.

"A testemunha disse que Megan foi em direção ao outro carro. Falaram que ela tinha intenção de bater."

De certa forma, era verdade. Eles foram de encontro ao outro veículo. Amber viu o rosto de Xav, tão pálido quanto o seu deveria estar, viu as mãos tremendo e os músculos da mandíbula saltando enquanto o rapaz engolia em seco. Dan congelou ao volante, incapaz de fazer qualquer coisa, e Felix assumiu a direção, tentando levar o carro para o acostamento. O outro carro havia feito a mesma coisa, e só evitaram uma colisão de frente porque Felix voltou para a pista muito rápido. Para qualquer testemunha, poderia mesmo parecer uma clara tentativa de causar um acidente.

"Falaram que não foi a primeira vez", continuou a mulher. "Que ela andou fazendo isso o verão todo. Nem me deixaram ver a minha menina."

Como se estivesse em transe, Xav pegou o livro que derrubara e colocou de volta na prateleira.

---

* No Brasil, direção perigosa e irresponsável são a mesma coisa e configuram acusações leves, como falar ao celular enquanto dirige. No Reino Unido, referem-se a crimes distintos, a direção perigosa é ainda mais grave que a irresponsável. [NT]

"Ela tem 18 anos", afirmou a mãe de Megan, como se anunciasse um fato que não soubessem. "Ela já é adulta e não tenho direito nenhum como mãe. Não vou poder fazer nada para ajudar."

"Ela já tem advogado?", quis saber Xav. "Quero dizer, um bom advogado? Podemos falar com o pai da Tali. Ele deve conhecer alguém."

"Por quê, Xav? Por que ela faria uma coisa assim?" A mãe de Megan — Amber não conseguia lembrar seu nome mesmo se esforçando — ficou olhando de um para o outro. "Aconteceu alguma coisa? Ela brigou com vocês?"

Fora uma burrice sem tamanho irem até lá. Talitha e Felix deveriam estar ali; eles, sim, saberiam o que dizer nessa situação, as mentiras certas a se contar. As palavras fugiram de Amber, e Xav parecia tão perdido quanto ela.

"Tinha algo de errado com ela o verão inteiro", prosseguiu a mulher. "Alguma coisa aconteceu. Eu desconfiei que podia ser apenas um amor não correspondido." Novamente, ela alternou os olhares entre os dois. "A Megan disse alguma coisa para vocês?"

"A gente também não consegue entender", Xav finalmente se pronunciou e parecia um robô. "Não encontramos o livro. Desculpa o incômodo com essa situação toda."

A mãe de Megan arquejou, como se, de repente, o oxigênio lhe escapasse dos pulmões. "Ela ia pra Cambridge", lamentou. "Como isso pôde acontecer?"

14

Talitha esperava em frente à janela da casa da piscina por quase meia hora quando finalmente Xav e Amber chegaram. Enquanto acenava para Xav, ela viu, pelo reflexo da janela, Felix preparando outro drinque, apesar de ter avisado não ser uma boa ideia. Dan a preocupava ainda mais. Desde que voltara da delegacia, ele se fechou nos próprios pensamentos e mal abria a boca. Havia uma mesa de sinuca na casa da piscina pela qual o rapaz nunca demonstrou o menor sinal de interesse, mas agora dava tacadas ao acaso, sem encaçapar nenhuma bola. Ele nem sequer contara aos pais o que estava acontecendo.

"Deram sorte?", perguntou Talitha quando Xav e Amber entraram na casa da piscina.

Amber balançou a cabeça para os lados. "A gente não serviu pra nada."

"A gente *não serve* pra nada." Xav se jogou na cadeira. "A mãe dela tá um caco e sozinha. Tem alguma coisa acontecendo, pessoal. Ela contou que..."

"Mas vocês conseguiram entrar e dar uma olhada?" Felix permanecia atrás do balcão do bar. Se ficasse por mais tempo lá, Talitha o arrastaria para fora sem se importar com a diferença de peso entre os dois. "Vocês entraram no quarto?"

A bola de cor azul bateu na borda de madeira, e Daniel a observou rolar de volta pela superfície de feltro. Ele nem se tocou da presença de

Xav e Amber. De vez em quando, seus olhos eram atraídos pela televisão ligada no canto do cômodo.

"Não tá no quarto dela", revelou Amber. "Olha, tem alguma coisa..."

"Será que não está em outro lugar da casa?", interrompeu Talitha.

"A gente mal conseguiu dar uma olhada na casa", comentou Xav, irritado. "Além disso..."

"Podemos entrar lá quando a mãe dela for trabalhar", sugeriu Felix. "Tá a fim de um drinque, Xav?"

"Não!", quase berrou Talitha. "Pelo amor de Deus, Felix, ninguém devia estar bebendo."

"Segura a onda aí." Emburrado, Felix guardou a garrafa. Ainda assim, o copo permaneceu em sua mão, e, pela forma como o jovem o segurava, parecia que a qualquer momento alguém tentaria roubá-lo.

Ao ouvir a reclamação de Talitha, Daniel se encurvou como se lutasse contra a ressaca. "Ela pode ter deixado no carro", afirmou ele.

"Temos um Sherlock Holmes aqui, por que eu não pensei nisso?" A atitude de Felix estava ficando nojenta. "Era só subir no carro enquanto ele tava pendurado no guincho."

"Se ela escondeu no carro, dá pra recuperar quando a polícia devolver", declarou Talitha.

Felix abaixou o copo. "Ela não se deu ao trabalho de arrumar provas só pra entregar depois de mão beijada pra gente. A confissão e o filme estão em algum lugar daquela casa, e a gente tem que procurar quando a mãe dela estiver fora."

"É arriscado demais", ponderou Talitha, percebendo Xav e Amber trocarem um olhar de que escondiam algo.

"Então vamos deixar dando sopa por aí", respondeu Felix. "É sério, pessoal. Vou dormir bem melhor sabendo que estamos seguros caso a Megan mude de ideia. Sem aquela carta e filme, é só a palavra dela contra a nossa."

"Pessoal!", falou mais alto Xav. "A gente tem que..."

"Xiu", Talitha lançou um olhar para a TV e aumentou o volume.

"A polícia de Oxford confirmou, na noite de hoje, que a jovem de 18 anos Megan Macdonald, antiga embaixadora do conselho estudantil da notável escola All Souls, foi acusada de homicídio doloso de três pessoas."

Um silêncio pairou na casa da piscina quando a fotografia de Megan apareceu. A foto era do dia de sua nomeação como embaixadora do conselho e a exibia abaixada junto a Poppy, o cachorrinho da diretora, perto do rio em Christ Church Meadow. Com seu cabelo loiro-platinado curto, ela transparecia beleza e seriedade. Ali estava a bolsista filha de pais divorciados que não apenas tinha sobrevivido por seis anos na escola mais acadêmica do país, como também havia batalhado e chegado ao topo.

"*Megan Macdonald aguardará presa o julgamento, que possivelmente ocorrerá no fim de dezembro*", o âncora do jornal continuou a ler quando a foto de Megan sumiu. "*E agora, seguimos com a previsão do tempo...*"

Talitha desligou a TV e ficou impressionada ao ver suas mãos tremendo. Ela acreditava que isso era só coisa de filmes e novelas.

"Homicídio doloso?", indagou Felix. "Como podem dizer que ela teve a intenção de matar alguém?"

"A gente precisa falar baixo", sussurrou Talitha. "Meu pai está em casa, e as janelas estão abertas, o som chega até lá." Ela olhou para o terraço enquanto falava, dando a impressão de que o pai estaria bisbilhotando do lado de fora. "Ele disse que a polícia tá sempre se perguntando, 'o que estão escondendo da gente?'. Ele me olhou nos olhos enquanto falava isso."

"Você acha que ele suspeita de alguma coisa?", perguntou Daniel.

"Ele sempre suspeita de alguma coisa", respondeu Talitha. "É o jeito dele."

"Como que pode ser homicídio doloso?", repetiu Felix. "Você falou que seria no máximo direção perigosa, Tali. É óbvio que ela não queria matar ninguém."

"Ela não matou, foi o Daniel", retrucou Xav.

As mãos de Daniel apertaram o taco de sinuca.

"Para." Amber colocou a mão no braço de Xav. "Tinha uma testemunha", complementou ela.

Levou um segundo para as palavras de Amber surtirem efeito. "Como assim?", perguntou Talitha, e então ela, Dan e Felix começaram a prestar atenção com pavor crescente, enquanto Xav, com comentários ocasionais de Amber, explicava o que descobriram na casa de Megan.

"Uma testemunha teria visto a gente." Daniel parecia pronto para sair correndo. "Todo mundo saiu do carro. É isso aí, *game over*."

"Acho que não", Xav se apressou a falar. "Conversei com a Amber no caminho. Se alguém tivesse visto, estaríamos agora na cadeia."

"Mas...", Daniel não conseguia prosseguir.

"Acho que você tem razão, Xav." Talitha se esforçava para manter a calma. "Só que uma testemunha pode fazer uma enorme diferença."

Nesse momento, a porta se abriu, e o pai de Talitha ficou parado na entrada. Ninguém reparou enquanto ele atravessava o terraço.

"Vocês viram as notícias?", perguntou ele.

Enquanto Talitha acenava positivamente, Xav lhe respondeu: "A gente estava se perguntando o que o senhor achou sobre a acusação de homicídio. Parece que tinha uma testemunha na ponte".

"Parece que sim." Barnaby Slater nem sequer olhou para Xav. "Na verdade, era um casal que perdeu a entrada e estava fazendo um retorno ilegal na A329 em cima da estrada. O passageiro viu que os veículos quase colidiram e ficaram parados, um na estrada e o outro no matagal."

"Eles pararam?", perguntou Xav. "Alguém tentou ajudar?"

"Parece que não. Eles desconfiaram que o incidente poderia ter alguma relação com gangues, então preferiram não arriscar. Dirigiram até a próxima saída e ligaram para a polícia."

Talitha sentiu a tensão drenando suas energias.

"A Megan vai ser condenada?", perguntou Felix.

"É cedo demais para afirmar." O pai de Talitha continuou a olhar para as paredes em vez de encarar Talitha ou qualquer um de seus amigos. "A filmagem que a polícia conseguiu no posto de gasolina vai ser bastante importante. Ela prova que Megan estava mentindo quando disse que só dirigiu na contramão uma vez, sem querer."

"Pode até sugerir, mas não prova", Talitha corrigiu o pai. "Foi o que você disse antes. A polícia não pode provar que o carro na filmagem é o da sua mãe, Felix. E, se não podem provar, não podem acusar a Megan de estar dirigindo."

Barnaby olhou com desdém para a filha. "Entretanto, há uma chance razoável de o júri acreditar que era o carro da mãe do Felix, e que era

Megan dirigindo todas as vezes. E, se o júri acreditar que ela colocou vidas em risco em seis circunstâncias diferentes, não esperem simpatia ou que acreditem nessa baboseira de sem querer. A pena será pesada."

"Muito pesada?", perguntou Amber.

Barnaby deu de ombros. "Estamos falando da vida de duas crianças. Tenham em mente que muita coisa pode acontecer entre hoje e o dia do julgamento. A polícia vai querer falar novamente com todos vocês. Esqueçam a viagem para Sicília no sábado."

"Vão deixar a gente ver a Megan?", perguntou Xav.

"Acredito que não", respondeu Barnaby. "E, se deixarem, saibam que terá alguém vigiando ou gravando. Vocês precisam ser muito cuidadosos." Ele olhou ao redor da casa da piscina, indo de rosto em rosto, finalmente fazendo contato visual.

Ele sabe, pensou Talitha.

"Não é uma boa ideia vocês passarem muito tempo juntos nas próximas semanas. E, a respeito disso, Tali, sua mãe e eu queremos sua presença no jantar de hoje. Esteja lá em cinco minutos. E os demais... dirijam com cuidado na volta para casa."

A porta bateu com força atrás dele.

Amber foi a primeira a romper o silêncio. "A gente não pode fazer isso. A Megan nem estava dirigindo."

"Não faz diferença", afirmou Felix. "Desculpa, mas não importa mais. Se a gente confessar, não vai livrar a Megan. A gente vai se dar mal com ela."

"O Felix tá certo", concordou Daniel.

"Olha, vocês podem até se enganar com esse papinho", rebateu Amber, irritada. "Só que três pessoas morreram ontem à noite. É inacreditável como vocês podem ser tão egoístas."

"Amber, cala a boca e vai tomar no cu. Precisamos pensar, e esse papo de consciência pesada não ajuda", esbravejou Felix. "O fato de deixarem a gente solto não significa nada. Eles precisam de tempo para confirmar nossas histórias, procurar incoerências. Vão querer falar novamente com a gente, e, quando vierem, não podemos nos dar ao luxo de cometer qualquer erro."

Ele olhou para Xav. "Antes de vocês dois chegarem, estávamos relembrando os dias em que o carro foi visto na estrada e combinando o que deveríamos falar."

"A gente pensou em deixar vago", interrompeu Talitha. "Foi o que eu fiz hoje. Toda vez que falavam uma data, eu dizia que não conseguia me lembrar, que provavelmente estava com vocês, que ficamos juntos a maior parte do verão, mas não dava pra ter certeza."

"Eu disse a mesma coisa", explicou Felix. "Falei que precisava olhar no meu diário."

"A gente precisa se manter o mais próximo possível da verdade", complementou Talitha. "Podemos falar que ficamos por aqui nesses dias. É só dizer que deu para relembrar, ver os diários, perguntar pros nossos pais e assim por diante. A verdade é que sempre ficamos por aqui, então não dá pra inventar muita coisa além disso."

Felix gesticulava em concordância. "A gente veio pra cá, bem tarde da noite, provavelmente depois dos pubs fecharem, e passou um tempo junto, nadando na piscina, jogando sinuca, vendo uns filmes. A gente sempre dormia e não percebia a Megan saindo de mansinho."

"Eu acho que tá bom assim", comentou Talitha. "Ficar vago, não inventar nada, porque alguém pode se contradizer."

"Nenhum de vocês percebeu que tudo isso depende da Megan", observou Xav. "Não faz diferença contarmos uma história perfeitamente alinhada, se ela..."

"Vocês acham que ela não vai abrir a boca?", interrompeu Dan. "Tá óbvio que ela ainda não abriu o bico, senão estaríamos todos presos também, mas será que ela não vai falar nada no futuro?"

"Não tem como saber", rebateu Talitha.

"O que vamos falar quando perguntarem o que levou ela a fazer isso?", questionou Amber. "Por que ela continuou dirigindo na contramão da estrada? Quero dizer, é totalmente incompatível com o comportamento dela."

"Vamos falar que não sabemos", sugeriu Felix. "Sem ficar adivinhando, sem ficar falando merda. Vamos só dizer que não temos a menor ideia."

"Mas ela estava bem estranha nesse verão", pressionou Amber. "Eu não parei pra pensar de verdade até hoje, até descobrirmos suas notas, mas aconteceu alguma coisa que deixou ela perturbada."

"Eu também percebi", concordou Xav.

"Pessoal, não importa mais", argumentou Felix. "A verdade é que a gente não sabe o que aconteceu, então é isso que vamos falar."

"O que o seu pai quis dizer quando falou para não passarmos muito tempo juntos?", Amber perguntou a Talitha.

"Ele quis dizer que somos culpados por associação criminosa", explicou Xav. "Todo mundo sabia que éramos os melhores amigos da Megan. Nossas reputações serão manchadas também, e vai ser ainda pior se passarmos mais tempo juntos. Ele quer separar a gente. Devemos esperar o mesmo dos nossos pais."

"E eu e você?", perguntou Amber, sua face era uma careta de descrença. "A gente não vai mais se ver?"

"É o que eles querem", respondeu Xav. "Vão rezar pra gente não cair no mesmo buraco da Megan. E, se escaparmos das acusações, vão querer que fiquemos longe uns dos outros."

"Eles não podem impedir a gente de se ver, não é?", disse Amber. "Somos maiores de idade, você também, daqui a duas semanas."

"Eles provavelmente acreditam que podem fazer isso até o final das férias", explicou Xav. "Em outubro, o grupo vai se separar de qualquer forma."

"É o que esperamos", murmurou Felix.

A porta se abriu novamente, e Barnaby apareceu. Ele apontou para seu relógio de pulso. O grupo ficou de pé.

"Tô só me despedindo", informou Talitha.

"O jantar está na mesa", falou o pai, sem paciência. "Uma refeição consideravelmente melhor, num ambiente muito mais agradável que o jantar que sua antiga amiga vai ter hoje." Ele olhou o grupo, encarando cada um deles de forma fria. "Sugiro que reflitam sobre isso pelos próximos dias."

15

Quatro meses depois

Desde criança, quando descobriu e se apaixonou pela tabela periódica, Felix criou o hábito de associar elementos químicos às pessoas em sua vida. Ele só sentia que realmente conhecia alguém quando lhe atribuía um elemento, de vez em quando uma combinação de dois ou mais. No entanto, foi difícil associar Megan com alguma coisa, e o mais próximo a que ele conseguiu chegar foi bismuto. De grandes proporções e — erroneamente — considerado um elemento estável, o bismuto sofre decomposição, mas numa velocidade infinitamente devagar. Debaixo de sua superfície, ainda que ninguém possa ver ou estipular, há sempre alguma coisa acontecendo. E essa era a definição de Megan, a embaixadora perfeita do conselho estudantil, calma, equilibrada, tão boa em participar de um time quanto em liderá-lo. Megan parecia alguém totalmente comum na maior parte do tempo, porém, de vez em quando, ela se mostrava extraordinária. Da mesma forma, bismuto parecia sem graça, um pouco ordinário, mas, ao se cristalizar, formava estruturas frágeis com as cores do arco-íris e de extrema beleza. Felix pensou que, no frigir dos ovos, ele havia acertado. Megan era bismuto, ou, pelo menos, a Megan que conheceu antes de tudo isso acontecer.

Sua constatação ficou óbvia nos últimos segundos do julgamento. De seu lugar ao fundo da sala de audiência, Felix foi obrigado a ver Megan perder a compostura. Ao final da pena proferida pelo juiz, ela parecia curvada para dentro, como se uma mão invisível houvesse socado seu estômago. Sua boca estava aberta, mas, se qualquer som saiu de lá, foi sufocado pelo alvoroço local; o veredicto de culpada determinado pelo júri popular quase trouxe ao chão o prédio e as pessoas nele.

Prisão perpétua, com cumprimento mínimo de vinte anos.

Na primeira fileira do espaço público, Michael Robinson mergulhou a cabeça entre as mãos. Sentada ao lado de Felix, Amber fez a mesma coisa. Dan, não Xav, foi o responsável por colocar um braço no ombro da amiga e consolá-la. Ela e Xav não eram mais um casal.

Então, a cabeça de Megan se levantou vagarosamente. Ela parecia ter envelhecido dez anos desde que o julgamento se iniciara. O cabelo havia crescido, as pontas prateadas abriam margem para centímetros de raiz escura. A face, sempre branca, estava sem o mínimo de cor, parecendo que a carne derreteu e os olhos foram sugados para dentro do crânio. A pele estava áspera, igual a papel higiênico vagabundo, e os lábios rachados e com cortes. Megan Macdonald, a jovem mais odiada da Inglaterra, começava finalmente a compreender a gravidade da sua situação.

Felix observou os olhos da garota percorrerem a sala, possivelmente o buscando. Se houvesse a mais remota possibilidade de se esconder, ele teria pulado para debaixo do banco. Entretanto, não haveria como evitá-la; era provável que ele fosse a pessoa mais alta no local.

Pressentindo que algo estava acontecendo, as cabeças começaram a seguir o olhar de Megan. Talvez procurassem sua mãe, porém não era isso, a sra. Macdonald estava no lado oposto da sala desde o início do julgamento. Agora, ela estava desmaiada no ombro de alguém sentado ao lado.

Estaria Megan olhando para Xav? Com o canto da vista, Felix viu a face do amigo petrificada com a tensão. No banco do réu, as mãos de Megan seguraram com força a barra de proteção, como se estivesse prestes a pular por cima dela. Por um segundo, ela manteve o contato visual com Xav, e os lábios pronunciaram algo.

O feitiço foi desfeito pelos policiais que a pegaram pelos braços e a retiraram do fórum. Felix sentiu um alívio por meio segundo. Agora, a novela iria se desenrolar do lado de fora. A rua estaria cheia de câmeras dos jornais, uma vez que o caso da "Camicase de Oxford" tomara proporções mundiais. Haveria depoimentos da polícia, dos familiares das vítimas, e até filmariam, de relance, o camburão sem janelas levando Megan para sua nova vida. Ninguém queria perder isso; as pessoas começaram a se aglutinar na saída.

Como pedras soterradas na areia, enquanto ondas movem o terreno ao seu redor, Felix e os outros observaram a sala começar a se esvaziar. Ao seu redor, tudo soava abafado, dando a impressão de que o local se tornara um programa televisivo com o volume desligado. Ele viu a boca do juiz se mover, Talitha talvez soubesse o que ele dizia. Possivelmente, agradecia e liberava o júri. Viu os advogados guardarem seus documentos em pastas. E viu a investigadora encarregada do caso — para a surpresa de todos, a mesma loira que interrogara Amber — retocando o batom e o guardando num *nécessaire*.

Os promotores e juiz estavam saindo sem disfarçar muito a impaciência, e os presentes nos bancos faziam igual. A imprensa, que se sentara ao fundo para ter posição privilegiada, já havia saído e só não foi correndo para manter o mínimo de decência. A mãe de Megan foi levada enquanto chorava. Ela não falou com os amigos da filha. Era possível que nem soubesse que estavam lá.

"A gente precisa ir." Felix se debruçou à frente de Amber para que os outros pudessem ouvir. "Vão ver a gente se ficarmos. Vamos logo."

Como um rebanho, exausto e obediente, eles o seguiram, e todos mantiveram a cabeça baixa enquanto saíam dos bancos de madeira. Eles conseguiram não chamar a atenção durante os cinco dias de julgamento, porém Tali os avisara que as restrições jornalísticas seriam mais brandas agora. Dado o histórico de escrúpulos e limites da mídia jornalística, estaria aberta a temporada de caça. Jornalistas desesperados por uma manchete não conseguiriam falar com Megan na prisão, então iriam atrás dos amigos dela.

Com Felix à frente, o que não era uma boa ideia por conta de sua altura, porte e aparência que o tornavam o mais fácil de ser reconhecido, seguiram os últimos presentes até a saída. Na rua, câmeras de tv estavam apontadas para a investigadora principal, agora envolta num casaco rosa, para a equipe jurídica ao seu lado e, especialmente, para Michael Robinson, marido e pai das vítimas.

"Os últimos meses foram um verdadeiro pesadelo para o sr. Robinson", a investigadora falava, enquanto um repórter segurava um microfone felpudo em sua direção. "Toda sua família foi apagada da existência pelos atos cruéis e egoístas de uma jovem privilegiada que acreditava estar acima da lei. A sentença de hoje envia um recado poderoso de que ninguém está acima da lei."

"Ali estão eles!" Uma mulher com jaqueta acolchoada apontava na direção em que estavam. "Os amigos da Megan."

A multidão presente pareceu agir em unidade, e havia um quê de matilha na forma como todos viraram a cabeça em direção a eles. Olhares frios se focaram na presa, enquanto um homem com uma câmera nos ombros se aproximava.

Felix segurou a mão de Talitha. "Vamos embora."

Sem se importar com o trânsito natalino, ele levou Tali para a rua, contornando um ônibus e ignorando as buzinas. Xav, Amber e Dan os seguiram, porém, logo adiante, o semáforo ficou vermelho, e os carros diminuíram a velocidade até pararem. A matilha perseguidora atravessou a rua, onde um enorme número de pedestres dificultava a locomoção. Rostos se voltaram para eles, pois todo mundo adora uma confusão na rua, desde que envolva os outros.

Uma câmera estava apontada para Talitha. "Talitha, você sabia sobre o joguinho de camicase da sua amiga?"

Felix a puxou para o lado, e desviaram pelo entorno da fila no ponto de ônibus. Porém, a equipe jornalística tinha mais prática em perseguir entrevistados relutantes que o grupo tinha em fugas. Os caçadores não deixariam a caça ir embora, ainda que os cinco adolescentes batalhassem para caminhar pela rua movimentada.

"Você acredita que foi uma tentativa de suicídio pelos terríveis resultados das notas dela?"

Os galhos afiados de uma árvore de Natal que alguém carregava nas costas riscaram o rosto de Felix.

"Amber, você esperava que a pena fosse tão dura?"

"Você chegou a estar no carro com ela, Daniel?"

Aquilo era um desastre; ele precisava afastá-los. "Para Meadow", Felix avisou por cima do ombro.

Christ Church Meadow, uma área aberta no centro da cidade que o grupo conhecia de cabo a rabo, estava próxima. Em Christ Church Meadow, poderiam sair correndo, e as equipes de repórteres com seus equipamentos pesados teriam dificuldade de segui-los. O local, no entanto, fechava ao anoitecer, e, pouco antes das quatro da tarde, o céu natalino já estava com tons opacos do crepúsculo. Era sempre uma incógnita o horário exato em que anoitecia, e eles podiam, ou não, ter sorte.

Sem fôlego, alcançaram a entrada para ver o jardineiro junto ao portão, enquanto as últimas pessoas saíam. Felix arrastou Talitha pelo meio dos visitantes.

"Ei", exclamou o jardineiro. "Estou fechando." Ele deu um passo à frente, na tentativa de explicar a situação, porém Felix e Tali caminhavam rapidamente em direção à entrada. Ao parar afastado do portão, o homem perdeu a oportunidade de impedir os outros três. Xav puxou Amber pelo portão meio aberto, e Dan os seguiu. Admitindo a derrota parcial, o homem fechou o local a fim de impedir a entrada dos jornalistas.

"Não parem", ordenou Felix, enquanto os outros diminuíam o ritmo para pegar um pouco de ar. Daniel, que parecia à beira de um ataque de asma, tirou uma bombinha azul do bolso e estava puxando o ar por ela. "Se a gente ficar preso aqui, esse portão vai virar uma muralha que vamos precisar escalar."

Ele os direcionou pela rota leste pela Broad Walk, um largo caminho de cascalho que atravessava os jardins ornamentados ao lado da faculdade Christ Church.

"É assim que vamos aparecer no jornal", comentou Xav. "Como fugitivos escondendo alguma coisa."

"Meu pai vai me matar", lamentou-se Talitha. "Eu prometi que não iria ao julgamento."

"Onde ele pensa que você esteve nos últimos cinco dias?", perguntou Felix.

"Na biblioteca."

"Talvez não tenham filmado nossa cara", arfou Dan, ainda sem fôlego. "Vai que é nosso dia de sorte. Meus velhos também não vão ficar nada felizes se souberem."

"Pra onde irão levar a Megan?", perguntou Amber, enquanto deixavam a grandiosa Christ Church para trás sob um céu que escurecia cada vez mais. Agora, conversavam na região entre Christ Church Meadow e Merton Field.

Os outros esperaram pela resposta de Talitha. A estudante de direito em Cambridge, com acesso a toda a expertise do pai, se tornou a responsável pelos assuntos jurídicos do grupo.

"Hoje à noite, é provável que ela continue em Bullingdon, onde ficou durante o julgamento", respondeu Talitha. "Nos próximos dias, vão levá-la para um lugar permanente. Meu pai acha que em Durham. Mulheres com penas longas quase sempre vão pra lá."

"Sorte a sua, Dan", falou Felix, sem sorrir.

Daniel, que acabara de completar seu primeiro semestre de estudos clássicos em Durham, também não achou graça.

"Você acreditava que ela receberia uma pena tão longa?", perguntou Amber a Talitha.

"Aqui, não", repreendeu Felix antes que Tali terminasse de abrir a boca. "Precisamos de um lugar que ninguém escute a gente."

Dan deu uma volta completa em torno de si. "O lugar está vazio."

Ele não queria saber. "Não vou me arriscar", insistiu Felix.

"Querem tomar um café em algum lugar?", convidou Xav, que, ao contrário dos outros, não estava tão preparado para o frio. "Tô congelando aqui."

"Não podemos ir", Talitha se opôs. "Não fazemos ideia de quem pode estar nesses lugares."

"Vamos pro Queen's", Amber sugeriu sua universidade em Oxford, próxima ao local de onde saíram. "Eu posso assinar por vocês. Podemos ir pra biblioteca. Não tem ninguém lá nesse horário."

Eles pareciam aguardar que Felix concordasse, e ele não podia pensar num plano melhor. "Vamos", ele respondeu e os apressou ainda mais.

Alcançaram o rio e seguiram pelo norte. Merton Field estava à esquerda; os jardins botânicos, à direita. O portão desta entrada, usado com menos frequência que o portão principal, ainda estava aberto, e eles deixaram a região de Christ Church Meadow. Correndo por Rose Lane, atravessaram a rua principal e viraram à direita no Queen's College em Oxford. O segundo semestre havia encerrado, porém os alunos ainda tinham acesso às áreas comuns. Amber assinou a entrada dos outros na portaria, e eles a seguiram. Caminharam pelo pátio central do *campus* até a escadaria em espiral que os levaria à biblioteca do século XVII localizada no andar superior. Todos eles, até Felix e Xav, estavam sem ar a essa altura.

Considerada por muitos como uma das bibliotecas mais belas de Oxford, o andar superior da biblioteca do Queen's College era um extenso salão com piso de carvalho, no qual estantes independentes repletas de livros raros e conceituados se alinhavam. O teto esculpido fora pintado em tons de branco e cinza perolado. As enormes janelas abobadadas refletiam a escuridão da noite. O ambiente não só parecia vazio, como também dava a sensação de solidão, porém Felix caminhou a passos firmes por toda sua extensão, verificando cada espaço entre as gigantescas estantes de livros. Satisfeito, retornou ao local onde os outros se reuniram ao redor de uma mesa de estudos.

"Não tem ninguém", falou. "Estamos seguros." Ainda assim, o garoto manteve a voz tão baixa quanto a do som ambiente. Eles puxaram as cadeiras vermelhas de couro e sentaram-se, ninguém tirou os agasalhos. A biblioteca não estava fria, mas havia um instinto neles de que poderiam precisar fugir a qualquer momento. Talitha manteve os braços ao redor do tronco, como se tentasse se aquecer. Daniel, com a bombinha em mãos, olhava para a escada em espiral de minuto em minuto.

Por um longo momento, nenhum deles abriu a boca, como se nada tivessem a dizer. De semelhante modo, ninguém conseguia fazer contato visual.

"Não acreditei que ela fosse até o fim", falou finalmente Xav, porém direcionou sua fala para a mesa de carvalho polido. "Pelos últimos quatros dias, principalmente hoje, eu tinha certeza de que ela iria se virar e apontar o dedo em nossa direção."

"Eu também", concordou Amber.

"Ela nem sequer olhou pra gente", prosseguiu Xav. "Ela sabia que estávamos lá, mas, nos quatro dias, nem um olhar de relance, somente no minuto final."

"Achei que era nosso fim", confessou Talitha. "Tinha certeza de que ela iria falar alguma coisa naquela hora."

Felix interrompeu: "Palmas para Megan — ela foi mais corajosa do que qualquer um de nós".

O silêncio se instalou novamente. No andar de baixo, ouviu-se um barulho abafado, como se alguém houvesse derrubado um livro. Daniel, que desde o acidente estava tão arisco quanto um gato assustado, levantou-se e andou silenciosamente até as escadas. Após alguns segundos abaixado, ele deu um aceno positivo e retornou.

Para Felix, Daniel era uma mistura de cobre — maleável e bastante útil, mas nada reluzente — e iodo, uma substância opaca que era suprimida por todos os outros elementos de seu grupo. Se houvesse algum elemento fracote, este seria o iodo. Em seus momentos de benevolência, Felix admitia para si que não era totalmente justo com Daniel, mas, por Deus, quando que ele se tornaria um homem de verdade?

E qual era a dele com a bombinha de asma? O garoto nunca foi asmático na escola, ainda por cima era um bom corredor de *cross-country*.[*]

"Vinte anos. Eu não fazia ideia de que ela pegaria tanto tempo", confessou Xav. "Ela pode recorrer da sentença?"

Novamente, todos se viraram para Talitha.

Talitha fora a mais fácil de definir do grupo. Mercúrio puro — o fascinante e irresistível metal que assumia a forma líquida em temperatura ambiente. Mercúrio era implacável e cruel; era astuto, escorregadio e venenoso como cobras. Idêntico à Tali.

---

[*] Modalidade de corrida em que o percurso é predeterminado e com diferentes tipos de terreno, como colinas, campos, florestas etc. [NT]

"Pra ser sincera", explicou ela, "não estou muito surpresa. Meu pai falou há alguns dias que as coisas não dariam certo para ela. O fato de ser um comportamento reincidente de Megan..." — ela levantou as mãos para evitar possíveis protestos — "Eu sei, eu sei. Não era ela, mas era isso em que acreditaram, e não foi nada bom. Para piorar, ainda teve o depoimento da testemunha, e os jornais a massacraram. A opinião pública não deveria influenciar os julgamentos, mas influencia e muito."

"E a avaliação do psiquiatra constatou que ela é perfeitamente sã", acrescentou Felix.

"'Apresenta uma indiferença social curiosa', foi o que falaram", lembrou Amber. "Aquele psiquiatra idiota! Ainda afirmou que ela é fria e distante, ausente do que ocorre ao seu redor e sem a noção completa da gravidade do que fez."

"Ele também disse que ela pode ter tendências psicopáticas", completou Daniel. "Vocês algum dia acharam isso dela? Não posso falar que eu cheguei a pensar."

"Ela mentiu até cansar para nos proteger, não me surpreende que parecesse estranho", irritou-se Xav. "E não sei vocês, mas eu acho que não consigo conviver com isso."

A atmosfera ao redor da mesa pareceu mudar. Mais de uma pessoa estava tensa, e Felix ouviu o som das respirações apreensivas. Com sua inteligência e beleza física, Xav era certamente ouro: raro, fascinante, com centenas de utilidades diferentes, porém, no fim das contas, um pouco mole e não confiável. As pessoas buscam ouro desde o início dos tempos, mas ninguém nunca o usou para construir uma casa.

"O que você quer dizer?", perguntou Talitha. "E fala baixo."

Xav passou a mão pelo rosto. "A cada segundo do meu dia, desde o momento em que acordo, não consigo parar de pensar nisso." Ele olhou para os amigos. "Não durmo direito há meses e tô correndo o risco de ser reprovado na faculdade. Não dá pra focar em nada do que falam e não tenho o menor interesse em socializar ou me envolver em alguma atividade. Tô virando um zumbi, isso tá me consumindo de dentro pra fora."

Amber estendeu a mão em sua direção. Xav a olhou friamente e cruzou os braços.

"Eu te entendo." Os olhos de Amber revelaram a tristeza de ser ignorada por Xav. "Todas as manhãs, assim que eu acordo, chego a pensar que tá tudo bem, então me lembro, e é como se alguém jogasse uma tonelada de culpa nas minhas costas."

"Acho que adquiri pirofobia", desabafou Daniel. "Não posso estar num lugar com uma lareira, mesmo uma pequena. Não consigo suportar o som de crepitar ou a imagem de fagulhas. Me dá vontade de gritar."

Felix bufou de maneira pesada e para que todos pudessem ouvir. Do outro lado da mesa, ele cruzou olhares com Talitha. Eles imaginavam que isso poderia acontecer, mas não tão cedo.

"Eu ando pelo *campus* da faculdade de noite, quando todo mundo já foi pra cama", continuou Daniel. "Começo a procurar qualquer coisa que poderia causar um incêndio. As pessoas acham que sou maluco, dificilmente alguém conversa comigo, mas não dá pra evitar. Meu tutor disse que eu preciso de um psicólogo. Só que ele não pode me ajudar. Um psicólogo vai querer saber a raiz do que está acontecendo comigo e é exatamente o que eu não posso contar."

"Isso não vai levar a gente a lugar nenhum", declarou Felix.

"Eu pedi transferência de quarto para um que fosse no térreo", Daniel não conseguia parar. "Tem uma corda debaixo do meu colchão para eu fugir caso aconteça um incêndio. Eu tô um caco."

"Todos estamos pagando o preço", confirmou Talitha. "Não apenas a Megan."

"Bem, eu acredito que ela trocaria de lugar com qualquer um de nós agora", supôs Xav.

"Você tem que ser forte, cara", Felix falou para Dan. "Todos precisamos ser, senão vamos acabar exatamente no mesmo lugar que a Megan. Não vão soltá-la só porque confessamos. Ela ainda vai cumprir vinte anos de pena, e a única diferença é que vamos fazer companhia para ela."

Ele cruzou novamente olhares com Talitha e deu um breve aceno.

A garota compreendeu que era sua deixa para continuar. "Do lado de fora da cadeia, a gente pode ajudar. Felix e eu andamos conversando, podemos ajudá-la financeiramente."

"O que você quer dizer?" Amber ergueu a cabeça. "Não tem como ela gastar dinheiro na prisão."

"Daqui a alguns anos, vamos começar a ganhar dinheiro", explicou Talitha. "Bastante, se a gente se esforçar. Podemos criar uma poupança e guardar uma porcentagem da nossa renda anual. Quando Megan sair, vai ser uma boa ajuda para recomeçar."

"Vamos fazer algo de verdade para ajudar nossa amiga", argumentou Felix. "Se jogar do penhasco porque não dá pra viver com a culpa não vai resolver nada."

O clima estava mudando, ele conseguia sentir. Os olhos de Daniel brilhavam, Amber estava ouvindo com atenção.

"Gostei dessa ideia", respondeu Amber. "Se guardarmos cerca de vinte por cento, ela vai ter uma parte justa nisso, não é?"

"Vinte por cento pode ser muito", contrapôs Felix. "Principalmente no começo, mas 10% é um bom valor. Vai ser uma soma razoável."

Até Xav parecia pensar a respeito.

"E a gente deveria contar pra ela que vamos fazer isso", afirmou Talitha. "Daí ela vai saber que a gente não a abandonou."

"Como? Vamos manter os valores em algum documento?", perguntou Amber.

"Pelo amor de Deus, não." Talitha pareceu chocada. "Nunca vamos sequer colocar isso no papel. Alguém precisa visitar a Megan e ver como ela está o quanto antes. Não posso ir, meu pai acabaria descobrindo."

"Eu vou", prontificou-se Xav. "Assim que soubermos onde ela está, mas todos temos que ir, mais de uma vez, de tempos em tempos, enquanto ela estiver presa."

Amber concordou rapidamente, seguida de Dan alguns segundos depois. Novamente, mantendo contato visual com Talitha, Felix deixou a própria cabeça descer e subir. Não estava em seus planos visitar Megan e podia apostar que nem nos planos de Tali, porém, por enquanto, precisava manter os membros mais fracos do grupo unidos.

"As pessoas não cumprem a pena total, não é?", perguntou Dan. "Ela não vai realmente ficar presa por vinte anos. Não estamos falando de uma serial killer."

"Meu pai acha que pelo menos dez", revelou Talitha. "Talvez mais. O advogado do Michael Robinson vai contestar qualquer tentativa de liberdade provisória."

"Dez anos?", surpreendeu-se Xav. "Eu mal consigo imaginar como serão os próximos dez dias."

"Tem mais uma coisa pra gente se preocupar", afirmou Felix.

"E o que seria?"

"Megan pode mudar de ideia a qualquer momento. A gente tem que encontrar aquela carta que assinamos. E o filme também."

"Concordo", retrucou Talitha. "Mas onde vamos procurar? Não dá pra ir até a casa dela de novo."

"Certo, vamos precisar continuar a procurar porque, mesmo que ela mantenha sua promessa, vai chegar um dia em que ela vai sair. E estamos devendo uma para ela, não se esqueçam, todos nós concordamos. Ela pode pedir qualquer coisa."

PARTE DOIS

VINTE ANOS DEPOIS

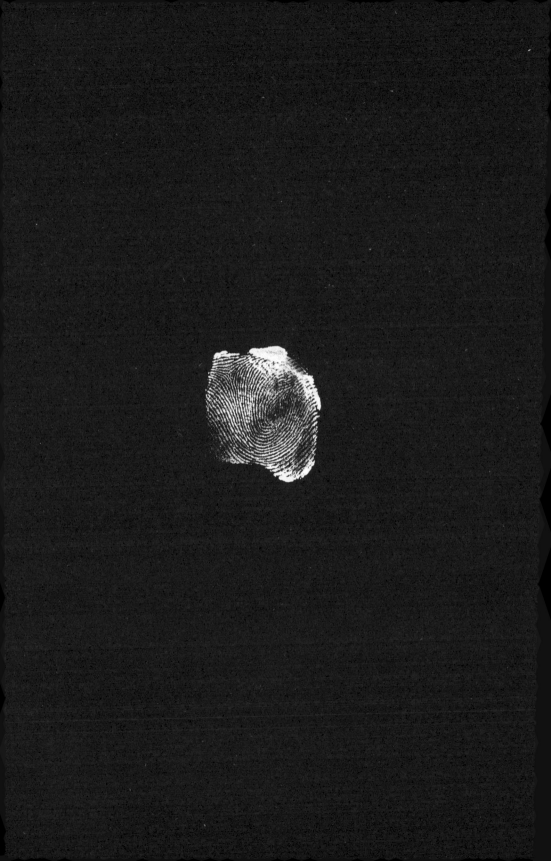

16

Megan retornou ao mundo real no início do verão. Na escola All Souls, o primeiro semestre estava em andamento havia uma semana, e diversos times escolares alternavam classificações na tabela dos jogos. Por outro lado, as obras no novo bloco de ciências estavam atrasadas, e um possível novo doador havia desistido das contribuições para reformas. Uma reunião com os membros do conselho diretivo estava agendada para as seis, e Daniel não estava animado em dar as más notícias. Em especial porque suspeitava que a libertação recente de Megan da prisão, amplamente divulgada, era um dos fatores que levou o empresário rico a investir seu dinheiro em outro lugar. Ele só podia torcer para que os membros da direção não descobrissem que ela estava pelos arredores.

"Sua visitante está na recepção."

Talvez pudesse mencionar na reunião o provérbio papal: "errar é humano, perdoar é divino", porém havia um sentimento de que a informação entraria por um ouvido e sairia pelo outro. Megan Macdonald não era uma aluna de quem algum dia All Souls sentiria orgulho. Para falar a verdade, antes da nomeação de Daniel como diretor, cada vestígio da garota fora eliminado dos documentos escolares. Agora ela estava de volta, em carne e osso, menos de uma hora antes de o conselho chegar. Ele gostaria de rir daquela situação, mas o tempo o fez esquecer como era rir das próprias desgraças.

Ellen, a secretária, estava parada no corredor e não se esforçava para esconder a face de reprovação. Daniel conhecia Ellen fazia anos e conseguia notar o brilho em seu olhar.

"Quem seria?", perguntou ele.

Ele nada disse a Ellen sobre a visita de Megan, porém a mulher sabia exatamente quem era a sra. Macdonald. O jornal *Oxford Mail* cobrira sua saída — nada menos que a primeira página —, assim como a BBC de Oxford, e a escola estava borbulhando com os rumores. Metade dos calouros do ensino médio informou tê-la visto pela escola, encarando-os do outro lado do rio como o fantasma dos escândalos passados.

"Sua antiga amiga", respondeu a secretária.

Daniel nunca abriu seu passado com Ellen.

"Os membros do conselho sabem que ela está aqui?", prosseguiu ela.

"Obrigado, Ellen." Ele abriu outro documento em seu computador, uma tentativa de parecer ocupado que provavelmente não a enganou. "Já, já falo com ela. Até amanhã."

"Não me importo de trazê-la até aqui."

Daniel não desviou o olhar. "Ainda não estou pronto. E você vai perder o seu ônibus."

Ellen saiu, mas podia apostar que ela iria pela recepção para dar uma olhada na criatura monstruosa. Daniel a deixou se adiantar uns cinco minutos, então esperou mais alguns para ter sorte.

Como ele estava se sentindo? Encurralado, seria a única forma de descrever. Desde que Megan marcou uma reunião uma semana antes, após diversas tentativas e recusas, ele mal dormia algumas poucas horas, e, quando conseguia dormir bem, uma série de pesadelos vinha atormentá-lo. Em cada um deles, Daniel corria pela Oxford de sua adolescência, perseguido por uma sombra sem forma que sabia se tratar de Megan.

All Souls pode ter sido um ambiente educacional para os jovens talentosos de Oxford desde o século XV, porém os firmamentos originários haviam se esvaído fazia muito tempo. A escola, que nomeou Daniel como diretor, era uma coleção eclética de estruturas erguidas ao redor de um espaço aberto, conhecido como o Pátio, que o conselho o proibiu de transformar num estacionamento. Com o coração acelerado, ele atravessou o prédio principal pela ponte encoberta, passou pelo departamento de artes e desceu as escadas do fundo, passando pela sala dos professores até chegar à recepção.

Megan, que conhecia a escola tão bem quanto ele, estava parada exatamente em frente à porta. Ambos se viram no mesmo momento.

Seu primeiro pensamento foi que os garotos que afirmaram vê-la pela escola estavam falando besteira. A mulher do lado oposto da porta de vidro não se parecia em nada com a fotografia exibida no *Oxford Mail*, nada a ver com a sua lembrança de quando tinha 18 anos. O incrível cabelo prateado dela crescera e ficou preto, inexpressivo como um pedaço de barro. O lindo rosto se tornou esquelético e pálido como o de um cadáver. Ela sempre foi magra, mas as costelas se tornaram pontudas e pendiam do tronco como se estivessem presas por parafusos. Sua aparência era a de uma marionete, descartada após anos de uso. Ela parecia doente, e, para a própria vergonha, ele sentiu uma ponta de esperança; não havia como essa ruína de ser humano ser uma ameaça.

Enquanto isso, ele permaneceu imóvel, e ambos se encaravam pelo vidro. Daniel tentava ler aquela expressão e se perguntava quanto tempo levaria após abrir a porta para as acusações começarem. Por que você não me visitou? Por que não escreveu? Como assim nem tentou contato comigo nos últimos vinte anos? Talvez ela fosse direto ao assunto e falasse o que desejava, o que ele precisaria fazer em troca por todos os anos sacrificados por ela. Ele foi um idiota por concordar em se verem aqui, na frente de testemunhas, só que ela insistira tanto...

"Tudo certo, Dan?"

Daniel deu um pulo. Sem perceber, um dos professores de Educação Física estava atrás dele e não conseguia passar. Recompondo-se, abriu a porta e entrou na recepção.

"Megan." Esticou a mão, torcendo para que ela não esperasse um abraço. Ao se levantar, a mulher deu a impressão de quase cair, como se as pernas não estivessem firmes o suficiente. Quando ela tirou o cabelo do rosto com a mão, ele viu uma cicatriz feia acima da têmpora direita. Um corte profundo, costurado incorretamente que deixou para trás uma pele avermelhada e enrugada.

"Diretor."

Ela sorriu, e ele não sabia dizer se era de alegria ou deboche. Sua mão parecia fria e úmida, e ele a largou o mais rápido possível sem parecer grosseiro.

"Você assinou o livro de entrada? Vejo que te deram uma identificação de visitante."

A recepcionista encarou Daniel com cinismo, e ele sabia fazia uma semana que todos os membros da comunidade escolar, desde os calouros até porteiros, ouviram sobre a visita de Megan. A recepcionista e Ellen cuidaram para que ninguém ficasse de fora: o conselho diretivo, a associação de pais, todos os colaboradores e até os professores.

"Tudo certo, vamos por aqui. Você está bem para subir escadas?"

Era uma pergunta idiota, porém ela parecia tão frágil, como se um vento forte pudesse arrastá-la para longe. Não houve surpresa nenhuma quando ela ficou para trás antes de chegarem ao segundo andar. De cima, Daniel a viu batalhar contra os últimos degraus, respirando de forma pesada, com uma fina linha de suor que, olhando bem agora, tinha um tom amarelado.

"Há quanto tempo você está...", começou ele.

"Solta?", completou ela.

Era o que ele queria dizer. "Em Oxford", corrigiu.

"Há duas semanas. Estava doente, senão teria vindo antes."

"Ah, que bom te reencontrar", falou ele.

Ela recuou, e os olhos brilharam como metal reluzente. *Vai ser agora*, ele disse a si mesmo, *agora é que ela vai falar*.

"Por aqui", avisou ele, embora fosse óbvio que ela soubesse o caminho para a sala do diretor.

Ela caminhou de forma tão silenciosa atrás dele que, na metade do corredor, precisou olhar para trás para confirmar que não estava sozinho. Para sua surpresa, descobriu apenas que aquela presença incômoda estava tão próxima quanto a própria sombra. Deixando-a no escritório, ele preparou um chá na sala de Ellen. Quando retornou, Megan estava perto da janela.

"Tinha me esquecido de como a vista era linda", afirmou ela.

"Nunca me canso dela."

Ele percebeu que aquela foi a primeira coisa sincera que contou a ela. O escritório do diretor tinha vista para Christ Church Meadow com as famosas *dreaming spires** ao fundo. O sol estava quase se pondo, e as construções transformavam o tom crepuscular num amarelo cor de mel. Havia fins de tarde, quando a escola ficava silenciosa à sua volta, que Daniel sentava por horas à sua janela e observava os raios solares esfriarem, os pináculos sumirem na noite e as luzes brilhantes da cidade começarem a aparecer como estrelas no céu. Admirando a paisagem de Oxford, sozinho ao final do dia, Daniel chegava o mais próximo possível de se lembrar de um tempo em que era feliz.

Não parecia a hora certa de contar isso para Megan, então serviu um pouco de chá, tentando se lembrar de como ela o preferia.

"Na última vez que estive aqui foi para tomar champagne", lembrou ela.

E simples assim, a memória voltou ávida e reluzente em sua cabeça: o dia da última prova, uma quinta-feira em junho. Os outros encerraram as atividades antes dele, porém voltaram para a escola a convite da diretora. Ela serviu bolo e champagne, além de agradecer pelo ótimo trabalho como membros do conselho estudantil. Havia um fotógrafo profissional, que tirou a foto costumeira do grupo para o anuário.

Ele se lembrava de admirar como Felix, Talitha e Xav tinham confiança na frente da diretora, como se soubessem que toda a autoridade da mulher havia se esvaído com as provas finais; que eram iguais agora e poderiam um dia superá-la. Ela ainda o deixava nervoso, a Amber também, ele podia perceber. Mas e Megan? Pensando a respeito agora, havia algo de estranho naquele dia. Ela estava absorta em si e mal falava. Ele se perguntou se fizera alguma coisa para ofendê-la.

"Sinto muito por não ter nada para comer, mas fiz uma parada no Sainsbury para comprar uns chocolatinhos", disse ele.

---

* Torres oníricas, em tradução livre. O termo foi cunhado pelo poeta Matthew Arnold no poema "Thrysis" e se refere à arquitetura icônica de torres e pináculos que apontam para o horizonte. [NT]

Era um comentário digno de pena. Megan abriu um meio-sorriso, pegou a xícara de chá, provou, em seguida adicionou três colheres de açúcar.

"Então, me conta tudo", pediu ela enquanto se acomodava numa das poltronas. "Nunca iria imaginar que você acabaria aqui."

"Nem eu."

Quando Daniel viu a vaga para diretor, pensou que preferia arrancar um braço a voltar para o mesmo ambiente todos os dias. Porém, com o passar dos dias, foi impossível tirar a ideia da cabeça e, quando os pesadelos voltaram, se perguntou se confrontar seus medos não poderia ajudar. No último dia para envio do currículo, ele se cadastrou de forma simbólica, como um desafio pessoal. Quando lhe ofereceram a vaga, o destino confirmou sua suspeita. E estava certo, voltar àquele local o ajudou de uma forma difícil de explicar.

"Bem, a história completa levaria um bom tempo e te faria dormir", explicou ele. "Mas, em meu último ano em Durham, comecei a ajudar alguns calouros e aprendi que levava jeito para isso. Fiz minha especialização em docência e não olhei para trás. Também não sou ruim em angariar fundos, o que provavelmente foi a minha garantia na vaga. Você viu os projetos lá embaixo para um novo centro de formação?"

"Vi, sim. Parece uma grande melhoria em comparação ao que tivemos."

"E vai ser. Só que vai custar dez milhões logo de cara."

Ela assentiu com um leve gesto de cabeça, e ele se perguntou se era uma pegadinha. Cedo ou tarde, ela iria trazer à tona. Vinte malditos anos! Onde infernos você se meteu nesse tempo todo?

"Você se casou?", perguntou ela.

Ele balançou a cabeça. "Também aprendi em Durham que tenho certa afinidade com a vida religiosa. Com meus 20 e poucos anos, me juntei a uma ordem religiosa."

Ele precisava parar de falar sobre Durham. Megan também esteve em Durham pelos últimos vinte anos a poucos metros de distância dele, numa prisão de segurança máxima.

Os olhos de Megan, que ele lembrava serem grandes e castanhos beirando o preto, pareciam menores, vermelhos de sangue, mesmo quando ela os abria em surpresa. "Uma ordem religiosa? Você é um monge ou algo do tipo?"

Ele forçou um sorriso. "Sim, de certa forma. Um monge iniciante. Vivo numa casa semelhante a um mosteiro fora de Cowley Road com uma dúzia de outros irmãos. Todos trabalhamos na comunidade, mas dedicamos nossa vida pessoal ao estudo e à meditação."

Ela piscou, duas, três vezes. "Caramba. O que os outros acham disso?"

"Os outros?"

Ele sabia exatamente o que ela queria dizer.

A boca de Megan perdeu seu ar divertido. "O Xav, a Amber, a Tali e o Felix." Ela falou os nomes como se estivesse lendo uma carta. "Você sabe, os outros. Nossos amigos. O grupo."

Daniel percebeu que estava torcendo um botão na manga de seu casaco, algo que nunca havia feito antes. "Ah, eles", exclamou ele. "Sinceramente, a gente não tem se visto muito nos últimos anos."

O olhar de Megan se endureceu.

"Xav trabalha em Londres, apesar de que eu acho que ele e a esposa ainda moram em Oxford. Felix viaja para fora com constância, a firma jurídica da Talitha mal deixa ela respirar, e, quanto a Amber, bem, acho que você já viu a Amber na TV. Frequentamos círculos sociais bem diferentes agora..." Daniel parou de falar. Alguma coisa aconteceu; ele não sabia o quê, porém a atmosfera do ambiente estava diferente.

"O Xav se casou?", perguntou Megan.

"Todos se casaram. Exceto eu, claro. Xav foi o último. Se não me engano, no penúltimo verão, em Wiltshire. Um belo casamento no campo."

Enquanto falava, Daniel teve a sensação de que uma estrutura frágil estava prestes a ruir, como se o firmamento perdesse a sua base. Alguma coisa estava acontecendo, e ele não fazia a menor ideia do que poderia ser.

A xícara na mão de Megan tremeu, será que ela esqueceu que a segurava? Um líquido marrom foi derramado no pires e no chão, direto no carpete, e ela nem prestou atenção.

"*Ela não é mais normal. A essência dela foi embora*", pensou Daniel.

"Megan!", exclamou ele.

Como um estalo, ela percebeu o que fez e colocou a xícara e o pires na mesa. Havia uma mancha no carpete, mas nem pareceu preocupá-la.

"Vocês se saíram tão bem", afirmou ela.

"Mais ou menos, nossos amigos se deram muito bem, é claro, mas sou apenas um humilde diretor."

Os olhos dela brilharam. "Melhor do que eu me tornei."

Daniel pegou sua xícara para interromper o contato visual. Seria a qualquer momento. Ela iria falar o que deseja dele. Um trabalho? Dinheiro? Seja lá o que fosse, seria algo grande, pois serviria de punição por esquecê-la durante todos esses anos, por deixar de lado a amizade que prometeu preservar. Ele só queria que ela falasse logo. Na pior das hipóteses, ao menos saberia com o que iria lidar. Entretanto, ao olhar para a frente, os olhos dela estavam perdidos e encaravam algo por cima do ombro dele.

"Quais são seus planos, Megan?", perguntou ele. "Você vai ficar em Oxford?"

"Para onde mais eu iria?"

"Então, quero dizer, você está procurando emprego? Eu te ofereceria algo por aqui, sei lá, como cozinheira ou na limpeza, mas, você sabe, eles verificam os antecedentes. Acho que não daria certo."

Que porra que ele estava fazendo? Megan Macdonald chegou uma vez até a final das olimpíadas internacionais de física, e ele estava contando que ela não era boa o suficiente para limpar privadas em sua antiga escola.

Megan não reparou, ou decidiu ignorar, a insensibilidade dele.

"Isso, vou precisar de um trabalho", respondeu ela. "Tem alguns programas que ajudam com isso, mas são extremamente básicos. Também quero voltar a estudar em setembro, quando começa o período letivo."

"Você tem onde morar?"

Ela transfigurou o rosto num sorriso vazio e o encarou com dureza. "Na verdade, estava torcendo para você ter um quarto livre."

Ele sentiu uma pontada no estômago. "Megan, eu moro numa república religiosa. Só homens podem entrar."

Seu sorriso permaneceu duro e frio como uma vidraça numa manhã de inverno. "Tô brincando com você. Eu tenho um quartinho em Iffley Road", revelou ela. "Até os vizinhos descobrirem quem sou eu, claro. Já me avisaram que talvez precise me mudar algumas vezes."

Ela estava na miséria, um caco e precisava ser ajudada, não temida. E ainda assim...

"Já pensou na possibilidade de um lugar fora de Oxford?", perguntou ele.

"Oxford é a minha casa. Meus amigos estão aqui."

Seu olhar novamente foi para outra direção, como se acabasse de se recolher em algum espaço mental particular. Dessa vez, ele a deixou lá. A hora que reservara para recebê-la estava quase no fim e não podia deixar os membros do conselho chegarem e a encontrarem lá. Após um ou dois minutos, ela se inclinou para a frente.

"Dan, você chegou a me visitar?"

"Desculpa?"

"Você e os outros. Alguém chegou a me visitar na cadeia?"

Ele não fazia ideia do que dizer. É claro que nenhum deles foi. Os pais insistiram para que cortassem todos os laços com Megan Macdonald. Mesmo que tivessem 18 anos, oficialmente adultos, todos dependiam financeiramente dos pais. Eles ainda podiam ditar as regras, sabendo que os filhos obedeceriam. Entretanto, sendo bem sincero, Daniel duvidava que alguém tivesse vontade de discordar deles ou lhes desobedecer. Até mesmo Xav, que não poupou promessas, não chegou perto de Megan.

Mas por que ela estaria perguntando isso? Ela já sabia da resposta.

"Eu bati a cabeça e tive um traumatismo craniano", ela respondeu à pergunta não feita. "Foi depois de uns cinco anos na cadeia. Alguém me empurrou de uma escadaria. Fiquei em coma por vários dias."

Os olhos dele foram direcionados para a cicatriz na têmpora de Megan, quase escondida pelo cabelo. Um traumatismo craniano explicava muita coisa, sua fala vaga, o hábito de se perder na conversa.

"Eu não fazia ideia", disse ele. "Sinto muito por isso."

Porém, uma lembrança começou a se remexer em sua cabeça. Lembrou-se de Tali há alguns anos, contando que Megan sofrera um acidente na prisão. Ela soube como falar direitinho, sugerindo que só foram necessários um curativo e alguns remédios para dor. Ninguém sequer se preocupou em saber o que aconteceu. Todos adquiriram o hábito de nunca falar, ou sequer pensar, sobre Megan quando era possível evitar. Tudo ficava fácil desse jeito.

Megan se encolheu. "Esse tipo de coisa acontece. Só que agora eu não consigo me lembrar direito dessa época."

E, com isso, a tempestade na barriga se tornou uma leve pontada de alegria. Ainda que ele se odiasse por isso, permitiu ao novo sentimento ganhar espaço em seu âmago.

"Por muito tempo", prosseguiu Megan, "eu não conseguia me lembrar do julgamento, da sentença ou dos meus primeiros anos presa. Depois, as memórias começaram a ir e vir, mas era tudo muito vago e confuso. Ainda não tenho certeza do que é real ou do que eu inventei para preencher as lacunas."

"Deve ter sido perturbador."

"Eu não tinha a menor ideia do que eu fiz. Se coloca no meu lugar, Daniel. Naquele verão, eu fui de uma aluna esperando as notas mais altas nas provas finais para uma detenta numa das piores prisões da Inglaterra, e não sabia o porquê."

Ela estava mentindo, só podia estar. E, ainda assim, não dava para ver um indício de mentira em seus olhos.

"Ninguém te contou o que houve?"

Havia lágrimas brotando nos cantos dos olhos de Megan.

"Me contaram que eu matei uma mãe e duas crianças", revelou ela. "Que eu dirigi de propósito um carro na contramão da M40 e que já tinha feito isso várias vezes. Que fui condenada por homicídio doloso e recebi prisão perpétua."

Ele queria se odiar naquele momento pela forma como estava se sentindo. Em vez disso, passou a odiá-la pela forma como ela lhe dava falsas esperanças que podiam ser desmascaradas a qualquer momento. Ela ainda poderia estar mexendo com a cabeça dele.

"Mas parecia tão incomum para mim, Dan. Eu realmente fiz isso? Eu realmente matei aquelas pessoas?"

Daniel teve o sincero pensamento de que daria qualquer coisa para contar a verdade e, mesmo assim, para sua vergonha, nem sequer tentou. A única coisa que podia falar em seu favor era que não conseguia mentir olhando nos olhos de Megan.

"Sinto muito, Megan, mas você fez isso", sentenciou ele.

Quando olhou para cima, viu que as lágrimas rolavam pelo rosto da mulher.

"Eu torcia para que fosse apenas um engano", desabafou ela. "Eu tinha certeza de que, quando te encontrasse, você me explicaria tudo que realmente aconteceu."

"Meg", ele usou o antigo apelido sem pensar. "Eu não consigo explicar, ninguém consegue."

Ao menos, isso era verdade; ele nunca teria a capacidade de compreender que impulso insano e autodestrutivo se apoderou deles naquele verão.

"Então, por favor, me conta", pediu ela. "Me conta o que eu fiz. Eu sei que você estava comigo naquela noite, ao menos, no começo dela. Me fala o que aconteceu."

Tudo isso deveria provocar algum tipo de reação emocional por parte dele. Ele deveria se sentir mal, ou abrir o jogo e contar a verdade. Em vez disso, Daniel podia sentir todo seu interior congelando. Não tinha certeza se algum dia voltaria a sentir algo.

"Megan, não há motivo para isso."

A voz dela aumentou. "Eu tenho todos os motivos do mundo. Não consegui acreditar no que me contaram. Parecia impossível. Eu acredito em você."

A fé dela deveria comovê-lo, mas não conseguiu.

"A gente estava na casa da Tali", contou ele. "Estávamos bebendo. Acho que você ficou na piscina por um tempão. A gente dormiu na casa da piscina. Quando acordamos, você tinha ido embora." Ele se levantou, determinado a concluir a charada que aquela conversa se tornara. "É tudo que eu sei, Megan, me desculpa."

Ela o encarou de volta, os olhos maiores e mais assustados, a cicatriz em sua têmpora avermelhada e feia. "Mas por quê, Dan? Por que eu faria algo tão idiota, tão irresponsável? Eu era assim?"

"Não." Ele não se surpreendeu em como a própria voz saiu dura. "Todo mundo se surpreendeu. Ninguém pôde acreditar. Megan, me perdoe, mas eu tenho uma reunião com o conselho e preciso me preparar. Vou precisar que você saia."

Ela não fez menção de se levantar. "Ah, eu achei que, talvez, a gente pudesse sair para tomar uma ou algo do tipo."

"Hoje à noite, não. Sinto muito."

Nunca. Nunca que ele estaria novamente na companhia daquela mulher. Ele deu um passo em direção à porta e, do lado de fora, no estacionamento, reconheceu o carro de um dos membros do conselho.

"Então, em breve", retrucou ela. "Estou tentando entrar em contato com os outros, mas é difícil conseguir um número de telefone. Liguei para o gabinete da Amber, mas não obtive retorno, e não tenho certeza de qual é o nome da firma da Talitha."

"Imagino que a Amber esteja bem ocupada. Todos devem estar." Daniel forçou um sorriso. "Pelo menos, você tem a mim. Estou um pouco enrolado nas próximas semanas, mas quem sabe a gente não toma um café ou algo assim neste verão? Você tem um número para que eu possa te ligar?"

Ele não tinha a menor intenção de encontrá-la, só a queria fora dali.

"Você pode me dar o número de alguém?", pediu ela. "Você deve manter contato com eles."

Ele estava à porta de seu escritório agora.

"Na verdade, não. A gente deixou de se falar. Somos de círculos sociais diferentes agora, Megan. Sou apenas um humilde diretor."

Finalmente, ela se levantou.

"Você não respondeu à minha pergunta", insistiu ela.

"Que pergunta?"

"Você veio me visitar antes do meu acidente? Sei que não foi depois dele. Fiz várias solicitações de visita, mas nenhum de vocês veio."

Ele se virou de costas. "A gente estava na faculdade, começando a trabalhar."

"Eu também estava em Durham, Dan. Que nem você."

Ele deu um pulo quando sentiu a respiração de Megan atrás de seu pescoço. Ela se aproximou tanto, que tocava o ombro dele.

"Tudo bem", afirmou ela. "Eu era um monstro, consigo entender isso. Vocês precisavam se afastar. Vocês ainda se sentem assim?"

Sim, mais do que ela poderia imaginar.

"Não, claro que não. Mas seguimos em frente, Meg, você precisa entender isso." Ele se afastou gentilmente, porém ela se manteve próxima.

"Você pode avisar a eles que eu gostaria de reencontrar todo mundo? E falar que estou de volta?"

"Claro. Só que eu mal falo com eles. Não sei quando vou ver todo mundo."

Ela deu um aceno vago e triste com a cabeça e se manteve calada enquanto era acompanhada até a escadaria. Na porta principal de saída, segurou a maçaneta, mas parecia faltar-lhe a força necessária para abrir a porta. Ele a contornou e abriu.

"Você não parece muito bem", observou ele. "Tem algum plano de saúde? Posso te ajudar em alguma coisa?"

"Eu tenho uma doença nos rins", informou ela. "Peguei um vírus há alguns anos. Meu fígado também está comprometido, mas os rins são os mais afetados. Prisões não são lugares saudáveis."

"Sinto muito." Ele estava fugindo de outros assuntos, e, a poucos metros, o líder do conselho estava saindo do carro. "Tem tratamento?"

"Não e só vai piorar com o passar dos anos. Ainda mais rápido se eu me tornar alcoólatra, o que provavelmente vai acontecer, já que a maioria dos ex-presidiários se torna. Vou precisar de um doador, mas assassinos condenados estão muito, muito abaixo na lista de espera."

O ambiente parecia congelar. Por um segundo, Daniel achou que estava em queda livre. Ele até precisou se segurar na parede. Não havia nada que ele pudesse dizer a ela.

Ela ficou parada na recepção, encarando-o nos olhos. Naquele momento, ele soube, palavra por palavra, o que ela diria a seguir.

"Minha única chance", começou ela, "e é quase impossível, vai ser encontrar alguém com o mesmo tipo sanguíneo que o meu." Ela sorriu, e então ele pôde ter um vislumbre da mesma Megan de antes.

"Alguém que me deve um favor."

17

A reunião com os membros do conselho acabou se estendendo, e Daniel precisou dar a desculpa de outro compromisso. Ele saiu rapidamente, de forma quase rude, deixando mais de uma conversa pela metade. Do lado de fora, o anoitecer estava ameno, cheio de luz no céu, mesmo assim ele fechou o zíper da blusa e levantou a gola ao deixar o terreno da escola. Na metade do caminho para a rua, percebeu que parecia estar se escondendo. Até parou e olhou ao redor, caso Megan estivesse espreitando em algum lugar próximo.

Uns cem metros adiante, Daniel se enfiou num estreito beco sem saída, mais escuro que a noite que ele deixara para trás. No fim do beco, digitou um código de quatro dígitos para abrir um portão alto de ferro e conseguiu entrar no terreno da antiga escola. Era o prédio mais velho de todos, construído quando a rainha Vitória ainda estava no trono. Seus passos esmagavam o cascalho e seguiam em direção à ponte levadiça na entrada do túnel dos coristas da igreja.

Uma das maiores emoções para os alunos em All Souls — ele ainda conseguia se lembrar de sua própria surpresa tantos anos atrás — era descobrir a passagem secreta, um túnel de pedra que passava por debaixo da estrada principal. Todos sabiam que diversos alunos, do primeiro ao último ano, usavam a passagem para atravessar a rua.

Do lado oposto, a cinquenta metros de distância, Daniel conseguia ver uma silhueta em formato de sombra. Talitha havia entrado no túnel com o código que ele enviara por mensagem e estava andando rapidamente em sua direção com os saltos a ressoar contra a pedra.

Anos atrás, Talitha sacrificou seu cabelo fabuloso no altar que garantiria uma aparência séria nos fóruns. No entanto, não conseguiu dar um jeito nos cachos, que ainda se espalhavam ao redor da cabeça como uma auréola marrom brilhante. Se a luz estivesse melhor, Daniel seria capaz de enxergar as mechas douradas que realçavam as manchas nos olhos castanhos de Tali. Continuava magra, e a pele macia de europeia não aparentava ter envelhecido um dia. Eles nunca se encontravam sem que Daniel ficasse pasmo com a beleza da amiga. Ainda assim, havia algo na aparência de Talitha que parecia mais afastar do que aproximar. Quando adolescentes, era sempre Amber, com sua beleza e simpatia, que atraía toda a atenção masculina. E Megan, é claro, a maioria dos rapazes admirava Megan.

"Como foi?"

O portão bateu com um estrondo, enquanto Daniel levava Talitha para fora do túnel. All Souls, sendo uma instituição no centro da cidade, não possuía muitos campos verdejantes, entretanto, ele se orgulhava de possuírem um terreno em Oxford completamente próprio — era uma grande ilha com todo o perímetro cercado pelo rio Cherwell e denominada School Field. Seria possível alguém nos andares superiores da escola ou em espaços próximos enxergar Daniel e Talitha na ilha, porém seria impossível ouvi-los.

Do jardim de rosas em frente ao espaço da escola antiga, eles seguiram um caminho de cascalho, passando por duas estruturas ornamentadas de madeira conhecidas como as pontes brancas. O pedaço de terra mais próximo estava se imergindo na escuridão.

"Ela não se lembra", declarou ele.

Ansioso para deixar Tali a par das notícias, ele repetiu, com demasiada velocidade e volume, o que Megan havia contado sobre a pancada na cabeça e a perda de memória subsequente. Não conseguia falar com muita clareza, pois, mais de uma vez, Talitha o interrompeu e pediu que repetisse algo ou explicasse melhor. Por fim, até ela pareceu acreditar que era um milagre.

"Uau", exclamou ela, com suavidade. "Por essa eu não esperava."

A essa altura, ambos estavam na ilha, caminhando por um trecho calcado pelos pés de gerações de crianças que circularam por ali em direção ao pavilhão. Era um terreno plano e firme o suficiente para que até Talitha pudesse dar um jeito de andar de salto alto.

"Ela pediu que eu contasse o que aconteceu", explicou ele. "O que ela fez naquela noite."

"Bem, pelo menos você já trabalha com ensino e explica coisas o dia inteiro."

Havia momentos em que Daniel conseguia aceitar a acidez do humor de Talitha e até achar graça. Mas este não era um deles.

"Contei que era verdade", revelou ele. "Que ela realmente matou aquelas pessoas. Ouvi as palavras saindo da minha boca e não acreditei no que estava fazendo, mas continuei a falar. Acho que destruí o emocional dela."

Tali apertou o braço do amigo. "Ela ficou na prisão por quase vinte anos. O emocional dela foi destruído muito antes de hoje."

"Eu tive a chance de fazer o certo. Poderia ter falado que ela nunca matou ninguém."

"Não, foi *você* que matou. Era isso que você queria falar pra ela?"

Daniel parou de andar. Após um segundo, Talitha também.

"Desculpa, Dan. Não deveria ter dito isso. Todos somos responsáveis pelo que aconteceu. Mas, se a Megan realmente não se lembra, então essa história finalmente chegou ao fim."

Com completa noção do que Talitha queria dizer, Dan ainda não conseguia acreditar. Ainda não. A única coisa que mudou foi que se sentia pior do que antes. Ele recebeu uma chance de se redimir naquele dia e não aceitou. Após tanto tempo, ainda era um covarde por dentro.

"Podemos ajudar a Megan", falou Talitha. "De longe, é claro. Temos o dinheiro investido, para início de conversa. Não sei quanto..."

"Pouco mais de um milhão", informou ele. "Perguntei ontem à noite pro Xav."

O fundo fiduciário, nascido da culpa e do desespero, se tornou a única promessa válida com o passar dos anos. Felix entrou em contato com todos no primeiro ano em que começaram a trabalhar para convencê-los a participar. Xav, que já era uma estrela em ascensão na área de investimentos, gerenciou o fundo, que prosperou muito bem. Amber e Daniel, com seus salários mais modestos, não foram os maiores investidores, mas fizeram a sua parte.

Talitha deu um leve suspiro. "Isso é ótimo", declarou ela. "Vai ser algo excelente para alguém no lugar da Megan. Ela pode comprar um apartamento, quem sabe se mudar para fora. A gente precisa incentivar ela a se mudar. Você contou sobre o dinheiro?"

"Ela me perguntou se a gente fez alguma visita antes do acidente", respondeu Daniel. "Precisei falar que não, que ela foi abandonada por nós."

"E ela não se lembra mesmo do que aconteceu naquela noite? Ela realmente disse isso? A gente precisa ter certeza."

"Ela implorou para que eu falasse que foi um engano, que ela não era o monstro que todos acreditam que ela é."

Os dois chegaram ao pavilhão de esportes, uma construção ignorantemente pitoresca erguida na década de 1930. Subindo para a varanda, sentaram-se em cadeiras úmidas de madeira.

"A gente sabia que isso ia acontecer", comentou Talitha. "A gente sabia que ela não ia ficar na prisão pra sempre."

"Não, nem mesmo você conseguiu dar um jeito nisso."

Talitha bufou ao soltar o ar. Olhando para o lado, Daniel viu o rosto dela tenso.

"Não fui eu", retrucou ela, em voz baixa. "Foi meu pai."

"Ah, qual é? Seu pai se aposentou há muito tempo."

Daniel nunca a confrontara sobre isso, porém eles cinco haviam conversado, no começo, sobre a possibilidade de seus pais suspeitarem da verdade. Nenhum pai ou mãe disse qualquer coisa, entretanto houve uma súbita mudança na forma como se comportavam perto dos filhos. Amber explicou da melhor maneira possível; ela disse: "É como se eles me amassem um pouco menos".

Todavia, o que realmente os convenceu foi a descoberta de que o pai de Talitha tomou ações diretas para prolongar a prisão de Megan. Ele instruiu um grupo de uma subsidiária de sua firma para oferecer orientação e trabalhar para a família das vítimas de Megan. Eles pleitearam a pena máxima no julgamento e se opuseram a qualquer tentativa de recurso ou liberdade condicional. Se não fosse pela interferência do pai de Talitha, Megan poderia ter saído anos atrás.

É óbvio que Megan não fazia ideia da terrível traição.

E, agora, Daniel não estava acreditando nessa história de Talitha não ter envolvimento. Ela assumiu a firma do pai; era uma das sócias majoritárias, e nada aconteceria sem conhecimento ou aprovação dela.

"E ele não teve nada a ver com o acidente dela", afirmou Talitha. "Foi uma briga de cadeia, nada mais."

Daniel se virou para encarar Talitha.

"Você falou que não foi nada de mais, uma batida na cabeça sem gravidade. Foi mais do que isso, eu vi a cicatriz. O que mais você escondeu da gente?"

O maxilar de Talitha se contraiu. "Eu não sabia sobre a perda de memória."

"Mas sabia que ela havia se machucado, não?"

"Houve um recurso logo em seguida, para liberdade condicional por motivos de compaixão. Foi rejeitado, graças ao meu pai."

"Você não teve nada a ver com isso?", repetiu ele.

"Não."

Talitha não olhava nos olhos do amigo. Quando crianças, eles faziam piadas sobre a família siciliana de Talitha e suas possíveis conexões com o crime organizado. Gostavam do humor ácido da piada, e Talitha nunca negara. Até agora, ele nunca havia levado a ideia a sério.

Arranjar um acidente na prisão? Acontecia o tempo todo, ele sabia disso. Só que a ideia de que Talitha poderia estar por trás do traumatismo craniano de Megan alterava o tom das coisas. Ele percebeu que não queria saber a verdade.

"Se algum dia ela descobrir..." Ele não terminou a frase. Não havia necessidade.

"Não tem por que ela descobrir."

"Ela quer se encontrar com a gente."

A voz de Talitha se endureceu. "E espero que você tenha dito que não é uma boa ideia."

"Falei que a gente perdeu o contato, que não vejo nenhum de vocês há mais de um ano. Só que não tenho certeza se ela vai desistir assim tão fácil."

Talitha se levantou, arrumou o casaco e andou em direção à escada. "Vocês vão precisar se encontrar mais uma vez", explicou ela. "Você pode contar sobre o dinheiro, desde que os outros concordem. Vamos entregar a grana se ela prometer sair de Oxford e nunca mais voltar. Talvez tenha como pagar em forma de pensão; desse jeito, conseguimos cortar a grana se ela começar a causar problemas. O Xav deve saber. Vou ligar para ele hoje."

Naquele momento, o telefone de Talitha começou a tocar. Ela olhou para a tela, e Daniel também viu. *Número desconhecido*, via chamada de vídeo pelo *Facetime*.

"Estou esperando por essa ligação", afirmou ela. "Só um segundo."

Ela apertou o botão aceitar e segurou o telefone à frente do rosto para ver a tela. Daniel também conseguia ver, mesmo dando um passo para o lado a fim de não ser visto pela câmera. Um rosto apareceu na tela. Era Megan.

"Tali", cumprimentou ela. "Que bom te ver. Você cortou o cabelo."

"Como você conseguiu o meu número?", perguntou Tali.

"O Dan me passou."

Precisava aplaudir a frieza de Talitha. Ela não permitiu que seus olhos virassem em direção a Dan.

"Você está no antigo campo da escola?", ele ouviu Megan perguntar. "Com certeza, reconheço esse pavilhão."

Talitha franziu a testa. "Estou na escola do meu enteado", alegou ela. "É o colégio St. Joseph's em Summertown. É bem parecido. Acho que nem pus os pés em All Souls nesses últimos anos."

Justiça seja feita por Talitha, ela era uma excelente mentirosa.

"Você se lembra dos madrigais no rio? Daquela vez que Xav e Felix estavam remando, e Xav perdeu o remo?", perguntou Megan.

Ainda que Talitha não se lembrasse, Daniel conseguia se recordar. Era uma tradição escolar que ocorria perto do final do primeiro semestre, quando o coral da escola cantava madrigais em meia dúzia de barcos a remo. Ele e as meninas estavam assistindo em terra firme. Xav perdera a concentração, quase caiu na água, e seu remo foi embora. Eles riram até sentirem dor na barriga.

"Faz tanto tempo isso", retrucou Talitha. "O que posso fazer por você, Megan?"

Megan não respondeu, e Daniel não se surpreendeu. Até ele ficou estupefato com a frieza na voz de Talitha.

"Você pode reunir a turma", pediu Megan pouco tempo depois, e dessa vez o tom de sua voz estava igual ao de Tali. "Esse fim de semana está bom pra mim."

Os olhos de Tali se viraram para Daniel.

"Tem alguém com você?", perguntou Megan.

"Um zelador. Achei que ele queria falar comigo. Preciso ir, Megan, preciso pegar meu enteado e levar dois amiguinhos dele embora."

"O que você acha de sábado? Consigo estar na sua linda casa por volta de uma hora. A previsão do tempo é boa. Talvez a gente consiga almoçar ao ar livre."

"Não tenho certeza..."

"Não, você tem razão. O clima ainda está meio gelado para ficar ao ar livre. Você consegue avisar os outros? Eu ia pedir pro Dan organizar, mas você sabe como ele é. É só chamar o rapaz para qualquer lugar e ele já se perde no caminho, imagina pedir para ajeitar um encontro assim."

"Megan, você precisa saber", rebateu Talitha. "Os outros, digo, a gente mal se vê. Só nos atualizamos das novidades. Sem falar da Amber — bem, não dá pra simplesmente convidar gente assim e esperar por eles no almoço do próximo fim de semana. Acho que..."

A voz de Megan interrompeu as desculpas esfarrapadas de Talitha. "Sabe, Tali, não acho que dê para chamar vinte anos de acontecimentos de atualização das novidades. Eu diria que vocês tiveram tempo de sobra. Uma da tarde. Te vejo lá. Avisa o Dan que eu mandei um boa-noite."

A luz refletida no rosto de Tali desapareceu. Megan havia desligado.

Tali encarou Daniel com raiva. "Você passou o meu número?"

O medo estava de volta. A Megan que retornara não era alguém que eles conhecessem. "De forma alguma", retrucou ele. "Não sei como ela conseguiu."

Talitha olhou ao seu redor com uma expressão assustada, como se a qualquer momento Megan pudesse aparecer de trás de alguma árvore. "Ela sabia que você estava aqui. Você contou que a gente ia se encontrar?"

"Ela reconheceu a escola, Tali. Tava na cara que você estava mentindo."

Um arrepio subiu pela espinha. Daniel ficou nervoso ao ver Talitha tão abalada. "Ela estava... diferente."

"Eu sei, deu pra ouvir. Ela não agiu assim comigo. Ela parecia tão inofensiva quanto um ratinho."

Talitha guardou o telefone. "Bem, sem chance de acontecer. O Mark vai surtar se eu levar a Megan pra casa. E duvido muito que os outros vão querer entrar nessa dança." Ela havia chegado perto dos últimos degraus.

"Você vai ter que resolver isso, Dan", ela tornou a falar. "Conversa com o Xav e o pessoal sobre o fundo e organize um último encontro com a Megan. Fale do dinheiro, mas deixa bem claro que ela precisa ir pra muito, muito longe."

Daniel ficava admirado com a forma como Talitha achava que todo problema poderia ser resolvido com dinheiro e pulso firme.

"Não vai ser assim tão fácil", argumentou enquanto a alcançava.

"Dan, ela não se lembra. Não podemos mudar o que aconteceu. Ela pagou o preço pelo que a gente fez. Agora, temos a chance de compensar o favor, mas não podemos ser amigos de novo."

Talitha continuou a andar como se tentasse deixá-lo para trás, os dois chegaram à primeira das pontes brancas. Ela parou no topo e olhou para as águas escuras do rio Cherwell. Eles haviam passado tanto tempo nesse anel de águas nos velhos tempos, passeando de barco, pedalando, fazendo piqueniques.

"Não podemos arriscar", afirmou Daniel, juntando-se a ela.

"O que você quer dizer?"

"Não dá pra ter certeza de que ela está contando a verdade quando fala que perdeu a memória."

A expressão de Talitha desmoronou. "Por que ela iria mentir?"

Ele não tinha certeza, apenas suspeitas, porém nenhuma especulação ajudaria agora. Precisavam encarar os fatos nesse momento, nada de suposições. Talitha, de todos os outros, era quem mais valorizava isso.

"Ela tá doente", alegou ele. "Pegou um vírus na prisão que comprometeu os rins. Ela vai precisar de um transplante."

Talitha soltou uma risadinha breve e um pouco cruel. "Ela não tem a menor chance."

"Ela sabe disso. Sabe que vai precisar de um doador particular, alguém que seja compatível."

"E, novamente, ela não tem..."

"Biologia geral, Tali. Todos nós fizemos. Se lembra do dia em que descobrimos nossos tipos sanguíneos?"

Talitha estava com a mente tão afiada quanto uma faca. Ela entendeu a ideia.

"Meu Deus."

"Megan e eu temos o mesmo tipo sanguíneo", Dan falou em voz alta, porque talvez ele próprio precisasse ouvir o que dizia. "Até brincamos com isso. Se um de nós dois precisasse de um doador, teríamos um ao outro."

Mesmo à luz da lua, Talitha ficou visivelmente pálida. "Você acha que ela se lembra?"

"Com certeza. Sabe aqueles favores com que concordamos? Acho que ela está prestes a cobrar o meu."

18

Daniel mentira quando disse para Megan que não via o grupo com constância. Houve um tempo, logo após a graduação, quando os cinco tentaram seguir caminhos separados, porém, aos 20 e poucos anos, os problemas de saúde mental de Daniel começaram a dar as caras. Ele perdeu interesse em socializar, teve alguns problemas para dormir e diversos para sair da cama pela manhã. O corpo tremia com a combinação de estimulantes e depressores que tomava. O rapaz estava prestes a largar o emprego. Seu terapeuta, um franciscano leigo e a razão pela qual Daniel entrou para a ordem depois, lhe disse que havia questões não resolvidas que remontavam aos dias de escola (obrigado por chover no molhado, Sherlock) e que partilhar seus sentimentos com outros poderia ajudar.

Amber fora a mais receptiva, os outros eram mais reservados, porém ninguém se recusou a encontrá-lo. Desde o primeiro encontro, todos eles, de maneira gradual, voltaram a circular pelos arredores de Oxford. Para falar a verdade, Tali nunca foi embora da cidade, e a empresa de Felix ficava a pouco mais de vinte quilômetros de distância, porém tanto Xav quanto Amber, com todos os motivos do mundo para viverem em Londres, escolheram se mudar e fazer a viagem de ida e volta nos dias em que se encontravam.

Nunca conversaram sobre Megan ou o que haviam feito, apesar de Dan ter certeza de aquele verão estar na mente de todos, flutuando abaixo da superfície como algas tóxicas. De uma forma que nunca conseguiu compreender totalmente, estar próximo de pessoas tão culpadas quanto ele ajudou bastante.

Perguntava-se agora se afinal todos não estiveram apenas esperando por isto: o retorno de Megan.

Decidiram se encontrar na noite seguinte, no bar The Perch em Binsey porque raramente o local ficava cheio no final da tarde. Precisava atualizá-los dos últimos eventos e, se possível, começar a bolar um plano em conjunto. Daniel chegou primeiro, de bicicleta, seguido por Felix em seu Aston Martin.

Houve um momento, em alguma parte do último ano da escola, em que Felix admitiu seu hábito de atribuir elementos da tabela periódica a pessoas que conhecia, sem necessariamente receber uma resposta positiva (cobre não era tão ruim, mas iodo — vai tomar no cu!). Os outros, especialmente os dois químicos do grupo, quiseram saber qual Felix tinha dado a si mesmo. Orgulhoso, lhes disse césio, um metal alcalino prateado-dourado que era super-reativo, explodia ao contato com a água e queimava bem rápido. O césio, explicou ele, era muito quente para se lidar.

"Nah", rebateu Megan. "Você é flúor, Felix. Você chuta pra esquerda, para a direita e para o centro, porém não consegue fazer nada por conta própria. Você se agarra a outras pessoas e não permite que ninguém veja sua verdadeira face." Xav riu como uma hiena, e, nos meses seguintes, os dois o rebatizaram de *Flúorix*.

A janela do motorista do Aston Martin desceu.

"Entro em cinco minutos, cara", avisou Felix. "Vai pedindo uma cerveja pra mim e uma garrafa de vinho branco para as garotas."

Talitha e Xav chegaram juntos cinco minutos depois de Felix. Amber apareceu por último, em seu próprio carro, não um do governo, e entrou no pub de óculos escuros e chapéu cobrindo o cabelo, que permanecia loiro morango. Ela recusou o vinho que Felix estava servindo e pediu uma água mineral.

"Não posso me dar ao luxo de ser parada com álcool no sangue." Ela olhou o telefone e o desligou.

"Seria a menor de nossas preocupações", murmurou Talitha.

Amber fora uma das primeiras parlamentares a aderir às mídias sociais e conseguiu reunir uma grande massa de seguidores, inclusive entre aqueles que nem sequer sonhariam em votar no partido dela. Em um *tweet* de 280 caracteres, Amber conseguia exibir uma perspicácia e um humor que raramente apareciam numa conversa com ela. Os outros especularam, com um pouco de maldade, que ela poderia ter alguém que cuidasse de suas redes. Xav foi o responsável por trazer a ideia à tona.

"Na verdade, ela é bem engraçada", havia dito ele. "Apenas não deixa transparecer."

Parecia um comportamento estranho para alguém que não escondia o desejo de se tornar primeira-ministra. Ainda assim, os outros decidiram acreditar nele.

"Dan, você tem certeza?", perguntou Talitha, após deixarem os outros a par de suas conversas com Megan. "Ela está apenas *fingindo* que perdeu a memória?"

"Tenho oitenta por cento de certeza." Nas últimas vinte e quatro horas, Daniel havia pensado em outra possibilidade. "Acho que ela estava me testando para ver se eu seria honesto. Não fui. Falhei no teste. Quando ela conversou com a Tali algumas horas depois, ela estava bem diferente."

"Ela estava putaça", complementou Talitha.

"Vocês estavam no limite, sem conseguir raciocinar direito. Talvez tenham visto coisas que não existiam", ponderou Xav.

"E o acidente foi de verdade?", Felix perguntou a Talitha. "Ela realmente bateu a cabeça?"

"Eu vi os prontuários médicos", respondeu Talitha. "Não dá pra fingir aquilo. Só não havia menção à amnésia."

"Pode ser verdade", argumentou Xav. "A gente pode estar se preocupando sem motivos."

Ninguém respondeu.

"Se ela realmente perdeu a memória, a gente tá são e salvo", afirmou Felix. "Nem precisamos abrir mão do fundo fiduciário. Com certeza, tenho melhores utilidades para o dinheiro."

"Mas a gente ainda entregaria para ela, não?", sugeriu Amber. "É o mínimo que podemos fazer."

Xav abaixou a voz. "Ela realmente pediu para você doar um dos seus órgãos?"

"Não", esclareceu Daniel. "Mas ela usou a palavra *favor*, me olhando diretamente nos olhos."

"É uma palavra bem comum", desdenhou Xav.

"Ela estava brincando comigo."

Amber olhou para cima. "Ela não pode te pedir isso, Dan. Sem chance."

"Ela pode pedir o que quiser", lembrou Felix. "A gente tá na palma da mão dela."

A música parou de tocar naquele momento. No silêncio que se instaurou, puderam ouvir o barman tirando os copos de uma lava-louça. Permaneceram calados até a música voltar a tocar.

"Então, o que vamos fazer?", perguntou Amber.

"Essa é fácil", respondeu Felix. "É só o Dan doar um rim. Melzinho na chupeta, as pessoas fazem isso o tempo todo."

Felix e Daniel fizeram contato visual através da mesa; os olhos desafiadores de Felix pareciam dizer: "Vamos lá, discorda de mim".

"Ele não vai fazer isso", afirmou Talitha, e Daniel nunca se sentiu tão grato pela intervenção da amiga. "Se ela tá disposta a pedir um pedaço do corpo do Dan, imagina o tipo de inferno que preparou pra gente."

Xav se encolheu. Por um breve momento, parecia que ele iria se levantar.

"Sou todo ouvidos para escutar o seu plano, Tali", falou ele.

Tali colocou uma enorme bolsa de couro em cima da mesa e pegou algo em seu interior.

"São chamados de celulares descartáveis." Ela posicionou um celular na frente de cada um. "Funcionam a base de números diferentes dos nossos e, o mais importante, não podem ser rastreados."

"Por que o meu é verde?", perguntou Felix, enquanto Daniel percebia que todos tinham cores distintas. O seu era azul-escuro.

"Precisei cadastrar os números dos outros aparelhos em cada um deles, então tive que diferenciar", explicou Talitha. "Também para vocês não confundirem com seus celulares pessoais. Tem bastante crédito neles, mas não ilimitado, então não usem para nada além de ligar um pro outro sobre esse assunto em específico."

Ela olhou ao redor da mesa. "Ficou claro?"

Felix franziu a testa numa expressão de desprezo. "Isso é realmente necessário?"

"Entre nós dois, Felix, quem sabe mais sobre criminalidade e como a polícia monitora isso?", respondeu-lhe Talitha.

Daniel se alegrou ao ver Felix erguendo ambas as mãos em sinal de submissão. Ele sempre se regozijava com as pequenas vitórias de Tali sobre seu amigo bocudo.

Amber colocou seu telefone descartável na bolsa. "É uma boa ideia", elogiou ela. "Nunca tenho certeza se meu telefone está sendo monitorado."

Talitha estava a todo vapor.

"Se a Megan decidir jogar tudo no ventilador, se preparem para a polícia confiscar toda nossa tecnologia como parte da investigação", advertiu ela. "Uma torrente repentina de mensagens ou ligações entre nós vai parecer suspeito. Mesmo quando usarem o celular descartável, não falem nada que possa ser incriminador."

Com os lábios apertados, Felix colocou o telefone verde no bolso de seu casaco. Logo em seguida, Dan e Xav o imitaram.

"Vamos também precisar tomar muito cuidado com o lugar e a frequência com que nos encontramos", prosseguiu Talitha. "Um padrão de encontros maior que o habitual vai parecer suspeito." Ela olhou ao redor do bar. "A gente não vai voltar aqui nos próximos dois meses pelo menos. Sempre que nos encontrarmos, será num lugar diferente, onde não seremos reconhecidos e qualquer informação ouvida por alguém não vai levantar suspeitas. Entenderam?"

Ninguém contra-argumentou.

"E vamos manter as conversas no mínimo necessário", complementou Talitha. "Eu sei que isso vai ocupar um triplex na nossa cabeça, mas a gente só vai se falar quando tiver algo importante para contar. No restante do tempo, seguimos exatamente como sempre."

"Só isso?" Felix não conseguia evitar o sarcasmo na voz.

"Não", rebateu Talitha. "Precisamos encontrar a confissão e o filme. Esse é o meu plano, Xav. Encontrar a prova e destruí-la."

A prova, algo de que ninguém havia falado a respeito por anos, algo que poderiam até tentar fingir que nunca existiu. Vinte anos atrás, na casa da piscina de Talitha, eles encararam o abismo, porém receberam uma corda para se salvarem. Eles a agarraram, ansiosos, sem o menor ressentimento e se balançaram nessa corda desde então, incapazes de tocar solo firme. Agora, precisavam repensar na prova, que, com suas pontas afiadas como navalha, poderia cortar a qualquer momento a corda que fora sua salvação.

"Mesmo depois de vinte anos?", perguntou Amber.

"Tem razão", reconheceu Talitha. "A gente deveria ter ido atrás quando teve chance. A gente foi idiota, mas estávamos em choque, o que não estamos agora. Megan escondeu a carta e as fotografias em algum lugar, e precisamos encontrá-las. Sem elas, é a palavra dela contra a nossa, e em quem vocês acham que as pessoas vão acreditar?"

Ninguém contestou. Uma parlamentar, uma sócia majoritária numa firma de advogados, um industrialista que se tornou milionário, um investidor financeiro e o diretor de uma das melhores escolas da Inglaterra. Era a palavra deles contra a de uma ex-presidiária assassina de crianças.

"Ela não precisa de provas", alegou Amber. "Se isso vazar, mesmo como uma acusação infundada, é o meu fim."

"Sem provas, ela não terá o que acusar", insistiu Talitha. "Nenhum de nós vai pra cadeia. Ninguém vai dar adeus pra família ou pra própria vida."

"Se Megan não tiver como provar, ela não vai insistir", argumentou Felix.

"Principalmente quando oferecermos o dinheiro para ela ficar quieta. A Megan não é burra."

"Ela tá muito longe de ser burra", observou Xav. "Ela era mais esperta que qualquer um de nós antigamente, mesmo agora, não vai querer pressionar por nada."

"Então, onde está a prova?", indagou Talitha. "Não havia muitos lugares para ela esconder naquela noite. A primeira coisa que ela fez na manhã seguinte foi ir até a polícia."

"A gente procurou no quarto dela, lembram?", falou Daniel. "Não estava lá."

"Alguém deveria ter saído com ela naquela noite", contrapôs Felix. "Quero dizer, a gente devia ter seguido ela."

"Nenhum de nós estava pensando direito", afirmou Amber.

"Exceto a Megan", rebateu Xav.

Um pensamento atingiu Talitha.

"Você não foi com ela até o carro naquele dia?", ela perguntou a Xav. "Você percebeu alguma coisa? Ela não, sei lá, demonstrou algum interesse incomum nos enormes vasos de terracota no terraço ou algo parecido?"

Ele respondeu vagarosamente, como se tentasse se lembrar. "Ela estava com a carta em mãos quando chegou ao carro e colocou no banco do passageiro. O filme devia estar no bolso. E o Dan tá certo, não tinha nada no quarto dela. Acho que a Megan parou em algum lugar no meio do caminho."

"Precisamos de um mapa", sugeriu Amber, porém Felix estava um passo à sua frente e já abria o Google Maps em seu iPhone.

"Seja lá onde for, ainda deve estar lá." Talitha mudou a cadeira de lugar para que pudesse olhar o mapa de Oxfordshire. "Dificilmente ela teve a chance de pegar de volta desde que saiu. Ainda mais se estiver mesmo doente."

Felix fez um movimento de tesoura na tela para dar zoom no mapa. "É uma agulha no palheiro", comentou. "Eram mais de quinze quilômetros da antiga casa da Tali até o lugar onde a Megan morava, se considerarmos a hipótese de que ela foi direto pra casa."

"O antigo jardim dos fundos", sugeriu Amber. "A mãe dela vendeu a casa, mas ela poderia muito bem escalar o portão e pegar de volta."

"Uma agulha na porra de um palheiro", repetiu Felix.

"Não estou sugerindo a gente começar uma caça ao tesouro", ponderou Talitha. "Vou pedir para alguém segui-la."

"Você pode fazer isso?", perguntou Amber.

"Somos uma das firmas de maior sucesso do país em questões de divórcio", gabou-se Talitha. "A quantidade de esposas infiéis sendo seguidas diariamente é enorme. Consigo pôr alguém na cola da Megan antes do amanhecer."

"Vai custar uma nota", retrucou Felix.

"Eu pego de volta do fundo fiduciário quando a gente estiver são e salvo."

"Alguém se sente culpado com isso?", perguntou Amber. "Digo, a Megan salvou nossas vidas e estamos planejando deixá-la pra trás novamente."

Daniel não conseguiu evitar. "Espera até ela vir atrás dos seus órgãos vitais."

Amber não recuou. "Se os dela estão comprometidos, é por causa do que ela fez por nós."

"Tudo bem, então vai você pra mesa de cirurgia", retrucou Daniel. "Você entrega o rim que poderia ser útil caso seu marido ou uma das suas filhas precise um dia. Ah, é mesmo, eu esqueci que vocês não têm o mesmo tipo sanguíneo, então não é o seu que tá na reta."

"A gente tinha bem mais coisa em jogo do que a Megan", afirmou Felix. "Ela se ferrou nas provas finais. Ela não ia pra Cambridge e, com certeza, tinha plena noção disso. Se fosse para alguém levar a culpa, ela era a escolha óbvia."

"Não tenho certeza se ela enxerga dessa forma", observou Daniel. "A gente deveria ter ficado do lado dela. O pai da Tali deveria representar a Megan, não as vítimas. Se ela tá putaça, Deus nos ajude quando ela descobrir essa traição."

Ao terminar, Daniel viu os olhos de Amber se abrirem e a testa de Xav franzir em confusão. Felix, ele percebeu, se manteve inerte. Então, todas as informações sobre Megan não foram divididas igualmente com o passar dos anos.

"O Dan nos lembrou de um fato importante", afirmou Talitha. "Embora eu não quisesse tocar nesse assunto."

"Qual?", questionou Amber.

"Ela vai querer alguma coisa de cada um de nós. Se não conseguirmos achar a prova, precisamos nos preparar."

"É só a gente entregar o dinheiro", rebateu Amber. "É uma bolada."

Tali balançou a cabeça. "Não sei se será o suficiente. Acho que ela vai querer alguma coisa grande. Alguma coisa que machuque. Vocês precisam começar a pensar no que ela poderia exigir de cada um."

"Eu já sei", precipitou-se Xav.

Todos os olhos se voltaram para ele.

"Ela me contou naquela noite", prosseguiu ele. "Por isso que pediu para que eu fosse até o carro."

"Você disse que ela não tinha nada especial para dizer, que ela só queria a companhia", contrapôs Amber.

"Ela tinha muito para dizer", revelou Xav. "Ela me contou exatamente qual era o meu favor e me fez jurar que não contaria pra ninguém. Se eu contasse, o acordo já era."

"O quê?", exclamou Talitha. "O que ela queria? O que você tinha que fazer?"

"Ficar solteiro", respondeu Xav.

Daniel percebeu pelos rostos ao seu redor que ninguém estava entendendo, inclusive ele próprio.

"Tinha que ficar solteiro até ela sair da prisão", continuou Xav.

"Por quê?", balbuciou Amber, pálida.

Ignorando os outros, Xav direcionou as próximas palavras diretamente para Amber. Eles deixaram de ser um casal há anos, porém Daniel se lembrou de como foram tão próximos um dia.

"Ela disse que me amava", explicou ele, enquanto os olhos de Amber se abriam ainda mais. "Que ela me amava fazia muito tempo e que tentou falar antes, mas aí você e eu começamos a namorar. Ela disse que as coisas seriam diferentes agora, que eu precisava terminar com você e ficar solteiro."

Ele pegou seu copo e virou a bebida. Eles aguardaram pelo tempo que Xav julgou necessário.

"Ela disse que ia abrir mão da melhor época de sua vida ao ficar na prisão, que perderia a chance de conhecer alguém legal e se apaixonar. Ela falou que não queria sair com quase 40 anos e ficar para titia. Então, eu tinha que esperar, e, quando ela saísse, a gente ia se casar. Esse era o meu favor."

"Mas você e a Ella...", começou Amber. "Xav, você se casou com a Ella dois anos atrás. Que merda que você tava pensando?"

Felix se inclinou para trás na cadeira e deu uma risada amarga e vazia. "Cara", exclamou ele. "Você tá muito fodido."

19

Todos concordaram em aparecer na casa de Talitha naquele sábado para o almoço de boas-vindas de Megan. Não havia escolha. Normalmente, Daniel conseguia reorganizar seus fins de semana conforme suas preferências, porém os outros precisaram remarcar compromissos, confortar esposas irritadas, lidar com crianças exigentes e inventar uma dúzia de desculpas para se justificarem. Não fazia diferença, eles não tinham escolha.

A casa de Talitha era uma construção ultramoderna numa enorme avenida arborizada ao norte do centro da cidade. A maioria das outras casas do bairro datava ao menos de uma centena de anos, porém, de alguma forma, Talitha conseguira permissão para derrubar a mansão eduardiana que ficava em seu terreno e erguer seu próprio monumento de concreto, vidro colorido e granito. Seu Range Rover branco estava na entrada da garagem ao lado do modelo cinza-aço ainda maior de seu marido. Uma quantidade razoável de botas de rúgbi incrustadas de lama estava espalhada pela entrada, e Daniel conseguia ouvir vozes de crianças vindo de uma janela no andar de cima. Talitha não teve filhos, mas o marido tinha três filhos de seu primeiro casamento.

O caos infantil contrastava com a paisagem impecável do jardim da frente e a fachada reluzente da casa. Em geral, havia uma aura reconfortante no ambiente. Um lugar que parecia dizer que ali morava uma família normal, e, nas casas de famílias normais, coisas terríveis não acontecem.

Passando pela entrada com sua bicicleta, Daniel se forçou a acreditar nessa ideia.

Quando estava prestes a tocar a campainha, ouviu o som de pneus no cascalho e se virou para ver uma BMW elétrica na cor preta estacionando. Não reconheceu o carro, mas, no fim das contas, era o carro de Sarah, a esposa de Felix — uma loira alta com um ar de pessoas que frequentam clubes de hipismo. Daniel observou Felix pegar Luke, o filho de 2 anos, no branco de trás, enquanto Xav saía do outro lado.

Nenhum sinal de Ella, a esposa de Xav.

Os quatro mal haviam chegado perto de Daniel, quando outro veículo estacionou, dessa vez, um enorme Volvo preto com Dexter, o marido afro-caribenho de Amber, ao volante. Com a facilidade que só a prática fornece, ele executou uma manobra de retorno em três tempos para que o carro estivesse pronto para uma saída rápida, então ele também se virou para ajudar as filhas a saírem do carro.

Ninguém ousaria comentar que Amber se casara com Dex por interesses políticos em sua carreira, mas formar um lindo casal de raças mistas também não pareceu atrapalhá-la em nada. Ao lado das duas meninas mais lindas que se podia imaginar, Amber e sua prole eram o pôster perfeito da família britânica moderna.

As duas famílias se aproximaram para os cumprimentos, as mães teceram elogios para as crianças, os três homens trocaram apertos de mão, e Daniel teve seu momento costumeiro de se sentir isolado. Para ele, o mundo familiar era um dos quais nunca faria parte. Ele tocou a campainha, e Mark, o marido de Talitha, atendeu de imediato.

"Como foi o jogo?" Daniel não tinha o menor interesse em rúgbi, porém havia aprendido por experiência própria que Mark não tinha muitos outros assuntos em seu repertório. Ele até conseguia sentir o cheiro de grama no outro homem, além do aroma de vinho tinto que estava na taça que segurava numa das mãos.

"Bom pra cacete." Mark já estava olhando por cima do ombro de Daniel para as visitas mais interessantes. "Foi contra a Faculdade

Marlborough. Ela massacrou a gente na temporada passada, mas não conseguiu acertar um passe na manhã de hoje."

Do andar de cima, veio uma explosão de sons simultaneamente bestiais e tecnológicos.

"Casa cheia?" Daniel estava acostumado com a excentricidade dos enteados de Talitha, porém eles pareciam inspirados naquela manhã.

"Apenas cinco crianças", respondeu Mark. "Um dos amigos do Gus machucou o joelho, e eu deixei o menino na emergência. Os irmãos dele estão aqui. Vamos entrar? Não é a primeira vez que vocês vêm aqui, todo mundo já sabe o caminho."

Daniel pendurou o casaco, se virou para dar um oi decente aos outros e se preparou para o ritual de abraços e beijos na bochecha. Uma vida de celibato o preparou para evitar contato físico, embora nunca obtivesse sucesso em fazer com que os outros compreendessem isso. As mulheres pareciam achar que faziam um favor a ele com seu comportamento tátil. Quando finalmente o deixaram em paz, ele seguiu Mark pela ampla cozinha nos fundos da casa.

Ampla, no entanto, era um eufemismo, pois se tratava de um espaço gigantesco, que se estendia por dois andares com uma parede toda de vidro voltada aos fundos. Era impossível habitar o cômodo no verão, na opinião de Daniel, mas tolerável ao final da primavera.

"Eu poderia passar sem essa", murmurou Mark. "Estou de plantão, e a Tali sozinha mal consegue cuidar dos meus meninos, pior ainda com uma casa cheia de visitantes." Ele olhou na direção de Daniel. "Sem ofensas. Por mais que seja agradável a companhia de vocês, a gente se viu na semana passada."

Daniel estava acostumado com a sinceridade de Mark, o homem tinha boas intenções. Além disso, até Daniel pendia a concordar com ele.

"Cadê a Ella?", perguntou Daniel a Xav, enquanto os outros formavam fila atrás dele.

Xav balançou a cabeça para os lados. "Falei que era coisa do trabalho."

Talitha, que estava no canto da cozinha, se virou para eles, e seu sorriso não conseguiu disfarçar a rigidez que se instalara na mandíbula. O cabelo estava para cima, bagunçado, e o estilo não combinava em nada com ela. Parecia que o rosto estava angular e largo demais. Ela nem se incomodou em colocar maquiagem. Daniel estava prestes a se aproximar quando as mulheres e as crianças o ultrapassaram para mais uma série de abraços. Libertando-se de Sarah, Tali chegou perto dele.

"Ela já tá aqui", sussurrou ela no ouvido do amigo. "Não olhe ao redor." Ela se moveu ligeiramente para o lado. Daniel a viu se inclinar para cumprimentar Xav e soube que a mesma informação seria repassada.

Não olhe ao redor? O que ela quer dizer com isso? Virando-se para conversar com Felix e Sarah, Daniel viu algo com sua visão periférica. Erguendo a cabeça, ele a encontrou.

A característica mais notável da enorme casa de Talitha e Mark era uma ampla sacada interna que percorria toda a fachada lateral da residência. Do térreo, Daniel podia ver o patamar do andar de cima protegido por meia parede de vidro temperado, e cinco portas que davam acesso aos quartos. Megan estava no centro da sacada, olhando para baixo em sua direção. O primeiro pensamento de Daniel foi que ela parecia muito melhor. O cabelo estava recém-lavado, e os óculos de sol vermelhos em cima da cabeça o impedia de cair no rosto. Sabendo agora o que ela sentia por Xav, ele percebeu que houve um esforço a mais para o amigo que ele próprio não fora digno de receber.

"O que você tá olhando?" Felix seguiu o olhar de Daniel, então, um a um, os outros perceberam — Talitha já sabia, é óbvio. Todos olharam para cima, como participantes de um programa de palco, observados por sua plateia de apenas uma mulher.

"Quem é ela, mamãe?", perguntou a filha mais velha de Amber.

"Meu nome é Megan", respondeu ela. "Oi, pessoal!"

A pele de Megan ainda estava pálida, porém perdera o terrível tom amarelado de quando ela foi até a escola. Bem-vestida, parecia magra de uma forma fashion, não anoréxica e angular. Ela usava maquiagem, e Daniel parou um momento para agradecer a Deus por não ser Xav.

"Para de se esconder aí em cima", chamou-a Mark. "Vem aqui com a gente."

Megan esperou mais um segundo, depois caminhou pela extensão da sacada antes de desaparecer na escada.

"Quem é essa daí?", perguntou Sarah, a esposa de Felix.

"Uma velha amiga da escola", respondeu Felix.

Talitha se aproximou um pouco de Daniel. "Ela resolveu ver a casa sozinha", sussurrou no ouvido dele. "Tá agindo como se fosse a dona do lugar."

"Quem sabe não é esse o seu favor?", não resistiu Daniel. "Talvez ela esteja encantada com a sua casa."

Ele quase se sentiu culpado ao ver a expressão de preocupação no rosto de Talitha.

"O Mark já sabe?", perguntou ele. "Digo, já sabe quem é ela?"

Ela balançou a cabeça e se encolheu. O que ela deveria dizer? No fim, eles acabariam descobrindo: Mark, Sarah, Ella e Dex. De certa forma, Daniel era sortudo, não havia ninguém que precisaria ouvir suas mentiras. Deus não conta, Ele já sabia.

Os saltos de Megan ecoaram no chão branco de pedra, e ela reapareceu. Determinada a prolongar sua entrada triunfal o máximo que podia, a mulher lhes encarou da porta.

"'Não há amizade como à de um velho amigo cuja companhia se fez presente nas horas matinais'", declamou ela. "'Nem reverência como a de seu cortejo, nem decoro como o de sua presença'."

"Quem escreveu isso?", perguntou Felix, um pouco alto demais. "Shakespeare?"

"Oliver Wendell Holmes Senior", respondeu Megan. "Olá, Felix, sentiu minha falta?"

Daniel teve a sensação de estarem num píer, olhando para um lago gelado, sabendo que precisavam pular e adiando o máximo que podiam. Felix foi o primeiro, o que não deveria surpreender ninguém, e Megan desapareceu dentro do abraço dele. Com um braço em volta da cintura dela, ele a guiou em direção a Sarah e o pequeno Luke. Para o resto deles, o momento pareceu um prorrogação bem-vinda de uma execução inevitável, porém Felix nunca foi alguém que se sacrifica por muito tempo.

"Você se lembra da sua *best*?" Ele puxou Amber para perto. "Agora, a gente chama ela de Sua Excelentíssima Dama. E fingimos que votamos no seu partido; ela fica brava se não fizermos isso. Esse é o Dex, seu companheiro de longa data, e suas filhinhas adoráveis, Berílio e Titânio."

"Pearl e Ruby!", as meninas falaram juntas. Pérola e rubi. Felix fazia isso havia anos, mas elas nunca pareciam se cansar. Ele estava muito alegre, forçando demais, porém Daniel não podia exatamente culpá-lo. Nenhum deles sabia como deveriam se comportar.

Megan acariciou o rosto do bebê carinhosamente, mas, ao ver as meninas, ela pareceu derreter. Caindo de joelhos, estendeu a mão para cada uma delas.

"Uau, vocês são lindas demais", elogiou. "Quantos anos vocês têm?"

"Cinco", respondeu Pearl. "A Ruby tem três. Quem é você?"

"Sou uma velha amiga da sua mamãe." Megan se levantou e estendeu a mão para Amber, que não se moveu. As duas se abraçaram de um jeito desajeitado, embolando os cabelos enquanto os corpos, até mesmo os rostos, permaneciam a poucos centímetros de distância.

"Muito obrigada, a presença de vocês significa muito para mim." Havia lágrimas nos olhos de Megan enquanto ela falava e sorria.

"E o Xav, é claro." Felix estava determinado a agir igual a quem anunciava os próximos lutadores de um combate. "Vamos lá, Xav, junte-se à nossa rodinha."

Daniel sentiu o grupo prendendo a respiração, ao mesmo tempo que os olhos de Megan e Xav se encontravam.

"Falando nisso, tô morrendo de fome." As mãos de Mark pousaram, uma no ombro de Daniel e a outra no de Xav, cortando imediatamente qualquer cumprimento apaixonado que Megan tivesse reservado para seu verdadeiro amor.

• • •

Eles se sentaram ao redor da imensa mesa de vidro de Talitha e tentaram fazer jus ao almoço que ela havia organizado. A advogada havia contratado serviços de buffet, é claro — Tali nunca havia cozinhado um prato em toda sua vida —, e tudo estava tipicamente fabuloso: saladas com frutas e legumes das mais suculentas, um grande presunto com casca doce e tostada, um queijo brie inteiramente enfeitado com figos e favos de mel, além do frango frito com especiarias. Com exceção dos adolescentes, ninguém conseguia comer muito.

Daniel estava com medo de que a conversa não fosse render, de que ninguém soubesse o que dizer e de que não houvesse apenas um elefante na sala, mas um mastodonte impossível de ser ignorado. Para sua surpresa, a conversa foi tudo, menos constrangedora, ainda que os cinco amigos não tivessem tanta participação. Megan era o centro das atenções. Ela conversou sobre rúgbi escolar com Mark, sobre cavalos com Sarah e os perigos de se tornar um viúvo de parlamentar com Dexter. Você precisava tirar o chapéu para ela, pois cada palavra que saía de sua boca só podia ser história para boi dormir.

Ela nada disse a Xav, ele percebeu, talvez porque Tali os colocara para ficarem do mesmo lado da mesa, com diversas cadeiras de distância — contato visual entre os dois era quase impossível. Por sua vez, Xav mal abriu a boca, conferiu seu celular de tempos em tempos, saiu em determinado momento para atender a uma ligação, que Daniel teve certeza ser de Ella, e mal encostou na comida.

"Então, de onde você conhece o pessoal?", perguntou Mark a Megan em determinado momento. Daniel tinha certeza de que Talitha havia contado que Megan era uma antiga amizade da escola, porém Mark raramente se atentava a qualquer informação que não fosse diretamente ligada a ele.

"Estudei em All Souls", respondeu Megan.

"Megan era a embaixadora do conselho estudantil." Foi a primeira vez que Amber falou na última hora, com exceção dos sussurros nos ouvidos das filhas.

"Eu era bolsista", explicou Megan. "Então a nomeação à liderança foi algo simbólico. Uma típica oportunidade para a escola dos riquinhos mostrar que se engajava em assuntos progressistas. Um aluno entre centenas de outros era um plebeu, então a pauta inclusiva ficava em evidência."

"Não é verdade", retrucou Xav rapidamente.

Megan se inclinou sobre a mesa para que, ao virar o rosto, pudesse ver Xav. Eles se encararam por um segundo. Xav estava sem sua aliança.

"Não mesmo, você era a mais inteligente da turma", logo acrescentou Amber.

"Então, onde você esteve por todos esses anos?" Felizmente, Mark não parecia reparar na tensão ao redor da mesa. "Foi para outro país? Ei, pessoal, alguém aceita mais presunto?" Ele pegou a faca e a balançou no ar.

"Eu aceito", respondeu Felix, levantando seu prato, que ainda estava cheio. Por outro lado, sua taça estava vazia.

"Eu também", disse Daniel de forma solícita. "Na verdade, me dá um tempinho para terminar de comer. Está uma delícia, Tali, como sempre."

"Nada como a comida de Summertown", assegurou ela. "Nunca decepciona."

"Eu estava um pouco longe", revelou Megan a Mark. "Em Durham."

"Um lugar adorável." Mark se virou para Daniel. "Você não fez faculdade lá?"

A boca de Daniel estava cheia de presunto ainda não mastigado; ele só conseguiu acenar com a cabeça.

"A Amber vai fazer uma festa de aniversário daqui a algumas semanas", contou Dex a Megan. "Você deveria ir. Envio os detalhes pra você depois."

Daniel poderia dar risada das expressões de pânico ao redor da mesa, se ele próprio não estivesse com o mesmo sentimento. As festas de Amber eram sempre eventos sofisticados: trajes de gala, tendas no gramado, a elite do partido político local, mostrando seus títulos e joias. Megan estaria longe de ser a única pessoa a ter infringido a lei por lá, porém havia uma grande diferença, ainda mais dentro da política, entre desvio de verba e homicídio de uma mãe e as duas filhas.

Por vários segundos, ouviram apenas os barulhos eletrônicos dos dispositivos das crianças. Talitha serviu vinho nas taças que já estavam cheias, Amber limpou uma sujeira inexistente da boca de Ruby, Felix checou o celular, e Daniel percebeu os olhares confusos que Mark e Dex trocaram.

"Muito gentil de sua parte", agradeceu Megan. "Eu adoraria ir."

"Como anda a busca por um novo contador, Felix?", perguntou Xav, e a mesa pareceu suspirar de alívio ante a presença de um novo assunto. O gerente financeiro de Felix o deixara na mão algumas semanas atrás. Ele balançou a cabeça em negativa. "Vários currículos. Nenhum que eu considere apto para a função."

"Você pode contratar uma terceirizada, não?", sugeriu Mark. "Usamos uma firma local no consultório. Posso te passar o contato."

"Eu posso e já faço isso, mas custa um braço e uma perna." Felix colocou seus talheres na mesa como se aliviado por ter uma desculpa para parar de tentar comer. "Já tô sobrecarregado com a nova fábrica em Uganda. O problema é que estamos muito próximos de Londres. Todos os bons funcionários vêm de lá pra cá e pedem o dobro do que eu posso pagar."

"Enquanto isso, é o Felix que tá cuidando desse assunto", intrometeu-se na conversa Sarah. "Ele está trabalhando todas as noites até de madrugada. O Luke até chora de emoção quando consegue ver o próprio pai."

"Não é tudo isso", reclamou Felix.

"É, sim", irritou-se Sarah, e um momento constrangedor, de quando um casal compartilha demais, se instaurou.

"Eu posso fazer isso", declarou Megan.

E a estranheza do momento foi para as alturas.

"Tenho diploma em finanças e contabilidade." Ela esperou alguém do grupo reagir. Quando ninguém o fez, ela pegou sua taça de vinho e olhou ao redor por cima da borda. "O que foi? Vocês acham que eu passei vinte anos da minha vida na prisão e não aproveitei para estudar?"

Sarah engasgou. Os garotos na ponta da mesa, que estavam entretidos com seus celulares, ficaram quietos. Até mesmo os olhos de criança de Pearl cresceram enquanto ela repetia a palavra *prisão* para si mesma.

"Você tava na prisão?", perguntou um dos garotos.

"Por quê?", completou outro.

Megan abriu a boca.

"Não." Era raro ouvir Amber aumentando a voz, porém, quando o fazia, todos entendiam por que as pessoas falavam sério quando diziam que ela seria a futura primeira-ministra. "Aqui não."

Talitha ficou de pé. "Meninos, vocês e seus amigos podem comer a sobremesa no salão de jogos."

Os cinco garotos, relutantes em abandonar a cena, começaram a reclamar.

"É sério", avisou Talitha. "Levem a Pearl e a Ruby com vocês e tomem conta delas."

Um silêncio de tensão tomou conta enquanto as crianças pegavam a sobremesa e saíam do local. Talitha verificou se a porta estava bem fechada. Ainda assim, ninguém falava. Luke chiou, e Sarah se levantou.

Megan quebrou o silêncio: "Você deve se lembrar de que eu era boa em matemática, Felix. Bem, acontece que sou igualmente boa em matemática financeira. E consigo começar na segunda".

Enquanto Megan falava, ela tirou os óculos escuros do topo da cabeça e balançou o cabelo antes de colocar os óculos ao lado do prato. Entretanto, sua aparente autoconfiança contrastava com os óculos escuros, cujas pontas estavam mastigadas e desbotadas.

"Quero dizer, na terça", corrigiu ela. "Segunda é o Festival de Primavera. Neste ano, calhou de cair bem no feriado do Dia do Trabalho. As coisas vão estar uma loucura."

"Tali, o que é isso?", interrompeu Sarah, enquanto espiava a tigela que parecia estar recheada de suflê em camadas com frutas. "O Luke pode comer?" Ela olhou para o marido. Nem Talitha nem Daniel conseguiram pegar a mensagem em seus olhos.

"Ai, meu Deus, não. Tá misturado com conhaque!" Tali olhou na direção da porta do salão de jogos. "Eu acabei de dar bebida para as crianças."

Amber deu um leve gritinho e virou o rosto alarmado para Dex.

"E daí? Vamos ter uma tarde silenciosa", Mark deu de ombros. "Não vai fazer mal algum."

"Fácil para você falar", Amber voltou à conversa. "Seu caçula deve pesar mais do que eu. A Ruby só tem 3 anos." Ela se levantou. "Sinceramente, Tali."

"Elas vão ficar bem", tranquilizou Dex, segurando a mão da esposa. Daniel nunca o vira perturbado. "Senta aí."

"O que você acha, Felix?", insistiu Megan.

"E essa coisa aqui que parece uma torta? O Luke pode comer?" A voz de Sarah se tornara estridente.

"Ah, pelo amor de Deus, Sarah, não é minha responsabilidade alimentar o filho de ninguém", irritou-se Talitha.

Xav fechou os olhos, como se pudesse fazer tudo aquilo ir embora.

"Aceito 10 mil a menos por ano do que você está oferecendo." Megan se direcionou a Felix como se fossem os únicos a conversar no ambiente. "Mas só pelos primeiros seis meses. Até lá, acredito que já terei provado do que sou capaz."

"Como você sabe o salário da vaga?", retrucou Felix.

"Você colocou no LinkedIn e no *Financial Times*", respondeu Megan. "Não é nenhum segredo."

Com certeza, os outros vão se intrometer agora, Dan pensou consigo, *será que ninguém vai ajudar o Felix?* Mas era como observar a cobra encurralando um rato. Incapazes de desviar o olhar, os outros podiam apenas observar.

"Meg, se você precisa da grana, estou disposto a te ajudar", afirmou Felix. "Posso facilitar para que você coloque as coisas no eixo novamente." Ele olhou ao redor, e as palavras *fundo fiduciário* pareciam transitar pelo grupo como uma mensagem telepática. Xav meneou a cabeça vagarosamente, dando uma permissão silenciosa a Felix.

"A gente deveria conversar sobre isso", murmurou Sarah.

"Não quero um empréstimo, quero um trabalho", declarou Megan.

"Não é uma boa ideia", repetiu Sarah.

"É uma vaga para um especialista", sentenciou Felix.

"Não exatamente. Seu faturamento anual é de 14 milhões de libras, sua margem de lucro operacional é de 7%, e você está crescendo numa margem de 10% ao ano, o que é ótimo. O problema é que você não pensou na estratégia de financiamento decorrente do crescimento. À medida que o negócio cresceu, o estoque de bens manufaturados expandiu, assim como o crédito oferecido aos seus clientes. Tudo isso precisa de financiamento, e, indo direto ao assunto, você está ficando sem dinheiro, por isso que o pagamento dos fornecedores está atrasado e seu *score* de crédito está diminuindo. Esqueceu o velho ditado dos contadores: faturamento é vaidade, lucro é o mínimo; e dinheiro, a realidade?"

"Como você sabe de tudo isso?" Felix parecia impressionado.

"Você registra anualmente as contas da sua empresa, e isso é público. A classificação de crédito dela está listada na bolsa de valores. Você tem um site e diversas contas em redes sociais. Não é difícil."

"Eu quero saber por que você foi presa." Dex sorriu para os presentes à mesa, como se quisesse dar a impressão de que estava brincando. Todos sabiam que ele não estava. "Talvez eu tenha que reconsiderar o seu convite para a festa de aniversário da minha esposa."

Amber encontrou sua bolsa. "A gente conversa na volta pra casa", disse ela ao marido. "Tali, obrigada, mas acho que já precisamos ir com as meninas."

"Bem, talvez eu devesse...", começou Daniel.

"Vinte anos atrás, eu roubei o carro da mãe do Felix e dirigi na contramão da M40", declarou Megan. "Bati num carro e matei três passageiros, uma mulher e duas crianças pequenas."

Sarah abraçou o filho com um pouco mais de força.

"Caralho, então era você." Mark direcionou a Talitha um olhar de "Que porra é essa?".

"Foi um acidente?", perguntou Dexter.

"Não, Dex, porque ninguém recebe a pena que me deram por um acidente, a menos que alguém poderoso tentasse te prejudicar."

Megan não olhou para Talitha enquanto falava, o que era provavelmente algo bom, pois Talitha havia adquirido o tom de pele de um cadáver.

"Fiz por brincadeira", prosseguiu Megan. "Para me divertir, fiz diversas vezes — tinha uma câmera de segurança para provar. Fui irresponsável e perigosa, e me trancafiaram por vinte anos quando eu tinha apenas 18, já se imaginou nessa situação?"

Xav se levantou. "Preciso de um pouco de ar", anunciou, antes de sair do local.

"Você sabia disso?", perguntou Dex à esposa. "Quer dizer, naquela época. Você sabia que ela estava fazendo isso?"

"Ai, não, de forma alguma", intrometeu-se Megan. "Nenhum dos meus amigos sabia. Eles estavam ocupados demais enchendo o cu de droga naquele verão e não faziam a menor ideia sobre o jogo camicase que eu estava jogando."

Ela ficou de pé e se inclinou sobre os ombros de Amber. "Provavelmente, o tipo de informação que você não quer que se torne pública. Relaxa, eu sei ser discreta."

"Pode chegar às oito." Felix falou com os olhos fechados. "Vai dar tempo de te mostrar o lugar antes de a maioria do pessoal chegar. A gente pode ver se vai dar certo."

20

Pouco após o sol nascer no dia primeiro de maio, milhares de moradores da cidade saíram cedo de suas camas para ouvirem o coral de Magdalen College dar as boas-vindas à primavera, cantando do alto da famosa torre da escola. Como de costume, Daniel era um deles e, como também de costume, desejou estar em qualquer outro lugar do mundo em vez de lá.

Daniel odiava o Festival da Primavera. Odiava a alegria fingida e a sensação de estar em uma multidão que não tinha começo nem fim. Odiava as poças de vômito na calçada e as garotas adormecidas nos bancos da rua em vestidos de baile rasgados. Odiava o mar de lixo deixado para trás e o custo exorbitante para a polícia para manter tudo sob controle. No entanto, como diretor de uma das principais escolas de Oxford, ele tinha um convite categórico para o café da manhã do Dia do Trabalho em Magdalen College.

Recebeu uma ligação de Tali enquanto se aproximava da Ponte Magdalen. Mal conseguia ouvi-la com o barulho de fundo, algo que também indicava que a mulher estava no centro da cidade. Ele estava se atrasando, sem tempo para conversar, e a multidão à frente havia se transformado numa massa impenetrável.

"Onde você tá?" Ele abriu caminho em meio à multidão em direção a um sujeito descabelado com rosto verde que lançava flores ao ar.

"Perto do mercado coberto", respondeu Tali. "Perdi o Mark e as crianças de vista. Com um pouco sorte, não encontro eles de novo."

"Como ficaram as coisas depois que saímos?", perguntou.

Após Felix aceitar dar um emprego para Megan, ela pareceu exausta com a vitória, e Daniel chamou um Uber para levá-la até seu quarto alugado em Iffley Road.

"A Amber e o Dex saíram pouco depois de você", contou Talitha, "agindo como se eu tivesse envenenado as meninas, e os outros saíram logo em seguida. A Sarah ficou bem irritada com o Felix."

O homem de rosto verde tinha duas galhadas parecidas com chifres de cervo saindo da cabeça. Ele estava de costas para Daniel e parecia não haver caminho viável para contorná-lo.

"O Mark tá furioso", Talitha continuou falando. "Os meninos encontraram as notícias do acidente na internet. Ele não consegue entender por que eu convidei a Megan para almoçar em casa."

"Você não falou nada, correto?" Daniel andou para o lado e acabou pisando no pé de alguém. Seu rosto ficou de frente com uma enorme barreira de flores de espinheiro-branco, elas estavam em decomposição e cheiravam a mijo.

"Você acha que eu sou idiota?"

"Tali, a gente precisa de um plano. Não podemos permitir uma chantagem dessas."

"E se não for chantagem? E se ela realmente não se lembra do que houve? Se mantivermos a calma, tudo pode se ajeitar de novo."

A essa altura, era impossível continuar andando, a multidão se tornara uma massa sólida de carne e osso. Daniel precisou abrir caminho pela lateral até estar de frente com a grade de metal que mantinha as pessoas longe da parede da ponte. Do outro lado, havia um caminho estreito onde a equipe de segurança formava uma fila.

"A gente precisa dar o dinheiro logo", afirmou ele.

"Dar o dinheiro pode ser a fagulha que vai despertar a memória dela. Merda, me encontraram. Te ligo depois."

Bem na frente de Daniel, um jovem com olhos vidrados e sotaque do leste europeu discutia com um dos seguranças, pedindo permissão para saltar da ponte.

"Deixa eu fazer isso", pediu ele. "Sou profissional."

Um aceno negativo foi a resposta do guarda.

Nos velhos tempos, estudantes, muitas vezes ainda vestidos em roupas formais dos bailes da noite anterior, comemoravam o Festival da Primavera pulando da ponte para o rio abaixo. Mais de uma pessoa se machucou gravemente; por isso, foi proibida qualquer tentativa de salto. Naquela manhã, a fila de seguranças lembrava o protocolo adotado quando havia uma visita presidencial.

"Eu já fiz isso", continuou a tentar o jovem.

Outra negação do segurança corpulento. Daniel tirou seu convite do bolso interno e o segurou no ar.

"Você pode me dar uma ajudinha?", perguntou ao segurança. "Preciso chegar à faculdade em menos de cinco minutos."

O homem não estava com pressa. Olhou para o terno elegante de Daniel, que não parecia ter sido usado a noite toda, e a capa, então deu de ombros.

"Você vai ter que passar por cima", respondeu ele.

Daniel subiu na parte inferior da grade, segurou o braço que o segurança ofereceu e pulou por cima. O guarda o segurou, e Daniel conseguiu chegar ao outro lado, varrendo a grade com sua capa cerimonial.

"Ei, por que ele pode pular, e eu não? Por acaso, o cara é o Batman?"

"Obrigado, amigo", agradeceu Daniel.

Do outro lado da barreira, Daniel conseguiu se deslocar rapidamente para o lado oposto da ponte. Estava a uma curta distância da faculdade, quando ouviu alguém chamando seu nome.

"Dan!"

Ele não pôde acreditar. Megan estava esperando próximo à entrada, vestida formalmente com um casaco azul e sapatos de salto alto.

"Estava começando a acreditar que você não viria", prosseguiu ela, e, por um breve momento, Daniel se sentiu completamente perdido. Será que ele chegou a convidá-la para se encontrarem ali?

"Bom dia, diretor!" O porteiro moveu a grade para o lado a fim de permitir a entrada de Daniel.

É claro que ele não havia convidado, porém esteve conversando com Xav sobre as comemorações do Festival no sábado. Ela ouviu a conversa.

"Que belo dia, senhor! A dama está com você?"

Daniel abriu a boca para falar que não, porém Megan estava à sua frente, avançando pelo curto caminho de paralelepípedos em direção ao pátio principal.

"Você não se importa, correto?", sussurrou ela na orelha de Dan. "Sempre quis ver de perto."

O pátio estava lotado de gente.

"Vai ser divertido", comentou Megan. "A gente vai poder subir na torre? Espero que a vista seja de tirar o fôlego, ainda mais no dia de hoje."

"Não caberíamos lá." Daniel parou brevemente antes de chegar à multidão. Ele avistou diversas pessoas conhecidas e não queria ser obrigado a fazer apresentações. "Megan, o que você tá fazendo aqui?"

Sua expressão de alegria foi embora, como uma criança que acaba de levar bronca. "Precisava conversar com você", respondeu ela. "Sábado foi um pouco estranho."

"O que você esperava?"

Ela abriu a boca para responder quando o relógio soou a hora. Além dos muros, o burburinho da multidão se transformou num zumbido de empolgação e mais de um grito ecoou pelo local. No pátio, todas as cabeças se voltaram para cima, e Daniel ficou feliz em fazer o mesmo. Com 44 metros de altura, a Torre de Magdalen era o edifício mais alto de Oxford. Em sua plataforma, além da balaustrada elevada, Daniel podia ver, pelos vãos na parede de pedra, figuras vestidas com túnicas.

O relógio tocou quatro, cinco e seis vezes. Seguiu-se um instante em que a cidade prendeu a respiração, então o coral começou a cantar o *"Hymnus Eucharisticus"*.

"Te Deum Patrem colimus, Te laudibus prosequimur..."

Ecoando pelas paredes da torre em direção aos céus, o hino secular era magnífico. Daniel nunca conseguia ouvir o verso de abertura sem que lágrimas brotassem nos olhos. Normalmente, ele cantava junto baixinho — era uma das composições mais belas que conhecia —, porém nunca conseguiria fazer isso na frente de Megan.

"Você consegue entender?", sussurrou ela.

Ele havia decorado na faculdade — era óbvio que conseguia entender.

"Nós te adoramos, oh Jesus, somente a ti, o filho unigênito", ele traduziu para ela do latim ao mesmo tempo que o coro cantava o segundo verso.

O hino chegou ao fim. Um brado ensurdecedor ecoou pela rua principal, e Daniel viu um balão de hélio, azul como o céu, flutuar sobre a torre. Aviões começaram a voar, e rastros de vapor cortavam o azul do céu como desenhos matemáticos. Lá em cima na torre, o reitor da faculdade começou a recitar o verso inicial de Gênesis, sobre como Deus criou o mundo e, especialmente, a luz.

"A terra, porém, estava sem forma e vazia, e havia trevas sobre a face do abismo."

Uma tremedeira tomou conta de todo o corpo de Daniel; até Megan reparou e o encarou com surpresa.

"Oremos", anunciou o reitor, e, na multidão, todas as cabeças se abaixaram para orar pela chegada da primavera e o retorno da luz. Daniel, por fim, compreendeu por que odiava as festividades do Primeiro de Maio. Era uma celebração pelo final do inverno, uma cerimônia que comemorava o retorno de tudo que era bom, luminoso e forte no mundo. Porém, para quem viveu a vida nas trevas, não haveria o retorno da luz. Ele passara os últimos vinte anos à procura de redenção e, a cada primavera, via sua oportunidade se esvaindo diante dos olhos. A mulher ao seu lado, se não era o motivo de tudo isso, era a personificação de seu desalento.

Não escutou muita coisa depois disso. O coral cantou o hino "Three Madrigals", e não houve dúvidas de que estaria tão lindo como sempre. Viu diversos outros balões azuis navegarem em direção ao céu, e, para Daniel, eles pareciam orações, subindo em busca de ouvidos mais gentis. Suas orações nunca alçariam voo, percebeu naquela manhã, elas estariam eternamente destinadas ao solo terrestre.

Ao pagar o preço que deveria ser dele, Megan roubara sua chance de redenção.

Observaram o coral descer da torre e aplaudiram enquanto seus membros caminhavam pelo pátio. Eles não eram mais anjos, apenas crianças e jovens com boas vozes que queriam tomar café da manhã.

"Podemos subir?", perguntou Megan, referindo-se à torre.

Não havia motivo para não, agora que o coral descera, e a fila para o café da manhã estava extensa. Daniel tomou a dianteira, e os dois subiram a estreita escada em caracol.

"Foi lindo", comentou Megan, quando chegaram ao parapeito. "Aquela parte sobre o nascimento de uma manhã, dando boas-vindas à luz após um grande período de escuridão. Parecia que estavam falando comigo."

Ao subir à Torre de Magdalen ao raiar do sol, a maioria das pessoas se volta para noroeste para ver as torres, pináculos e construções sob o sol matutino, porém Megan foi para parte ao sul. Daniel se juntou a ela, e os dois olharam para baixo para ver as pessoas na rua principal. Como um bloco de gelo com as pontas derretendo, a multidão começava a se dissipar. Ainda levaria certo tempo, deveria ter umas vinte mil pessoas no centro da cidade, e a maioria iria embora sem pressa. Seguiriam para os pubs próximos, talvez para assistir à dança de Morris em St. Giles. A atmosfera carnavalesca permaneceria pelas próximas horas.

Megan se virou para o leste, semicerrando os olhos na direção da luz solar. Daniel estava prestes a falar que estava com os óculos escuros dela, que foram esquecidos na casa da Tali no último sábado, quando ela o interrompeu.

"Não tenho mais ninguém", desabafou Megan, sem erguer os olhos.

Dan esperou que ela prosseguisse.

"Você e os outros são tudo que eu tenho. Ninguém faz amigos na prisão, você pode formar alianças e ter aliados. Não tenho o menor interesse em manter contato com quem já saiu. Não vou viver a vida de uma ex-presidiária, Dan."

Não, você quer é roubar as nossas vidas. O pensamento que lhe ocorreu jamais seria proferido em voz alta.

"E a sua família?", preferiu dizer.

Ela olhou ao redor. "Minha mãe morreu, você não soube?"

Ele não sabia. Mas também não houve nenhuma tentativa de sua parte de manter contato com a mãe de Megan.

Ele balançou a cabeça. "Sinto muito, eu não sabia."

"Acho que te escrevi uma carta contando. Para um de vocês ao menos, mas, naquela época, ninguém me respondia. Você pelo menos leu o que eu te escrevia, Dan?"

"Meg", ele respirou fundo. "Foi há muito tempo."

"Eu não vou sumir, saiba disso. Vocês e os outros precisam aceitar. Querendo ou não, estou voltando para a vida de vocês."

"Você não sabe o que...", ele parou. Estava prestes a falar, você não sabe o que está pedindo, exceto que, talvez, ela soubesse. Talvez ela soubesse exatamente o que estava pedindo e, ainda assim, precisasse verbalizar o pedido.

"Você realmente não se lembra de nada sobre aquele verão?", perguntou ele.

Megan olhou diretamente nos olhos dele, e ele pensou: *É agora, ela vai jogar limpo agora.*

Em vez disso, ela balançou a cabeça num gesto que estava se tornando familiar, como se estivesse tentando se livrar de algo preso na cabeça.

"Vou te dizer como é a sensação", respondeu ela, e o rosto estava se contorcendo em concentração. "Quero que você imagine algo, feche os seus olhos."

Dan fez o que ela disse, ele não parecia ter escolha.

"Uma bicicleta infantil anda até cair num lago. Não há ninguém pedalando — não se preocupe. Ela ultrapassa a superfície da água, emitindo diversas ondulações contínuas que chegam até a margem do rio, então ela tomba para o lado, caindo deitada entre alguns juncos."

Havia algo na voz de Megan que era quase tranquilizante. Daniel teve a impressão de que ela estava contando uma historinha, uma que ensaiou diversas vezes.

"A bicicleta permanece lá", prosseguiu ela. "O inverno chega, e a superfície da água congela. A bicicleta fica presa no gelo. Parte do guidão e da roda da frente permanecem acima da superfície, o resto está dentro da água. Podemos ver, mas não podemos tocar. Se tornou inacessível. Você pode abrir os olhos agora, Dan."

Ele os abriu. Ela se aproximou um pouco. Ele queria dar um passo para trás, porém estava diretamente contra o parapeito.

"Minha memória sobre aquele verão está assim", arrematou. "Consigo me lembrar de partes tão claras quanto o dia, mas e o resto? Sei que está aqui, em algum lugar, posso quase ver por debaixo da superfície, só não consigo alcançar. É assim com o assassinato. Sei que matei a Sophie Robinson e suas filhas. Está tudo na minha cabeça, só não consigo encontrar."

Ela deu alguns passos para trás, voltando-se para a beirada. *Ela não tá mentindo*, Daniel pensou. *Ela realmente não se lembra de nada. Estamos seguros.*

Inclinando-se novamente, Megan olhou para baixo. "Por que tem um monte de gente com essa fantasia verde?", perguntou. "É um pouco assustador."

"As pessoas se vestem de verde há séculos", informou Daniel. "Representa a natureza, o renascimento e a primavera."

Do pátio abaixo veio um cheiro de bacon. Ele estava prestes a sugerir que descessem para tomar o café da manhã.

"Paganismo", retrucou ela. "Logo numa manhã cristã."

"Você vai achar igrejas por toda a Europa exibindo imagens dos homens verdes", explicou Daniel. "As linhas que dividem o cristianismo e o paganismo são muito tênues. Olha, o que você acha de a gente descer…"

Ele estava andando em direção à escada.

"Vou tentar hipnose", revelou ela.

Daniel parou de andar.

"Perdão?"

"Vou tentar ser hipnotizada. Tentar encontrar algumas dessas memórias que deixei trancadas."

O apetite dele foi embora.

"Tem certeza?", tentou falar. "Quero dizer, por que você iria reviver tudo isso? Você sabe que aconteceu, que precisou pagar o preço. Você pode seguir em frente agora, deixar tudo no passado. Tem certeza de que vai querer reviver? Podemos te ajudar. Na verdade, tem uma coisa que eu estou tentando te…"

"Essa é a questão, não consigo deixar no passado enquanto eu não entender. Preciso saber o que me fez agir com tanta estupidez. Quando eu tinha uma vida inteira pela frente e ótimos amigos. A gente ia conquistar o mundo, lembra? Por que eu iria desperdiçar tudo isso?"

Ela era muito convincente.

"Não posso seguir em frente. Não enquanto não lembrar exatamente o que aconteceu naquele verão."

Ela podia estar contando a verdade. Por outro lado, podia se lembrar de tudo e estar apenas torturando Daniel. Não havia como ele ter certeza.

E, de repente, um pensamento lhe sobreveio, algo tão incomum para ele que parecia ter sido implantado por alienígenas. Megan estava parada perto da beirada. Apenas a cabeça e os ombros estavam visíveis para quem estivesse olhando lá de baixo para cima, caso houvesse alguém.

Ele pensou numa forma de terminar com tudo aquilo, de garantir que estariam completamente salvos, agora e para sempre. Tudo que precisava fazer era correr até Megan, segurá-la pelos tornozelos, levantá-la e jogá-la de lá. Ela despencaria de uma altura de cinquenta metros em direção ao asfalto sólido.

E esse seria o fim da história.

21

O escritório de Felix ficava no andar superior de uma zona industrial a um quilômetro e meio do centro da cidade de Thame. Com sua janela de frente para o estacionamento e estrada local, ele pôde ver o ônibus parando no ponto a alguns metros, porém não conseguiu distinguir quem saiu. Havia muitas árvores no caminho.

Ele se obrigou a sair de perto da janela e serviu uma segunda xícara de café. Bebeu com leite integral e duas colheres de açúcar. Quando estava sozinho, acrescentava uma colher de sobremesa de uísque irlandês de uma garrafa que mantinha trancada no fundo da gaveta de sua escrivaninha. Ele não tinha uma colher de sobremesa e, em seus momentos mais honestos, reconhecia que a colher de sobremesa havia se transformado numa colher de sopa com o passar dos anos, uma das grandes. Até o fim daquela manhã, provavelmente já seria medida com uma maldita concha de sopa.

Felix bebeu, sentindo o calor familiar que se espalhava do peito para todo o corpo, acalmando os nervos e afastando a tremedeira. É claro que, depois de uma hora, os tremores estariam de volta. Ajudaria se ele conseguisse comer algo, forrando o estômago para o álcool, porém seu apetite, já fraco fazia anos, havia diminuído a ponto de não existir mais desde a notícia da saída de Megan.

E agora, lá estava ela, andando em direção à porta da frente da fábrica, vestindo um agasalho de chuva com cinto verde e carregando uma bolsa sobre o ombro esquerdo. Ela tropeçou ao descer da calçada, quase perdendo o equilíbrio, e o coração se alegrou um pouco ao vê-la vulnerável.

Ele engoliu o café e pegou algumas balas de menta de um pacote que sempre guardava em sua escrivaninha, antes de descer as escadas. Era cedo demais para alguém estar na recepção, e ele precisava destrancar a porta para que Megan pudesse entrar.

"Você conseguiu chegar?", cumprimentou ele.

"Consegui, como você pode ver."

"Deu tudo certo para pegar o ônibus? Não estava lotado demais?"

Ela lançou um olhar meio divertido, meio de pena, o que não deteve Felix de continuar jogando conversa fora e fazendo papel de bobo. Ele a conduziu até a mesa que ela usaria no escritório geral no andar de cima, não muito longe da sala dele, e depois a levou para fazer um tour pelo prédio.

"Pessoal, essa daqui é a Megan", disse à equipe do depósito, que sempre chegava primeiro. "Ela vai ficar com a gente por um tempo para organizar as contas. Eu sei, já passou da hora de alguém cuidar disso."

Felix estava ciente dos olhares de estranheza enquanto deixava o depósito para trás, talvez a presença de Megan fizesse com que sua percepção do mundo ao redor estivesse bem mais afiada que de costume. É bem provável também que seus funcionários estivessem daquela forma fazia algumas semanas. Do depósito, andaram pelas salas de estoque e lá, entre os produtos, em vez de pessoas, ele se sentiu um pouco mais tranquilo. Produtos químicos não julgam. Havia pelo menos quinhentos elementos químicos únicos nas prateleiras à sua frente, e ele compreendia a fórmula de cada um. Os elementos falavam com ele, ele os entendia de uma maneira que nunca conseguiria com pessoas.

"Estamos atrás de matérias-primas do que chamamos de 'ambientes inóspitos' para nossa linha de produtos para cuidados masculinos", explicou ele, enquanto Megan permanecia perto das prateleiras.

"Ando bem empolgado com isso. Escuta só, para uma planta sobreviver em algumas das condições mais difíceis da Terra, ela precisa desenvolver seus próprios compostos naturais de proteção. Nós colhemos esses materiais e os transformamos em ingredientes ativos nos produtos. A ideia de prosperar em ambientes hostis é uma dádiva incrível quando se trata de marketing para o público masculino."

Felix se inclinou e pegou uma pequena embalagem plástica de uma prateleira atrás de Megan, virando a embalagem para que ela pudesse ver o nome e a fórmula no rótulo. "Extrato de amora negra da Lapônia", informou ele.

Megan fez uma cara de impressionada. "E o que ele faz? Além de ser uma dádiva para o público masculino."

"Melhora a microcirculação e aumenta a resistência da pele", contou ele. "Nossos clientes — L'Oréal, Unilever, Proctor & Gamble — compram diretamente da gente, com um aviso de como o composto pode ser assimilado e combinado com seus próprios produtos."

Disse enquanto colocava a embalagem de volta na prateleira.

"Isso daqui é perlita." Ele pegou outra embalagem. "Mineral vulcânico natural."

"Um esfoliante?", perguntou Megan.

Por um breve segundo, Felix lembrou que costumava gostar muito de Megan. Ela era a única pessoa que já conheceu cuja paixão pela química se aproximava da sua própria.

"Exatamente", confirmou ele.

Ela ficou para trás enquanto ele liderava o caminho de volta.

"Isso daqui tem muito hidróxido de sódio", afirmou ela, olhando para uma pilha de tambores num canto da sala.

Felix soltou uma careta.

"Puta que pariu", admitiu ele. "Isso deveria ter ido para a nova fábrica em Uganda. É lá que nossa linha de sabonetes está sendo desenvolvida. Preciso providenciar a entrega imediata."

O pessoal no laboratório, todos com PhD, lançou um olhar curioso para ele enquanto conduzia Megan ao redor da área de exaustão, da centrífuga e dos homogeneizadores. Felix não se importou, já desconfiava que *eles* suspeitavam de seu consumo exagerado de álcool no serviço. Sua voz estava alta demais, ele ria excessivamente. A única pessoa na empresa que parecia tranquila era Megan, que caminhava ao seu lado com tanta compostura quanto um membro da realeza.

"Cosméticos?", perguntou Megan quando retornaram à mesa dela, e Felix fez um pouco de café. Ele desconfiava que nunca fizera café para algum funcionário. É claro, no Natal, chegou a servir bebidas, mas café? Nunca.

"Produtos de cuidado pessoal", corrigiu ele. "Cosméticos são o que as mulheres usam, geralmente, no rosto. Trabalhamos com toda uma linha de produtos de cuidado pessoal que abrange desodorantes, hidratantes, cremes de depilação, bronzeadores... mas tudo se resume à química envolvida."

Megan sorriu, e Felix daria qualquer coisa naquele momento para saber o que se passava na cabeça dela. Ele lembrou que os dois costumavam trabalhar juntos nos laboratórios da escola. É claro, quando Xav não estava por perto.

"Tá legal, muito bem. Todas as notas fiscais pendentes estão nesta bandeja. Anotei a senha do sistema contábil nesse papel em cima da sua mesa."

"Sempre soube que você se daria bem, Felix."

"Obrigado. Só que, você sabe, todos nós nos demos bem. Quero dizer, quem imaginaria que a Amber..."

Ela o interrompeu. "Mas é você que tá ganhando uma grana preta."

Teve certeza de que o efeito do uísque estava indo embora e de que precisaria de outra dose em menos de uma hora.

"Ah, as aparências enganam. A fábrica em Uganda tá sendo um grande desafio. O Xav tá se saindo muito bem. Ele não comenta sobre os bônus que recebe, mas tenho quase certeza de que ele não precisou hipotecar uma casa como a que ele e a Ella compraram na St. John Street."

O olhar de Megan foi para o chão, e ele poderia apostar que era para guardar na memória o endereço de Xav. Ele havia sido idiota de entregar a informação de bandeja, porém ela descobriria mais cedo ou mais tarde, querendo ou não. Em seu bolso, o celular descartável verde que Talitha lhe entregara começou a vibrar. Ele olhou para a tela e viu que era Daniel.

"Precisa de mais alguma coisa?", perguntou a Megan. "Pode ir no seu tempo, não estamos esperando resultados imediatos. Tenta pegar a *vibe* do ambiente. O dia do pagamento será apenas em duas semanas, então não precisa se preocupar com os salários por enquanto."

"Como é a esposa dele?" Megan teve a intenção de que a voz soasse casual, mas não conseguiu. "Aposto que ela é toda glamurosa, igual à Sarah."

Ela estava de bajulação. Sarah era bastante atraente, igual a uma modelo envelhecida de um catálogo de revista de moda, porém muito longe de ser "superglamurosa" e não chegava aos pés de Ella.

O telefone verde vibrou novamente. Dessa vez, era Xav.

"Você vai ter que ver com os próprios olhos", retrucou ele ciente da malícia que se infiltrava em seus pensamentos e talvez a voz. "Tenho certeza de que vocês vão se conhecer em breve."

"Quando que ele e a Amber terminaram?", perguntou Megan.

Por um segundo, Felix quase cedeu à tentação de atender àquela chamada e entregar o telefone para Megan; deixar que Xav se explicasse para a mulher que foi jogada para escanteio.

"Pouco tempo depois que a gente entrou na faculdade", falou em vez disso.

"Quem terminou com quem?"

Ele colocou o telefone de lado.

"Ele terminou com ela no primeiro semestre. Ela ficou arrasada. Foi para Cambridge algumas vezes na esperança de se resolverem. Sei disso porque ela ficou com a Talitha em Downing, e a Tali me contou tudo. Mas não deu certo, o Xav seguiu mesmo em frente."

"Ele tava saindo com outras garotas?" Os olhos de Megan se voltaram para o chão, como se ela não confiasse em si mesma para continuar olhando nos olhos dele.

Felix se concentrou bastante no que diria a seguir. Segundo Tali, Xav teve suas doses de sacanagem em Cambridge, porém falar isso para Megan não parecia muito sábio.

"Não sei dizer. Perdemos o contato por um tempo."

Em sua sala na porta ao lado, o telefone começou a tocar. Felix pediu desculpas e saiu para atender. Em seu ambiente particular, serviu outro drinque para si. Dessa vez, nem se preocupou em colocar café.

22

Talitha sabia, melhor que os outros, os benefícios de se manter em silêncio e guardar suas opiniões consigo. Nos dias subsequentes ao desastroso almoço, pegou o celular várias vezes para ligar para o pessoal, porém todas as vezes colocou o telefone de lado antes de completar a ligação. Quando viu o celular tocando no fim de semana com o nome de Daniel na tela, sentiu quase um alívio e concordou de prontidão em se encontrarem.

"Como não vi nenhuma notícia a respeito", comentou ela, quando os dois passaram pelo enorme arco de pedra em direção ao jardim fechado. "Suponho que você não levou a ideia adiante, correto?"

Um dos mais antigos jardins científicos do mundo, o Jardim Botânico de Oxford ficava na rua principal, praticamente na direção oposta a Magdalen College. Se Talitha e Daniel se virassem naquele ponto, teriam avistado a torre entre a copa das árvores. Em vez disso, seguiram em direção às seções de vegetação mais densa e caótica do jardim, onde encontrariam menos pessoas. Era um dia nublado, frio e úmido, porém sempre havia visitantes nos jardins.

"Claro que não, cacete", retrucou Daniel ao mesmo tempo que seus sapatos pisavam nas fileiras de tulipas mortas. "Mas, Tali, houve um momento em que pensei que ela iria pular sozinha e, pelo amor de Deus, não sei se eu tentaria impedir."

Uma súbita rajada de vento lançou pétalas de rosas no rosto deles. Acima, o céu escurecia. Talitha levantou a gola do casaco e pressentiu que, em breve, a chuva cairia.

"Tem uma coisa que não entendi", afirmou ela. "Você disse que ela estava te ameaçando..."

"Parecia mais um aviso. Para todos nós, na verdade, ela parecia dizer para não a subestimarmos."

"Tanto faz. Nesse caso, por que ficar com os joguinhos? Por que não simplesmente falar logo o que tem em mente, contar o que quer e exigir os favores? Por que fazer a gente adivinhar o que tá acontecendo?"

Eles contornaram um grupo de mulheres com cabelos brancos.

"A terra que vocês estão pisando já foi um cemitério judaico", dizia o guia. "Quatrocentos anos depois de os judeus serem expulsos da cidade, trouxeram milhares de carroças com terra e esterco para elevar o solo o suficiente acima do rio Cherwell com o intuito de deixar o local adequado para plantio. Não é de se admirar que as plantas cresçam tão bem por aqui."

"Ela tá cogitando ser hipnotizada", revelou Daniel quando os ouvidos curiosos não podiam mais ouvi-los. "Você acha que pode dar certo?"

"Se ela só tá fingindo não se lembrar, com certeza vai dar certo", respondeu Talitha. "Só não entendo por que continuar com o mistério."

"Porque a balança do poder mudou. Ela não tem nada a perder, a gente tem tudo. Ela está se deliciando com isso."

A chuva começou a cair, e os visitantes mais velhos estavam a caminho da estufa principal próxima à entrada do jardim. Em vez de fazerem o mesmo, Talitha e Daniel seguiram para as estufas menores perto do rio. Lá dentro, o ar estava abafado, o vidro se tornara opaco com a condensação, e seus passos eram pontuados por um gotejar constante, quase musical.

Na sala das plantas aquáticas, tentáculos vegetais se enrolavam como línguas de insetos predadores à espera da presa, e flores pendiam de forma que mais se assemelhavam a explosões atômicas. O tanque central era uma colcha de retalhos com folhas do tamanho de pires, pratos de jantar e tampas de bueiro. Alcançaram um banco de madeira, dedicado à memória de alguém que não faziam a menor questão de descobrir quem era. Mesmo assim, não desperdiçariam a generosidade das pessoas que o colocaram lá e se sentaram.

"Não parece a Megan", observou Talitha. "Ela nunca foi mentirosa ou manipuladora."

"A gente conheceu a Megan de vinte anos atrás", retrucou Daniel. "Antes que ela passasse tanto tempo na prisão. E nem tenho certeza se naquela época a gente conhecia ela tão bem assim. Ela chegou a contar para alguém que se ferrou nas provas finais?"

Ela não havia contado. Olhando para trás, Talitha começou a pensar, havia alguns sinais, um súbito afastamento do grupo, como se Megan soubesse que seu lugar como integrante não fosse durar após a revelação vindoura. Só que, naquela época, todos estavam completamente preocupados consigo mesmos. Ninguém deu muita atenção aos sinais.

"Precisamos da prova", prosseguiu Daniel, e Talitha pôde ouvi-lo tentando não soar acusatório ou impaciente, pois esse era o papel dela.

"Se tudo der certo, vai estar nas nossas mãos antes do final do dia", declarou Talitha.

"O que vai acontecer?"

"Eu não ia dizer nada para não alimentar as esperanças, mas, depois daqui, vou até o quarto que a Megan está alugando." Ela olhou para seu relógio. "Daqui a quarenta minutos."

"Como você vai entrar?"

"Alguém que conheço vai abrir a porta", respondeu Talitha. "Ele vai estar vestido como funcionário, com credenciais que convenceriam a maioria das pessoas. Quando entrar, vai me ligar e irei junto para revistarmos o lugar."

Daniel olhou ao seu redor, como se estivesse com medo de que alguém pudesse ouvi-los e abaixou o volume da voz. "E se alguém encontrar vocês?"

"A Megan tá trabalhando. Felix me prometeu que ligaria se ela saísse, mas acho bem difícil. Se outra pessoa me vir, posso ser uma supervisora ou algo do tipo. Estamos falando de um quartinho num complexo estudantil. Ninguém se importa."

Daniel coçou a cabeça e não era a primeira vez que fazia isso. Talitha havia notado uma fina camada de caspa nos ombros da blusa.

"A gente devia ter feito isso antes", afirmou ele. "Ela teve tempo de esconder em outro lugar."

"Bem, me perdoe, mas não dá pra simplesmente procurar no Google detetives particulares dispostos a infringir a lei. Leva tempo para encontrar esse tipo de gente."

"Dá pra confiar nele?"

"Não, por isso que eu vou junto."

"Toma cuidado, Tali."

"Quer ir no meu lugar?"

Ela riu da expressão no rosto do homem. "Relaxa. Tenho outra tarefa para você. Não sei o porquê, mas a Megan tá focada em você agora."

"Talvez eu seja o único de quem ela tá conseguindo se aproximar."

"Seja lá qual for o motivo, ela conversa e se sente confortável com você."

"Então, o que eu preciso fazer?"

"Descobrir o máximo que conseguir. Começa com antes de ela ser presa. Alguma coisa aconteceu naquele período, algo que deixou Megan desnorteada e fez ela ir mal nas provas. Se descobrirmos o que foi, talvez a gente consiga começar a entender o que a motivou. E o que ela pretende fazer agora."

23

Estacionar um carro no centro de Oxford era quase impossível, e Talitha desistira de tentar havia muito tempo. Uma bicicleta, sobretudo uma modesta e de baixo custo, era muito mais fácil. Após se despedir de Daniel, Talitha voltou para Rose Lane, pegou sua bicicleta e saiu pela rua principal, passando por ele antes de atravessar a ponte. Por fim, pegou a rotatória e entrou em Iffley Road. Pouco antes de dois quilômetros, virou à esquerda novamente e parou seis casas adiante do local que Megan alugava. Dez minutos adiantada, verificou se não havia ninguém por perto para ouvir e fez uma ligação.

"Alô!", atendeu Felix após dois toques. "O quê que tá pegando?"

"Ela ainda tá aí?", perguntou Talitha.

"Tá. Você vai entrar agora?"

"Daqui a pouco. Preciso que você me ligue se ela sair daí."

"Pode deixar."

"Como ela tá se saindo?"

"Muito bem, para minha surpresa. Resolveu todas as pendências em dois dias. Reorganizou vários sistemas, e todos acham que isso vai ajudar muito em longo prazo. O pessoal gosta dela."

"Alguém sabe quem ela é?", perguntou Talitha, incerta se o sucesso inesperado de Megan era um incômodo ou não.

"Ainda não. Tô tentando manter a Sarah longe. Ela tá com o sangue fervendo com essa ideia toda, e eu meio que falei que mudei de ideia, que pretendo demitir a Megan."

"Você mentiu para sua esposa?"

Felix respirou fundo do outro lado da linha.

"Tali, eu acredito que todos nós vamos fazer coisas muito piores que isso antes dessa história chegar ao fim."

Era um bom argumento, ela estava prestes a praticar invasão de propriedade.

Mais abaixo na rua, uma van branca parou ao lado da guia. No banco do motorista, Talitha pôde ver um homem com 40 e poucos anos olhando para uma prancheta.

"Acho que a minha reunião vai começar", comentou ela. "Não deixa ela sair."

Ela desligou e esperou. O homem que se aproximava dela usava uma jaqueta azul-escura com mangas turquesa, o uniforme mais recente da companhia de gás britânica. Não havia nenhum logo da empresa na blusa, pois era difícil obter um por aí, além de ser crime se passar por um funcionário de empresa pública para obter acesso a uma propriedade. Dessa forma, o único crime que cometeriam seria entrar escondido no quarto de Megan.

Eles não se apresentaram.

"Tudo certo?", perguntou ele, quando estava perto o suficiente para conversar.

Acenando que sim, ela segurou o portão aberto que os levaria até a porta da frente da casa geminada de três andares. Uma fileira dupla de campainhas indicava que pelo menos oito pessoas moravam no prédio. Seu cúmplice pegou algo do bolso e o deslizou pela abertura, entre a porta e o batente. Cinco segundos depois, eles estavam do lado de dentro. Esperar por um profissional sempre valeu a pena.

"Apartamento sete", indicou ela, embora houvesse informado antes. "Último andar."

Ele liderou o caminho, inclinando-se um pouco para a direita para compensar a caixa de ferramentas que carregava. O carpete azul na escadaria estava empoeirado e desgastado em alguns lugares. Havia marcas de arranhões nas paredes, e a cúpula de uma luminária no primeiro andar estava cheia de uma substância escura que ela viu, com um arrepio, que eram vários insetos mortos. Ouviram o som de uma TV num quarto, o grito de uma mulher em outro e o choro de um bebê num terceiro.

Só havia duas portas no último andar, onde os tetos se inclinavam em ângulos pontiagudos e o antigo carpete havia cedido e abandonado a existência. As tábuas do assoalho haviam sido pintadas, porém não recentemente.

"Fechadura nova", reclamou o cúmplice de Talitha.

"Você consegue abrir?" Ela manteve a voz baixa com medo de ouvidos atentos atrás da outra porta. Uma fechadura nova era um bom sinal. Se Megan teve a capacidade de instalar uma nova fechadura, só poderia significar que tinha algo para esconder.

Sem responder, o homem ficou de joelhos e abriu a caixa de ferramentas. Talitha andou na ponta dos pés até a porta de número oito e se inclinou sobre ela, parando apenas quando sentiu a madeira contra seu cabelo. Segurou a respiração por vários segundos, mas não conseguiu ouvir nada do outro lado.

O homem com a jaqueta azul-turquesa pegou uma ferramenta e depois outra. Com o corpo, bloqueou a vista que Tali tinha da fechadura, e ela só pôde esperar, remoendo perguntas que sabia serem inúteis e irritantes. Por diversas vezes, seu celular vibrou, porém as ligações eram de colegas de trabalho ou clientes, nenhuma de Felix, então, foram todas ignoradas.

Levou doze minutos para a porta ser aberta. O homem guardou as ferramentas e ficou de pé. Segurou a porta aberta, ela a atravessou e, em seguida, ele entrou e a trancou.

"Ela não pode saber que estivemos aqui", orientou Talitha.

Em resposta, ele tirou de seu bolso dois pares de luvas descartáveis e entregou um par para ela.

"Estamos procurando uma folha de papel, tamanho A4, com uma escrita à mão nela. Também um filme de câmera ou talvez fotos reveladas. Podem estar num envelope, sacola plástica ou qualquer lugar seguro."

"Vou começar por esse lado", indicou ele e foi ao trabalho.

O quarto era pequeno, com teto inclinado e mal chegava ao tamanho do enteado mais novo de Talitha. A pintura era de uma cor creme suja, a madeira da moldura da janela estava apodrecendo sob a tinta descascada, e o carpete era velho e pegajoso, porém o quarto estava arrumado e a área de cozinha estava limpa. Não havia louça na pia nem no escorredor, nenhuma roupa jogada no chão, e a cama de solteiro estava arrumada. Lembrando-se de como eram desleixados com 18 anos, Talitha pensou que a prisão, se nada mais, tinha dado a Megan bons hábitos de limpeza.

Ela conseguia ouvir o leve tilintar de louças e latas enquanto seu cúmplice procurava pelo armário da cozinha, porém ela ainda não havia se juntado à busca. Sua atenção se voltou para um quadro de cortiça pregado acima da cama. Ele estava repleto de fotografias e outras memórias da vida que Megan deixou para trás quando foi condenada. O próprio rosto jovem de Talitha e o rosto dos cinco melhores amigos de antigamente a encaravam, com olhos vidrados, cabelos bagunçados e lábios cerrados. Havia fotos deles perto do rio em Port Meadow, encharcados e tremendo de frio; deitados bêbados sob o sol de University Parks; dançando como se não houvesse amanhã no Reading Festival. Havia uma em especial de Xav conduzindo um barco com Amber e Megan de passageiras, contra Felix em outro com ela e Dan, e, de repente, lembrar quem venceu aquela corrida se tornou a coisa mais importante do mundo.

No centro do quadro, havia uma fotografia de Xav. Tirada ao ar livre, pois havia árvores ao fundo. Também parecia ser verão, pois as árvores estavam com todas as folhas. Ela soube instintivamente que Megan era a fotógrafa. Havia um sorriso no rosto de Xav que ela não via fazia anos. Vinte anos, talvez.

"Olha atrás disso aí", orientou o cúmplice, e Talitha percebeu que os próprios olhos estavam lacrimejando. Ela fez o que o homem orientou, apesar de não haver nenhum envelope preso à parte de trás do quadro.

"Cama", ela ouviu em seguida. "Procure por lá."

Não havia nada dentro ou perto da cama. Os dois a viraram de lado para enxergar debaixo do estrado, porém nada encontraram. Ela procurou dentro do guarda-roupa quase vazio, ainda olhou em cima e embaixo dele. Verificou as gavetas da penteadeira, levantando cada par barato de calças e dobrando os sutiãs de supermercado conforme eram retirados.

A essa altura, seu cúmplice já havia terminado de procurar pela área da cozinha e buscava se havia algum prego solto no carpete. Após quarenta minutos no quarto, ele balançou a cabeça em sinal de negação.

"Se estivesse aqui, a gente já teria encontrado", afirmou ele.

Talitha não conseguiu discordar.

"Quando as pessoas têm algo importante, é comum que levem com elas para onde forem", complementou ele.

Deixaram a casa juntos. No primeiro andar, cruzaram com uma jovem que estava destrancando uma das portas. Após vê-los, ela correu para dentro.

"Ainda quer que eu fique de tocaia, vigiando o lugar?", perguntou, quando estavam de volta à rua. Era uma informação que já haviam discutido.

"Ela sai do trabalho às cinco", informou Talitha, embora ele soubesse. "Fica observando até meia-noite, ou até ela chegar em casa, o que acontecer primeiro. Preciso saber pra onde ela vai e com quem se encontra."

"Até quando?"

Talitha deu uma data quatro dias à frente, e partiram em direções opostas. Enquanto ele dirigia para longe, ela ligou novamente para Felix.

"Nada", disse ela. "Pode estar com ela. Você vai precisar procurar na bolsa."

"Nem fodendo, como vou fazer uma coisa dessas?"

"Seja criativo. Espera ela ir ao banheiro, dispare o alarme de incêndio, tranque uma sala com ela dentro. Eu não quero nem saber como, só tenha certeza de que não tá com ela."

Ele desligou o telefone, irritado. Pouco importava agora. É claro que ele mexeria na bolsa. Eles eram criminosos, só estavam um pouco enferrujados após vinte anos de inatividade.

24

Diversos dias se passaram antes de Felix ter a chance de mexer na bolsa de Megan. Ela simplesmente nunca a deixava de lado. Até que, na quarta-feira de manhã da semana seguinte, precisando conversar com ela sobre a nota fiscal de um cliente, ele espiou pela porta aberta do escritório geral. Ela não estava à sua mesa, porém a bolsa estava.

Estava no chão, ao lado da cadeira e não era uma bolsa comum, mas uma de lona de aparência barata, do tipo que Amber e Talitha costumavam levar para festivais quando eram mais jovens. Amassada, um pouco suja, ela estava abandonada, com as alças arrastando pelo chão.

Venha, ela o provocava. *Eu duvido que você venha.*

O escritório principal estava vazio. Três dos representantes de vendas ocupavam suas mesas e poderiam ver o reflexo pela janela se olhassem para a frente. A equipe de TI estava absorta no trabalho, porém eram raras as vezes que o deixavam sair da sala sem algum tipo de pergunta.

Nunca iria existir a oportunidade perfeita.

Ele se aproximou da mesa de Megan, puxou a cadeira e se sentou.

"Posso te ajudar com algo, Felix?", disse Cath. Era sua chefe de atendimento de grandes encomendas — que odiava o nome do cargo, provavelmente porque estava acima do peso e não conseguia ignorar as piadas que soltavam às suas costas. Ela o observava a várias mesas de distância.

Ele não olhou para ela. "Não, estou tranquilo. Sabe pra onde a Megan foi?"

"Acho que pro estoque."

Meneando a cabeça, Felix puxou a bandeja de pendências de Megan em sua direção e fingiu folhear alguns papéis. Sem olhar para baixo, enganchou o pé na alça da bolsa e a empurrou para debaixo da mesa, antes de derrubar uma caneta no chão. Soltando um palavrão, ele afastou a cadeira e se abaixou, sumindo de vista embaixo da mesa de Megan.

De perto, a bolsa cheirava a brechó. Tinha um fecho de pressão e parecia cheia. Ele a abriu, jogando seu conteúdo no chão, antes de recolocar item por item: carteira, celular, escova de cabelo, bolsa de maquiagem, lenços, absorventes, várias canetas e lápis e um envelope marrom que cabia uma folha tamanho A5. Estava fechado, com alguma coisa pequena, porém pesada, em seu interior. Ele apertou o objeto com o indicador e o dedão. Era algo cilíndrico com cerca de seis centímetros de tamanho.

Felix experienciou uma sensação de queimação no peito que parecia muito com o sentimento de triunfo, só poderia ser a prova.

Na sala acima, a porta externa se fechou. Ele jogou o envelope no cesto de lixo, empurrando para o fundo, fora de vista. Quando se levantou, Megan estava andando em sua direção; na sala de Felix, o telefone começou a tocar.

"Vim falar com você", justificou-se ele, em resposta às sobrancelhas arqueadas da mulher. "Acabei derrubando tudo na sua mesa. Me desculpa, mas acho que já consegui deixar as coisas como estavam."

Ela iria procurar o envelope agora, com certeza. Ele havia estragado tudo.

O telefone de sua sala parou de tocar, e o celular começou a vibrar no bolso. Era seu aparelho pessoal, não o descartável que Talitha entregara.

"Sobre o quê?" Megan não conseguia se sentar, pois Felix ocupava o espaço dela. Por algum motivo que não sabia explicar, ele não conseguia se mover. Sair dali dava a sensação de fugir de algo.

"Desculpa?"

"Sobre o que você queria conversar comigo?"

"Ah, é mesmo." Ele não se lembrava. Havia esquecido totalmente a desculpa que planejara. Outro toque de telefone, na sala principal agora.

"Sobre isso?" Ela levantou a nota fiscal de sua mesa.

"Ah, é mesmo. Não sei ao certo o que é..."

"Felix, a recepção está tentando te contatar", Graham do TI o chamou. "A Sarah tá subindo pra cá."

A porta se abriu, e a esposa de Felix entrou.

"Bom dia!" Ela sorriu com os lábios fechados para os funcionários enquanto atravessava o carpete; alguns retribuíram, mas não todos. Sarah nunca se esforçou para fazer amizade com os funcionários do marido. Ela ignorou completamente Megan.

"Precisamos conversar", falou para Felix.

Sabendo que sua gratidão pela interrupção da esposa seria apenas temporária, ele a seguiu para sua sala. Antes de a porta se fechar, ela se inclinou sobre a mesa dele, pegou a xícara de café e a cheirou. Ele aguardou. Ela colocou a xícara de volta sem dizer nada e fez um gesto em direção à porta.

"O que ela tá fazendo aqui?" Sarah exigiu uma resposta.

Felix deu a volta na mesa e se sentou. Ele se perguntou, por um breve momento, se tomar um drinque na frente de Sarah seria uma boa ideia e acabou fazendo mesmo assim. Ela era esperta o suficiente para saber quais batalhas travar, e, nesse momento, ele preferia ser acusado de alcoólatra.

"A gente discutiu sobre isso", complementou ela.

"Não. Você deu a sua opinião, e eu nem abri a boca direito. Não é a minha ideia de discussão."

Sarah fez com que puxar uma cadeira e sentar-se nela parecesse um ato violento. Ela se inclinou em direção ao marido por cima da mesa e, pontos para ela, abaixou o volume da voz.

"Ela é uma ex-presidiária", sussurrou. "Você não pode deixar que ela chegue perto das contas da empresa."

Contaminado pela borra do café, o uísque tinha gosto de merda, porém Felix o bebeu sem se importar. Sua recompensa foi com um pouco de bravura momentânea.

"Ela foi condenada por homicídio, não por roubar empresas", retrucou ele.

"E isso faz dela uma funcionária exemplar? Só Deus sabe o que ela aprendeu numa prisão de segurança máxima nos últimos vinte anos, e você deixa que ela acesse todo o nosso dinheiro? Ela pode fazer a limpa em nossas contas, Felix."

Na verdade, sua esposa estava lhe dando uma ideia.

"E a folha de pagamento?", prosseguiu ela. "Tem mais de meio milhão de libras esperando para ser depositado no final do mês. Como vamos pagar aos funcionários se ela transferir tudo para uma conta internacional nas Bermudas?"

Estaria ele realmente disposto a seguir com o plano que se infiltrava em sua mente como um rato de esgoto entrando num cano? Finanças não eram sua praia, senão Megan nem sequer estaria lá pra começo de conversa. Xav, por outro lado — sim, Xav conseguiria fazer.

"Você tá me ouvindo?"

"Por favor, fala baixo, Sarah. Eu tô de olho nela, conferindo tudo que é feito. Temos seguranças aqui para esse tipo de situação, eles já estavam aqui antes de ela chegar. O banco vai notificar qualquer comportamento suspeito. E quer saber mais? Ela está sendo muito eficiente até agora. Tá conseguindo deixar as finanças em ordem."

Sarah se levantou tão rápido que Felix pensou que ela iria pular em sua direção, porém era na gaveta de sua escrivaninha que a mulher estava interessada. Ela abriu e pegou a garrafa.

"Você é um bêbado, Felix. Não tem capacidade de ficar de olho em nada. E eu andei pesquisando, ela não pode trabalhar aqui."

Ele pegou a garrafa da mão dela e a guardou.

"Do que você tá falando?"

Uma batida à porta soou na sala, assustando os dois. A porta se abriu antes que ele tivesse a chance de dizer algo, revelando Megan do outro lado.

"Estamos ocupados", anunciou Sarah, irritada.

"Falando sobre mim, dá pra ouvir tudo." Megan entrou e fechou a porta.

Cara a cara com Megan, Sarah perdeu um pouco do brilho, porém não estava disposta a ceder totalmente. Ela se posicionou ao lado da cadeira de Felix e encarou a outra mulher nos olhos.

"Não quero ser desagradável, sei que você está numa situação difícil, mas não acho uma boa ideia você trabalhar com as contas da empresa", declarou ela. "Os acionistas não iriam gostar."

"Não há acionistas", respondeu Megan. "É uma empresa de capital fechado."

Felix ouviu sua esposa assobiar enquanto respirava.

"Fundada pelo meu pai também", retrucou ela.

Está aí algo que ele não ouvia fazia tempos de sua mulher, uns bons dois meses pelo menos.

"Felix é o diretor-executivo, depende dele", argumentou Megan. "Com todo respeito, você nem está no quadro societário."

"É contra a lei você exercer qualquer atividade contábil", afirmou Sarah. "Você foi condenada por um crime." Ela deu um empurrão nos ombros de Felix para chamar sua atenção. "Eu perguntei pra Claire, a irmã dela é contadora numa das maiores firmas de Londres."

"Essa tal de Claire está desinformada", declarou Megan, antes de Felix ter a chance de responder. "Não tenho permissão para fazer parte de qualquer órgão contábil profissional com o meu histórico, mas nada me impediu de fazer e passar em todas as provas necessárias para exercer a função. Cabe inteiramente a Felix a decisão de manter meu emprego ou não."

Como se perdesse o interesse em Sarah, Megan então se dirigiu a Felix.

"Você não viu um envelope marrom na minha bolsa agora há pouco, viu?"

Incapaz de falar, porém grato pela presença da esposa, ele sacudiu a cabeça.

"Que pena." Seu olhar se afixou no homem. "Pensei que você poderia ter visto quando estava cavoucando debaixo da minha mesa agora há pouco."

Felix se esforçou para encarar seu olhar. "Sinto muito."

Megan parecia perder o interesse. "Acho que deixei em casa. Por Deus, estou perdendo tudo ultimamente. Precisei comprar novos óculos escuros, dois novos guarda-chuvas e um par de luvas só nesta semana."

"O Dan tá com os seus óculos escuros vermelhos", falou Felix. "Você deixou na casa da Tali no fim de semana."

"Ele pode ficar com eles. Era um par nojento de segunda mão." Ela sorriu para Sarah enquanto deixava o local. "Bom te reencontrar."

Sarah nem mesmo esperou a porta se fechar antes de confrontá-lo.

"Você vai permitir que ela fale assim comigo?"

Embora reconhecesse que as reclamações de Sarah tinham total fundamento, Felix apenas suspirou.

"Podemos discutir isso em casa?", perguntou.

"Vamos discutir isso agora."

"Não vamos, não, porque você não tem a menor ideia do que tá falando, porra. Agora, eu tô cheio de coisa pra fazer, então, se você quiser que as contas sejam pagas neste mês, é melhor me deixar trabalhar."

Sem uma palavra, Sarah saiu do escritório. Ela tentou bater a porta com força, mas o mecanismo de fechamento impediu que conseguisse. Megan pode ter vencido essa, mas, quando ele chegasse em casa depois, Sarah estaria com as baterias recarregadas, e ele enfrentaria uma enxurrada de novas reclamações.

O cansaço tomou conta de Felix, e o torpor do uísque já estava indo embora, fazendo com que um tremor familiar voltasse a se infiltrar em seus dedos. Tudo que ele queria era encostar a cabeça na mesa e se afundar no esquecimento. Nem sequer tinha certeza se ainda aguentaria aquele dia, quanto mais enfrentar horas de desaforo e recriminação quando chegasse em casa à noite.

O telefone tocou, e ele atendeu. O show tinha que continuar.

Às 17h, o time do administrativo foi para casa, e Megan permaneceu à sua mesa. Às 18h, a equipe técnica e os representantes de vendas tinham todos ido embora, e Megan não se movera. Às 18h30, os faxineiros tomaram conta do prédio, que estava vazio. De resto, apenas Felix e Megan continuavam lá.

De sua mesa, Felix não conseguia enxergar a mulher, mesmo com a porta aberta. Ainda assim, tinha completa certeza da presença de Megan a poucos metros. Ela estava mexendo com a cabeça dele, só podia estar. Decerto, havia encontrado o envelope no lixo e estava esperando que ele tentasse reavê-lo.

Felix não havia bebido desde a hora do almoço e encarava aquilo como algum tipo de vitória, porém, em algum momento na última hora, ele abrira a gaveta e, agora, escorregava a mão direita para dentro a fim de tocar a garrafa. Por algum motivo, que não fazia o menor sentido, o contato físico com a garrafa estava ajudando.

Menos de uma hora depois que a esposa soltou os cachorros pra cima dele, a ideia de lhe contar o verdadeiro motivo do emprego de Megan passou por sua cabeça. Sarah era o tipo de pessoa prática. Ela valorizava o estilo de vida que levava, tinha um filho para cuidar e não estaria disposta a vê-lo na prisão.

O instinto dele dizia que Sarah não se comoveria com os acontecimentos envolvendo Sophie Robinson e suas filhas. A esposa tinha pouca ou quase nenhuma empatia. Ela lutaria até a morte pelo próprio filho, mas os problemas de outras crianças eram indiferentes a ela.

Seu trabalho de caridade era local e para os outros verem: equitação para pessoas com deficiência em instituições como Helen & Douglas House ou Friends of Oxford Hospitals, e causas que a fizessem ser notada por pessoas importantes. Até onde ele sabia, ela nunca enviou uma libra sequer para instituições de caridade distantes, ou realizou uma única boa ação sem olhos a observando.

O elemento químico de Sarah era o radônio, um gás nobre quase impossível de ser detectado, que se decompõe nos pulmões e, lentamente, envenena o corpo de dentro para fora.

Sarah não iria entregá-lo à polícia. Por outro lado, seria mais uma pessoa sabendo, mais alguém para se preocupar. Não, de alguma forma, evitaria contar a verdade para Sarah pelo máximo de tempo possível.

A porta se abriu, e um homem afrodescendente com pouco menos de 30 anos, vestindo o uniforme da empresa terceirizada que cuida da limpeza, empurrou um carrinho de limpeza para dentro da sala. Os faxineiros chegaram ao andar superior, eles logo esvaziariam os cestos de lixo. O relógio corria contra ele. Uma mulher de baixa estatura e mesmo tom de pele entrou em seguida, puxando um aspirador de pó industrial. Felix se lembrou de como sua esposa sempre saía de casa quando alguém chegava para limpá-la. Usando sempre da boa educação, ela não queria ficar e ouvir as histórias deles.

"A turma do salário mínimo consegue ser muito carente por atenção", declarou ela uma vez.

Felix se sentira como se aprendesse mais sobre a esposa numa tarde do que em sete anos de casamento. Ele não percebera antes como eram parecidos e bem adequados um para o outro. Ele não a amava, é óbvio; amor é algo que há muito tempo precisou deixar para trás.

Ele levou um susto. Megan estava parada perto de sua porta, como se estivesse lá fazia algum tempo.

"No mundo da lua?", perguntou ela.

Felix abriu a boca para perguntar se ela havia encontrado o envelope e percebeu que seria melhor agir como se tivesse esquecido o assunto.

"Muita coisa para pensar", respondeu.

"Problemas de quando se é o chefe?"

Ele deu de ombros. "Tá de saída?"

"Desculpa pelo que aconteceu com a Sarah", disse ela. "Você quer que eu converse com ela a respeito?"

O sorriso de Megan parecia estar a um fio de cabelo de ser sincero, os olhos mantinham um brilho de astúcia. Aquele olhar parecia insinuar algo, como se ela mostrasse com os olhos que deixou de lado muitas coisas pesadas que poderia trazer à tona. Por outro lado, ele poderia estar ficando tão paranoico quanto Dan.

O som do aspirador de pó tomou o ambiente.

"Tudo bem. Eu dou um jeito nisso", mentiu Felix. "Você está fazendo um bom trabalho, Meg. Sei que você é capaz."

Algo mudou na postura de Megan e, depois, em sua expressão facial. Felix não conseguia explicar com palavras, mas comparou com o brilho inicial de uma vela recém-acesa, um segundo antes de a chama adquirir mais força.

"Até amanhã." Ela começou a sair da sala.

"Meg!"

Ela olhou para trás por cima do ombro.

"Estava pensando por aqui", afirmou ele, "se você precisar de um adiantamento de salário, consigo providenciar. Temos mais dez dias pela frente."

"Estou tranquila, obrigada." Ela pareceu pensar em algo. "Ah, isso me fez lembrar de outra coisa. Encontrei uma coisa no sistema que me deixou intrigada."

"Por quê?"

"Era um pagamento mensal de valor considerável, direto para uma conta numérica sem identificação."

Com o estômago revirando, Felix manteve sua expressão congelada.

"A quantidade varia a cada mês, o que parece estranho, até eu perceber que era exatamente 10% do lucro da empresa."

Dez por cento da renda, o acordo que fizeram há muito tempo na biblioteca universitária de Oxford. Ele que esquematizou daquela forma, pensando que um pagamento anual chamaria bem mais atenção de quem checasse as contas.

"Fundo fiduciário", respondeu ele, usando a mesma história que repetira para diversos contadores com o passar dos anos. "É para o Luke."

"Ah, muito prudente. Você quer que eu dê uma olhada? Educação financeira não é meu ponto forte, mas têm certos critérios que investimentos em longo prazo devem atender, como a provisão de aposentadoria, equilíbrio de risco, esse tipo de coisa."

Megan não poderia acessar seu próprio fundo — ela veria que os depósitos de Tali, Dan, Amber e Xav ocorreram com constância.

"Você já tem mais do que o suficiente para se preocupar por enquanto", afirmou ele.

Ela deu um meio-sorriso dessa vez, realmente dando a entender que iria embora.

"Eu nunca adivinharia que era para o Luke", comentou ela. "Porque ele tem o quê, uns dois anos de idade? E o fundo data desde o começo dos registros. Acho que você sempre teve a certeza de que seria pai."

Eles mantiveram o contato visual por um segundo a mais do que seria considerado normal.

O Dan não tá paranoico, ele tá é certo. Ela não se esqueceu, pensou ele.

"Não vai perder o ônibus, Megan."

• • •

Determinado a não mover um músculo até que ela saísse do prédio, Felix observou Megan atravessar o estacionamento e sumir atrás da copa das árvores que escondiam o ponto de ônibus. Só então saiu correndo para o escritório principal. O cesto de Megan estava vazio.

Correndo pelo escritório, encontrou os faxineiros no corredor.

"Desculpa, desculpa", ele os chamou.

Eles olharam para trás em sua direção como se Felix estivesse quebrando uma regra não escrita: a de que não deveria haver interações entre os funcionários e faxineiros terceirizados. Com certeza, ele não se lembrava de falar com nenhum deles, nem mesmo de já ter visto os dois que estavam à sua frente. Existia a possibilidade de a empresa enviar pessoas diferentes todas as noites, ele nunca se preocupou com eles.

"Preciso de uma coisa que estava no cesto de lixo", explicou. "Joguei fora por engano."

Eles o encaravam, como se não entendessem completamente o que ele dizia. Desistindo das explicações, Felix percebeu o enorme saco de lixo suspenso no carrinho de limpeza.

"Com licença."

Ele puxou o saco de lixo e o virou de cabeça para baixo. O lixo do dia inteiro caiu no chão: papéis, sacolas amassadas, envelopes vazios, bilhetes de loteria, cupons de supermercado, embalagens de sanduíche, cascas de banana, restos de maçã. Um copo descartável de café que não fora totalmente esvaziado derramou um líquido marrom-claro sobre o carpete azul.

Ali estava. O envelope marrom. Ele o pegou e olhou para os dois faxineiros ali, como se o pegassem fazendo alguma coisa vergonhosa. O homem e a mulher o observavam em silêncio. Deixando o envelope de lado, ele juntou o lixo e colocou de volta no saco. Novamente de pé, ele entregou o saco para o homem, que pegou sem dizer uma palavra.

"Desculpa", disse ele, apontando para a mancha de café no chão. "Foi descuido da minha parte."

"Sem problema, senhor", respondeu o homem com uma voz livre do sotaque britânico. "A gente dá um jeito nisso."

25

Felix despejou o filme de dentro do envelope sobre a mesa do pub. Havia sugerido o Turf Tavern, no centro de Oxford, pois seu ambiente escuro, teto baixo e acesso através de uma passagem medieval estreita davam a impressão de ser o lugar perfeito para encontros clandestinos. Quando chegou, a primeira coisa que se perguntou era se iria tirar onda com Talitha por sua insistência de se encontrarem raramente e sempre em locais diferentes. Não fazia diferença. Talitha não tinha a menor capacidade de rir desse tipo de brincadeira.

Com o aviso de última hora, apenas quatro deles conseguiram comparecer. Amber estava presa em Londres e ficaria assim até tarde. Xav estava no trem voltando para casa quando Felix ligou a caminho de sua antiga escola para buscar Daniel.

"Merda", exclamou Xav com os olhos fixos no filme.

"Você tinha razão, Dan, ela tá mentindo pra gente", sentenciou Talitha.

Dan não parecia aproveitar seu triunfo; ele perdera peso desde o retorno de Megan, e sua pele tinha um aspecto doente com eczemas brotando nos pulsos e nas têmporas.

"Parece que sim", murmurou ele, enquanto segurava sua bebida.

"Eu não entendo o porquê", continuou Talitha. "Por que não contar pra gente o que ela quer e acabar logo com isso? Megan nunca foi maldosa."

"Nada que pudermos oferecer vai compensar o que ela perdeu", respondeu Dan. "Não se trata apenas de exigir o que é dela por direito. Ela quer prejudicar a gente o máximo que conseguir."

Os quatro estavam mantendo as vozes baixas. O pub podia ser barulhento, porém sempre havia colegas de copo por perto.

"O filme era da Kodak?" Xav pegou o tubo preto e o segurou contra a luz. "E a carta?"

Felix balançou a cabeça. "Apenas o filme. Nada mais."

"A carta é irrelevante sem isso", afirmou Talitha. "Ela pode ser falsa, pode ser uma brincadeira, não prova nada se mantivermos nosso posicionamento. É a fotografia que pode fazer a nossa casa cair." Ela se aproximou e, de forma gentil, deu um soquinho no ombro de Felix. "Parabéns!"

Um estudante bêbado os encarou da porta de entrada, e Felix instintivamente colocou a mão sobre o filme para escondê-lo.

"O que vamos fazer agora?", perguntou Xav.

"A gente precisa revelar o filme", explicou Daniel. "Precisamos ter certeza."

"É, mas não dá pra revelar na primeira loja de esquina", argumentou Felix. "Fiz um pedido com urgência de tiossulfato de sódio, ácido acético e fenidona. Pedi para entregarem em casa para Megan não desconfiar."

"Sua profissão nunca veio tanto a calhar." Xav, assim como Felix e Megan, havia se destacado em química.

"Me desculpa, mas isso tudo serve para...", começou Daniel.

"Agentes químicos necessários para revelar o filme", explicou Felix. "Tenho o resto no estoque. Consigo fazer uma sala escura no barracão de casa."

Talitha se inclinou para trás contra a parede de pedra.

"Não consigo acreditar que amanhã, a essa hora, tudo pode estar resolvido", desabafou ela.

"Não devemos contar com o ovo no fundo da galinha até vermos com nossos próprios olhos. Ah, e ela descobriu sobre o fundo fiduciário", respondeu Felix.

Um momento de silêncio.

"Como?", perguntou Talitha.

"Ela tá cuidando das contas e tem acesso a todas as finanças da empresa. Além do mais, a mulher é boa pra cacete naquilo que faz. Num cenário diferente, eu daria o emprego pra ela com um sorriso no rosto."

"Vamos entregar o dinheiro?", sugeriu Xav. "É o que a Amber quer. Ela me ligou ontem à noite."

"Pode amenizar o estrago", ponderou Felix. "Assim que contarmos que seu joguinho acabou. Não posso manter a Megan no trabalho, a Sarah vai pirar."

"O Mark também não está nada alegre", acrescentou Talitha. "Não sei o que vou fazer se ela quiser visitar a minha casa outra vez."

"Ela me ligou hoje", revelou Dan. "Apareceu o número do seu escritório, Felix, então pensei que era você e atendi. Ela quer se encontrar de novo."

"Comigo também." O rosto de Talitha estava sombrio. "Vou almoçar com ela na sexta-feira no Five Arrows em Waddesdon. Imaginem a minha ansiedade."

"Acho que ela tem ligado para minha casa", falou Xav.

Instantaneamente, os outros ficaram interessados. De alguma forma, Megan tentar contatar Xav parecia mais sério.

"Como assim 'você acha'?", perguntou Felix.

"Apenas quando estou no trabalho. Outro dia, cheguei em casa, e a Ella veio saltitando até mim, querendo saber se eu tinha uma amante, porque ela passou o dia inteiro atendendo o telefone, mas a ligação ficava muda do outro lado."

"Era só o que faltava agora." Felix transmitiu simpatia com sua voz.

"Ela estava brincando", prosseguiu Xav. "Nunca encontrei uma mulher menos possessiva do que a Ella. No dia seguinte, ligou para a companhia telefônica para reclamar do problema na linha. Mas pode ter sido a Megan."

Por um breve momento, ninguém disse nada.

"Você vai se encontrar com a Megan?", perguntou Felix a Daniel.

Daniel segurou o filme.

"Vai depender do que encontrarmos aqui."

26

"A gente podia ter ido pra algum lugar mais próximo da fábrica", comentou Talitha, enquanto ela e Megan se ajeitavam na mesa encostada na parede do Five Arrows.

Talitha, que tinha o direito de escolher a mesa desde que avisasse o estabelecimento com algumas horas de antecedência, passou um bom tempo pensando onde queria se sentar. No restaurante principal, Megan estaria menos propensa a tratar de assuntos difíceis. Por outro lado, se ela decidisse tratar desses assuntos, as consequências poderiam ser bem piores. No fim das contas, optou pela mesa de canto com as três paredes de pedra nas laterais a oferecer o máximo de privacidade que poderiam conseguir.

Megan estava olhando para o jardim do lado de fora e nada disse.

"Como você fez para chegar aqui?", continuou Talitha. "Eu podia ter te buscado."

"Comprei um carro", informou Megan. "Minha mãe deixou um pouco de dinheiro pra mim. É praticamente uma carroça, mas vai quebrar o galho por alguns meses."

E, agora, Talitha imaginava o que iria acontecer daqui a alguns meses que permitiria Megan substituir sua carroça por algo melhor.

"Eu amo este lugar", afirmou Megan. "Seus pais trouxeram a gente aqui no seu aniversário de 18 anos, lembra?"

É claro que Talitha lembrava. O aniversário de 18 anos aconteceu antes daquele verão, antes de tudo ficar cinza. Ela passava boa parte do tempo relembrando quando sua vida era colorida e cheia de futuro.

"Meu pai é amigo do dono da rede, um lorde ricaço", afirmou ela. "Esse lugar era praticamente nossa segunda casa quando eu era criança."

"Ótima escolha de mesa." Megan se virou para a enorme janela que preenchia a parede. "Pensei que nos levariam para o jardim."

"Quanto tempo você tem de almoço?", perguntou Talitha.

"Tenho a tarde livre. Tô em busca de um apê."

Primeiro, um carro novo com a promessa de outro melhor em breve. Agora, ela está em busca de um apê.

"Sério?", exclamou Talitha, quando os cardápios chegaram.

"Não posso ficar naquele quarto para sempre", respondeu Megan, quando a garçonete foi embora. "É assustador. E tenho certeza de que há pouco tempo, alguém invadiu o lugar."

Talitha praticara durante anos como não alterar a expressão na frente dos outros. Ainda assim, o contato visual naquele momento foi demais. Ela cobriu o rosto com o cardápio.

"Sério mesmo?" Tinha certeza de que não deixaram o menor vestígio. "O salmão defumado daqui é uma delícia. Meu prato favorito."

"Acho que alguém mudou as coisas de lugar, mas não dá pra ter certeza."

"Levaram alguma coisa?", perguntou Talitha, mantendo o rosto atrás do cardápio.

"Vão roubar o quê?" Se havia resposta a essa pergunta, Talitha não conseguiu encontrá-la.

"Você está procurando algum lugar em Oxford?"

"Acho que sim. Quer ir junto?"

Talitha fechou o cardápio, ela já o conhecia de cabo a rabo mesmo. "Agenda cheia hoje. Me convida para o chá de casa nova."

Nesse dia, ela estaria ocupada, fora da cidade, quem sabe até em outro país só para não ir ao chá de casa nova de Megan.

"Com certeza", retrucou Megan. "Vou convidar todos vocês. Os agregados também. Embora eu acredite que a Sarah não goste de mim."

"Sarah não gosta de ninguém. Tenho certeza de que nem do Felix."

Os olhos de Megan perderam momentaneamente o brilho frio enquanto ela gargalhava, e, pela primeira vez desde seu retorno, Talitha viu um pouco de sua antiga amiga nela.

A garçonete já estava de volta. Havia desvantagens em ser tão bem conhecido. Em alguns momentos, o atendimento beirava a intrusão. Nunca faltava uma oportunidade para encherem sua taça de vinho, ou interromperem a conversa só para você falar que não precisava de nada agora, obrigada.

"O Dan comentou que você tá doente", afirmou Talitha, após realizarem o pedido e ficarem sozinhas novamente.

"Isso te surpreende?", respondeu Megan. "Você realmente achava que as cadeias fossem lugares saudáveis?"

"Claro que não, eu sei disso."

"A comida é horrível, processada e carregada. Todo mundo ganha peso, exceto as drogadas. A gente calcula que pelo menos um quilo por ano."

Megan não engordara. Se houve alguma mudança, foi ela parecer mais magra do que Talitha se lembrava. Isso fazia dela uma drogada?

"Não tem ar fresco, nada de exercícios físicos, o sistema de saúde é abaixo de qualquer padrão e não existe higiene. Os problemas com saúde mental são piores do que você pode imaginar. A expectativa de vida normal para uma mulher no Reino Unido é de 81 anos. Adivinha quanto é na prisão?"

"Não sei. Menos, talvez. Setenta anos?"

"É 47, Tali. Com o tempo que eu passei lá, me sobram menos de dez anos para aproveitar a vida agora. Se eu der sorte, vai saber quanto tempo me resta. Não bastassem os vinte anos que perdi na cadeia, agora me tiraram mais de trinta do lado de fora."

"Meg, não sei o que te falar", começou Talitha. "Podemos pelo menos te ajudar com isso. Quer dizer, eu posso. Vou marcar uma consulta para você na clínica particular que eu costumo ir. Vou pagar também pela consulta e qualquer tipo de tratamento que você precisar."

Mas que porcaria que ela estava falando? Tratamento para doenças no fígado e rim podia chegar a centenas de milhares de libras. Mark iria à loucura.

Megan pegou seu copo de água e bebeu.

"Muito gentil da sua parte, mas não é o que eu preciso de você agora."

O fundo cobriria os gastos. Os outros iriam concordar, ela os faria concordar. Mas espere aí, o que a Megan acabara de falar?

"O que você precisa de mim?"

Megan se apoiou no encosto da cadeira. "Preciso que você seja minha advogada, Tali."

Talitha agiu sem pressa. Ela encheu seu copo, depois o de Megan e se perguntou onde estavam as ligações urgentes dos clientes quando se mais precisa delas.

"Por que você precisa de um advogado?", retrucou por fim. "Você saiu. E direito criminal não é o meu forte."

Direito criminal era a especialidade de Talitha antigamente, antes de se tornar sócia majoritária, porém Megan não precisava saber disso.

"Só que eu não estou livre, correto?", observou Megan. "Prisão perpétua é exatamente isso. Pro resto da vida. Eu poderia voltar pra lá se me derem uma multa de estacionamento."

Era uma boa observação, uma que Talitha deveria ter pensado por si mesma. Em tese, a pena de Megan nunca seria totalmente cumprida.

"Duvido", explicou ela. "Você precisaria fazer alguma coisa muito pior do que estacionar em local proibido."

Um ato de violência serviria. Dirigir de forma perigosa, com certeza, daria conta.

"O que quero dizer é que estou vulnerável", declarou Megan. "Qualquer um pode me acusar de qualquer coisa, armar algo para me incriminar. Eu sou culpada até que se prove a minha inocência. A lei tá pouco se lixando para pessoas como eu."

Os aperitivos chegaram. Talitha nunca se sentira com menos fome em sua vida, porém agradeceu internamente pelos poucos segundos de alívio.

"Quem faria isso?", falou, quando a garçonete saiu de perto. "Quem te acusaria de algo que você não fez?"

Megan segurava os talheres com os dois punhos cerrados, igual a uma selvagem. Ela parecia um bárbaro que os usaria como armas a qualquer momento.

"Acontece há anos", desabafou ela.

"O quê?"

Sem responder, Megan começou a comer. Sua entrada, um prato de salmão defumado, era leve, com uma apresentação magnífica, porém Megan acabou com ele em poucas mordidas.

"O juiz me deu uma pena de vinte anos, lembra?"

É claro que Talitha lembrava. Ela poderia transcrever a sentença da boca do juiz palavra por palavra sem errar.

Megan já havia terminado. Ela comera da mesma forma no fim de semana, Talitha percebeu. Foi a única, com exceção das crianças, que demonstrou um apetite verdadeiro. Ela lembrava a Talitha um cachorro que conhecia a fome e devoraria qualquer coisa que colocassem em sua frente. Ainda assim, ela estava tão magra. Ela devia estar mesmo doente.

Talitha colocou o garfo e a faca na mesa e empurrou seu prato em direção à outra mulher.

"Prova isso", recomendou. "Acho que é a melhor coisa do cardápio."

Os pratos foram trocados.

"Após dez anos, tentei recorrer e solicitar a liberdade condicional", revelou Megan. "Usei a alegação de que eu era muito jovem quando o crime aconteceu e que fui uma detenta exemplar. Então, aconteceu uma enorme briga no refeitório. Nada a ver comigo, mas eu fui acusada de incitar violência e agredir outra pessoa."

"Como isso aconteceu?"

A resposta era fácil demais. Um grande número de gente do lado de dentro estava pronto para começar uma briga por uma merrequinha. Porra, a maioria ficava tão entediada que faria até de graça, só para se divertir. Era ainda mais fácil subornar os agentes penitenciários, além do mais, eles podiam gastar o dinheiro do lado de fora.

"A detenta que eu supostamente agredi já tinha o nariz quebrado", prosseguiu Megan. "Uma prova até que pequena, você pode pensar, mas cinco testemunhas diferentes, incluindo dois guardas, testemunharam contra mim. O mais engraçado é que as câmeras de segurança estavam com mau funcionamento naquele dia. Me aconselharam a desistir do recurso."

"Eu não fazia ideia."

Outra mentira. O pai de Talitha lhe contou tudo quando aconteceu. Ele afirmou não estar envolvido, ele não se incriminaria, nem mesmo para a própria filha, mesmo olhando nos olhos dela enquanto falava. Barnaby Slater sabia o que a filha fizera e a estava protegendo, ainda que a desprezasse por isso.

"E depois me acusaram de furto", continuou Megan, enquanto limpava seu prato com o dedo. "Acharam o dinheiro na minha cela, e ninguém acreditou em mim quando disse que eu não sabia como ele foi parar ali."

"A comida estava boa?", perguntou a garçonete, com um sorriso no rosto, após chegar para retirar os pratos. Elas nem sequer perceberam.

"A melhor comida que provei nos últimos vinte anos", afirmou Megan.

O sorriso da mulher aumentou um pouco mais, e os pratos foram embora.

"Em seguida, fui acusada de tráfico", continuou Megan. "Outra vez, encontraram na minha cela. A essa altura, já estava começando a ficar paranoica."

"Seu advogado não podia fazer nada? Quem sabe pedir uma transferência?"

"Meu advogado tava cagando e andando. A gente mal se viu durante esse tempo." Megan se inclinou sobre a mesa em direção a Talitha. "A questão é a seguinte: eu escrevi uma carta pra você e pro seu pai, pedindo para me representarem. Depois, escrevi mais três cartas e recebi apenas a resposta de um estagiário."

"Eu pedi pro meu pai", alegou Talitha. "Ele disse que poderia prejudicar a firma. Houve uma grande comoção local quando você foi presa, Meg. A escola foi vandalizada várias vezes, alguém te contou? As matrículas reduziram. A captação de recursos sofreu um grande impacto. No ano seguinte, apenas um ano depois, o número de matrículas oriundas de Oxford e Cambridge caiu pela metade. Ninguém queria estar relacionado a você, e meu pai sabia que o escritório sofreria se te ajudasse."

O rosto de Megan estava duro como pedra.

"E somos uma firma com base em Oxford", complementou Talitha. "Ele disse que você precisava ser representada por uma firma de outra região."

"Aí aconteceu outra briga, e eu fui a culpada", prosseguiu Megan. "E foi assim até eu acreditar que nunca mais veria a luz do dia."

"Megan, por favor, fala baixo", pediu Talitha, olhando ao redor com desconforto. "Sei que você deve estar decepcionada, mas a gente era adolescente. Não ia conseguir fazer nada naquela época."

"Você poderia me ver. Nenhuma visita, Tali. Vinte anos e nenhuma visita."

A garçonete estava de volta. "Oi, pessoal, tô com o prato principal."

"Ai, pelo amor de Deus", Tali surtou por um breve momento. "Não. Me perdoe. Por favor..." Ela fez um gesto para colocar os pratos na mesa. "Eu peço desculpas. Obrigada."

A garçonete saiu apressada.

Megan cortou o bife, e o sangue escorreu da carne.

"Sabe qual foi a sensação, Tali? Foi como se alguém com uma imensa influência no mundo jurídico estivesse por trás disso. Parecia que ele estava fazendo o máximo possível para me manter presa por tempo indeterminado."

Pelo tamanho do pedaço, seria de se esperar que Megan ficasse calada por pelo menos alguns minutos. Porém, a sorte não estava do lado de Talitha.

"Ou *ela* estava fazendo o máximo possível", afirmou ela, com a boca cheia de carne mastigada.

27

Os produtos químicos chegaram na segunda-feira. Felix decidiu esperar até que Sarah estivesse dormindo para revelar o filme. Ele grampeou as cortinas blackout de Luke nas janelas do barracão de tijolos que ficava na área externa da casa, usou a torneira do jardim para encher um tambor com vários litros de água e ligou a luz infravermelha que tinha pegado emprestado no trabalho. O processo de transformar filme fotográfico em negativos não era difícil, ao menos, não para ele.

Usando um fogão de acampamento, Felix aqueceu os produtos químicos usados na revelação até a temperatura correta e, na escuridão, desenrolou o filme, envolvendo-o no recipiente feito sob medida. Cronometrando o tempo necessário, ele agitou a mistura quando era preciso e, por fim, devolveu os líquidos químicos às suas respectivas embalagens. Poderia descartá-las na fábrica depois.

A próxima etapa envolvia a interrupção do processo de revelação do filme, e os produtos usados eram muito fedidos e tóxicos. Certo tempo depois, a cabeça doía, e Felix começava a sentir tontura. Quando terminou, ligou a luz comum do teto, pois o filme já não era mais sensível à luz, e abriu a porta por alguns segundos.

Ele não resistiu à vontade de segurar o filme contra a luz. Aquilo era o rio? Ou uma foto no parque? Ele procurou na bobina a foto tirada há vinte anos na casa da piscina, a que tinha a confissão escrita, mas não adiantava — as imagens eram pequenas demais e ainda estavam no negativo. Felix derramou a terceira solução que faria o trabalho de fixar a imagem na fotografia. Mais tempo perdido esperando, agitando o tambor e enxaguando. Por fim, usou água para lavar todas aquelas substâncias mágicas. Após deixar tudo limpo, seu trabalho estava pronto.

Resistindo à tentação de segurar novamente o negativo contra a luz, prendeu a fina tira marrom de filme numa linha de barbante. Enquanto esperava que as fotografias secassem, Felix saiu do barracão.

A noite estava clara e fresca, cheia de aromas do começo do verão. Quando Felix chegara em casa naquela tarde, Luke estava tomando banho com a janela aberta, o que gerou gritos paranoicos de Sarah sobre o vapor prejudicar a pintura, e folhas entravam no banheiro, caindo como confete em seu anjinho de pele rosada.

A ideia de perder Luke, fosse por Sarah abandoná-lo, ou — uma ideia que ele nem conseguia pronunciar — ir para a cadeia, começava a criar tentáculos em sua cabeça. Felix amava Luke com um amor que nem sabia possuir. No momento em que o filho nasceu, teve a certeza de que daria a vida por aquele pedacinho de ser humano. Nesse momento, prestes a dar fim àquela história toda, ele se perguntava algo mais sombrio. Seria ele capaz de...?

Deu a hora, o filme estaria seco, e essa pergunta específica poderia ser feita outro dia. De volta ao barracão, Felix juntou tudo que usou naquela noite e guardou no porta-malas do carro para levar de volta para a fábrica. Ele carregou o filme cuidadosamente para dentro.

Subindo as escadas pé ante pé, ele abriu a porta do quarto de Luke. O bebê estava de bruços, as perninhas gordas e os pés dobrados debaixo dele, de um jeito que a enorme fralda noturna apontava para o teto.

Fechando a porta devagarinho, Felix andou silenciosamente até o escritório. Seu Mac já estava ligado com o programa Lightroom instalado — quanto menor o barulho e trabalho, maior a chance de Sarah não acordar. Após digitalizar o negativo, deu alguns cliques com o mouse para inverter as cores da imagem a fim de que ficassem positivas. Mais alguns ajustes de tom, contraste e brilho, e tudo já estava pronto. Entretanto, ainda eram pequenas demais para enxergar direito. Recortar e aumentar o tamanho para a impressora não eram um problema, simplesmente selecionou a opção de imprimir e aguardou ao lado da máquina, pegando cada foto conforme saía. Eram quinze no total.

A primeira fez seu coração acelerar. A ponte em Port Meadow. Crianças estavam se reunindo na parte mais alta, e a fotógrafa — ele chutava ser Tali — havia capturado um garoto no meio do ar, os pés tocando a superfície da água. Outras crianças se sentavam ao redor da margem. O rapaz que pulou parecia ser Xav, Felix não tinha certeza, porém esse deveria ser o filme certo. Ele engoliu em seco e disse a si mesmo para manter a calma. A próxima foto também era em Port Meadow, assim como a terceira. Ainda não havia ninguém que ele reconhecia.

A quarta folha de papel mostrava um parque, ele desconfiou ser em University Parks, com um grupo distante de cinco pessoas sentadas em círculo. Tali deve ter tirado enquanto se aproximava, ela estava sempre atrasada. Mais fotos de University Parks, de árvores, de uma criança fofa no parquinho. Um casal no centro de Oxford, uma tirada diretamente do lado de fora da janela da loja *steampunk* em Magdalen Bridge.

A próxima foto o surpreendeu. Tirada de noite, mostrava a estátua de um enorme anjo com grandes asas elevadas ao ar. Ele não se lembrava de andarem por cemitérios, mesmo durante sua fase *steampunk*, porém Tali deve ter tirado quando estava sozinha.

Uma macieira — era isso mesmo? —, sim, uma macieira no jardim de Talitha. Outra no jardim do Five Arrows, o restaurante predileto do pai da Tali porque o idiota pomposo gostava de encontrar lorde Rothschild, o dono da rede, e fingir que os dois se conheciam.

Fotos em All Souls, e Felix conseguiu sentir o começo de uma coceira nervosa. Nenhuma imagem da turma ainda, e algo parecia errado. Ele começou a voltar as fotografias. A última estava saindo da bandeja. Ela caiu da impressora virada para baixo sobre o chão.

Não queria pegá-la, mesmo sabendo que precisaria. Ele virou a fotografia, colocou-a em cima da mesa de frente para si e a observou por um bom tempo. Então, fez algo que não fazia há anos, algo que não sabia ser mais capaz de fazer.

Felix começou a chorar.

28

De manhã cedo, em vez de dirigir em direção à fábrica, Felix foi direto até o escritório de advocacia de Talitha no centro da cidade, onde se identificou na recepção. Quinze minutos depois, foi conduzido até um ambiente com painéis de madeira com mobília estilo rainha Ana. Talitha não demonstrou alegria ao vê-lo.

"Se algum dia a merda for jogada no ventilador, essa sua visita vai pegar muito mal", trovejou ela, após a porta do escritório ser fechada. "Você nunca veio aqui. Por que viria logo agora?"

"Arruma um espaço na sua mesa", ordenou ele. "Você precisa ver isso."

Parada em frente à janela, o rosto de Talitha estava em grande parte escondido, porém ele a conhecia bem o suficiente para saber a reação odiosa que a mulher expressava ao receber ordens. Do lado de fora, Felix conseguia ver o prédio com estrutura de madeira que, apesar de estar do outro lado da rua estreita, parecia próximo o suficiente para ser tocado. A cada andar, a estrutura se ampliava em relação ao piso inferior, de modo que todo o prédio se expandia à medida que ascendia ao céu.

Talitha parecia absorta e precisava de um choque de realidade.

"Tô sem pressa", falou ele. "Minha vida tá desmoronando, e, muito em breve, a sua também vai estar."

Sem precisar dizer mais nada, ela moveu para o lado o caderno e notebook, permitindo que Felix posicionasse sobre a mesa as fotografias impressas na noite anterior. Tali não encostou em nenhuma, porém, conforme as via em sequência, sua expressão começou a relaxar.

"Me lembro dessa loja", comentou ela em determinado momento. "A gente rondava o antigo prédio Sheldonian à uma da manhã, e aquele casal alemão quase se borrou de medo."

"A loja ainda está lá", retrucou Felix. Ela ainda não percebera, mas, justiça seja feita, ele próprio precisou de quase o rolo todo para compreender. A diferença, ao menos em teoria, é que foi ela a tirar as fotos com sua câmera.

"O que é isso?" Ela se aproximou para ver melhor a foto com o anjo. "Eu não tirei essa foto. Alguém deve ter pegado a câmera emprestada."

Ele continuou a mostrar as fotografias para ela.

"Minha macieira", exclamou ela. "Acho que sinto mais falta dessa árvore do que da casa."

Felix colocou a última na mesa. Talitha a encarou, olhou para ele, então pegou a foto.

Era uma foto de Megan em Christ Church Meadow. Nela, a mulher sorria com a câmera numa mão, enquanto acenava com a outra.

Talitha não era besta. Ela entendeu.

"Isso é recente", afirmou ela. "É a Megan de agora."

Felix passara um bom tempo da noite anterior olhando para Megan, sorrindo para a câmera, como se celebrasse uma vitória.

"Todas são recentes", sentenciou Felix. "Essa última me deu um mau pressentimento, só não consegui entender o porquê." Ele apontou para uma das fotos no centro da cidade. "Esse carro não é de vinte anos atrás. É um modelo recente. E o ônibus também não parecia ser antigo."

"Mas que porra é essa?"

"Você não tirou nenhuma dessas fotos, Tali, ela que tirou. Lembra quando o Xav perguntou no pub se o filme era da Kodak? Provavelmente, não era. Ela comprou um filme novo e tirou várias fotos na cidade."

Tali olhou confusa e, de repente, pareceu anos mais jovem.

"Por que ela faria isso?"

"Bom, só consigo pensar em dois motivos. O primeiro é que ela está tentando recriar memórias, voltando aos lugares onde passou a juventude."

"Ela tem um celular agora, poderia muito bem tirar fotos com ele."

"Sim, também não comprei essa primeira ideia. A segunda é que, após comprar uma câmera velha e filme fotográfico, ela saiu por aí recriando as fotos que podiam ser as originais. Então, ela levou para o trabalho, sabendo que eu iria atrás com o intuito de que a gente encontrasse."

Talitha se afundou novamente no peitoril da janela.

"Ela tá realmente fodendo com a gente, não é?"

"Sem dúvidas. A questão é: o que vamos fazer?"

29

O fim de semana chegou antes que tivessem chance de se encontrar, e, mais uma vez, Talitha avisara para não entrarem em pânico. *"Precisamos manter a calma"*, recomendou ela a Felix antes que ele saísse de seu escritório. *"Ela deve estar buscando uma reação nossa. Não podemos dar nenhuma. Vamos agir como se nada estivesse errado."*

"Fácil para você falar", Felix estava irritado. *"Você não precisa passar oito horas por dia com ela."*

Mesmo assim, sem ter certeza de como conseguiu, ele sobreviveu à semana que se passou, sendo amigável e educado com Megan e enchendo sua esposa com promessas de que o emprego da mulher não duraria muito.

Ao menos agora, junto a pessoas para as quais não precisava mentir, uma sensação de alívio tomou conta de seu interior.

O espaço privativo no Rose & Crown em Summertown era minúsculo e apertado, como todo o resto do pub. Amber e Xav estavam sentados com certa distância um do outro, do mesmo jeito que sempre permaneciam em público. Se Xav não fosse tão visivelmente apaixonado por sua jovem esposa, Felix poderia ter suspeitado havia um bom tempo que ele e Amber estavam reacendendo o fogo do amor. Dan estava de pé, examinando o conteúdo de uma estante de livros — Só Deus sabia o motivo, pois o mais recente ali era *Guia de Sucesso para Pubs* de dez anos atrás.

Felix estava perto da janela, olhando a entrada na esperança de que Talitha chegasse.

"Isso não prova nada", dizia Amber. "Sei que você está chateado, Felix, mas não quer dizer nada. Ela pode simplesmente estar tentando recriar algumas memórias."

Para uma parlamentar, Amber era ingênua, beirando a idiotice. Talvez explicasse o seu sucesso: sua ingenuidade fazia as pessoas acreditarem nela. Ainda no ensino médio, ele decidira que Amber era vanádio, um metal resistente e proveitoso em sua camada exterior, especialmente quando havia outros para se apoiar, mas vazio por dentro.

Felix se inclinou sobre a mesa do pub e juntou todas as fotografias. Ele sentiu como se Megan o estivesse provocando, mesmo a distância, e parou de olhar para as fotos.

"Já faz quase um mês que ela tá solta", continuou Amber de forma incessante. "Se fosse para ela fazer algo com a gente, já teria feito, não acha?"

"Ela não fez nenhum contato comigo", revelou Xav. "E se realmente se lembrasse de algo daquele verão, eu seria o alvo da maior parte de sua raiva."

Um pequeno gesto de compaixão, pensou Felix. Assim que Megan desferisse sua ira, Xav não teria para onde correr.

"Talvez ela esteja guardando o melhor pro final", falou com certa malícia. "Você continuou recebendo ligações anônimas?"

"Pararam depois que a Ella ligou para a empresa de telefonia", admitiu Xav. "Acho que não foi nada de mais."

"Exatamente, a gente não devia se desesperar e fazer alguma coisa idiota", declarou Amber. "Dan, conta pra gente do almoço com a Megan. Como ela estava?"

Daniel afastou a vista do dicionário de latim e olhou ao redor do grupo como se não soubesse o que estavam fazendo ali juntos.

"Não deveríamos esperar a Tali?", perguntou ele.

"Não posso esperar muito tempo", retrucou Amber. "Tenho uma assembleia às oito."

Felix olhou novamente para a entrada. Nenhuma mulher alta de cabelo escuro andando em sua direção. "A gente atualiza a Tali do assunto quando ela chegar. Conta pra gente, Dan."

"Tá, a gente saiu para almoçar." Daniel completou sua taça com o vinho tinto que ele, Felix e Xav estavam dividindo. "Um restaurante turco em Iffley Road. Escuta o que eu tô dizendo, não tem nada de errado com o apetite dela."

Daniel não estava com uma aparência saudável. Havia algumas manchas de eczema nas mãos e outras maiores ainda no pescoço e na mandíbula que poderiam ser de uma reação alérgica ou de estresse. Xav também aparentava estar mais magro e pálido.

"Como ela está?", perguntou Amber, enquanto Felix se sentava ao seu lado. "Falo no sentido pessoal. Como você acha que ela tá lidando com tudo isso?"

"Muito melhor do que na primeira vez que nos vimos", observou Daniel. "A pele dela perdeu um pouco daquele tom amarelado de doença, e ela não está a toda hora olhando para os lados, sabe, como se alguma coisa estivesse seguindo ela."

"Percebi isso", concordou Xav. "Na casa da Tali. Ela se assustava o tempo todo."

Xav não estava muito diferente, Felix pensou, o homem dava um pulo a cada mensagem recebida ou barulho do lado de fora.

"O que ela mais queria era conversar sobre a nossa turma." Daniel olhou na direção de Felix. "Como a sua empresa deu certo e esse tipo de coisa."

Todos estavam enfrentando as consequências do impacto de Megan ter retornado. Estranhas doenças de pele estava explodindo em Dan, Xav se tornara mais assustado que uma senhorinha de idade, Amber os estava levando à loucura com sua interminável demonstração de virtude, e o próprio Felix começara a concordar com aqueles que achavam que seu alcoolismo estava fora de controle. Ele afastou o copo de perto de si. O problema foi que sua mão foi atrás da bebida automaticamente. Na maioria das vezes, ele mal reparava estar sempre próximo do copo.

"E ela está impressionada com o sucesso da Amber." Dan tentou sorrir, porém o que saiu foi algo estranho e forçado. "Ela me pediu para levar fotos minhas de grandes ocasiões, sabem. Mostrei umas fotos do casamento da Amber — não do seu, Xav, não sou assim tão burro. Disse que não fui ao seu, então não precisa ficar bravo comigo."

"Ela queria ver o meu casamento?" Amber olhou com nervosismo para Xav.

"Queria, ela levou bem a sério como as coisas seriam se ela fosse sua madrinha de casamento ou a madrinha das meninas. Ela quis saber o aniversário delas. Não consegui me lembrar — desculpa, Amber, mas elas não são minhas afilhadas. Falei que ia descobrir e contava depois. Também quis saber os brinquedos, livros, filmes e um monte de coisa que as meninas gostam. Para presentes, foi o que ela disse."

"Parece um pouco obsessivo", comentou Felix.

"É exatamente isso." Dan pegou seu copo. "Ela também fez um monte de perguntas sobre a Tali, se a família dela ainda tem casa na Sicília, por que ela nunca teve filhos, se ela e o Mark eram felizes... mas toda vez que eu fazia perguntas a seu respeito, ela mudava de assunto assim que possível."

"Será que ela tá tentando fugir de alguma coisa?", perguntou Xav.

"Quem sabe? No fim das contas, fui direto e perguntei o que houve de errado nas provas finais daquele verão. Falei que suas notas foram um choque tão grande quanto o acidente, já que todos sabíamos como ela era inteligente. Sendo sincero, acho que exagerei um pouco."

Havia uma vermelhidão ao redor dos olhos de Daniel, e até Felix, conhecido no grupo pela sua falta de sensibilidade, podia perceber que o outro homem estava em crise. Amber colocou a mão por cima da de Daniel.

"O que ela disse?", indagou ela, usando uma voz muito comum para falar com crianças prestes a fazer birra. "Sobre as provas finais?"

Daniel suspirou.

"Disse que talvez não fosse tão inteligente quanto fingia ser. Bem, ela percebeu que eu não ia comprar essa ideia, então falou uma história sobre de repente ter desenvolvido testofobia."

"Isso existe?", retrucou Xav.

"Tanto existe quanto é muito comum." Daniel parecia mais aliviado que Felix ao falar sobre algo que não fosse Megan. "Há alunos muito inteligentes que não conseguem se dar bem em provas. Temos dois assim na escola agora e estamos trabalhando com psicólogos para entender melhor o caso. Só que é incomum aparecer do nada, como Megan diz que aconteceu com ela."

"Conta exatamente como ela explicou", pediu Amber.

"Ela disse que, poucas horas antes de cada teste, a sensação de um ataque de pânico começava a surgir. Os batimentos cardíacos aumentavam, o estômago começava a se revirar, a respiração ficava ofegante e fora de controle. Para ser justo, são sintomas clássicos de uma crise de pânico."

"Como a gente não viu nada disso?", perguntou Felix. "Megan estava na mesma sala que eu nas provas. Xav, você e ela fizeram as mesmas matérias. Você percebeu alguma coisa?"

Xav balançou a cabeça. "Nada além do normal. Quero dizer, todo mundo estava no limite, e a pressão era enorme."

"Isso mesmo", concordou Daniel. "Estávamos completamente focados em nós mesmos, nas coisas que precisávamos lembrar ou o que poderia cair na prova. Não estávamos prontos para perceber algum problema com outra pessoa."

"Onde infernos a Tali se meteu?", murmurou Felix.

"Quando ela entrava na sala para fazer a prova, as coisas pioravam", prosseguiu Dan. "Ela precisava ir ao banheiro de cinco em cinco minutos e achava que iria vomitar. As letras da prova ficavam embaçadas, como se estivesse ficando cega. Com toda minha sinceridade, se tudo isso for verdade, é de se admirar como ela se saiu bem."

"Mas o que trouxe essa fobia à tona?", indagou Felix. "Você não muda do aluno mais talentoso da escola para alguém incapaz de fazer uma prova do dia pra noite."

"Sim, obrigado, Felix, eu sei uma coisinha ou outra sobre psicologia de provas", retrucou Dan. "Se ela está falando a verdade sobre seus sintomas, alguma coisa aconteceu para causá-los. Mas, se ela lembra o que foi, não me contou."

"Ela mandou muito bem nos simulados", contrapôs Xav, da janela. "Me lembro da diretora dando um sermão sobre os perigos de acharmos que seria moleza e falou como um aluno consegue se sair bem em janeiro, mas se dar mal em junho. Ela fez a gente prometer que nos manteríamos focados nos estudos."

"Então, seja lá o que aconteceu, deve ter sido entre janeiro e junho", supôs Daniel. "Alguém se lembra de alguma coisa dessa época?"

"A Tali chegou", informou Xav.

Talitha herdara o hábito do pai de chamar a atenção ao entrar num lugar, como se fosse um advogado famoso de um programa de TV, batendo as portas ao entrar na sala de audiência. Eles ouviram o barulho do salto no lado de fora para depois ela abrir as portas repentinamente, como se esperasse pegá-los no meio de um crime.

Felix ficou de pé. Ele não conseguiria suportar outra orgia de abraços falsos e cumprimentos com beijos. "Tô indo pro bar. Vou deixar o Dan te atualizar das últimas notícias. Mais uma garrafa, pessoal?"

Ninguém aceitou, o que significava que ele também não deveria beber mais. Felix sentiu uma pontada de inveja de Dan e Xav por estarem satisfeitos com apenas um terço da garrafa de vinho. Amber, é claro, ficava bêbada com um bombom de licor.

"Uma dose de uísque, por favor", pediu ele ao barman.

O uísque e um pouco de água apareceram à sua frente. "E uma taça de vinho branco", continuou. "Pode ser Chablis, se tiver."

Adicionou um pouco da água ao copo com uísque antes de beber metade de seu conteúdo. Vinho e cerveja não o afetavam mais; para ele, era como comer o bombom de licor de Amber. O uísque, entretanto, podia fazê-lo aguentar uma meia hora.

"Então, o que você tem para nos contar?", perguntou ele, retornando ao espaço privado deles.

"Quase nada", respondeu Talitha, antes de levantar as mãos para calar os comentários impacientes. "Segura a onda, vou chegar lá."

Ela bebeu um gole generoso de Chablis, sem agradecer a Felix por buscá-lo, e retirou um documento de sua bolsa. Era um relatório, provavelmente o último de seu detetive particular. Entre alguns goles, começou a ler.

"Ela vai para o trabalho, onde permanece o dia inteiro, com exceção do dia em que me encontrou no Five Arrows. Chega em casa por volta das seis e fica lá na maioria dos dias. Quando chega a sair, é para rondar ambientes abertos como as proximidades do rio, de parques, esse tipo de lugar."

Talitha olhou para os outros para conferir se todos prestavam atenção.

"Ela come comida para viagem e comprou um carro usado poucos dias atrás de um lugar em Abingdon Road. Ela pagou cerca de quatrocentas libras pelo carro. Herança da sua mãe, antes que me perguntem."

"Não perguntamos", murmurou Felix.

"Há dois dias, ela marcou um horário no cabeleireiro e foi em direção a Westgate, onde comprou roupas na John Lewis & Hobbs. Ela também foi três vezes a uma imobiliária em busca de um apê."

Talitha colocou o relatório em cima da mesa.

"É provável que seu interesse por um novo apartamento seja porque a mídia descobriu onde ela mora", prosseguiu Talitha. "Algumas pessoas estiveram do lado de fora da sua casa por três noites, parando todo mundo que chegava ou saía, picharam a porta da frente na noite de anteontem."

"Acho que o pessoal do trabalho também descobriu quem ela é", comentou Felix. "Ninguém me disse nada por enquanto, mas com certeza o clima está diferente."

"Mas isso não faz a menor diferença, correto?", retrucou Amber. "Você não vai mandá-la embora?"

Felix chegou perto de rir. "Se consigo conviver com a minha esposa me tratando como se eu tivesse matado o cachorro dela, consigo lidar com alguns técnicos de laboratório insatisfeitos."

"Ainda não terminei", interrompeu Talitha. "Na noite passada, ela saiu pouco depois das nove horas. É provável que estivesse esperando o ambiente se acalmar e ficar mais escuro. Ela entrou em seu carro e dirigiu em direção à rotatória."

"Seu detetive seguiu ela?", perguntou Felix.

Os olhos escuros de Talitha brilharam. "É claro que ele seguiu ela, não tô pagando para Megan dirigir por aí sozinha. Ela entrou na A40 em London Road. Ele achou que ela seguiria reto para a rodovia, mas ela fez a curva em direção a Thame e permaneceu na A40 de volta a Milton Common."

Felix sentiu uma leve mudança no humor ao redor da mesa.

"Sua casa antiga?", perguntou Amber.

Os cachos negros de Talitha balançaram enquanto ela virava a cabeça para os lados.

"Não, ela foi pra cá." Talitha tirou uma fotografia do envelope, e os outros se inclinaram para ver a fotografia noturna de um largo edifício branco com o telhado vermelho. Com dois andares e próximo à estrada principal, havia um caminho estreito e pavimentado na entrada. "Um lugarzinho perto da saída sete da M40."

"Echo Yard?" Daniel leu a placa fixada no alto da parede à direita da porta.

"É um armazém de bens arquitetônicos recuperados", respondeu Talitha. "Eles recuperam materiais de prédios antigos — pedra, madeira, mármore, tijolos etc. — e fazem a revenda, em geral, com uma enorme margem de lucro. Tem um pátio enorme aos fundos, repleto de todo tipo de coisa estranha e impressionante."

"Minha mãe ama esse armazém. A maioria das portas e batentes de casa veio de lá", falou Amber.

"Algum de vocês já ouviu sobre a Megan ter alguma conexão com esse lugar?", indagou Talitha.

Os outros balançaram a cabeça.

"Então, vocês vão ficar tão surpresos quanto eu quando souberem que Megan entrou pelo portão digitando um código de segurança", afirmou Talitha. "Algo que se mostrou um problema para nosso intrépido detetive, porque ele não sabia o código e não pôde segui-la. Mesmo assim, ele continuou a rondar o lugar e teve a impressão de ver um trailer nos fundos. Ele contornou a cerca e encontrou um tronco de árvore que lhe permitiu escalar a cerca e se aproximar desse trailer, que era um dos grandes."

Talitha interrompeu a fala para mostrar mais fotos: o armazém à noite era um tipo estranho de mistura entre um ferro-velho e um cemitério gótico. O trailer tinha fumaça saindo do exaustor e diversas luzes por trás das janelas com cortinas.

"Será que é de uma colega da prisão?", sugeriu Felix.

"Guarda essa ideia só por um minutinho", respondeu Talitha. "Enquanto isso, vocês talvez queiram dar uma olhada novamente nas fotos do filme que Felix roubou."

"A estátua de anjo", retrucou Felix. "A Megan tirou a foto nesse lugar?"

Talitha tirou outra fotografia e apontou para algo no fundo. Felix não precisou olhar por muito tempo. Era a mesma estátua.

"Foi a última foto tirada pelo detetive", explicou Talitha, "porque depois apareceu um cão gigantesco que começou a latir de dentro do trailer, e o detetive precisou sair correndo."

"Então, o que isso quer dizer?", perguntou Felix. "A gente nunca foi para Echo Yard, correto? Quero dizer, não juntos. Não era um dos nossos lugares."

"Quer dizer que as fotos que você roubou podem ser totalmente inocentes", argumentou Amber. "Nada a ver com a gente."

"O detetive foi atrás de algumas informações no dia seguinte", explicou Talitha. "Parece que o trailer é a residência oficial do pedreiro residente de Echo Yard. Ele é um dos proprietários do local e o cara que vai atrás de edifícios prestes a serem demolidos e vê o que dá para aproveitar. Ele vive no lugar, uma espécie de cão de guarda humano, apesar de já haver um canino também, e seu nome é Gary Macdonald."

Ela aguardou para que a notícia surtisse efeito.

"É o pai da Megan", complementou ela, caso não tivessem entendido. "E já passou algum tempo atrás das grades."

30

"Gary Macdonald é um dos proprietários de Echo Yard há quase vinte anos", contou Talitha após um momento silencioso de espanto. "Ele já era dono desde que estávamos no último ano do ensino médio."

"Não consigo acreditar que a Megan nunca disse nada", espantou-se Xav.

"Ela nem sequer mencionou o próprio pai", complementou Amber. "Quando perguntei, ela disse que perderam o contato há anos."

"Acredito que seja porque ele passou a maior parte da vida adulta entrando e saindo da cadeia", prosseguiu Talitha. "Não é exatamente o tipo de pai que nos enche de orgulho."

"Seria por isso que as notas dela saíram meia-boca?", perguntou Amber.

"É possível, mas o que mais me chama a atenção é que o Echo Yard fica muito perto da casa dos meus pais em Little Milton", observou Talitha. "Menos de dez minutos de carro. Vocês lembram que nos perguntamos o que ela poderia ter feito com o filme e a confissão depois de sair e antes de chegar em casa?" Ela olhou para baixo, em direção às fotografias. "Acho que encontramos a resposta."

Felix percebia a própria empolgação refletida nos rostos ao seu redor. Daniel se reclinou para trás e soltou uma bufada bem alta.

"Você acha que tá lá?", perguntou Xav.

"Sabemos que não está no quartinho que ela aluga, nem leva na bolsa quando sai por aí."

"Mas as coisas de lá estão à venda", contestou Daniel. "Ela não arriscaria colocar num lugar que poderia ser enviado na manhã seguinte para um jardim do outro lado do país."

"Isso só facilita nossa vida", declarou Felix. "É só ignorar qualquer coisa que tenha um preço junto."

"Deve ter algumas coisas que eles guardam por valor sentimental", deduziu Talitha. "Ou que não querem vender. Quem sabe a estátua do anjo. Vale a pena conferir."

"Seu amigo detetive poderia fazer isso pra gente?", perguntou Daniel.

O rosto de Talitha se contraiu.

"Não podemos arriscar que ele tenha em mãos qualquer coisa que possa nos incriminar", sentenciou ela. "E, francamente, não consigo mais justificar os gastos. Se quisermos vasculhar o lugar, precisamos fazer por conta própria."

"De noite?"

Ela se encolheu. "Por Deus, não. O pai da Megan tem um pastor-alemão assustador pra cacete. Eu não chego perto daquilo. Vou durante o dia dar uma olhada, mas alguém deveria me dar uma mãozinha nessa, o lugar é enorme para vasculhar sozinha."

"Não dá pra ir todo mundo", afirmou Felix. "Vai parecer suspeito demais se ela aparecer."

"Eu vou", ofereceu-se Xav. "Pode até ser proveitoso, a Ella está com uns planos de reformar nossa casa."

"Não dá pra só acreditar que temos uma chance de encontrar. Precisamos de um plano B", interveio Felix.

Talitha lhe deu um sorriso frio e maldoso.

"Então, por que não compartilha conosco o seu plano?"

Felix olhou ao redor para o grupo. Ele sabia que Amber seria contra; já os outros, nem tanto. De qualquer forma, Talitha estaria dentro.

"A Tali me explicou que, mesmo que Megan esteja em liberdade, a pena de prisão perpétua nunca terá um fim oficial", explicou ele. "Então, se ela cometer outro crime, um que seja bem grave, é provável que volte por um bom tempo, e nossos problemas vão com ela."

Silêncio. Nem mesmo Amber se opôs tão rápido quanto era de se esperar.

"Qual é a sua ideia?", perguntou Xav.

"Foi Sarah quem me deu a ideia", respondeu Felix e se perguntou se não estaria de certa forma transferindo a culpa para a esposa. "Ela estava reclamando sobre como a Megan poderia fazer a limpa na empresa. Bastariam algumas transferências para uma conta internacional, e, simples assim, a empresa iria à falência."

"A Megan não é uma golpista", argumentou Amber.

"Não estou sugerindo esperarmos que ela própria faça", retrucou Felix.

Não levou muito tempo para os outros compreenderem.

"É possível fazer algo assim?", indagou Daniel.

"É claro que é", afirmou Felix. "Consigo acessar todos os computadores da empresa. Sei de todas as senhas possíveis. Definir a conta de recebimento seria a parte mais difícil. Ainda bem que, para nossa sorte, conhecemos alguém que manja de investimentos e TI."

Todos olharam para Xav.

"Dá pra fazer isso?", perguntou-lhe Talitha.

"Fácil falar", respondeu Xav. "Daria para fazer remotamente, apesar de ser mais fácil fazer direto no computador dela na fábrica. A gente precisaria bolar uma estratégia para parecer que foi ela mesma que fez, sem álibi para se justificar."

"Não vamos fazer isso", opôs-se Amber.

"Vamos torcer para não precisarmos", rebateu Talitha. "Tive uma ideia similar, ainda que fosse mais difícil para eu organizar algo assim. Precisaria do detetive particular novamente e não sairia barato."

"O que seria?", questionou Daniel.

Talitha se encolheu. "Colocar pornografia infantil no computador dela, roubar o carro dela de noite e dirigir perigosamente em algum lugar. Ela precisaria provar que não estava dirigindo, e, dado o fato de que Megan mora sozinha, seria bem difícil."

"Não consigo acreditar que estou ouvindo isso", indignou-se Amber.

Tali se virou para a outra mulher. "Então, qual é a sua ideia brilhante? Desembucha, Am, mal posso ouvir sua ideia, já que você adora contrariar nossos planos sem dar nenhuma sugestão."

Amber não iria recuar.

"A gente podia cuidar dela. Entregar todo o dinheiro e permitir que ela volte para nossas vidas". Ela olhou ao redor para o grupo. "Não seria tão ruim assim. Ela é boa no que faz. Você mesmo admitiu isso, Felix. Tali, você poderia ser a advogada dela com facilidade, convenhamos que não é nenhum caso de outro mundo. Não me importo se ela quiser ser um tipo de tia de consideração das meninas."

Silêncio.

"A gente consegue", implorou agora Amber. "Não precisamos jogá-la aos tubarões. De novo."

"O que o Dex vai achar de uma assassina de crianças condenada se envolvendo na vida das próprias filhas?", argumentou Talitha. "E seus eleitores? Os jornais? Posso estar enganada, mas acho que ofuscaria qualquer outro tipo de escândalo político recente."

"Calma, pega leve." Xav colocou a mão por cima do braço de Talitha. Felix esperava que ela o empurrasse, porém, para a sua surpresa, Talitha respirou fundo e pegou novamente seu copo.

"Desculpa, Am", murmurou ela.

"Tem outro jeito", afirmou Xav. "Se a gente usar um pouco de criatividade."

"Qual?", quis saber Amber.

"Se a gente realmente acha que a Megan vai jogar a merda no ventilador, vamos fazer igual à última vez", começou Xav.

"Não tô captando", comentou Daniel.

"Vinte anos atrás, um de nós levou a culpa pelo grupo inteiro", continuou Xav. "Daquela vez, foi a Megan. Então, se precisarmos encarar o problema novamente, alguém toma a dianteira."

Felix enxergou a própria confusão estampada no rosto dos outros.

"Pra começo de conversa, como isso poderia dar certo?", perguntou Talitha. "Se a Megan entregar uma pessoa, ela entrega todo mundo junto."

"Não se permanecermos unidos, se for a nossa palavra contra a dela", observou Xav. "Um de nós confessa estar no carro com Megan naquela noite, mesmo que apenas ela tenha levado a culpa. O restante confirma a história. É quase certo que essa pessoa vai para a cadeia, possivelmente por mais tempo do que Megan foi, mas o que eu quero dizer é que apenas um de nós vai, não todos nós."

"E como fazemos para decidir quem vai?" O rosto de Daniel havia perdido toda a cor.

"Xav, você tá falando besteira", retrucou Talitha. "Megan tem uma confissão assinada."

"Ela tem uma confissão *falsa*", contra-atacou Xav, com um sorriso. "Essa foi a sua recompensa por assumir a culpa e deixar o Daniel, por exemplo, se safar. Assinamos a confissão pelo bem do Dan, mas não era verdade. O resto de nós nunca deixou a casa da Tali."

"Acho que não vai funcionar", comentou Amber.

"Vai ser a palavra de Megan contra a nossa", insistiu Xav. "Vale a pena tentar, não acham?"

"Como vamos decidir quem leva a culpa agora?", perguntou Daniel novamente.

"Algum voluntário?" Xav sorriu para o grupo, e Felix percebeu que uma das mãos do amigo estava dentro do bolso.

"Xav, não podemos fazer isso", protestou Amber. "Eu tenho duas filhas."

"Ah, acho que todos temos alguns bons motivos para continuar em liberdade", declarou Xav, em tom irônico. "Mas existe a possibilidade de as coisas tomarem um rumo diferente. Podemos também deixar que a Megan decida quem vai."

"Você não é nada besta. Tá claro que a escolha dela ficaria entre mim, a Tali e o Dan. A menos que o tesão que ela sentia pelo seu corpinho tenha ido embora", disparou Amber, irritada. "Sem o Felix, ela fica sem emprego."

Xav tirou a mão de seu bolso. Em seu punho fechado havia cinco canudos plásticos coloridos.

"Escolhe um", disse ele.

Ninguém se moveu.

"Um é cinco centímetros menor que os outros", explicou Xav.

"E você acha que a gente vai cair nesse golpe?", rebateu Daniel. "Você sabe qual é o canudo."

"Então, eu pego o último. Assim fica justo."

Talitha arrastou sua cadeira poucos centímetros de distância da mesa.

"Prefiro o meu plano", afirmou ela. "Encontramos a confissão com as assinaturas e a foto, e ninguém precisa confessar nada."

"Acredite, eu também prefiro o seu plano", retrucou Xav. "Não me leve a mal. Esse é só o meu plano B."

"É um plano de merda", acusou Amber.

Xav se virou para ela. "Então, você está reconsiderando a ideia de transferir o dinheiro da empresa do Felix para uma conta bancária nas Ilhas do Canal?", perguntou ele. "E, se isso não der certo, a ideia da Tali de roubar o carro dela à noite?"

Amber mergulhou a testa nas próprias mãos.

"Responde, sim ou não?", insistiu Xav.

De cabeça baixa, Amber deu um leve aceno de concordância com Xav. Ele aproveitou a oportunidade e levou o punho cerrado na direção da parlamentar.

"Escolhe um", orientou ele.

Ela levantou a cabeça e o olhou com lágrimas nos olhos.

"Tudo bem. Você venceu. Deixa isso pra lá."

"Você ainda precisa escolher um, todos precisamos. É o nosso plano C."

Sem mover a mão, ele olhou para os outros.

"Na pior das hipóteses, vai deixar nossa mente ocupada com alguma coisa."

Com murmúrios inaudíveis, Amber tirou o canudo laranja do meio dos outros. "É esse? Esse é o mais curto?"

Felix se inclinou sobre a mesa e puxou o canudo vermelho dos remanescentes. De forma sincronizada, ele e Amber seguraram seus canudos um ao lado do outro para comparar os tamanhos. Ambos eram iguais. Felix se sentiu envergonhado de como ficou aliviado com todo aquele absurdo acontecendo.

Em seguida, a mão de Talitha se aproximou, igual a uma cobra atrás de um rato, e o canudo azul se separou dos outros. Mesma altura dos anteriores.

Apenas dois canudos permaneciam agora no punho fechado de Xav: um verde e outro rosa.

"Tá com sorte hoje?" Xav sorriu para Daniel.

Como se estivesse prestes a colocar a mão na fogueira, Daniel segurou o canudo verde e o puxou. Mesma altura dos outros.

Xav abriu a mão e deixou o canudo rosa cair na mesa. Mesma altura de todos.

"Era brincadeira", disparou ele.

Amber conteve o choro, Daniel passou as mãos pelo rosto, e Talitha ficou pálida.

"Puta que pariu, Xav", irritou-se Felix. "O que você queria provar com isso, caralho?"

Xav ficou de pé.

"Agora, já sabemos das regras", retrucou ele. "Na próxima, a gente faz de verdade."

31

Xav e Talitha foram para Echo Yard no final da tarde de segunda-feira. No momento em que ele estacionou ao lado do Range Rover branco da amiga, uma tempestade de primavera começou a cair. Ela esperou até Xav chegar perto de seu carro antes de abaixar o vidro do motorista.

"Acha que a chuva vai dar uma trégua?"

"Tenho um guarda-chuva reserva." Ele abriu o porta-malas, tirou o guarda-chuva que pertencia a Ella e o abriu. "Vamos lá, o lugar fecha às seis."

Após a entrada, o armazém não tinha muito o aspecto de um local que recuperava bens de arquitetura. A maior parte dos itens resgatados era para ambientes abertos, então alguns esforços foram feitos para mascarar o tipo de ambiente no qual seriam adequados. Tufos desarranjados de grama artificial abrigavam bebedouros de pássaros cobertos de musgo. O marco central do armazém era um lago cercado por juncos e calêndulas amarelas com uma fonte no meio. Bancos de jardim estavam espalhados por toda parte, a maioria servia de apoio para vasos abandonados com plantas. Gazebos de ferro forjado em pilares de terra, colunas avulsas e enormes estátuas concebiam a linha do horizonte ao redor, e grades de ferro enferrujadas delineavam caminhos e cercavam as peças. Portões, todos à venda, bloqueavam o caminho em espaços irregulares. Dezenas de vasos de terracota, em todas as formas e tamanhos imagináveis, estavam em carrinhos de compras. Num canto específico, luminárias Tiffany pendiam de postes de iluminação. Uma avelãzeira, com galhos tão retorcidos que parecia ter saído de um conto de fadas sombrio, estava enfeitada com lanternas.

A chuva e a hora de fechar afastaram todos os outros clientes, e Xav e Talitha estavam sozinhos no local enquanto seguiam pelo caminho de cascalho. Mesmo na penumbra, os olhos de Xav foram atraídos por um enorme globo dourado no fundo do armazém. Com pouco menos de três metros de diâmetro, a peça estava em cima de um imenso cubo de pedra. Por detrás dele, erguia-se uma maciça estrutura de concreto que não fazia parte do armazém, mas harmonizava com ele de uma forma estranha. Era uma torre de água de meados do século xx.

"Minha nossa", exclamou Talitha, debaixo do guarda-chuva. "Por onde começamos?"

"Vamos dar uma volta pelo lugar", sugeriu Xav. "A gente se encontra na outra ponta. Ignore qualquer coisa à venda. E tente pensar como uma adolescente, é possível que a Megan venha aqui desde a infância."

Sem esperar por uma resposta, ele partiu, seguindo uma fila de lareiras. Passou por uma série de urnas repletas de fungos e atravessou uma variedade de estátuas de animais. Parecia um zoológico petrificado, com leões em pedestais, grifos agachados e cães deitados. Os olhos sem vida pareciam observá-lo. Foi com alívio que deixou os animais para trás e chegou a um espaço de tijolos sujos que ficava anexado ao armazém.

O telhado estava escondido sob os galhos mais baixos de um freixo e camadas de hera rastejante. A parte da parede que conseguia ver estava coberta em toda sua extensão por gárgulas. Algumas tinham dentes, ou até presas tão alongadas como os de uma morsa. Muitas estendiam línguas grossas e esponjosas, e todas gritavam em sua direção. Algumas cobriam os olhos; outras, os ouvidos, e ainda havia aquelas que seguravam armas parecidas com garras em punhos cerrados. Muitas, encharcadas de chuva, pareciam estar chorando. A temática soturna se estendia em tamanho decrescente até o final, onde pequenos diabinhos encaravam

Xav do chão com malícia. Ele se lembrou de que as gárgulas eram ocas, basicamente tubos de drenagem elaborados, e todas tinham uma cavidade vazia por dentro.

"Posso ajudar, amigo?"

Viu um homem se aproximando. Devia ter uns 65 anos. Vestia um casaco esverdeado e boina com os cachos grisalhos saindo pelas laterais. Ele parecia um fazendeiro.

"Desculpa", respondeu Xav ao senhor, que deveria ser o pai de Megan, pois tinham os mesmos olhos escuros, com o sorriso que guardava para os clientes com dez milhões para investir. "Gosto bastante de gárgulas, mas minha mulher me mata se eu chegasse em casa com uma. Estou em busca de madeira."

"Pelo lado de lá." Gary Macdonald apontou para o lado oposto do armazém, depois do globo dourado, passando uma estátua de ferro forjado com esqueletos dançantes, onde portas de madeira estavam empilhadas como um baralho de cartas sob uma capa improvisada. "O que exatamente você tá procurando?"

Macdonald fez um gesto para cruzarem o local, e Xav o seguiu. Enquanto andavam por detrás do enorme globo dourado, ele viu uma banheira vitoriana com tampa retrátil que cairia bem no banheiro de sua casa. Talvez ele levasse Ella até lá se as coisas algum dia voltassem ao normal. Por outro lado, melhor não... existem outros armazéns de bens recuperados.

"Compramos uma casa no centro de Oxford", explicou ele ao mesmo tempo que davam a volta no lago. "A maior parte interna da casa é feita com madeira da década de 70, e minha esposa quer trocar por algo um pouco mais moderno."

"Bem, se você quiser me dar mais detalhes..."

● ● ●

Talitha o encontrou trinta minutos depois, dez minutos antes de o lugar fechar. Ela balançou a cabeça diante das sobrancelhas arqueadas de Xav.

"Acho que estamos perdendo tempo." Xav manteve a voz baixa. O pai de Megan desaparecera, e não havia muita certeza do local para onde foi.

"Você não acha que tá aqui?"

"Ah, eu acho que tá aqui, sim. Só não tá dando sopa."

Xav teve tempo de sobra para pensar enquanto o sr. Macdonald falava sem parar sobre carvalho recuperado, nogueira-pecã e pinho polonês.

"Ela não arriscaria esconder em algo que pudesse ser vendido ou trocado de lugar", deduziu Xav. "Mesmo coisas como essa monstruosidade", ele apontou para o globo dourado, "poderiam chamar a atenção de pessoas excêntricas. Ela deixaria num local permanente que não estivesse à venda em hipótese alguma."

"Onde então?"

Xav apontou com a cabeça para a estrutura localizada no exterior do armazém, uma que se destacava sobre tudo que havia ali.

"A torre de água?"

"Quem entraria lá?", perguntou Xav. "No máximo, a companhia de água a cada visita do cometa Halley. Não me surpreenderia se a torre estivesse desativada."

"Você acha que a Megan escalou aquele negócio?" Talitha se encolheu, e Xav lembrou que o medo de altura era uma das poucas fraquezas que sua antiga amiga já havia admitido.

"Ela estava em boa forma aos 18. Corria *cross-country* e fazia parte da equipe de escalada."

Talitha deu um leve aceno vagaroso com a cabeça que indicava concordância.

"A gente consegue subir lá?", perguntou ela.

Xav estava se fazendo a mesma pergunta.

"Acho que vamos precisar, mas é melhor voltarmos depois que escurecer."

• • •

Quando Xav chegou em casa, a esposa veio encontrá-lo no corredor. Ela usava o vestido de casamento.

"Perdi alguma coisa?", surpreendeu-se ele.

Ella tinha um senso de humor meio pateta e estranho, mas aquilo era outro nível de estranheza. Ela marchou em direção a ele com os saltos ecoando no chão. Usava maquiagem completa e faltava apenas o buquê de flores. Ao alcançá-lo, deu uma voltinha.

"Abre o meu vestido", pediu ela.

Xav fez o que ela pediu se perguntando como explicaria para a esposa, dez anos mais nova e casados há menos de dois, que não estava com ânimo para sexo agora. A pele da mulher, dourada como girassóis recém-florescidos, parecia brilhar em contraste com a seda branca.

"Tá mais fácil ou mais difícil?", perguntou ela quando o zíper estava totalmente aberto.

"Oi?"

"Tá mais fácil ou mais difícil do que na nossa noite de núpcias? Esse vestido é minha prova de fogo. Se ficou mais fácil abrir o zíper, eu perdi peso; se ficou mais difícil, ganhei. O Tondy disse que estou cheinha."

Tondy era o agente de sua mulher. Enquanto Ella se virava para ficar de frente para Xav, ele disse: "Não dava pra usar a balança no banheiro?".

"Quilos são enganosos, são os centímetros que contam." Ela ficou na ponta dos pés para beijá-lo, segurando a gravata e puxando-o para mais perto. "Então, mais fácil ou mais difícil?"

Ele não fazia a menor ideia.

"Mesma coisa."

Ela fingiu um olhar de reprovação de quem não acreditava no que ouviu. De repente, seu rosto ficou sério de novo.

"Você vai rir de mim", falou ela.

"Ótimo. Rir um pouco me faria bem."

"Acho que tem um paparazzo atrás de mim."

"Saia de casa com seu vestido de casamento e vai atrair um punhado."

"Mais cedo, enquanto eu ainda vestia uma calça legging e camiseta velha, alguém estava do lado de fora, tirando fotos pela janela."

Xav e Ella não tinham jardim na entrada. Qualquer um que passasse poderia espiar pela janela, até mesmo observá-los por um longo tempo. Em geral, ninguém o fazia; as pessoas em Oxford eram, em grande parte, civilizadas.

"Você viu quem foi?", perguntou ele, enquanto Ella se virava e voltava para a cozinha. Ela estava relutante em tirar as roupas do casamento agora. A mulher amava se vestir de forma chique. Ele a seguiu devagar, conferindo a janela que dava vista para a rua. Nunca se preocuparam em comprar cortinas. *"Tá me confundindo com o quê, uma senhorinha de idade?"* a esposa usou como argumento quando ele sugeriu.

Mais cedo, alguém havia fotografado o interior de sua casa. Ou sua esposa. Ella poderia estar certa, podia ser apenas um paparazzo, mas também podia ser Megan.

"Fiz o jantar", avisou. Ella era uma péssima cozinheira. "Segunda vez na semana. Tá orgulhoso de mim?"

"Sou muito sortudo", retrucou ele, enquanto se juntava a ela.

32

O parlamento de Westminster podia estar de recesso pelo feriado, porém Amber tinha algumas reuniões no centro na segunda-feira e não chegou em casa antes das nove da noite. Entrando pela porta dos fundos, ela procurou não fazer barulho. As meninas estavam sempre alerta para quando a mamãe entrasse de fininho. Se tivessem chance, as duas pulariam da cama para dizer oi, independentemente do horário.

O vapor na cozinha estava carregado com o cheiro de cominho, limão e coentro. Na bancada, havia uma tigela de cuscuz embebida em água de açafrão. Graças a Deus ela se casara com um homem que gostava de cozinhar. Dex apareceu no corredor descalço, com tinta nas mãos e restos do jantar das meninas em sua camiseta.

"Oi!", cumprimentaram-se ambos. Ela deixou a cabeça pousar no ombro do marido; ele a ajudou a tirar o casaco.

"Como foram as coisas por aqui?", perguntou, enquanto pegava uma garrafa de vinho da geladeira. Eles tinham uma regra sobre beber durante a semana, mas talvez o feriado não contasse como um dia válido.

"As meninas estão bem", respondeu ele. Embora ela nunca perguntasse primeiro pelas filhas, era o que mais queria saber. "Natação, almoço na casa da Chloe e da Amélia e, à tarde, foram àquele lugar horrível em Thame. A Ruby brigou com a melhor amiga, mas fizeram as pazes uma hora depois; e Pearl, segundo a irmã, arrumou um namorado, mas eles ainda não se beijaram."

"Aquele lugar horrível em Thame" era o Wizz Kidz, um playground infantil coberto. As meninas amavam o local, já o pai delas tinha uma opinião diferente.

Ele segurou o copo. "E tenho novidades não tão interessantes, conseguimos o trabalho em Canary Wharf, vou ser o arquiteto responsável."

Amber beijou o marido e se sentiu menos culpada pelo vinho, pois agora poderiam chamar de uma comemoração. Ela subiu num banquinho, enquanto Dex tirava uma travessa do fogão.

"A Emily contou uma coisa." Dex serviu o frango temperado com damascos e fatias de abacaxi. "Ela não estava preocupada, mas queria que a gente soubesse e ficasse de boa com isso."

Emily era a babá das crianças. Amber fez uma cara de "conte mais".

"Ela foi abordada por alguém no Wizz Kidz, enquanto as meninas estavam no escorregador gigante."

"O que você quer dizer com 'abordada'?"

Dex falou com a boca cheia, poucas coisas ficavam no caminho entre ele e suas refeições. "Todas as crianças estavam brincando, e as babás e mães estavam na cafeteria, vigiando de longe os pequenos... você sabe como aquele lugar funciona." Ele parou e mastigou por um momento. "Enfim, uma mulher se sentou à mesa que Emily estava."

Algo estava incomodando Dex. Ele fingia estar bem, porém as linhas de sua face estavam mais finas, como se a pele estivesse esticada.

"Uma mulher?", perguntou ela.

"Megan."

Amber colocou o garfo de lado. "A Megan estava no Wizz Kidz?"

"Isso mesmo. Ela disse que estava com outra família, embora Emily não tivesse visto ninguém. Ela disse que reconheceu a Pearl e a Ruby e queria dar um oi. As duas ficaram sentadas por um tempo, e a Emily disse que a Megan fez todo tipo de pergunta sobre as meninas: onde estudam, quais atividades praticam, esse tipo de coisa."

"E por que diabos a Emily não ligou pra gente? Por que você não me ligou quando descobriu?"

Dex segurou a mão no alto, e Amber jurou que espetaria o garfo no olho do marido se ele viesse com um "Calma, amorzinho".

"A Emily disse que estava com a atenção dividida, mas até ficou mais atenta com as meninas depois disso. Desnecessário dizer que ela não comentou nada sobre a rotina ou a vida delas. Acredito nela, Am. A Emily sabe que precisa ser extremamente cuidadosa com nossas filhas."

Amber ficou de pé.

"Eu quero vê-las."

"O que foi, amorzinho? Sei que a Megan não é uma cidadã modelo, mas ela podia estar falando a verdade. Não duvido que estivesse lá com outra família."

Ele não acreditou nisso, ela conseguia perceber em seus olhos. Dex tentava fingir que tudo estava bem, pois esse era seu jeito, mas sua expressão contava uma história diferente.

No andar de cima, as meninas, que ainda dividiam o mesmo quarto, haviam dormido rápido, as atividades próprias do meio do semestre as deixavam exaustas. Pearl, que via duendes no jardim e monstros dentro de cada armário, estava escondida sob o edredom, apenas algumas mechas do cabelo escuro revelavam seu esconderijo. Já Ruby, com seu metabolismo acelerado que produzia calor como uma minifornalha, empurrara o edredom até os pés e estava encolhida no colchão, segurando um bichinho de pelúcia com as mãos gordinhas. Amber se inclinou para beijar a testa da filha e sentir seu cheiro por alguns segundos, mas sentiu o coração parar de bater.

Ruby estava agarrada a um brinquedo que Amber nunca vira: um elefante, com pelos cinza-prateados, mais macios que veludo. Os anos comprando presentes de bebê para amigos serviram para que soubesse se tratar de uma linha ridiculamente cara.

"Oi, mamãe!" Os enormes olhos de Ruby ficaram negros na luz fraca.

"Oi, meu amor!" Amber beijou a filha novamente. "Quem é seu novo amigo?"

"O nome dele é Élif."

Élif, o Elefante — fazia sentido. Ruby não tinha imaginação, sua mãe deu tudo só para Pearl.

"Onde você conseguiu ele?"

Os olhos de Ruby estavam se fechando novamente.

"Titia Megan." Ela murmurou algo a mais, porém saiu tão baixo que Amber mal conseguiu entender. Ficando de pé, ela foi rapidamente até a cama de Pearl e ergueu o edredom para revelar a cara de sono de sua filha mais velha.

Pearl também tinha um presente da "titia Megan". Outro brinquedo da marca Jellycat. Enrolado no topo da cabeça, parecendo uma coroa rosa suave, havia um polvo que, com seus vários tentáculos entrelaçados nos cabelos da menina, dava a impressão de que nunca a deixaria partir.

Amber deixou o quarto com as palavras finais de Ruby ecoando na mente.

Titia Megan disse que ela é um élifante. Puquê élifantes nunca se esquece.

33

Xav voltou ao armazém de bens recuperados depois da meia-noite com uma gratidão pelo mau tempo que tornava a noite ainda mais escura. Como suspeitava, a torre de água não ficava no próprio Echo Yard, mas em uma área separada no terreno adjacente, totalmente cercada por grades de aço altas. Xav estacionou seu carro junto à cerca. No escuro, dificilmente alguém veria o veículo. Depois, pegou no porta-malas seu gancho preso a uma vara de madeira que servia para abrir as escadas do sótão.

Ele tivera bastante tempo para planejar. Ella tinha saído depois do jantar para a inauguração oficial de uma das novas lojas no centro de Westgate e chegou tarde, cansada demais para conversar. Ele esperava que a chuva tivesse parado agora, ao menos havia diminuído, e a falta de luar seria definitivamente uma vantagem. Sentindo a umidade no rosto, Xav ficou surpreso por estar tão calmo, porém, ao se aproximar da grade de aço de quase três metros de altura e entrar na sombra da torre, sentiu uma pontada de nervosismo. Talvez não fosse uma boa ideia vir sozinho, entretanto Felix raramente estava sóbrio, Dan tinha medo da própria sombra, e ele não teve coragem de pedir ajuda a uma das meninas.

Xav estava vestido de preto, como um ladrão de joias de desenhos animados, e, embora tivesse uma lanterna de cabeça, não queria ligá-la ainda. Ele jogou o gancho para o outro lado da grade e usou uma placa da Thames Water, firmemente parafusada nos suportes de metal, para se apoiar e saltar por cima da cerca metálica.

De perto, a torre se erguia em direção aos céus. Construída em algum momento da década de 1950, ela era um grande tanque circular de água sustentado por seis colunas de concreto. Parecia alienígena, até predatório, igual às primeiras adaptações cinematográficas de *A Guerra dos Mundos*. Subir ali era a última coisa que gostaria de fazer.

Mesmo assim, sem muita opção, usou o gancho de sótão para baixar a escada e começar a subir. Antes de chegar a quatro metros de altura, o vento se intensificou, e a cinco metros um medo irracional tomou conta dele. Dizendo a si mesmo que a escada estava firme e que engenheiros que tratam água ainda deviam usá-la de vez em quando, Xav se forçou a continuar. A seis metros, a torre parecia estar se movendo, como se estivesse de complô com o vento para derrubá-lo.

Quando alcançou a primeira plataforma, parou para descansar. A partir desse ponto, a escalada se tornaria ainda mais difícil. Assim que recomeçou, deparou-se com uma escada que se inclinava para trás, acompanhando a curvatura ao redor do tanque cilíndrico gigante. Apenas uma espécie de corrimão estreito, que poderia ter enferrujado havia anos, serviria de apoio caso perdesse o equilíbrio. Por fim, ainda haveria um ponto onde precisaria subir quase que de cabeça para baixo, e Xav estava longe de estar com a mesma forma física de antigamente.

No momento em que seus pés deixaram a plataforma, o pânico tomou conta de si. Enquanto o corpo começava a tremer, ele fixou os olhos no concreto e repetiu para si que faltava pouco. Ele conseguiria suportar o próprio peso por um ou dois minutos. Gelado pela chuva que caíra o dia inteiro, o metal queimava as mãos, porém ele precisava ignorar a dor. Os pés estavam escorregando nos degraus que já não estavam paralelos ao chão. Pelo menos, a escada se mantinha firme.

Chegou à parte mais complicada de todas. Teria que transpor a borda inferior curvada, antes de recomeçar a subir na vertical. Se escorregasse agora, quebraria a coluna. Com um último impulso, Xav tornou a ficar de pé. Rangendo os dentes, subiu os últimos degraus.

Puxando-se para a plataforma superior, Xav desabou e, somente quando recuperou o fôlego, parou para analisar o que havia ao seu redor. Ele estava numa estreita saliência que circundava a torre. O tanque de água, um gigantesco reservatório cheio de um líquido escuro, estava diretamente abaixo dele.

Xav olhou para cima quando uma forte rajada de vento atingiu a torre. Acima do centro do tanque, havia uma estrutura menor e circular que parecia ser algum tipo de sala de controle. Ele lutou para se levantar e, segurando firme na grade, percorreu o perímetro. A paisagem rural ao redor da torre era nivelada e vazia; as aldeias mais próximas, todas muito pequenas, ficavam a pelo menos um quilômetro e meio de distância.

De volta à porta da sala de controle, ele tentou abrir a maçaneta. É óbvio que ela estaria trancada e não haveria janelas para enxergar o interior. Deu um passo para trás, chutou a porta, e ela se abriu revelando um espaço circular, como o aposento mais alto de um farol, só que sem janelas. Finalmente, longe de qualquer risco de ser visto por alguém, Xav ligou a lanterna de cabeça.

A sala era como um refúgio de algum adolescente. Um tapete quadrado e surrado cobria o chão de concreto, e um urso de pelúcia desproporcional o encarava da parede mais distante. Um pufe próximo aos seus pés cheirava mal. Um monte de revistas estava empapado; e as páginas, coladas umas nas outras. Xav desconfiou ter encontrado um dos livros didáticos de química do ensino médio. Pendurada num gancho da parede, havia uma lâmpada a bateria. Megan havia trazido sozinha todas essas coisas pra cá, escalando aquela escada traiçoeira.

Não sabia se estava mais triste ou mais irritado com a garota por nunca ter contado a ele ou aos outros sobre aquele lugar. A cada dia, somavam-se os fatos que não sabiam sobre ela.

Não havia sinal de que alguém estivesse ali há décadas, no entanto, o coração estava acelerado novamente, dessa vez de empolgação. Megan certamente não poderia ter dois esconderijos como esse. O filme e a confissão tinham que estar ali.

O feixe de luz da lanterna pousou sobre uma bolsa escondida atrás do pufe. Dentro dela, encontrou um álbum de colagens e o colocou de lado enquanto esvaziava a bolsa. Um lenço amassado caiu, havia manchas de sangue nele, como se alguém o tivesse usado para estancar um sangramento nasal.

Não havia mais nada na bolsa, nem mesmo no bolso com zíper, então ele se acomodou no pufe e abriu o álbum. Na primeira página, viu seu próprio rosto olhando de volta para ele.

Era tudo sobre ele. A porra do álbum todinho. Muitas vezes, as fotos eram de todo o grupo, porém era ele no centro de todas. Deitado ao longo de uma fileira de cadeiras na sala comum da escola; saindo do rio em Port Meadow com a água escorrendo de seu corpo; jogando lenha numa fogueira, enquanto faíscas voavam ao seu redor na noite. Ele encontrou seu antigo cartão da biblioteca escolar, ingressos de shows de bandas a que haviam assistido e o panfleto do Reading Festival.

Na última página, encontrou sua antiga gravata escolar presa ao papel. Só para ter certeza, levantou a ponta e viu sua etiqueta de identificação, *Xavier Attwood*, no lado oposto.

O lenço manchado de sangue também era dele, lembrou-se agora, ou melhor, era um lenço que Megan lhe deu quando Felix chutou uma bola diretamente em seu nariz. Ela o guardou. O tempo todo, Megan esteve apaixonada por ele, e ele nunca soube.

A consciência começou a incomodá-lo, como se fosse uma minhoca se contorcendo no estômago. *Você sabia, correto? Preferiu apenas empurrar isso para o fundo da mente porque era demais para suportar.*

"E não tinha o menor sinal da confissão ou do filme?"

Quando Xav retornou para seu carro, surpresa e gratidão lhe sobrevieram ao ver diversas mensagens de Talitha. Ela era a única a saber de seus planos. Ele tentou enviar uma mensagem, e ela lhe respondeu de imediato, informando ainda estar acordada. Precisando ouvir a voz de alguém, ligou para conversar com a amiga.

"Sem o menor sinal", revelou ele. "Virei o lugar de ponta-cabeça antes de sair. Não tá lá."

"É provável que esteja no lugar onde ela escondeu há vinte anos, quando tinha certeza de que iria para a prisão. Deve ter permanecido lá todo o tempo que ela ficou presa."

Um carro passou em alta velocidade pela estrada, rápido demais para notar o carro de Xav, ainda escondido perto da cerca.

"Tá, mas isso não ajuda em nada agora, não é?", retrucou ele.

"Você deixou o lugar como encontrou? Ela vai perceber que alguém esteve lá?"

"Eu arrombei a maldita porta, é claro que ela vai perceber. Precisamos confrontar a Megan. Não dá pra continuar assim."

Silêncio. Então, ouviu-se um "Minha nossa".

Ele nunca ouvira Talitha tão derrotada.

"É", respondeu.

"Para onde você vai agora?"

"Pra casa. Pra onde mais?"

Ele desligou enquanto lhe ocorria o pensamento de que, possivelmente, ir pra casa deixaria de ser uma opção em breve.

Xav estacionou o carro um pouco mais abaixo na rua e ficou sentado no banco do motorista por certo tempo. Em toda sua vida, nunca se sentira tão cansado e tão incapaz de dormir. Não havia nenhuma luz acesa em sua casa, graças a Deus.

O centro da cidade de Oxford à uma da manhã raramente ficava quieto — as baladas funcionavam até altas horas, porém a St. John Street estava distante o suficiente de Jericho para não atrair os bêbados e os vagabundos. A rua de casas geminadas, com suas fachadas de pedra brilhando douradas sob a luz dos postes, estava vazia; e seus moradores, dormindo.

Por anos, Xav invejou aqueles que dormiam bem e com facilidade. Ele ficava acordado, às vezes por horas, assombrado por sonhos vívidos de como sua vida poderia ter sido diferente. Todos eles poderiam ter vidas bem diferentes se aquela noite não tivesse acontecido.

Sophie Robinson teria 58 anos agora, as filhas estariam adultas. Ela poderia até mesmo ser avó. Anos atrás, Xav descobrira suas datas de nascimento — por acaso, ele não estava procurando —, só que agora, todos os anos, em 10 de janeiro, 17 de junho e 25 de agosto, ele se pegava pensando nas três mulheres cuja existência foi apagada da face da Terra graças a ele.

Quando via mulheres jovens na casa dos 20 anos, de pele pálida e cabelos escuros, ele pensava nas duas filhas de Sophie, com quem jamais cruzaria na rua ou encontraria num bar. Com o passar dos anos, Xav começou a se perguntar se essa culpa esmagadora seria amenizada caso tivesse assumido sua parcela de culpa vinte anos atrás. Em determinado momento, ele próprio chegou a invejar Megan.

Consciente de que amanhã precisaria pegar o primeiro trem, que teria um dia cheio pela frente e que os mercados financeiros do mundo não parariam enquanto ele perdia a sanidade, Xav finalmente saiu do carro. O som da porta batendo ecoou baixinho pelas construções, e ele atravessou a rua.

"Xav!"

Se estivesse em qualquer outra parte do centro da cidade, possivelmente teria ignorado aquele som que parecia ser um misto de chamado e sussurro. Porém, no silêncio daquela escuridão, o nome veio flutuando pela estrada asfaltada. Ele se virou e viu uma mulher na calçada oposta, meio escondida atrás de um carro azul. Era Megan.

34

Xav começou a suar frio. Ele estava apavorado, e era pior que o medo de subir a torre de água. Lá, tinha plena consciência dos riscos. Aqui, não.

Megan permaneceu parada como uma estátua, permitindo que ele a encarasse. Um pensamento se arrastou até sua mente, um tão perturbador que ele o sufocou, jogando-o para um canto da consciência que nunca mais seria levado em consideração. Ele levantou as duas mãos num gesto de dúvida, e ela interpretou como um sinal para se aproximar.

"Achei que você nunca mais ia voltar pra casa", afirmou Megan quando estava perto o suficiente para tocá-lo.

"Meg, o que você tá fazendo aqui?"

Ele podia sentir o perfume dela, por Deus, mesmo após vinte anos ele ainda sabia o nome da essência. Coco by Chanel, o presente de aniversário de 18 anos que o grupo entregou a ela. Todos colaboraram com dinheiro, porém fora ele e Amber que o compraram na Debenhams num sábado. A escolha final de qual seria o perfume foi dele, e, anos depois, ela ainda o usava.

"Tive que sair do meu quartinho", respondeu ela. "Não tenho pra onde ir."

"O que você quer dizer com 'teve que sair'?"

O que ela queria dizer com "não ter lugar pra onde ir"?

"Os jornais me descobriram. Acamparam do lado de fora por três dias, e, agora, as outras pessoas no prédio sabem quem sou."

Xav olhou ao redor; a rua estava vazia. "E aí? Quer dizer, qual é o problema com eles? Você cumpriu sua pena e está longe de ser uma pessoa perigosa."

As palavras se embolaram em sua boca, Megan poderia facilmente ser uma pessoa muito perigosa.

Ela se aproximou um passo.

"Tenta convencer os moradores de lá. Sou uma assassina de crianças. Xav, ninguém quer viver no mesmo lugar que eu. Vandalizaram a porta da frente, e alguém pichou *assassina* com tinta vermelha. Arrombaram minha casa, deixaram o quarto uma zona de guerra. Esfregaram merda nas paredes e mijaram na minha cama. Também andaram mexendo na minha comida, tive que jogar tudo fora. Não consigo mais trancar a porta e não estou segura."

E, dessa forma, ele soube o porquê de Megan estar lá.

"E o resto do pessoal?", ele tentou contornar.

Um tique de irritação atravessou o rosto de Megan.

"Não posso ficar com o Dan, ele mora num monastério. E a Amber tem mais seguranças em volta da casa que a família Beckham."

Para saber disso, ela andou bisbilhotando os arredores da casa de Amber. Ele se perguntou quantas vezes ela não permaneceu naquela mesma rua, talvez espiando ele e Ella pela janela. O estômago dele se revirou com a ideia de Megan chegando perto da esposa.

"E a Tali?", tentou ele. "Que tal o Felix? Digo, você trabalha com ele."

"A Sara e o Mark não me suportam. Ela tá tentando me demitir, sem chance de eu ficar com eles. E fui até a casa da Talitha. O Mark não me deixou entrar."

Provavelmente, estava mentindo. Ele conversara com Talitha a menos de meia hora. Ela o teria avisado.

"A Ella nunca me conheceu." Megan projetou o lábio inferior para a frente e abriu mais os olhos. "Ela não pode me expulsar antes de ao menos saber quem sou eu."

Ella não sabia nada sobre Megan, nada sobre a antiga amizade deles, seu tempo atrás das grades nem seu retorno. Ainda assim, poucas esposas aceitariam uma mulher estranha dentro de suas casas sem questionar. Na verdade, Ella poderia ser uma dessas poucas, pois nada parecia incomodar seu espírito zen de calmaria.

Xav deu uma olhada para sua janela a duas casas de distância, ela permanecia escura e sem movimentação. A menos que a esposa tivesse algum trabalho cedo, o que faria a mala dela estar no corredor, raramente saía da cama antes das oito. Daria para entrar e sair escondido com Megan sem que Ella sequer percebesse.

"Você dirigiu até aqui?" Ele olhou por toda a extensão da rua em busca de um carro que não reconhecesse. "Você vai ter que sair antes das sete, senão ele vai ser guinchado."

Ela levantou a mão, as chaves do carro balançaram no dedo indicador.

"Sem problemas. Eu ainda tenho um emprego, apesar dos esforços da Sarah pra impedir isso."

Megan esperou quieta enquanto ele destrancava a porta. Nenhuma mala no corredor, graças a Deus, e Xav andou apressado até a cozinha com Megan.

"Café?", ofereceu ele, antes de pensar que Ella poderia ouvir a chaleira. É bem provável que não, ela dormia como um bebê.

Megan ignorou a oferta.

"E aí, onde você estava?", perguntou ela. "Comecei a achar que precisaria dormir no carro."

"Trabalho." Ele se virou para a chaleira, a pegou e colocou de volta no mesmo lugar. Ela não disse nada sobre querer o café. "Muita coisa pra fazer. Tive uma videoconferência com a equipe de Nova York."

Ele precisava parar de falar, pois nunca fora um bom mentiroso e nem sequer estava vestido para trabalho.

"Estacionei em Uxbridge." Do nada, pensou nessa estação de trem. "Peguei um táxi de lá. A empresa tem uma conta da Uber para quando ficamos até mais tarde." Meu Deus, ele precisava mesmo parar. "Você precisa de alguma coisa? Uma toalha ou escova de dentes?"

Ela ergueu um ombro para mostrar a bolsa pendurada nele.

"Itens de emergência", respondeu. "Já fazia um tempo que eu esperava que isso fosse acontecer."

"A Tali comentou que você tá à procura de um apê. Encontrou algo?"

"A casa da Tali é adorável, não acha? Sempre quis morar em Summertown."

"Acho que é, sim."

Megan deu uma volta, observando a cozinha de teto alto e a sala de estar envidraçada que dava para o jardim murado.

"A sua também é, muito útil para chegar ao centro." Ela olhou em direção ao teto alto. "Quatro andares, incluindo o porão, quatro quartos, dois banheiros e uma sala de estudos. Precisa de alguns ajustes, mas tem potencial pra ser a casa familiar perfeita."

Ela parecia o corretor de imóveis que vendera a casa para ele.

"Dei um Google, se você estiver se perguntando como sei disso. Propriedades à venda permanecem por meses na internet, mesmo após vendidas. Em geral, acho que prefiro a da Tali. Sem ofensas, mas vai ser mais fácil para estacionar e o tamanho do jardim é incrível."

Ela falava como se a casa da Tali, ou a sua, fossem dela caso pedisse. Talvez fossem mesmo.

Antes que Xav pudesse responder, Megan se virou para trás e congelou, os olhos estavam fixos em algo. Por um momento, Xav não tinha ideia do que ela poderia estar olhando. Então, na cômoda, viu a foto de seu casamento com Ella.

Era uma foto de celular, tirada por um dos convidados, os dois caminhando por um caminho de terra para fora da igreja em direção ao jardim dos pais de Ella.

"Você vai se casar comigo, Xav. Esse é o seu favor. Termina logo com a Amber, ela não merece criar esperanças por algo que não vai dar certo. Você vai ter seu tempo para cair na farra, não precisa me contar, mas precisa continuar solteiro. Permaneça solteiro e quando eu sair, você vai ter que se casar comigo."

As palavras foram proferidas naquele verão enquanto Megan e ele permaneciam ao lado do carro da mãe do Felix. Foi a última vez que todos os seis estiveram juntos de verdade. Até aquele dia, não ocorrera a Xav como ela era linda, como nunca soube valorizar isso de verdade, e como ela parecia triste e desesperada, porém, ao mesmo tempo, como sua postura era fria igual a aço polido. Naquela ocasião, precisou se ater a esses pensamentos para não se jogar aos pés dela e chorar, falando como estava arrependido e grato por ela fazer aquilo por eles, que faria qualquer coisa para recompensá-la. Casar-se com ela? É claro, era o mínimo que poderia fazer.

Agora, enquanto permanecia atrás de Megan, a um toque de distância, ele se perguntava se, no fim das contas, Megan não agira pelos interesses próprios. Com as notas finais horríveis, a garota precisaria dar adeus à carreira brilhante que o resto deles esperava alcançar. Sem conseguir ir para a faculdade, no fim, ela cairia fora do círculo íntimo deles. Talvez Megan enxergasse o acidente como sua última chance de permanecer unida ao grupo para sempre. Sua última chance de manter Xav em sua vida.

Naquela noite, não tinha como ela saber sobre as provas da polícia a respeito das outras tentativas. Em que seria acusada de homicídio, em vez de direção perigosa, que a pena seria maior e pior do que poderia se preparar. Quando percebeu todo o peso do caso, já era tarde demais. Porém, justiça seja feita, ela nem mesmo tentou reagir e fizera tudo ao seu alcance para protegê-los. Para proteger Xav.

"Ela se parece comigo", comentou Megan.

Ela se virou em direção a ele, parecia até um pouco surpresa em como ele se aproximara, então olhou de volta para a fotografia, e Xav foi revisitado pelo terrível pensamento que se insinuara há pouco na rua. Aos 29 anos, Ella não parecia mais velha que Megan aos 18. O cabelo, curto, loiro platinado, era exatamente igual ao de Megan na época da escola. O rosto fino era igual, o queixo pontudo era igual, os enormes olhos escuros eram iguais. Ele se casou com uma mulher que poderia ser a irmã mais nova de Megan.

Xav não fazia ideia, até aquele momento, de como seu psicológico estava fodido.

"Você acha?", conseguiu falar.

Megan colocou as mãos atrás das costas e o encarou.

"Ao menos, não se parece em nada com a Amber", retrucou ela.

"A minha história com a Amber foi há muito tempo."

"A nossa quase história também."

De todas as coisas que ela podia se lembrar, por que tinha que ser justo isso? A festa na colina, acima de Oxford, onde pavilhões, fogueiras e lanternas haviam transformado um jardim em algo parecido com um conto de fadas. Em determinado momento, quando a maioria das pessoas foi pra casa ou estava desmaiada nos cantos, ele e Megan ficaram sentados perto de uma fogueira, conversando, e algo quase aconteceu entre os dois. Ela foi tão corajosa, deixando várias pistas do que sentia por Xav, mas ele foi um covarde que a deixou ir embora e, ao fazer isso, mudou todo o rumo de suas vidas.

Sua esposa estava no andar de cima. E estava a poucos metros de distância, possivelmente acordada, ainda que os dois não estivessem fazendo som algum. Talvez fosse um alívio se caísse na cozinha ou se uma crise repentina de tosse despontasse, porém a noite se manteve traiçoeiramente silenciosa. Ele andou os últimos passos que os deixou a pouco centímetros de proximidade.

"Toda noite", sussurrou ela.

Ele já adivinhava quais seriam as próximas palavras. *Toda noite, eu pensava em você.* Ele não deu chance para que terminasse. Segurou o rosto de Megan com as mãos e a beijou.

35

Naquela semana, toda vez que o celular tocava, Xav esperava que fosse Megan. Na quinta-feira, estava prestes a jogá-lo no Tâmisa, pois o simples toque de uma mensagem o deixava com os nervos à flor da pele. Na metade da manhã, o aparelhou tocou e, dessa vez, tinha que ser ela. Derrubou o casaco da cadeira enquanto buscava o aparelho. *Chamada não identificada.* Ele apertou o botão de aceitar a ligação.

"Xav, sou eu."

Não era Megan, mas, sim, Amber; e, por Deus, houve uma pontada de decepção naquilo.

Fora Megan a interromper o beijo na noite de segunda-feira, não ele.

"*Não com a sua esposa no andar de cima*", sussurrou ela, obrigando-o a se recompor. Subiram os degraus sem fazer barulho, ele mostrou o quarto de visitas no segundo andar e foi se deitar ao lado da esposa sem conseguir pregar os olhos.

"Oi!" Ele poderia muito bem passar por essa sem Amber.

"Preciso te ver", anunciou ela. "Você está livre para almoçar?"

"Eu não almoço, Am." Ele perdera a conta do número de vezes que explicara isso para ela.

"Então mais tarde. Tenho umas reuniões, mas posso remarcar."

"Isso é realmente..."

"É sobre a Megan. Xav, você precisa ouvir o que tenho para falar."

Amber o encontrou na entrada de Portcullis House. Na recepção, ela o registrou como visitante e subiram até seu gabinete no terceiro andar. A mulher vestia um terno justo de cor malva e salto alto azul-marinho.

"Obrigada por me encontrar aqui", agradeceu ela, após avisar a secretária para não transferir nenhuma ligação. "Sabe, é difícil pra mim ir até restaurantes ou locais públicos."

O gabinete de Amber tinha vista para o rio. Xav podia ver o Hospital St. Thomas ao lado direito da ponte de Westminster e, do lado oposto, o County Hall. Na margem do rio, o fluxo de pessoas era constante. Mais à frente, a roda-gigante do London Eye se movia devagar.

"Não tenho muito tempo", afirmou ele.

Amber se sentou numa das poltronas. Ela havia tirado o paletó, e sua camisa social era feita de seda e sob medida. Xav reparou nas manchas de suor na região das axilas.

"Ela está perseguindo as meninas", revelou Amber, por fim.

A informação o deixou confuso por um momento.

"Quem? A Megan?"

"Isso, a Megan." Amber fez uma careta impaciente. "Ela tá indo atrás das minhas filhas, Xav, tenho certeza."

Ele já vira aquela expressão na face de Amber, significava que ela estava prestes a chorar. Aproximando-se, segurou as duas mãos da mulher.

"Certo, respira um pouco e se acalma. Elas estão bem?"

Megan não tocaria nas filhas de Amber. De alguma forma, ela estava equivocada. Ainda assim, a expressão no rosto de Amber começou a assustá-lo. Ela estava avermelhada; e a respiração, rápida demais. Os olhos pareciam prestes a desaguar, e as palavras lutavam para sair.

"Força", incentivou ele, com paciência. "Respira fundo e começa pelo início."

Ela dava golfadas de ar, semelhante a um mergulhador se afogando.

"Na segunda, ela seguiu a babá e as meninas até um playground", conseguiu dizer Amber. "E, ontem, ficou esperando por elas na saída do balé. Não faço ideia de como ela descobriu o lugar, tenho certeza absoluta de que não contei nada."

Ele soltou as mãos dela.

"Qualquer informação que dê para descobrir sobre nós, podemos presumir que a Megan já sabe. E depois, o que aconteceu?"

"Ela estava lá quando passei para buscar as meninas. Você sabe como eu gosto de estar por perto delas quando consigo. Não é para mostrar pros outros que sou uma boa mãe, é pra eu me *sentir* uma boa mãe. Elas gostam quando eu vou em vez da Emily."

Xav se esforçou para lembrar quem era Emily. É óbvio, a babá.

"Então, fiquei esperando no estacionamento do lado de fora, e uma das mães alugou meus ouvidos para contar sobre algum aumento de benefício governamental com que não concordava. Foi quando a Megan apareceu."

Xav se lembrou da forma como ela o parou naquela noite e precisou concordar, era desconcertante.

"Você chegou a perguntar o que ela fazia por ali?"

"Ela contou que estava pela região — não me pergunte o motivo, nem passou pela minha cabeça — e disse que queria ver as meninas de novo. Falou que andava pensando muito nelas, em como eram bonitas, e como gostaria de fazer parte de suas vidas agora que está em Oxford novamente. Esse é o novo eufemismo dela para sair da cadeia, Xav, ela 'está em Oxford novamente', como se estivesse de férias ou passeando por aí."

"Certo, mas se concentra, Am. Entendo como é quando ela aparece sem avisar, mas isso não parece ser tão ruim."

"Ah, é mesmo? Então presta bem atenção, porque não demorou muito pra ela começar a falar de você."

Xav tentou afastar a imagem de Megan a centímetros de sua boca.

"O que ela disse sobre mim?"

"Interessado agora?", retrucou Amber, após fungar o nariz. "Bem, já chego lá. Ela trouxe presentes para as duas, igual na segunda, e você sabe como crianças são com presentes. Fizeram uma festa e pediram para a titia Megan comer um lanche em casa. Tentei todo tipo de desculpa, mas ela focou nas meninas e praticamente se convidou para ir."

"Você levou a Megan pra sua casa?"

"Ela não me deu opção. A essa altura, outras pessoas estavam prestando atenção. Xav, você não faz ideia de como ela é..."

Ah, ele fazia, sim. Sabia exatamente como Megan era. Também sabia como era seu cheiro e o gosto de seu beijo.

"Não dava pra recusar sem chamar mais atenção. As outras mães estavam começando a desconfiar, por isso, ela foi com o carro dela atrás da gente. Agora, sabe onde moramos."

Ela já devia saber de qualquer forma.

"Am, acho que você está exagerando."

"Estou?", retrucou ela, aumentando o tom de voz. Se não tomasse cuidado, os gabinetes vizinhos a escutariam. Amber adorava comentar como aquele lugar parecia um asilo cheio de idosos fofoqueiros. "Então, me diz uma coisa. Como você acha que a Ella vai aceitar a notícia de que vocês dois estão se divorciando?"

"O quê?"

"Pois é, ela soltou essa bomba enquanto as meninas se trocavam. Ela disse ter algo importante para contar. Queria que eu soubesse primeiro, por causa do nosso passado. E trouxe a novidade de que vocês dois ficariam juntos."

Xav meio que se levantou, como se no meio do caminho não soubesse o que fazer, mas voltou a se sentar. Ele e Megan só haviam dado um beijo. Apenas um mísero beijo.

"Mas que porra é essa?", foi o que conseguiu dizer.

"Você não sabia? Confesso que me pegou de surpresa, mas parece que vocês dois já tinham um caso, mesmo quando a gente namorava. Ela disse alguma coisa sobre a festa do Will Markham, quando eu não estava porque passei mal. Falou que você ia terminar comigo quando a gente fosse pra faculdade e começaria a namorar com ela. Ainda disse que foi por isso que vocês dois se candidataram para Cambridge, para ficarem juntos."

Will Markham e aquela fabulosa mansão em Boars Hill com um jardim que parecia não ter fim. A melhor festa de que conseguia se recordar.

"Antes de mais nada, isso é uma mentira das grandes. E outra, foi há vinte anos. Que diferença faz agora? Para você, quero dizer."

Com um olhar de quem acabou de ser afrontada, Amber respondeu: "Nenhuma, mas achei que você gostaria de saber".

"Obrigado por me contar, Am. Mas por que ela acha que vamos voltar a ter algo? Não que a gente tivesse algo antes, para começo de conversa."

"Bem, pode ter a ver com o fato de que você prometeu ser o marido dela depois que saísse da prisão, mas não foi o que ela me contou. Ela continua mantendo essa história sem pé nem cabeça de amnésia. Falou que estava na cara que vocês ainda sentem atração um pelo outro. Aparentemente, ficam sempre se olhando quando estão juntos. Foi por isso que a Ella não foi pro almoço na casa da Tali naquele primeiro sábado — você não queria que as duas se encontrassem. Ela ainda falou que você não ama sua esposa, que nunca amou, ela foi apenas a segunda opção para não ter que ficar sozinho, mas que agora acabou. Xav, ela parecia uma louca."

Ele não conseguia olhar para Amber.

"Ela foi até minha casa na segunda de noite."

Por um momento, a confissão pareceu pairar no ar.

"Merda. A Ella tava lá?"

"Tava, dormindo no andar de cima. Eu cheguei bem tarde." Ele não contou para mais ninguém do grupo sobre sua visita à torre, e, ao que tudo indicava, Talitha também não. As coisas estavam acontecendo rápido demais para atualizar a todos.

"Você não deixou ela entrar, correto?"

Como se fosse assim tão fácil. "Ela passou a noite lá", admitiu ele, pondo-se, agora, de pé de verdade. Permanecer sentado não era mais uma opção.

Xav parou perto da janela enquanto via um homem comprando flores de uma barraca próxima à ponte de Westminster. Em seguida, contou sobre a história triste de Megan, sua estada no quarto de visitas e sua saída na manhã seguinte, cheia de tranquilidade e gratidão, logo após ele se arrastar até o andar inferior. Entretanto, não contou sobre o beijo ou sobre ter passado quase a noite inteira acordado. Ao final da história, Amber estava pálida e assustada. Ele não podia culpá-la.

"Xav, sei que fui a primeira a dizer que deveríamos ajudar a Megan, mas não tenho mais certeza disso." Amber parecia mais calma, como se tirasse um peso das costas. "Só que eu ainda não contei tudo."

Xav sentiu alguma coisa se revirando em seu estômago.

"Pode falar", disse ele.

"Assim que as meninas voltaram, ela recomeçou a dar toda a atenção do mundo pras duas. E ela é boa, tem uma espécie de dom natural para falar com crianças. A Megan começou a contar sobre Antígua, de onde a família do Dex é. Ela deve ter lido em algum livro, porque não tem como ela ter ido pro Caribe. Contou algumas lendas sobre o folclore e a magia do lugar: pessoas que podiam se transformar em animais e espíritos que viviam nas montanhas e nos rios. Era fascinante, até mesmo eu conseguia perceber. Elas estavam admiradas com a Megan, mas sabe o que eu percebi depois de alguns minutos?"

"O quê?"

"Ela estava enganando as duas. Não sei, era um tipo de feitiço ou encantamento."

Xav deu um passo em sua direção. "Am, eu acho que..."

Ela ergueu a mão.

"Escuta até o final. Acabei ligando a televisão, e você sabe que eu odeio que elas assistam à TV. Então, a Megan começou a falar que a pior coisa de ir pra cadeia muito nova é que ela perdeu a oportunidade de ter filhos. Disse que mesmo com vocês dois juntos, nunca teria a chance de engravidar. Ela contou que sofreu um acidente na prisão, talvez o mesmo que a Tali e o Dan mencionaram, o mesmo que apagou sua memória. Foi bem sério, pois o dano interno foi tão grande que precisaram retirar o útero dela. Ela não pode ter filhos."

"Até onde sei, não é problema nosso. Am, presta bem atenção, não vou deixar a Ella para ficar com a Megan."

Ele percebeu que realmente não iria. Por mais estranha ou perturbada que fosse a atração que Megan sentia por ele. Talvez Amber tivesse razão em chamar de feitiço ou encantamento. Só que não fazia a menor diferença. Xav amava a esposa.

"Você não entendeu, não é?", Amber se apressou em dizer. "Ela começou a olhar para a Pearl e a Ruby como se fosse devorá-las, depois falou: 'Jamais vou ter algo tão precioso quanto essas duas lindinhas'. Enquanto eu pensava em algo para responder, ela me olhou com frieza e maldade e disse: 'Então, acho que você vai precisar me dar uma'."

A princípio, Xav não teve certeza se ouviu corretamente.

"Como é que é?", falou ele depois de vários segundos. "Você não tá falando a verdade."

"E como estou, ela ainda riu e disse que era brincadeirinha, mas ela falava sério. É esse o meu favor, Xav. Vou ter que entregar uma das minhas filhas."

36

Enquanto seu vagão de metrô parava na estação Paddington, pouco antes das oito da manhã da sexta-feira, Xav recebeu uma mensagem de Felix em seu celular descartável.

> *Boas notícias. Consegui encontrar! Reunião hoje à noite na antiga casa da Tali, perto da piscina. Chegue às 20h30. Não me ligue, não posso atender. Até mais tarde.*

Consegui encontrar. Só poderia estar se referindo ao filme e à confissão. Xav encontrou Felix em seus contatos e estava prestes a apertar o botão de chamar, quando se lembrou do pedido para que não ligasse. Amber ainda deveria estar em casa, arrumando as garotas para seja lá qual fosse a atividade que haviam planejado. Ele digitou com rapidez.

> *Você recebeu a mensagem?*

Depois de um minuto, ela respondeu.

> *Agora há pouco. A Tali também, estamos ansiosas, mas é melhor não falar agora. Te vejo mais tarde.*

Xav guardou o aparelho celular. Então, era isso? Tudo estaria acabado?

• • •

O dia se arrastou com uma lentidão fora do comum, e, após sair do trabalho, o metrô de Xav se atrasou. Ainda por cima, o trânsito para sair de Oxford estava pior que o habitual. As comportas do céu foram abertas naquela tarde, e enormes poças brilhavam pelo asfalto, atrasando a todos.

Quando chegou ao antigo bairro de Talitha, a chuva já estava diminuindo. O gigantesco portão elétrico dos pais de sua amiga estava aberto, e Xav, ao entrar na propriedade, foi dominado por um mau presságio. Ele não pisara lá nos últimos vinte anos, desde aquele verão. Até mesmo Talitha vinha raras vezes; ela e os pais não se davam bem.

Estava quinze minutos atrasado.

No fim das contas, Megan deixara a prova lá. Ele passou o dia todo quebrando a cabeça para adivinhar como ela conseguiu, pois, naquela noite, ele foi até o carro com ela e a viu dirigindo para longe. Mesmo assim, de algum jeito, ela escondera lá, e Felix adivinhou como. Enquanto estacionava e desligava o carro, Xav percebeu um sentimento estranho, que não era exatamente de decepção, porém de uma oportunidade perdida. Se alguém iria superar Megan, deveria ser ele. Era o segundo mais inteligente.

Ainda assim, cuidaria dela, mesmo que os outros não estivessem dispostos a colaborar. Ela poderia ter a sua parte do fundo fiduciário, ele até poderia arranjar outros. Ela não ficaria na mão, desde que parasse com a tortura psicológica.

Perto da piscina, dizia a mensagem de Felix, porém a piscina estava em completa escuridão, e as gotas de chuva que caíam em sua superfície davam a impressão de que a água tinha vida própria. Havia uma luz na casa da piscina, e Xav pensou ter visto silhuetas pela janela. Ele bateu na porta antes de abri-la e encontrar Talitha.

"Estávamos ficando preocupados", disse ela. "Está todo mundo aqui, até a Amber."

Balançando o cabelo para secar um pouco da chuva, Xav seguiu Talitha para dentro. A casa da piscina estava menor do que se lembrava e cheirava a mofo e produtos químicos. As cadeiras de bambu estavam desfiadas pelo tempo, e as almofadas, manchadas. Parecia errado estar ali, como se voltassem para o lugar do qual passaram a vida adulta tentando escapar.

Felix estava no bar, o que não era uma surpresa, e Daniel permanecia próximo da mesa de sinuca, segurando um dos tacos como se fosse uma arma. Amber estava sentada na ponta de uma poltrona com os punhos cerrados. Ainda assim, ela lhe ofereceu um sorriso, um que a fez parecer, por um breve momento, como a Amber de antes.

Xav não teve a sensação de aparecer no meio de uma conversa. Felix esperou por ele antes de dar as boas notícias. Não é de se espantar porque os outros pareciam estar no limite.

"E seus pais?", perguntou Xav a Talitha. A última coisa que precisavam eram de Barnaby Slater idoso aparecendo do nada.

"Estão em Palermo", avisou ela. "Gostam de ir antes que o clima esquente muito. Só tem a gente aqui."

"Aceita uma bebida?", ofereceu Felix.

Xav balançou a cabeça. "Valeu." Ele atravessou o cômodo em direção a Amber e se sentou, porém, quando olhou para a frente, todos o observavam. Eles pareciam tensos, um pouco irritados.

"Desculpa, pessoal", disse ele. "O metrô e o trânsito estavam um caos."

O barulho da chuva do lado de fora pareceu aumentar.

"Tá, e aí?", retrucou Talitha. Ela estava perto da porta, como se fosse o segurança da entrada, mesmo sabendo que estavam sozinhos.

Ela falava com ele, não com Felix. Quatro pares de olhos permaneciam fixos em Xav.

"Para com o suspense, por favor", continuou Talitha. "Quero dizer, agradecemos pela discrição, mas passei o dia inteiro pensando nisso."

"Onde você encontrou?", perguntou Amber.

Felix se forçou a sair de perto do bar.

"Não importa onde estava, você tem certeza de que encontrou mesmo?", completou ele. "Já sabemos que um filme pode ser de qualquer coisa. Precisamos revelar para ter certeza."

Xav olhou de rosto em rosto; eles permaneciam com a mesma expressão.

"Pessoal", exclamou ele, "não sei sobre o que estão falando."
Ninguém abriu a boca.

"Xav, não tem graça." A voz de Amber era instável. "Por que você faria isso?"

Ele deixou alguma coisa passar, algo importante.

"Ela te obrigou a fazer isso?", perguntou Daniel.

Xav tirou o celular do bolso. Ficando de pé, encontrou a mensagem de Felix e a mostrou antes de ir em direção ao bar.

"Recebi essa mensagem hoje cedo", explicou ele. "Quando estava no metrô. Quais são as boas notícias? O que você conseguiu encontrar? E, caralho, por que tá todo mundo tão estranho?"

Com a mão trêmula, Felix pegou o aparelho. Poucos segundos depois, devolveu-o.

"Não enviei essa mensagem", declarou.

Deviam estar brincando com ele.

"Como assim, 'você não enviou'? Veio do seu celular, é o seu número."

Talitha pegou o telefone de Xav e leu a mensagem.

"Merda", exclamou ela.

"O que foi?" Amber estava de pé agora, até mesmo Dan havia deixado o taco de lado.

Talitha segurou o próprio celular na direção de Xav. Ele leu a mensagem na tela, uma mensagem enviada por ele:

Boas notícias. Consegui encontrar! Reunião hoje à noite na antiga casa da Tali, perto da piscina. Chegue às 20h30. Não me ligue, não posso atender. Até mais tarde.

A mesma mensagem que recebeu de Felix, com a exceção de que, pelo visto, ele próprio enviara essa para os outros quatro.

"Recebi às 6h45 da manhã", informou Talitha. "Você pediu pra gente se encontrar aqui."

"Não", Xav balançou a cabeça. "Não fiz isso. Foi o Felix que pediu."

"Como isso é possível?", indagou Amber.

"Megan", respondeu Daniel.

Amber se virou para ele. "Bem, é claro que foi a Megan, mas como ela fez isso?"

Felix ficou de pé. Sendo o mais alto, conseguia ver por cima da cabeça dos outros, e seus olhos estavam fixos na janela. Xav percebeu que todos se viravam na mesma direção. Do lado de fora, as luzes da piscina estavam acesas, e, na ponta oposta, uma figura solitária permanecia de pé, olhando na direção da água.

"Acho que estamos prestes a descobrir", declarou Felix.

37

Felix tomou a dianteira no caminho para o lado de fora. Poderia ser apenas a coragem líquida do álcool, porém, de todos ali, era o único que parecia ter alguma. Talitha e Daniel andaram juntos, compartilhando olhares tensos. Amber ficou para trás e até pegou na mão de Xav enquanto seguiam os outros três.

"Ela me assusta", sussurrou Amber.

Megan também assustava Xav. Ela não estava vestida para a chuva, e seu leve vestido de veraneio estava ensopado. O cabelo longo grudava na cabeça e escorria pelas costas. Ela tinha uma bolsa parecida com uma maleta e segurava a alça contra o peito, como se fosse algo precioso.

Felix liderou o grupo para a ponta oposta da piscina retangular.

"Oi, pessoal!" Megan olhou para cima em direção ao céu, e água pingava em seu rosto. "Dá pra acreditar? Essa chuva toda logo no meu momento de triunfo."

"O que você quer, Megan?" Felix se posicionou diretamente em frente à borda da piscina. Os outros se juntaram atrás dele.

"Achei que a gente deveria encerrar isso aqui." Megan aumentou sua voz para que fosse ouvida com a chuva. "Onde tudo começou, perto da piscina da Tali."

Amber apertou a mão de Xav. "Ela se lembra. Eu sabia."

As palavras de Amber não deveriam ser ouvidas àquela distância por entre a chuva, porém, de alguma forma, foi o que aconteceu.

"Bem, é claro que eu me lembro", gritou de volta Megan. "Você acha que eu esqueceria o que vocês fizeram comigo? Nem por um segundo, poderiam tirar metade do meu crânio, e eu ainda me lembraria."

Xav largou a mão de Amber. "Meg, vamos pra dentro. Não dá pra conversar aqui fora."

Por um momento, achou que ela se recusaria, que continuaria a gritar, chovendo ou não, até que os vizinhos chamassem a polícia, porém ela olhou por cima deles.

"A casa da piscina", exclamou. "Tá legal. Foi onde bolamos nosso plano sórdido."

Megan entrou por último e permaneceu com as costas para a porta. Água escorria de seu corpo e formava poças no chão. Ninguém acendeu as luzes.

Ela foi a primeira a falar.

"Para ficar logo claro, eu entrei na sua casa hoje cedo, Xav, e usei seu celular para enviar as mensagens pros outros. Guardei uma chave de ontem à noite. Pretendo continuar com ela, se você não se importar. Quando cheguei ao trabalho, usei o celular do Felix quando ele saiu do escritório, e, sim, vocês dois precisam trocar de senha agora."

Felix estava apoiado contra a parede do canto oposto. Ele não parecia assustado como os outros. Ele parecia enfurecido.

"Vou perguntar novamente", bradou. "O que você quer?"

"Felix, não." Amber estava encolhida na beirada do antigo sofá. "Não piora as coisas."

Talitha também estava sentada na direção oposta de Megan. Daniel estava atrás dela, suas mãos apoiadas nas costas da cadeira. Era possível que sua posição fosse para proteger a mulher, mas também que estivesse escondido atrás dela.

"Ah, eu acho que as coisas vão piorar bastante." Felix não tirou os olhos de Megan. "Fala logo. O que você quer?"

"O que eu quero?", retrucou ela. "Quero olhar na cara de cada um de vocês e falar como vocês são uns merdas, traidores, covardes e malditos!"

Xav esperava por isso, ele repetira a mesma coisa para si durante anos. Ainda assim, a potência do ódio de Megan era arrebatadora.

"Tudo bem, agora que você já disse, o que...", respondeu Felix, que parecia o representante do grupo.

Megan não o deixou prosseguir.

"Ah, não, ainda não terminei. Eu sacrifiquei a minha vida. Abri mão de tudo por vocês. Tudo que pedi em troca, na verdade, a última coisa que eu disse foi: não se esqueçam de mim."

A voz de Megan tremia. Para sua vergonha, Xav sentiu uma pontada de esperança com isso. Emoção era o oposto de força.

"A gente não se esqueceu de você, Meg, nem por um segundo que fosse", afirmou Amber.

Megan se virou em sua direção, fazendo Amber se encolher no sofá.

"É mesmo? Porque ninguém me telefonou, ou escreveu, ou veio me visitar em vinte malditos anos."

Ela sorriu com desdém para Daniel, cujos olhos estavam fixos na parte de trás da cabeça de Talitha.

"Você, seu merdinha chorão, você ficou a menos de dois quilômetros de distância por quatro anos e não apareceu. E agora, finalmente, quando estou do lado de fora, vocês me tratam como uma coitadinha, como se eu fosse alguma colega da escola tentando andar com as crianças ricas e descoladas."

"Ninguém pediu para você fazer o que fez", rebateu Felix, também aumentando a voz. "Você se voluntariou."

Megan suspirou, e Felix achou ter levado a melhor nessa, até deu um passo afrontoso em sua direção. "Você foi péssima nas provas finais. Então, não vem chorar pra gente sobre o futuro fabuloso que você perdeu, porque você não tinha nenhum."

"Eu poderia tentar de novo, seu parasita miserável", gritou de volta Megan. "Perderia um ano, no máximo. Em vez disso, perdi vinte."

Ela apontou um dedo para Talitha.

"Você, era para você me ajudar, você prometeu que convenceria o saco de bosta do seu pai a trabalhar como meu advogado, e o que ele fez em vez disso? Ajudou Michael Robinson por vinte anos. E não ficou só por isso, não é? Você acha mesmo que eu nunca me perguntaria por que tudo dava tão errado pra mim? Por que me incriminavam, abusavam de mim ou me queriam mal? Eu sabia que alguém grande estava por trás disso e só podia ser você e aquela corja de criminosos que você chama de família."

Talitha abriu a boca, porém nada saiu.

"Por que você disse pra gente que não se lembrava de nada?", perguntou Daniel, a voz tentava transmitir uma ideia de arrependimento.

"Porque eu queria ver o que vocês fariam", respondeu Megan. "Queria dar uma chance de todos agirem bem, fazer a coisa certa, ainda que vocês não merecessem."

Xav respirou fundo. Ele deveria saber; era tudo um teste. Em que todos falharam.

"Meg, não é tão ruim quanto você pensa, acredite em mim", declarou Amber, com lágrimas correndo pelo rosto. "A gente criou um fundo fiduciário anos atrás. Todos temos contribuído e tem muito dinheiro."

"Tá, tá, sei de tudo sobre o fundo." Megan lançou um olhar de desdém para Felix. "Seus técnicos de segurança não conseguiriam proteger nem a conta de uma senhorinha. Descobri na primeira semana e usei suas senhas para acessá-la."

"Pode ficar pra você, tudo", afirmou Felix. "Podemos fazer a transferência amanhã."

Megan abaixou a cabeça para passar a alça da bolsa por cima. "Eu já transferi o valor, seu idiota. Foi a primeira coisa que fiz com o computador do Xav hoje de manhã, está tudo na minha conta. Então, obrigada, pessoal, já é um começo."

Xav se perguntou se ficaria enjoado. O que mais ela havia feito? E o que havia naquela bolsa que estava abrindo?

"Então, o que você quer?", repetiu Felix.

O esforço de tirar e abrir a bolsa pareceu cansar Megan. Ela se inclinou para trás contra a porta, os olhos estavam meio fechados, e precisou respirar ofegante por certo tempo. Xav lembrou que, em teoria, ela estava muito doente.

"Primeiro de tudo, esqueçam a ideia de encontrar a prova", sentenciou ela quando pareceu se recompor. "Vocês nunca vão encontrar. Ah, isso me lembra de algo, quem foi que invadiu a torre de água?" Ela olhava de rosto em rosto. "A Amber e o Dan não teriam coragem. Felix não estaria sóbrio o suficiente para subir a escada. Talvez a Tali. Não, eu aposto que foi você, Xav. Ninguém mais chegou tão perto de mim."

Ela manteve o contato visual, e ele sabia o que se passava na cabeça dela. Ela lembrava o que ele também fizera na mesma noite.

"Já chega." Felix ergueu ambas as mãos no ar, igual a um professor quando quer que a sala fique em silêncio. "Conta pra gente o que você quer ou vai embora, Megan. De qualquer forma, não aguento mais ficar aqui e ouvir toda essa baboseira."

"Cala a porra da sua boca, Felix, e abre isso daqui." Da bolsa, Megan tirou um largo envelope marrom e o entregou a ele. Por um momento, Xav achou que poderia ser a prova que estiveram procurando, que Megan simplesmente a entregaria de bom grado, porém a expressão de Felix enquanto tirava um documento com diversas páginas lhe disse que aquilo era impossível.

"Que porra é essa?" Felix entregou de volta para Megan. Ela não pegou.

"Um documento jurídico me tornando sócia plena da sua empresa. Você vai precisar mandar para os seus advogados darem uma olhada. Talvez a Tali possa te ajudar. Mudei de ideia sobre ela atuar pra mim. Você é bem-vindo para ser atendido por minha advogada."

Xav nunca vira um olhar de tanta fúria no rosto de seu velho amigo. Por alguns segundos, achou que Felix iria voar em cima de Megan. Contendo-se, Felix disse: "Você acha que eu vou te dar metade da minha empresa?".

"Cinquenta e um por cento." Megan lhe direcionou um sorriso malicioso. "Vou ser a sócia majoritária porque, assim, há uma chance de salvar a empresa. Dou menos de dois anos para você levá-la à falência, Felix. Sua bebedeira está fora de controle, e seu fluxo de caixa está quase num estado crítico. Vou deixar para você o trabalho de dar as boas notícias à Sarah, ela realmente parece não gostar de mim, mas, para ser sincera, não tenho certeza se ela vai continuar casada com você por muito tempo."

Megan havia terminado com Felix. Deixando-o pálido e em choque, ela virou de costas para o homem e tirou outro envelope da bolsa. O estômago de Xav se embrulhou enquanto ela o entregava.

"Falando sobre separações", anunciou ela, "aqui estão os papéis para o seu divórcio. Você precisa assinar e me entregar. Não demora muito."

Xav suspirou. Pelo menos, seu favor não era nenhuma surpresa.

"Não vou me divorciar da minha esposa", rebateu ele. "Megan, sinto muito por tudo que você passou e não tiro a sua razão de estar irada, mas eu não vou fazer isso."

Ele estava ciente dos olhares nervosos entre os outros enquanto Megan caminhava em sua direção. Ele podia sentir o cheiro da chuva no cabelo dela e uma nota distante do Coco Chanel. Ela chegou bem perto e precisou inclinar a cabeça para fazer contato visual.

"Então, em alguma hora dos próximos dias, você vai acordar no meio da noite comigo sentada na ponta da sua cama", quase sussurrou ela para Xav. "Vou contar para sua esposa tudo que você fez. Vai ser ela que vai cuidar da papelada do divórcio."

Megan virou as costas para direcionar sua atenção para o próximo, e o alívio foi tão grande que as pernas de Xav tremeram. Ele se forçou a ficar de pé. Daniel era o próximo, e ele também recebeu um envelope marrom.

"Formulários médicos", explicou Megan ao homem pálido em sua frente. "Preciso deles preenchidos até o fim da semana e enviados para o endereço no canto superior da direita. Você vai precisar passar por assistência psicológica e espero não ter complicações com isso. O favor só será considerado quando eu tiver um rim totalmente funcional em meu corpo."

Como que para confirmar seu pedido, embora desse a impressão de ser algo inconsciente, Megan colocou a mão na parte inferior das costas e se inclinou para trás.

"Você tá louca", murmurou Daniel, porém ele não conseguia olhá-la nos olhos.

Megan jogou a cabeça para trás e riu.

"Ah, se anima, seu fracote", zombou ela de Daniel. "Desde que você sobreviva à cirurgia e não pegue uma infecção pós-operatória, você vai ficar bem. Nem vai notar a sua perda. Eu diria que você tá levando a melhor em comparação aos outros."

Amber assustou a todos com um movimento repentino. Ela deu um pulo e meio que correu em direção à porta.

"Não vou ficar", exclamou ela. "Não vou ouvir nada disso."

Com a velocidade de um réptil, Megan segurou sua antiga amiga pela manga da blusa.

"Não tão rápido", retrucou ela. "Ninguém vai fugir."

Lágrimas desciam em torrentes pelo rosto de Amber.

"Por favor, não", implorou ela.

"Acho que a Ruby." Megan tinha um pequeno sorriso fino no rosto, como se acabasse de escolher um cachorrinho que iria adotar. "Vai ser a mais fácil de se acostumar, já que é a mais nova. Conte que ela vai passar uns dias com a titia Megan. Ela vai achar incrível, a garota realmente gostou de mim. É provável que, no começo, ela peça bastante para voltar pra casa, mas sabemos como as crianças são adaptáveis. Ela vai se acostumar mais cedo ou mais tarde. Prometo que vou cuidar bem dela."

Xav engoliu em seco. Ele estava se sentindo enjoado, e nem era um filho seu que a mulher desequilibrada estava ameaçando. Amber, como era de se esperar, parecia que iria desmaiar.

"Megan, você tá indo longe demais", afirmou ele. "Você pode ficar com o fundo, ninguém vai te impedir. Felix pode dar uma parte da sua empresa — caralho, Felix, cala a boca — e, se você realmente quiser que eu deixe a Ella e tente algo com você, tudo bem."

Ele deu um passo para perto e tentou suavizar seu rosto, quem sabe sorrir um pouco. Não conseguiu, se houvesse uma arma com ele, daria um tiro em Megan, porém se manteve apenas falando.

"Sempre houve algo entre a gente", argumentou ele. "Eu confesso, e quem sabe a gente não consegue fazer dar certo. Só que o Daniel não vai te dar um rim e, com toda certeza, a Amber não vai deixar você ficar com uma de suas filhas. Não tem como exigir isso de alguém."

Estava funcionando. Megan estava sorrindo de volta. Ela até se aproximou e tocou no braço dele. Então, seu sorriso sumiu do rosto como gelo derretendo.

"Você não entende, não é?", alegou ela. "Posso pedir o que eu quiser, porque vocês correm o risco de perder tudo."

Ela começou a andar pelo cômodo pequeno, apontando o dedo na cara das pessoas com quem falava.

"Dan, você não sobreviveria cinco anos na prisão, iriam te engolir vivo. Perder um rim não é nada se comparado a isso. Felix, sua empresa vai à falência quando você for preso, e sua mulher e filho vão ficar sem um centavo. É óbvio que aquela vadia mercenária vai se divorciar de você e nunca mais vai te deixar ver o Luke. Xav, sua esposa vai te abandonar no momento em que descobrir o que você fez. E, Amber, o que você prefere? Ficar com uma das suas filhas e saber que a outra está sendo bem cuidada, ou ver as duas por uma hora a cada mês pelo resto da sua vida?"

Ela parou de se movimentar e virou para falar com todos.

"Vocês têm até dia primeiro de julho, a noite da festa de aniversário da Amber. Até lá, quero todas as burocracias em andamento. E, sim, espero um convite, vou aparecer com o Xav."

"E eu?", perguntou Talitha. "Qual é o meu favor?"

Megan se virou e sorriu para Talitha, como se lembrar de sua presença fosse uma surpresa maravilhosa.

"Estou feliz que perguntou", respondeu ela. "Amber, se senta, você não vai a lugar nenhum agora. Xav, desiste, não tem como você levar a melhor."

Xav levou Amber de volta para seu lugar. Ela desmoronou nele e começou a chorar silenciosamente.

O humor de Megan pareceu mudar. Ela se sentou na mesa de centro, ficando menor que os outros, quase que numa posição de vulnerabilidade. Xav não seria enganado, ela planejara aquilo por um bom tempo. Ele a observou se inclinar para a frente, parecendo prestes a confessar algo importante.

"Deixa eu perguntar para vocês, pessoal", começou ela. "Alguém já se perguntou por que fui tão mal nas minhas provas vinte anos atrás? Se perguntaram por um segundo o que deu de errado?"

"Claro que sim", respondeu Xav. "Mas, com tudo que estava acontecendo naquela época, não estava no topo das nossas prioridades conversar sobre você."

Os olhos de Megan se endureceram. "E, como era de se esperar, você só se preocupava com as coisas que te afetavam diretamente. Não tinha o menor interesse no que acontecia na minha vida."

"Ah, pelo amor de Deus, Megan, a gente era criança", irritou-se Talitha. "Que jovem de 18 anos não é egoísta ou obcecado por si mesmo? Tudo bem, você tinha problemas pessoais que te tiraram do rumo, não é? Grande coisa."

Os olhos de Megan brilharam. "Problemas pessoais? Vou te contar o que aconteceu comigo em maio daquele ano, algumas semanas antes da primeira prova. Eu sofri um estupro coletivo pelo meu pai e quatro amigos dele. O que você acha dos meus problemas pessoais agora?"

A revelação pareceu reverberar pelo cômodo. Até mesmo Talitha pareceu ficar pálida.

"Você está mentindo", retrucou ela.

Megan balançou a cabeça para os lados.

"Vou dar a versão resumida", explicou ela. "O tempo de chorar no ombro de alguém foi há muito tempo. Eu nunca conheci meu pai de verdade. Quando ele não tava na cadeia, não demonstrava interesse na própria filha, mas ingênua como eu era, queria um pai na minha vida. Eu continuava por perto dele, esperando uma demonstração de interesse. Apareci no trailer quando ele e alguns amigos estavam com a cabeça cheia de cocaína, e as coisas saíram do controle."

"Quando?", perguntou Talitha. "Quando isso aconteceu?"

"Você quer uma data? Dia 7 de maio, na noite de sexta. Eu deveria encontrar vocês no antigo corpo de bombeiros e não apareci. Falei no dia seguinte que passei a noite toda vomitando. Essa parte, tinha um fundo de verdade."

"Eu me lembro", falou Amber.

Xav também se lembrava. Em maio daquele ano, Amber estava começando a irritá-lo bastante, e ele estava em dúvida sobre seus sentimentos. A história em aberto da festa de Will Markham ainda reverberava em sua cabeça. Quase sem perceber, ele adquirira o hábito de esperar que Megan aparecesse, procurando-a com o olhar quando ela não estava lá.

"Por que você não foi até a polícia?", estranhou Talitha.

"Porque eu também bebi. Fiquei com eles mais ou menos uma hora antes de tudo começar. Também usei um pouco de cocaína e fiquei com medo de ser a culpada ou acharem que eu dei permissão. Também tive vergonha de que meu pai, meu próprio pai, deixou isso acontecer comigo, até mesmo participou, e porque eu tinha 18 e, quando a gente tem 18, faz merda."

"Você devia ter contado pra gente", observou Talitha. "A gente iria te ajudar."

"Iriam? Iriam mesmo? Porque eu não me lembro de ninguém estar interessado em mim."

"Isso não é verdade", alegou Amber, mas sem nenhuma convicção.

"Meg, eu sinto muito", afirmou Felix. "Isso tudo foi realmente uma merda. Eu queria que tivéssemos uma chance de te ajudar."

Por um segundo, Megan quase pareceu tocada pelas palavras de Felix; elas soaram genuínas até mesmo para Xav. Então, ela se recompôs e se afastou dele.

"Então, é isso que você vai precisar fazer, Tali. Você vai usar as conexões controversas da sua família para lidar com minhas conexões familiares controversas. Entra em contato com o cara que te ajudou a invadir meu quarto na semana passada, ou com outra pessoa se ele não fizer o trabalho sujo, e tira o meu pai da minha vida de uma vez por todas."

Talitha olhou de forma assustada para os outros. "O que diabos você quer dizer com isso?", perguntou ela.

Megan ficou de pé. "Esse é o seu favor, Tali. Você vai matar o meu pai."

38

Eles observaram a antiga amiga se afastar na chuva. Enquanto o sino da igreja tocava a badalada das dez horas, Felix se levantou e sumiu atrás do bar. Ele reapareceu alguns minutos depois com uma garrafa de uísque e cinco copos. Ninguém reclamou quando ele colocou cinco doses bem servidas.

"Sugestões?", perguntou ele.

"Eu não vou dar a Ruby." Amber deu um pulo antes de alguém falar algo. "Mesmo que eu estivesse disposta a fazer isso, e não estou, o Dex não permitiria. Eu poderia dizer o que fosse, e, ainda assim, ele não abriria mão de uma das filhas."

Os cinco se sentaram em locais separados com certa distância entre eles, Xav percebeu. Ninguém oferecia ou buscava conforto. Era como se todos decidissem que, no fim das contas, encarariam aquilo sozinhos.

"Ele deixaria você ir pra cadeia?", perguntou Daniel a Amber.

"Sim, acho que deixaria." Amber olhou de rosto em rosto, como se apelasse a eles. "Não tem como. Desculpa, pessoal. Mesmo que todos vocês concordem, não posso aceitar."

Xav esperou que Felix, talvez Tali discordasse. Nenhum dos dois o fez.

"Bem, a vadia não vai ficar com metade da minha empresa." Felix falou em alto e bom som, quase fazendo Xav pular de sua cadeira, e ofereceu a Amber um sorriso sinistro.

"Não se preocupe, Am. Não vai acontecer." Ele olhou ao redor para o grupo. "Nada disso vai."

"Mal podemos esperar para ouvir o plano", disse Daniel, após um segundo.

"Ela mesma falou o plano." Felix terminara sua bebida e estava olhando, com um olhar que era quase de culpa, para a garrafa. "Você só precisava prestar atenção."

"Não estou entendendo", respondeu Xav.

Talitha estava observando Felix.

"Eu estou", retrucou ela. "E concordo."

Os dois mantiveram contato visual por um breve momento, um combinado não dito ocorria entre eles. Xav sentiu um formigamento, como um inseto a se arrastar pela sua coluna.

"A Megan quer que a Tali dê um jeito no pai dela", explicou Felix. "Em outras circunstâncias, eu estaria bem com essa ideia — o cara é um verdadeiro saco de bosta. Mas, na atual situação, seria um desperdício."

Ninguém abriu a boca. Os olhos de Tali estavam fixos no chão, Amber observava o ambiente ao seu redor. Daniel encarava Felix como se não conseguisse olhar para outra direção.

"É possível?", perguntou Felix a Talitha, após um breve momento.

"Em teoria", respondeu ela, "dá pra fazer. Só será arriscado e caro."

"Temos o fundo", lembrou Felix. "Xav, acha que conseguiria recuperar?"

Xav deu um grunhido evasivo. Ele não sabia, dependeria de como Megan fora cuidadosa ao esconder seus rastros. E, sinceramente, ele nem tinha certeza aonde isso estava indo.

"O que seria caro?" Amber compartilhava a mesma dúvida de Xav.

Embora Xav acreditasse que, de algum jeito, ele sabia do que se tratava, uma inquietação repentina tomou conta de si, como se não quisesse nada além de sair correndo na chuva.

"Contratar um assassino de aluguel", esclareceu Talitha, como se discutisse uma vaga de emprego. "Preciso ir pra casa, conversar com algumas pessoas."

Por casa, Talitha queria dizer Palermo, onde a família de sua mãe morava. Então, finalmente estava acontecendo, Talitha e Felix estavam considerando a possibilidade de contratar um assassino profissional. Xav esperou que alguém — Amber ou Daniel — recusasse.

"Você vai realmente fazer isso?", perguntou Xav quando ninguém mais falou. "Contratar alguém para matar o pai da Megan?"

"Você está parcialmente certo", respondeu Felix.

"Não estou entendendo", alegou Xav de novo, embora, dessa vez, soubesse ser mentira. Até mesmo Amber perdera a expressão confusa.

"Vamos contratar o assassino de aluguel", declarou Felix. "Para matar a Megan."

39

Xav se levantou rapidamente.

"Isso é insano. Você não vai me transformar num assassino."

"Já somos assassinos, Xav." Incapaz de resistir, Felix pegou a garrafa de uísque. "Por vinte anos, estivemos com o sangue de três pessoas em nossas mãos. É só mais uma para salvar nossas vidas."

Ele tirou a tampa da garrafa, porém pausou no momento de se servir. Xav se virou para Amber.

"Você não vai aceitar isso, correto? Am, essa não é você."

Por mais infeliz que parecesse, Amber não hesitou.

"Ela não vai levar a minha bebê, Xav. Megan passou dos limites."

"Dan, você tá junto nessa?", perguntou Felix.

Daniel colocou os dedos no meio da própria testa, e Xav achou por um instante que ele estava prestes a fazer o sinal da cruz. Então, os olhos se fecharam, a mão escorreu para a lateral, e ele meneou a cabeça em concordância.

A garrafa se chocou contra a mesa, quando Felix a colocou de lado. Seu copo permanecia vazio.

"Tá legal, então vamos ganhar tempo", sugeriu ele. "Ainda temos um mês antes de primeiro de julho e, provavelmente, vamos conseguir mais tempo se precisarmos. Dan, envia os formulários agora. Vai levar semanas até estar tudo certo. Se precisar, você pode inventar um resfriado. Sua única tarefa é fugir da mesa de cirurgia até a Tali organizar toda a parte dela. Amber, fala pra Megan que você vai aceitar, mas precisa ser próximo ao final do verão. Vocês duas podem começar a olhar juntas escolas em Oxford. O segredo vai ser ela pensar que você está concordando com tudo."

Amber, com o rosto pálido e trêmulo, acenou, concordando.

"Vou fazer a mesma coisa", prosseguiu Felix. "Vou fingir que estou planejando a transferência societária, mas a passos lentos. Quando você acha que consegue embarcar no avião, Tali?"

"Não posso acreditar que estou ouvindo isso." Xav ouviu a própria voz, mais alta que o normal, mesmo com o martelar da chuva. "O que tem de errado com vocês?"

"Ela que pediu isso", argumentou Amber.

Nenhum deles, nem mesmo Amber, conseguia olhar para Xav.

"O que ela pediu de você não é tão ruim assim." Daniel olhou ligeiramente para cima. Seu rosto parecia perspicaz e malicioso.

"Ah, você acha?" Xav foi até a porta. "Não. Não concordo com isso. Não vou me meter no assassinato de mais ninguém. Prefiro me entregar pra polícia antes de fazer algo assim."

"Você não pode tomar essa decisão por nós", retrucou Daniel.

"Não conte com isso."

"Tá, espera aí." Felix podia se mover rapidamente, para um cara grande. Ele alcançou Xav no degrau da porta, impedindo sua saída.

"Você tem razão. Estamos sendo precipitados." Ao olhar nos olhos de Xav, Felix deu um passo para trás. "Vamos deixar a ideia descansar pela noite de hoje. Não, que se dane, vamos aproveitar o fim de semana para colocar a cabeça no lugar. Conversamos novamente daqui a alguns dias. Pode ser?"

Felix recuou ainda mais, com as mãos erguidas em um gesto conciliatório.

"Conversamos na segunda. No fim de semana, vamos apenas relaxar. Talvez dê para convencer a Megan a ser razoável. A filha da Amber e a cirurgia do Dan são inegociáveis, certo?" Ele olhou para o grupo ao redor.

"E o assassino de aluguel", adicionou Xav.

De repente, Felix se tornara o mais racional ali, como se Xav fosse a pessoa com exigências ultrajantes.

"Certo, quem sabe a gente não consegue conversar para ela desistir", ponderou ele. "Consigo deixá-la como acionista da empresa. Cinquenta e um por cento é demais, mas consigo oferecer uma boa parte. Talvez ela possa ir para o exterior e fazer o transplante. E você pode convencê-la a ir até a polícia para resolver a questão do pai. Tali, você poderia ajudar com isso, não? Digo, de verdade agora, sem ferrar com ninguém."

Tali concordou, os olhos alternando entre Felix e Xav.

"Dá certo desse jeito?", perguntou Felix. "É possível que ela esteja barganhando com a gente, e acabamos de ouvir apenas a proposta inicial. Podemos fazer uma contraoferta. Acho que pode dar certo, não?"

"Talvez."

Felix deu um tapinha no ombro dele. "Tá legal, agora vai descansar. Conversamos daqui a alguns dias."

Desesperado para sair da sala e ficar bem longe deles, Xav foi embora a passos largos em direção à noite, correndo sob a chuva para voltar até seu carro. Foi apenas quando estava saindo com o carro que percebeu que nenhum dos outros havia deixado a casa da piscina. Todos estavam lá dentro, conversando.

Sobre Megan? Ou sobre ele?

40

No decorrer do fim de semana, Xav teve a impressão de estar perdendo a habilidade de pensar racionalmente. Toda vez que tentava manter uma linha de raciocínio, os pensamentos escapavam da cabeça, da mesma forma que faziam naqueles momentos finais entre estar acordado e dormindo. Ele tentou usar papel e caneta, esquematizar diferentes estratégias: poderia sufocar a consciência e aceitar o plano de Felix, convencendo-se de que a vida de Megan acabara de verdade vinte anos atrás, que estavam apenas dando fim ao sofrimento de um animal ferido; poderia convencer Megan a fugir com ele, viver do fundo fiduciário, nunca mais ver ou falar com outros de novo; poderia apoiar a ideia de uma contraproposta, torcendo para Megan ser coerente. Conforme o fim de semana passava, diferentes possibilidades lhe ocorreram, algumas razoáveis, outras absolutamente grotescas, porém todas tinham um problema enorme: a família Robinson. Seja lá o que fizesse agora, não havia como fugir do pensamento de que havia tirado três vidas e nunca pagara o preço por isso.

No fim das contas, continuava sem uma solução ou escapatória. Não poderia confessar sem arrastar os outros com ele. Luke, Ruby e Pearl cresceriam sem um dos pais; Mark, Dex, Sarah e Ella veriam suas vidas despedaçadas; os filhos que pensou conceber algum dia desapareceriam como num sonho esquecido. À medida que os minutos se estendiam em horas, Xav se pegava olhando para o rosto adorável da esposa. Ele nunca a viu chorar, nem tinha certeza se ela já experimentara tristeza genuína na própria vida. Graças a ele, isso estava prestes a mudar.

Os outros foram fiéis às suas palavras; ninguém entrou em contato, porém Xav estava ficando paranoico. Talvez estivessem se encontrando sem sua presença. Talvez a sua recusa em seguir o plano o tivesse transformado num inimigo. Estaria completamente fora de cogitação a possibilidade de Felix e Talitha decidirem que o assassino de aluguel em Palermo conseguiria resolver dois problemas pelo preço de um e, da próxima vez que entrasse em seu carro, descobriria que os freios não funcionavam mais?

Xav começou a conferir se as portas de sua casa estavam trancadas. Quando ofereceram a Ella um trabalho de dez dias na Islândia no mês seguinte, ele concordou com tanto entusiasmo que chegou a magoar a própria esposa, porém, na Islândia, sabia que ela estaria a salvo.

Pouco depois do meio-dia no sábado, um envelope branco foi empurrado pela porta com o nome *Xav* escrito nele. Dentro, encontrou um cartão de visita do Travelodge em Abingdon Road com a palavra *Megan* escrita no verso. Que diabos significava aquilo? Será que ela esperava que ele fosse até lá?

Ao final da tarde de domingo, a insanidade começava a tomar conta de si. Mal dormira na noite anterior, não comera nada o dia inteiro e não conseguia ficar parado. Já basta. Não fazia ideia do que diria a Megan, porém iria terminar aquilo de uma vez por todas.

O trânsito estava leve e não levou muito tempo para chegar até o Travelodge. O carro de Megan estava estacionado próximo à saída. O jovem na recepção ligou para o quarto de Megan, avisou que Xav precisava ir ao quarto 24 no segundo andar e liberou sua entrada pela porta de segurança. Xav subiu as escadas, andou pelo corredor, encontrou o quarto 24 e bateu à porta. Ela abriu e, sem dizer nada, deu um passo para trás para que ele entrasse.

O cabelo de Megan estava molhado, liso como a pelagem de uma foca. Ela não usava maquiagem. Os olhos e os lábios estavam menos inquietos do que ele se habituara, porém a pele estava mais pálida e possuía o tipo de luminosidade da qual sua esposa falava sem parar. O roupão era feito de um algodão fino e aderia à pele úmida. Ela não parecia surpresa ao vê-lo.

"Me perdoe", disse ele.

Megan arqueou as sobrancelhas perfeitamente desenhadas e escuras como o cabelo.

"A gente não devia ter deixado você confessar há vinte anos", prosseguiu Xav. "A gente deveria ter assumido a culpa juntos."

Com exceção do piscar de olhos constante, Megan nem dava sinal de estar ouvindo o que ele falava.

"A gente deveria saber que tinha algo de errado, que algo horrível aconteceu com você e que você precisava da gente. Fomos uns amigos de merda. Era para você ter se superado nas provas, Meg, e foi nossa culpa que isso não aconteceu."

Algo de suave apareceu no rosto de Megan; não era exatamente um sorriso, talvez a lembrança de um.

"Não", respondeu ela. "Pelo menos, isso não teve nada a ver com vocês."

"Amigos de verdade ficariam ao seu lado, mesmo quando você foi para a cadeia. Deveríamos ter escrito, te visitado e deixado claro que a gente te ajudaria, que sempre te ajudaria."

"É", concordou ela. "Isso teria sido bom."

"E deveríamos ter te aceitado de volta, ter falado logo de cara sobre o fundo fiduciário, ter te recebido em nossas vidas e ajudado com qualquer coisa ao nosso alcance. A pior coisa que fizemos nos últimos vinte anos foi esperar até sermos forçados a isso, realmente acreditamos na fantasia de que você era culpada o tempo todo."

O lábio inferior dela se abriu, a cabeça balançou para os lados; ela parecia pensar a respeito.

"Mas é isso aí, Megan."

As sobrancelhas se levantaram novamente.

"É aqui que tudo isso termina", continuou Xav. "Não vou aceitar nenhuma das suas exigências cruéis e também acredito que os outros não vão. Não vou me divorciar da minha esposa. Eu amo a Ella. Levou um bom tempo até eu encontrar alguém que amasse, talvez por causa das promessas que te fiz e como me sentia em relação a você, mas eu achei e não vou abrir mão dela. Você e eu nunca vamos ser um casal."

Ele viu a mandíbula de Megan se contrair ao mesmo tempo que ela engolia em seco. Os olhos dela se tornaram um pouco mais brilhantes.

"Vou confessar antes que você possa me chantagear", revelou ele. "Passei o fim de semana inteiro pensando em fazer isso mesmo. Coloquei meu tênis para ir até a delegacia duas vezes."

"O que te impediu?" A voz estava tão fria quanto um cubo de gelo, ela não demonstrava misericórdia.

"Acho que seria justo avisar os outros antes de ir", afirmou ele. "Mas eu vou, não tenha dúvidas."

"Então, finalmente você virou homem", disparou ela.

Ele mereceu aquilo.

"Adeus, Megan", despediu-se ele. "Por favor, me perdoe."

Ao abrir a porta e sair para o corredor, Megan emitiu um som que não conseguiu identificar, era algo entre um soluço e um choro. Ele não olhou para trás.

41

Felix estava acordando quando o alarme em seu celular tocou às 3h30 da madrugada de segunda-feira. Na escuridão, vislumbrou o que parecia ser um rosto mais jovem no espelho do banheiro. O endurecimento da pele, a mandíbula flácida e as linhas ao redor da boca haviam desaparecido, deixando a face igual à que se lembrava de seus anos de adolescência. Só havia uma grande diferença: o brilho de seus olhos havia se apagado.

Agora, seu rosto era o de um homem mau. A atitude irresponsável que resultou na morte de três pessoas e arruinou a vida de outras seis fora instigada por ele. A ideia surgiu na volta pra casa de um passeio noturno, estava no banco do passageiro do carro do pai quando, do nada, se imaginou dirigindo em alta velocidade na contramão. A ideia não saiu de sua cabeça. No começo, foi introduzindo o desafio aos poucos e de forma sutil, para que não percebessem o que estava fazendo. E, quando chegou o momento de dizer, *"Vamos lá, vamos fazer isso acontecer"*, todos estavam prontos para ir.

Tudo culpa sua.

Sarah não se moveu enquanto ele atravessava o quarto. Ela dormia de costas com um raio de luz sobre o rosto. Como seria fácil para ele, um homem mau, colocar um travesseiro no rosto dela e pressioná-lo até não haver resistência. É provável que nem sentisse remorso. Ele lutava para sentir qualquer coisa desde o retorno de Megan. Era como se a maldade dentro de si, mantida sob controle por tanto tempo, fosse liberta por sua reaparição repentina. O rosto de Sarah se contraiu, como se percebesse o perigo pairando por perto.

Felix escapou silenciosamente do quarto. É claro que ele não mataria a esposa sufocada. Luke precisava dela e, além disso, não tinha nada contra Sarah. Antes de Megan retornar, o máximo que sentia era algo próximo de afeto por ela. Tinha certeza de que não era amor. Felix só havia amado uma mulher em sua vida, e ela há muito tempo foi embora.

De maneira sorrateira, entrou no carro de Sarah. O BMW preto com motor elétrico, bem mais silencioso, era muito mais apropriado para seu propósito do que seu próprio veículo. Antes de ligar o carro, verificou o celular, abrindo um aplicativo instalado recentemente de que ninguém sabia a respeito.

Após descobrir o truque de Megan com as fotografias, Felix encomendou um dispositivo de rastreamento na internet, do tipo que se usa em cães inquietos. Quando soube que Megan estava numa reunião, pegou emprestada suas chaves do carro e o colocou sob o pneu reserva. Isso significava que sabia exatamente onde ela estava vinte e quatro horas por dia, sete dias por semana, e, neste momento, ela estava em casa. Na verdade, seu carro estava na Abingdon Road, a menos de dois quilômetros do centro da cidade.

Não fazia diferença, desde que ela não estivesse perto do local para onde ele se dirigia.

Partiu em direção à rodovia. No meio do caminho, seus faróis se depararam com os olhos de uma raposa à beira da estrada, e o animal pareceu se encolher na vegetação, como se o evitasse por instinto. Quando estava perto de Echo Yard, o armazém de bens recuperados onde o pai de Megan morava, Felix parou e estacionou ao lado de uma entrada fechada para outra propriedade. Faltavam dois minutos para as quatro da manhã, ainda havia tempo para mudar de ideia.

Fora do carro, ficou parado por um momento, tentando se convencer de que o fazia para pensar melhor. Distante dali, ouviu o som de um caminhão que seguia para a M40 e o grunhido de algum animal indistinto.

Se tivessem parado para pensar há vinte anos, as coisas poderiam ser bem diferentes. Quem sabe não mudariam de ideia, dirigiriam de volta pra casa da Tali, ficariam bêbados e dormiriam por lá, e a vida seguiria conforme planejada. Exceto a de Megan.

Felix pensou o suficiente e viu que não mudaria de ideia.

Abriu o porta-malas, pegou uma pequena mochila e um taco de beisebol velho da época da faculdade. Após calçar as luvas e colocar a máscara de esquiador, correu pouco menos de um quilômetro pela estrada até ficar bem em frente ao trailer onde o pai de Megan morava. Relembrando alguma coisa que Tali falara antes, teve a certeza de que havia um toco de árvore nas proximidades que o ajudaria a pular a cerca.

O terreno entre a cerca e a estrada estava abandonado. A grama áspera tinha mais de meio metro de altura e chegou a pisar num emaranhado de espinheiros. Naquele local, agradeceu pela vegetação, pois ela o manteria escondido.

Felix tirou a mochila dos ombros e remexeu em seu interior. O apito que ele encontrou na Amazon tinha uma frequência de 40 quilohertz, praticamente inaudível para humanos, porém facilmente perceptível para cães. Ao assoprar, produziu um som sibilante silencioso aos ouvidos e foi recompensado com um latido vindo de dentro do trailer.

Ele assoprou novamente.

O cão latiu. Felix assoprou o apito pela terceira vez, e os latidos se transformaram num frenesi à medida que o animal começava a arranhar a porta do trailer. Com os nervos apertando o estômago, Felix viu a porta se abrir e o cão saltar para fora. Uma figura masculina estava parada na entrada.

Felix se ajoelhou e abriu a mochila de novo. Do interior, tirou um saco plástico frio e molenga e atirou o pedaço de carne que estava nele por cima da cerca. A carne caiu exatamente na direção do pastor-alemão que se aproximava dando saltos.

"O que foi, Duke?", exclamou o pai de Megan.

Mesmo com a cerca, o cão se aproximou o suficiente para deixar Felix nervoso. Duke emitiu um rosnado baixo, como se fosse atacá-lo, porém a carne já estava em seu campo de visão e o animal começou a se distrair.

"Duke!", chamou o pai de Megan.

Dividido entre a ganância e o dever, o cão permaneceu onde estava, olhando para Felix e com o nariz em cima do pedaço de contrafilé de 170 gramas. Ele rosnou e lambeu a carne. Felix se virou e rastejou para longe. Sem nenhum conhecimento sobre psicologia canina, pensou que se afastar poderia dar ao cão a vitória de que precisava para ceder à tentação. A alguns metros da estrada, ele esperou com joelhos e mãos no chão úmido. Uma urtiga espetou seu pulso.

O pai de Megan chamou novamente o cachorro. Felix ouviu o animal correndo e a porta do trailer se fechando. Voltando a ficar de pé, olhou seu relógio.

A droga na carne levaria de quinze a vinte minutos para fazer efeito, levando-o a esperar até as 4h15 da madrugada. Felix sabia, com base na leitura de todos os livros de Lee Child, que 4h da manhã é o momento em que o corpo humano está em seu ponto mais baixo, quando o sono tem seu maior domínio. Ataques, invasões, emboscadas ocorrem às quatro horas por um motivo.

Às 4h16, Felix pulou a cerca e caiu na área descampada. Deixou a mochila para trás, porém manteve o taco de beisebol firme nas mãos. Não havia traços do bife no chão.

Aproximou-se do trailer sem ouvir um som sequer e bateu de forma suave à porta. Nenhuma resposta — humana ou canina. Felix girou a maçaneta e não se surpreendeu ao encontrá-la destrancada. O pai de Megan julgava estar seguro com a cerca metálica de dois metros e o cachorro enorme.

O pastor-alemão estava caído no chão, desmaiado. O homem estava num beliche no canto mais distante do trailer. Felix passou por cima do cão.

"Ei", chamou ele, após verificar que tinha espaço suficiente para balançar o taco. Então, gritou "Ei!" um pouco mais alto.

O pai de Megan se sentou abruptamente.

"Mas que porra é..."

Felix não o deixou concluir. Desceu o taco com força e velocidade, fazendo o objeto de madeira se chocar contra a lateral da cabeça do outro homem. Macdonald recuou, e Felix golpeou novamente. Um som, algo entre um grunhido e um gemido, saiu da boca, e ele quase caiu do beliche. Os braços envolveram sua cabeça, porém nenhum outro movimento para se defender foi feito.

Felix desferiu outro golpe, desta vez nos ombros, e pensou ter ouvido um osso se partindo. No chão do trailer, o velho Macdonald se encolheu em posição fetal. Ofegante, Felix agarrou a gola da camiseta de seu alvo e o arrastou pelo chão para um lugar onde tivesse mais espaço. Ele o chutou uma, duas e depois uma terceira vez, no lugar onde imaginava que estariam os rins. Quando Macdonald se contorceu, acertou-o mais uma vez no rosto. Um som repugnante indicou que o nariz do homem estava quebrado.

Ao sair do trailer, Felix se inclinou para verificar o cão. Supondo que seu peso fosse de cerca de 35 quilos, ele calculara a quantidade de cetamina necessária para mantê-lo inconsciente por cerca de uma hora. O peito do bicho subia e descia de maneira normal. Ele deixou a porta aberta, para que o animal pudesse escapar caso Macdonald não recobrasse a consciência. Ele poderia até ser mau, mas não era um monstro.

"Não há de quê, Meg", sussurrou para o vento, enquanto andava de volta para o carro.

42

Felix chegou em casa, se arrastou até a cama sem acordar Sarah e, para sua surpresa, dormiu por horas a fio. A esposa precisou acordá-lo muito depois do horário habitual de seu relógio, antes que se atrasasse para chegar à fábrica.

Subindo as escadas para seu escritório, Felix se preparou para ficar cara a cara com Megan pela primeira vez depois da noite de sexta-feira. O que ele fizera com o pai dela não mudava nada. Espancar o homem era um ato hediondo, mas não tinha nenhuma relação com o problema atual. Machucá-lo, talvez até causar sua morte, era algo que seu eu de 18 anos deveria ter feito. Ele devia isso a ela.

Não significava que ela ficaria com metade da sua empresa. E, por mais que não tivesse uma grande consideração pela filha de Amber, ou pelo rim de Daniel, também não a deixaria sair com ambos. Ela poderia vir atrás de Luke em seguida. Não, a situação com Megan não estava resolvida, e ele não mudara de ideia sobre como deveriam resolver o problema. Ele abriu a porta dos escritórios principais e estava pronto para se deparar com ela.

Ela não estava à sua mesa de trabalho.

Ele andou pela extensão do lugar, dando um aceno de cabeça para todos que faziam contato visual, respondendo àqueles que lhe desejavam um bom-dia. Como de costume, a maioria dos funcionários não abria a boca para falar com ele.

"A Megan ainda não chegou?" Ele alcançou a mesa dela e não encontrou o menor vestígio de qualquer tipo de trabalho ali.

"Ela tirou uma semana de folga." A gerente de RH lhe deu o mais rápido dos olhares.

"Desde quando?"

Num piscar de olhos, a expressão da mulher se tornou defensiva. Caramba, ele não podia nem ao menos fazer uma simples pergunta?

"Desde que ela preencheu o formulário e o deixou na minha mesa", respondeu ela. "Eu assinei o documento. Ela falou que te comunicou a respeito. Tem algum problema?"

"Não, claro que não." Ele continuou andando. "Ela deve ter me contado, e eu que esqueci."

É claro que havia um maldito problema — Felix abriu a porta de seu escritório — e tão certo quanto o inferno é quente que ela não contou nada. Ele tirou seu celular e abriu o aplicativo de rastreamento. Ela, ou seu carro, ainda estava em Abingdon Road.

Estava prestes a mandar uma mensagem para os outros, porém se deteve após ver o primeiro nome. Talitha avisara mais de uma vez para não enviarem mensagens relacionadas a Megan, mesmo nos aparelhos descartáveis. Algumas vezes, Talitha podia ser uma vaca que adora ficar opinando, porém ela estava certa nessa.

Felix afundou em sua cadeira ao mesmo tempo que outro pensamento lhe ocorreu. A polícia. Megan poderia ter mudado de ideia. Ela poderia estar com a polícia neste exato momento. Com a exceção de que não teria agendado uma folga para isso — qual seria o sentido? Não, provavelmente não estava com a polícia. Mesmo assim...

Sentindo o pânico crescer no peito, ele pegou o telefone verde. Talitha não estava disponível, ela nunca estava livre nessa porra, e ele não iria perder tempo tentando falar com Amber. Por fim, mandou uma mensagem para Tali e ligou para Daniel na escola.

"Não tenho muito tempo", avisou seu amigo quando atendeu. "Tenho uma reunião daqui a dez minutos."

Por acaso, ele estava ligando para marcar uma partida de tênis?

"A Megan sumiu", informou Felix. "Ela agendou uma semana de férias. Você sabia de alguma coisa sobre isso?"

Uma leve pausa. "Não. Ela contou para alguém aonde ia?"

"Ninguém no escritório sabe de nada."

Felix estava prestes a contar para Dan sobre o dispositivo de rastreamento, mas se segurou. Francamente, não sabia em quais membros do grupo podia confiar mais. Ele sabia da visita de Megan à casa de Xav na semana passada, o aplicativo de rastreamento mostrara sua estada noturna, porém Xav havia contado para alguém? Não, o desgraçado ficou de bico calado. Mais um motivo pelo qual não sabia se poderia confiar em Xav.

"O que ela tá aprontando?", questionou Dan.

"Me perguntei a mesma coisa. Você sabe onde ela tá morando agora? Alguém devia aparecer no antigo quarto dela, conferir se ela ainda está lá."

Por alguém, ele queria dizer Daniel, é claro; ele era o mais próximo.

"Posso ir na hora do almoço."

Seria melhor mais cedo, porém até Felix precisava aceitar que o diretor de uma escola não podia simplesmente fugir dos seus compromissos.

"O quanto antes", afirmou ele. "Tem alguma coisa nova acontecendo, algo que ela esteve planejando por um tempo."

43

Não havia sinal de Megan em seu quarto. Ao apertar campainha após campainha no interfone geral do prédio, Daniel acabou encontrando o que parecia ser um senhor de idade disposto a conversar. O homem não conhecia Megan pelo nome, porém falou a respeito da assassina que morava no quarto sete.

"Ela foi embora", Dan conseguiu ouvir pelo interfone com chiado. "Ninguém quer essa mulher aqui."

Uma semana de folga agendada sem avisar ninguém e saiu do seu quarto? Deus, se Megan estava disposta a ir tão longe só para fazê-los esperar com aflição, ele realmente precisava avisá-la de que não precisava de tudo isso.

"Tudo bem com o senhor?"

Sem saber como, Daniel estava de volta à escola, próximo ao bicicletário, e dois meninos do ensino fundamental o observavam com uma mistura de preocupação e admiração. Ele havia tirado o casaco, algo proibido nas dependências da escola até que o conselheiro responsável declarasse que o verão havia chegado. Precisou afrouxar a gravata enquanto, sem fôlego, encarava o asfalto. Daniel precisava se recompor.

Tentando fazer uma piadinha sobre sua falta de condicionamento físico, o diretor correu para o andar de cima e ligou para Talitha. Ela estava a caminho de um almoço com um cliente.

"Estava prestes a te ligar", respondeu Talitha, cansada. "Você chegou a ver?"

Ele podia visualizar a amiga apressada pelo barulho dos saltos ecoando por um corredor de ladrilhos.

"Ver o quê?", perguntou ele.

"Só um minuto."

Ao fundo, uma porta foi fechada.

"Passou na BBC Oxford uma hora atrás", continuou Talitha. "A polícia está num armazém próximo à M40. Um homem na faixa dos 60 foi espancado e largado inconsciente. Seu cachorro avisou as pessoas nas proximidades logo cedo pela manhã. Deve ser o pai de Megan."

Incapaz de permanecer de pé, Daniel se jogou na cadeira atrás da mesa. Megan desaparecida, agora isso.

"Isso explicaria por que ela não foi trabalhar." Ele falou devagar, tentando encontrar nexo nos pensamentos em sua cabeça. "Ela pode estar no hospital."

"Como assim ela não foi trabalhar? Você falou com o Felix?"

Mesmo sem o casaco, Daniel estava com muito calor. Ele fechou os olhos e respirou fundo.

"A Megan agendou uma semana de folga sem contar pra ele e também abandonou o antigo quarto."

Talitha não respondeu de imediato, e Daniel sentiu que, se abrisse os olhos, veria as bordas do mundo se derretendo.

"É mais provável ela estar com a polícia do que com o pai no hospital", observou Talitha.

Os olhos de Dan abriram novamente; o mundo permanecia o mesmo.

"Você acha que a Megan espancou o próprio pai?", perguntou ele, enquanto imagens vívidas de Megan segurando um porrete ensanguentado surgiam em sua mente.

Talitha levou certo tempo para responder.

"Acho que não. Por que pedir para que eu me livrasse dele se ela planejava fazer isso sozinha? Além do mais, o pai de Megan parecia alguém capaz de se defender quando eu o encontrei."

E Megan parecia alguém capaz de ser arrastada por um vento forte.

"Quem, então?", indagou ele. "Parece muita coincidência."

"Ah, não estou dizendo que é coincidência. Só estou falando que não acredito que foi a Megan."

"Quem, então?", repetiu Daniel.

Por um momento, a linha ficou em silêncio, então: "Só entre nós dois, tá legal?".

"Claro!"

Outra pausa, em seguida Talitha disse: "Acho que foi o Xav".

44

Era impossível trabalhar. Ele não achava que conseguiria presidir uma reunião novamente, quanto mais voltar a lecionar na frente de vinte alunos, alguns dos quais falavam grego e latim melhor do que ele. Daniel cancelou seus compromissos da tarde e pulou na bicicleta mais uma vez para pedalar até a casa de Xav. Estava molhado de suor quando chegou, e o coração estava fazendo alguma coisa estranha. Não era exatamente estar acelerado, apesar da curta corrida deixá-lo exausto, mas uma espécie de dança dentro do peito. Ele batia rápido e forte, depois parecia parar, antes de se debater igual a um peixe fora da água. Precisaria ir ao médico ver isso se algum dia conseguisse escapar daquele pesadelo.

Enquanto esperava alguém atender a porta — já tinha visto a BMW de Xav na rua —, ele se perguntou se ter um problema no coração o tornaria incompatível para ser um doador de órgãos. Deus, como ele foi chegar ao estado em que ter uma doença cardíaca era uma boa notícia? Tirou um lenço para limpar o suor do rosto, que retornou quase que instantaneamente.

Ella, a esposa de Xav, foi quem abriu a porta. Daniel nunca conseguiu enxergar nada de muito atraente em Ella quando a conheceu pessoalmente: as maçãs do rosto muito delineadas, olhos tão grandes que eram quase cartunescos e o penteado andrógino que não lhe chamava a atenção. Quanto ao corpo, se ela usasse roupas que o exibissem, ele quase se sentia de volta às aulas de anatomia. Entretanto, as fotografias nas revistas e pela internet eram impressionantes.

Naquele dia, seu cabelo mostrava um centímetro de raízes escuras, e havia duas espinhas no queixo. Ella usava uma blusa folgada de manga comprida e calça legging preta, exibindo pernas e um bumbum que poderiam pertencer a uma menina de 9 anos.

"Desculpa por aparecer sem avisar. O Xav está aí?"

Ella gostava dele, Daniel sabia disso. A maioria das mulheres gostava. Uma vez, Talitha lhe explicou que elas desconfiavam da sexualidade dele e, provavelmente, era esse o motivo.

"Ele não é mais o mesmo", desabafou Ella, enquanto ia à frente pela casa. "Ele insiste que não tá doente, mas eu nunca o vi faltar ao trabalho antes. Aceita um café?"

Café era a última coisa de que precisava, mas percebeu que a mulher queria conversar.

"Sabe se ele recebeu alguma notícia ruim?", perguntou ele, em voz baixa. Xav estava em algum lugar pela casa.

"Não que eu saiba. Mas ele passa horas ao telefone, recebendo ligações de todo tipo de gente: seu advogado, gerente do banco, mas não me conta o que há de errado. Acho que ele tá movimentando suas economias por aí, e olha só…"

Com a agilidade de um macaco, ela subiu na bancada. Esticando-se até a prateleira mais alta, pegou um pote e o mostrou para Dan a fim de revelar maços com notas de dinheiro.

"Tem quase mil libras aqui." Ela continuava a lançar olhares nervosos em direção à escada enquanto falava. "Acho que ele tá com algum problema financeiro e tem medo de me contar. Dan, e se ele foi demitido?"

Ele estava suando novamente.

"Calma, onde o Xav está? Quero ver o que consigo descobrir."

"Ele não me conta nada; desisti de perguntar porque só o deixa mais estressado. E tem mais uma coisa. Ele fez uma limpa no freezer."

Prestes a atravessar a porta, Daniel se virou para trás.

"O que ele fez?"

"Toda a carne, frango e peixe; o tipo de coisa que ele come, e eu não. Encontrei tudo no lixo do lado de fora. É como se meu marido estivesse planejando me abandonar."

A essa altura, lágrimas rolavam pelo rosto de Ella. Daniel se aproximou e colocou a mão no ombro da mulher. Era o mais próximo de um abraço que se sentia confortável de fazer.

"O Xav te ama", falou com sinceridade. "Tenho certeza de que você está enganada", mentiu. "Deixa eu ir lá trocar uma palavrinha com ele."

Ella observou com ansiedade Daniel subir os degraus. Xav o encontrou no andar de cima.

"Algo de errado?", perguntou o dono da casa.

Xav estava um lixo, não se barbeava fazia dias e a camiseta tinha manchas na frente e nas axilas. Ele usava calças de moletom largas e estava descalço.

"Eu que deveria te perguntar." Daniel seguiu o outro homem até uma pequena sala de estar. A caverna do aconchego, como Ella chamava, aonde ia para beber chá e assistir a novelas.

"Passei o fim de semana inteiro me sentindo péssimo. Fiquei sem vontade de ir pro trabalho." Xav se jogou numa poltrona. O odor que tomou conta do local fez Daniel se lembrar do vestiário masculino da escola.

"A Ella está realmente preocupada com você", comentou ele. "O que tá acontecendo, cara?"

"Nunca é tarde demais para colocar as coisas em ordem." Os olhos de Xav estavam frios e sem brilho, pelo menos, ele não se fingia de desentendido. "Então, o que você quer, Dan? A Tali te enviou em mais uma missão?"

Com uma crescente sensação de desconforto, Daniel também se sentou.

"É sobre a nossa amiga em comum", respondeu ele.

"O que mais? Bem, não dá pra conversar sobre isso aqui. Minha esposa escuta atrás das portas."

Daniel nunca vira Xav criticar Ella antes. Ele se levantou, andou até o topo da escada e retornou logo em seguida.

"Ela tá falando com alguém pelo telefone na cozinha", informou a Xav, que deixou a cabeça cair para trás e os olhos se fecharem. "A Megan foi embora. Você sabe pra onde ela foi?"

Os olhos azuis de Xav se abriram rapidamente. "Foi embora pra onde?"

Daniel pensou que havia a possibilidade de Xav estar bêbado. Ele não sentia o cheiro de álcool, porém esse sujeito relaxado não era o Xav que conhecia.

"Não sei, por isso que te perguntei. Ela tirou uma semana de folga sem avisar o Felix e sumiu. Achei que ela poderia ter te falado algo, já que vocês dois estão para se casar."

Por um segundo, Daniel achou ter ido longe demais, então Xav se levantou e saiu do cômodo, esbarrando de forma desajeitada no batente da porta. Voltou alguns segundos depois com a carteira numa das mãos e o cartão de visitas na outra.

Daniel pegou o cartão.

"Travelodge", leu ele. "Fica na Abingdon Road. Quando ela se mudou para lá?"

"Não faço a menor ideia", respondeu Xav. "Ela passou esse cartão por debaixo da minha porta no sábado. Tive uma sorte do cacete que a Ella não viu."

"Então, ela ainda tá lá?"

As pálpebras de Xav caíram. "Como eu vou saber?"

"Acho que devíamos dar um pulinho lá. Você consegue dirigir?"

Xav olhou em sua direção. "E depois? O que vamos falar para ela? Ela tem o direito de tirar uma folga no trabalho."

Ele precisava contar. Não havia outro jeito.

"Meu amigo, tem mais uma coisa. Se você já não souber."

Os olhos de Xav se estreitaram.

"O quê?", perguntou ele.

"Aconteceu alguma coisa com o pai da Megan", contou Dan enquanto pensava: *Presta muita atenção nele, veja se ele pisca os olhos.*

"O que é que tem ele?", perguntou Xav de novo.

"Ele foi atacado no começo do dia. Espancaram feio o homem."

O contato visual permanecia estável. "Onde? Em Oxford?"

"No trailer dele. Alguém invadiu o lugar."

A expressão de Xav era de confusão, depois, de pavor.

"Merda."

"Exatamente." Daniel não percebeu nada, nada mesmo que pudesse sugerir que Xav não estava tão surpreso quanto acabara de demonstrar.

"Passou no jornal a manhã toda", revelou ele. "Estou surpreso que você não saiba."

Xav ficou muito quieto, mal parecia estar piscando.

"Também não vejo as notícias com muita frequência", admitiu Daniel. "Foi a Talitha que me contou."

Xav jogou a cabeça nas mãos. Quando tornou a falar, a voz parecia abafada.

"Aquela vaca egoísta e irresponsável. Como que ela organizou essa porra tão rápido?"

Certo, isso estava fora do roteiro.

"Você acha que foi a Tali que fez isso?", indagou Dan, prolongando o assunto. "Quero dizer, arranjou alguém para fazer?"

A cabeça de Xav se ergueu abruptamente para encará-lo; os punhos estavam cerrados.

"Claro que foi ela, caralho. Ela é implacável."

"Não sei, não...", começou Daniel.

"Ela conseguiu fazer a Megan ser atacada na prisão, pelo amor de Deus, ainda armou para que dobrassem a pena. Ela é uma desgraçada do mal, Dan, não duvido que daria um tiro na gente se precisasse."

"Ela acha que foi você."

O rosto de Xav se contraiu de incredulidade.

Daniel se preparou para o que poderia vir a seguir.

"Foi o que ela disse, que acha que foi você. Desconfiou que foi sua personalidade de mocinho da história que falou mais alto."

Xav deu um olhar de desdém para ele. "Ela tá falando besteira."

Sejamos justos, ele era bem convincente.

Xav invadindo o armazém de bens recuperados e espancando o pai de Megan até deixá-lo só o pó? Dan nunca havia suspeitado que Xav tinha um lado violento. Felix talvez, mas, ora, isso era diferente. Você precisava tomar certo cuidado quando Felix bebia um pouco, mesmo na adolescência, mas não o Xav.

"Por quê?", rebateu Daniel. "Por que a Tali faria isso? Concordamos em atrasar ao máximo tudo, enrolar a Megan e tentar fazer uma contraoferta."

"Sim, enquanto eu estava lá. Quem sabe o que vocês decidiram depois que saí? Talvez vocês tenham achado que o pai da Megan deveria receber uma surra para ela ter uma amostra do que está por vir."

Daniel deu um suspiro profundo. Xav era um bom mentiroso; por outro lado, Tali também. Ele não sabia em quem acreditar. Pior do que isso, a união do grupo, na qual ele apostaria tudo que tinha, estava se desintegrando.

E, sem o grupo, o que ele tinha? Nada.

"Seria bom ter certeza de onde a Megan está", afirmou por fim. "Mesmo que a gente não converse com ela. É óbvio que se conversarmos, não vamos poder falar nada sobre o pai dela."

"Vou colocar meu sapato." Xav ficou de pé, como se precisasse fazer um esforço enorme, e caminhou na direção da porta.

"Cara!", exclamou Daniel. "Toma um banho antes."

Levou pouco mais de trinta minutos de carro para chegar ao Travelodge em Abingdon Road. Daniel passou a maior parte do tempo tentando decidir quem ele acreditava estar por trás do ataque ao pai de Megan, e o que Xav estava tramando.

Ele não se surpreendeu quando, após Megan e Xav saírem da casa da piscina na noite de sexta, os outros desconfiaram dos dois.

"*Ele sempre gostou da Megan*", afirmara Amber. "*Eu conseguia notar. E era óbvio que ela sentia o mesmo por ele.*"

Xav sabia onde Megan estava. Estariam eles conspirando juntos agora? Será que ele realmente planejava deixar Ella e fugir com Megan?

Menos da metade das vagas do estacionamento do Travelodge estava ocupada.

"O carro da Megan." Daniel apontou para um pequeno *hatch* azul. "Ela tá aqui. O que nós vamos falar?", perguntou ele, enquanto andavam em direção à recepção.

"Boa pergunta", respondeu Xav. "Não dá pra só chegar e falar o que vier à mente."

Ao observar Xav abrindo a porta do Travelodge, Daniel percebeu que havia cometido um grande erro. Seu amigo não pensava mais de forma racional. Não tinham nenhum plano, e as coisas, que já estavam ruins o suficiente, poderiam ficar muito piores.

A mulher atrás do balcão olhou para a frente e sorriu.

"A gente veio encontrar uma hóspede daqui", informou Xav. "Megan Macdonald. Você poderia ligar para o quarto dela?"

Xav, agora de banho tomado, estava novamente com sua aparência galanteadora, e a recepcionista abriu um sorriso largo.

"Claro, senhor. Só um momento, por favor."

A recepcionista pegou o telefone.

"Qual é seu nome para eu avisá-la?", perguntou ela após alguns segundos.

"Xav." E mais uma troca de sorrisos entre os dois. Daniel se afastou para esperar perto da janela. Aquilo era um grande erro. Ele pegou seu celular. Precisava ligar para Tali, ou até mesmo para Felix. Aquilo não era algo com que conseguiria lidar sozinho.

"Ninguém atendeu", avisou a recepcionista. "Você tem um número de celular para tentar?"

Xav se virou para Daniel. "Temos um número de celular para tentar?"

É óbvio que tinham o número de Megan. Não era isso que Xav estava perguntando, ele queria saber se deveriam ou não ligar para ela. Não, não deveriam ligar para ninguém, cacete. Até onde Daniel sabia, estar ali era uma ideia idiota, inclusive, perigosa.

Xav não esperou Daniel responder e, decidido, puxou o próprio celular e discou um número, provavelmente de Megan. Ele o segurou no alto para que Daniel pudesse ouvir também. Caiu na caixa postal.

A recepcionista havia posto o telefone de volta no gancho.

"Vocês gostariam de deixar algum recado?", perguntou ela.

"O carro dela tá no estacionamento", observou Xav. "O Nissan azul, estou um pouco preocupado por ela não atender. Você poderia mandar alguém até o quarto?"

"Não tenho ninguém para ir lá, mas posso falar com os faxineiros depois que terminarem. Se houver algo de errado, eles vão perceber."

Era o melhor que podiam fazer. Xav agradeceu à garota, e os dois saíram do edifício. Enquanto Xav voltava para seu carro, Daniel caminhou à frente até o lugar onde o carro de Megan estava estacionado.

Não tinha certeza do que estava procurando ou pensando. Talvez deixasse um bilhete escondido no limpador do para-brisa.

O pequeno Nissan azul passava totalmente despercebido: limpo, arrumado por dentro, sem nenhum indício da mulher que o dirigia. Daniel colocou as mãos em concha ao redor dos olhos para espiar o interior escuro, então olhou em volta do Travelodge. Não fazia ideia de qual era o quarto de Megan, porém sentia os olhos da mulher o observando. Ela estava ali, não no hospital, nem ajudando a polícia com os interrogatórios, mas ali, a poucos metros de distância. Ele observou as janelas, procurando um par de olhos.

"Quer uma carona de volta pra escola?", exclamou Xav.

Ele parecia pronto para ir embora, e o caminho de volta seria uma longa caminhada. Daniel se juntou a ele e saíram com o carro de Abingdon Road. Xav dirigiu como se estivesse no piloto automático, a mandíbula estava contraída, nenhuma palavra saía da boca.

"E agora?", perguntou Dan, após o silêncio se tornar desconfortável. "Ligamos para o hospital pra descobrir como ele está?"

Xav manteve os olhos na pista. "Você realmente se importa com aquele merda?"

Daniel pensou a respeito.

"Na verdade, não." O estado de saúde de Gary Macdonald era a última de suas preocupações.

Eles chegaram à entrada da escola. Xav se manteve calado no banco do motorista, sem ao menos olhar na direção de Daniel, apenas esperando que ele saísse do carro.

"Xav!", chamou Daniel. "O que você vai fazer?"

Seu amigo não olhou em sua direção.

"Algo que precisa ser feito. Sugiro que você faça o mesmo."

45

"Amber! Amber, é você? Eu tenho que te falar... quer dizer... recebi uma notícia muito triste por e-mail na noite passada."

A voz peculiar ecoou pelos alto-falantes do carro enquanto Amber acelerava pela A34.

"Também estou triste com isso", respondeu ela, "mas acho que é para o melhor."

"Mas, mas, quero dizer, você estava se saindo tão bem. Você é a... qual é a palavra mesmo?... a garota *pinup* das mães que trabalham fora de casa."

"Você sabe que isso é nojento e machista, não é?"

Mesmo assim, foi bom ouvir. Ela se orgulhava desse título.

"Ah, droga, estou chateado. Não me importo em te contar, quero dizer, em situações normais nunca tornaria isso público — e não vai se tornar público, nem em um milhão de anos —, mas você estava em nosso radar para um cargo importante na próxima reforma ministerial."

Ela já sabia disso, metade de Westminster sabia. Ela queria um cargo na educação, porém teria se contentado com algo no meio ambiente.

"Agradeço, mas a verdade é que posso atravessar uma fase turbulenta nas próximas semanas. Problemas pessoais. E realmente não quero trazer problemas para o governo. Melhor se eu renunciar agora."

A pausa durou três segundos. "Entendo. Bom, nesse caso... hum, talvez você esteja certa. Confio em sua decisão, Amber. Boa sorte. E obrigado por tudo que você fez."

"Foi uma honra, primeiro-ministro."

A ligação terminou, assim como a sua carreira. Mesmo que ela mantivesse seu cargo, nunca teria coragem de passar pelos bancos verdes* em busca de uma posição ministerial novamente. Amber sentiu um soluço de tristeza crescendo na garganta. Havia duas coisas que ela desejava desde os 16 anos: tornar-se primeira-ministra e se casar com Xav. E Megan havia roubado as duas.

Saindo da A34, ela dirigiu pelo curto trajeto de Godstow Road para chegar ao Trout Inn, enquanto Talitha saía de seu próprio veículo. O estacionamento estava ficando cheio, e os jardins do pub à beira do rio estavam lotados de pessoas desfrutando do pôr do sol.

Talitha se juntou a Amber sem dizer oi, nem mesmo oferecer um sorriso. Em algum momento nas últimas semanas, elas deixaram de ser amigas.

"Eu disse que nos encontraríamos na abadia." Talitha caminhou à frente em direção à ponte e a Port Meadow.

Não, elas deixaram de ser amigas há muito tempo. Amber a seguiu, mantendo a cabeça escondida na direção oposta das pessoas no pub. Aquele não era o lugar mais inteligente para se encontrarem numa tarde quente. Ela atravessou a ponte enquanto observava as águas agitadas brilhando prateadas sob o sol. Barcos estavam ancorados nas margens, e o cheiro de churrasco preenchia o ar. Podia ouvir os gritos distantes das crianças. Port Meadow atraía as famílias de Oxford igual a um ímã.

Na margem oposta, Talitha esperou que Amber a alcançasse, e as duas desceram até a trilha do canal. De lá, uma curta caminhada por antigas terras de pastagem as levou até as ruínas da Abadia de Godstow.

Datada do século XII e antigo lar da amante de Henrique II, Rosamond Clifford, a abadia estava aos pedaços, restando pouco mais do que uma parede de pedra nos arredores e a carcaça de uma capela.

Caminharam até onde outrora ficavam os portões de entrada. Foi fácil avistar Felix perto da antiga capela, por causa de sua altura e do cabelo claro, porém não havia sinal de Xav ou Daniel.

---

* Referência à House of Commons, ou Câmara dos Comuns. É uma câmara baixa que fica no Parlamento de Westminster onde os membros parlamentares realizam suas assembleias abertas ao público, a mesma ideia de um plenário. Os bancos onde se sentam são todos verdes. [NT]

"Merda", murmurou Talitha, mas, quando Amber a questionou com o olhar, ela balançou a cabeça.

"Lá está o Xav." Felix olhou por cima delas quando o alcançaram.

A cem metros atrás, Xav estava um bagaço: a barba estava por fazer, e usava roupas que precisavam ver água fazia muito tempo.

"Pensei que você iria dar uma carona pro Dan", comentou Felix quando Xav se aproximou.

Xav balançou a cabeça. "Não consigo falar com ele."

Talitha apertou os lábios e suspirou de forma pesada.

"Alguma notícia sobre o pai da Megan?" Felix olhou de rosto em rosto.

"Ele vai sobreviver", respondeu Talitha.

"Alguém aqui tem algo para falar sobre isso?" Amber percebeu que Xav mantinha os olhos fixos em Talitha enquanto falava.

"Boa pergunta." Tali manteve o olhar fixo em Xav.

"O que tá acontecendo?", perguntou Amber.

"A Tali acha que eu espanquei o pai da Megan", declarou Xav. "E eu acho que foi ela."

"Tem alguma coisa que eu preciso saber?" Amber se virou para Felix, que deu de ombros.

"Pessoal, não tô nem aí para quem espancou o pai da Megan", disparou Felix. "O cara era um lixo e provavelmente estava envolvido em todo tipo de coisa que não sabemos, qualquer um poderia ter feito isso. Se ele for dessa para melhor, é um problema a menos pra gente, até onde sei. Então, Tali, o que você queria falar?"

Eles estavam parados de pé, chamando a atenção, no meio do gramado cercado por paredes de pedra medieval nos quatro cantos. Amber queria sugerir que fossem para um banco ou caminhassem ao longo do canal, qualquer coisa para chamar menos atenção, porém nem todos estavam ali ainda.

"Não deveríamos esperar pelo Dan?", perguntou ela. "Ele tá vindo mesmo?"

"Certo, vou começar." Talitha ignorou Amber. "Primeiro, Megan ainda está pelas redondezas. Ela foi vista no Hospital JR, na ala onde seu pai está."

"Tem certeza?", retrucou Xav.

"Tenho, a não ser que o Macdonald tenha outra filha. A enfermeira-chefe com quem conversei disse que a filha dele foi lá uma vez para verificar como o homem estava. Ela não ficou muito tempo."

"Então, ela está apenas evitando a gente. Bem, não podemos culpá-la por isso", afirmou Amber.

"Acho que ela pode estar seguindo a Ella", comentou Xav. "Minha esposa voltou pra casa outro dia com uma história boba sobre o mercado. Ela estava esperando em uma barraca de alimentos naturais e, quando chegou sua vez de ser atendida, o dono da barraca, que ela conhece um pouco, perguntou se a irmã dela veio nos visitar. Ele disse que havia uma mulher ao lado da Ella enquanto esperava, que era a cópia exata dela, só um pouco mais velha. Eles olharam em volta, mas quem quer que fosse, já tinha ido embora."

"E daí?" Felix pareceu confuso.

"A Ella é a cara da Megan quando era mais jovem", afirmou Xav. "Eu não percebi isso até... bem, até recentemente, mas as duas são idênticas."

"Cara, a pressão tá subindo pra sua cabeça", começou Felix.

"Não, ele tá certo", interrompeu Amber. "Eu percebi quando vocês dois se conheceram. Isso me deu arrepios, para ser sincera."

Xav se virou para Amber, surpreso. "Você nunca disse nada."

"Pra quê? Você estava tão feliz. Por que eu arriscaria estragar isso? Mas, se a Megan está na cola da Ella, isso é preocupante."

"Só isso, Tali?", perguntou Felix. "Porque tenho outros lugares para ir."

"Ah, tem mais", respondeu Talitha. "Não consigo encontrar o Daniel."

Ela esperou que todos compreendessem a notícia.

"Desculpa, mas como é que é?", retrucou Xav.

Pela primeira vez, Talitha pareceu irritada.

"Faz três dias que estou ligando pra ele", explicou ela. "Ele não responde às minhas mensagens, e a escola está sendo bem cautelosa com o que informa. Finalmente, consegui que admitissem que ele está ausente para resolver uma emergência familiar, mas não me falaram mais nada, nem quando ele voltaria."

Amber sentiu como se o corpo se recusasse a receber a nova notícia. Primeiro Megan, agora Daniel?

"Bem, tenho certeza de que ele me contaria se tivesse alguma emergência familiar", continuou Talitha. "Então, liguei pros pais dele."

"Você ainda mantém contato com eles?", estranhou Felix.

"Já advoguei para os dois algumas vezes", esclareceu Talitha. "Eles ainda têm a fazendinha em Waterperry. De qualquer maneira, não tiveram nenhuma notícia do filho. Vocês não acham que, se houvesse mesmo uma emergência familiar, eles não seriam os primeiros a ter qualquer notícia?"

"Ele não tem mais ninguém na família", lembrou Amber. "Não tem irmãos nem irmãs."

"Fui para a escola", prosseguiu Talitha. "É mais difícil enganar as pessoas quando elas estão bem na sua frente. Disse que era advogada dele e que estava preocupada, pois ele perdeu algumas reuniões. Chamaram o segurança, e ele fez o possível pra se livrar de mim, mas, no final, me deixaram ver um e-mail enviado pelo Dan na manhã da terça-feira."

"E...", incentivou Felix, no momento em que Talitha parou para respirar.

"Primeiro, o e-mail foi enviado pelo celular dele."

Ela procurou uma reação, deixando um lampejo de irritação transparecer quando não recebeu uma.

"Dizia que ele foi chamado para uma emergência familiar e ficaria ausente por algumas semanas. Eles poderiam remarcar qualquer reunião urgente e chamar o professor substituto. Tava na cara que estavam envergonhados com a situação. Não é o tipo de comportamento que se espera do diretor de All Souls."

"Você acha que ele está se escondendo em algum lugar?", perguntou Xav. "O que ganharia com isso?"

"Não acredito que esteja se escondendo", Talitha foi direto ao ponto. "A mensagem estava toda errada. Não era do jeito que o Dan fala."

Ainda assim, Amber percebeu que ela e os outros não captavam a mensagem que Talitha queria transmitir.

"A escola não iria perceber", alegou Talitha. "O pessoal lá não conhece ele como a gente. E foi enviada pelo celular dele. Como vamos saber se foi realmente o Dan que enviou?"

Ninguém se pronunciou.

"Então, vamos por partes, alguém teve notícias dele depois de segunda de manhã?", indagou Talitha. "Foi a última vez que falei com ele."

"Eu também", complementou Felix.

"Vi ele na segunda de tarde. Ele foi até a minha casa", informou Xav.

Talitha se virou para Xav, havia uma expressão parecida com raiva em seu rosto. "Por quê? O que ele queria?"

"Perguntar se eu sabia onde a Megan estava, para contar que ela também tomou chá de sumiço. Meu Deus, o que é isso, um show de mágica com todo mundo desaparecendo?"

"Não se distraia", repreendeu Talitha, irritada.

"Contei que ela estava no Travelodge."

O rosto de Talitha se contraiu de nervosismo. "Por que infernos você não contou isso pra gente?"

"Porque vocês não perguntaram." Xav também estava aumentando o tom de voz. "Eu só soube que ela havia desertado quando o Dan apareceu. Nós dois fomos de carro até lá. O carro dela estava do lado de fora, mas nem sinal dela. E, se vale de alguma coisa, foi quando eu fiquei sabendo sobre o pai da Megan. Nem cheguei perto do cara, então segura a onda aí, Talitha."

Amber olhou ao redor com nervosismo. Ninguém estava perto o suficiente para ouvi-los, porém a linguagem corporal ali revelava muita coisa.

"Será que os dois podem estar juntos?", supôs ela.

"O Dan e a Megan? Pra que estariam?", retrucou Felix.

"Não, eu que sou o cúmplice dela segundo vocês", disparou Xav. "O que exatamente vocês acham que nós dois estamos planejando?"

"Meu amigo", interveio Felix, "isso não ajuda em nada."

Xav parecia perder a energia.

"Já chegamos a um beco sem saída, nada mais pode nos ajudar", rebateu ele.

"Parem com isso", ralhou Talitha. "A gente precisa..."

"Espera aí", Felix segurou a mão aberta no ar em sinal de silêncio para Talitha. "Preciso contar uma coisa para vocês."

"O quê?" Talitha não gostava de ser interrompida.

"Há mais ou menos uma semana, coloquei um dispositivo de localização no carro da Megan." Felix olhou para o grupo ao seu redor, como se o desafiasse a contestá-lo. "Tive o pressentimento de que deveríamos saber o que ela estava tramando."

"Por que você não contou isso pra gente, cacete?", retrucou Talitha.

"Porque ele também não confia em nós", respondeu Xav.

"Você tem razão, Xav. Eu não confio. Você não contou que ela passou a noite na sua casa. O que mais você não contou?"

A boca de Talitha se abriu de espanto. "Você só pode tá de brincadeira comigo, né?"

"Ele contou pra mim", interveio Amber. "Então, abaixa a bola, Felix. Você também, Tali."

Felix ergueu ambas as mãos numa rendição irônica.

"Então, onde ela tá agora?", perguntou Talitha.

Em resposta, Felix tirou o celular do bolso e olhou para a tela por alguns segundos.

"Em Blackbird Leys", informou, citando a área residencial na rodovia circular de Oxford. "O carro dela está lá nas últimas vinte e quatro horas. Ela deve ter saído do Travelodge."

"Um novo quarto?", deduziu Talitha. "Ela disse que estava em busca de um apê."

Felix deu de ombros.

"Tá, obrigada por compartilhar com a gente", agradeceu Talitha. "Já é uma ajuda. Fica de olho nela, tá bom? Ao menos, por enquanto, precisamos encontrar o Dan. Vou até a ordem religiosa dele, ver se consigo extrair algo deles com mais umas mentiras. Amber, seria bom se você fosse junto. Se eles não se intimidarem com uma ministra do governo, não serei eu sozinha que vou ter muita sorte."

"Eu renunciei", revelou Amber.

Felix e Xav permitiram que a surpresa ficasse estampada em suas faces. Talitha não fez nada além de piscar.

"Isso já é de conhecimento público?", perguntou ela.

"Ainda não", respondeu Amber.

"Então, podemos seguir viagem."

46

A ordem dos Santos Inocentes, composta por irmãos leigos, vivia numa moradia do século XVI, localizada a certa distância de Cowley Road, porém era possível ir da escola All Souls até lá a pé. Através do interfone no portão da frente, as duas mulheres solicitaram permissão para entrar. A elaborada e imponente estrutura de ferro forjado se abriu silenciosamente antes de se fechar atrás delas.

"Você já veio aqui antes?" Amber percebeu que sussurrava ao falar.

O pátio tinha um ar autoritário, assemelhando-se mais a um pátio de presídio do que a um jardim de moradia medieval, mesmo com suas fileiras de lavanda e cercas de buxo aparadas com zelo. O muro de pedra que as cercava em três lados parecia ter quase seis metros de altura, e, por toda sua extensão, Amber podia ver o contorno de paredes internas e arcos há muito tempo demolidos. À frente, havia uma construção semelhante a um moinho, com três andares, onde havia uma passagem central em forma de arco.

"Nunca." Talitha também demonstrava incômodo com o ambiente. "Ele me disse que não recomendam a presença de visitantes."

Talvez o incômodo fosse pelo silêncio. As imensas paredes de pedra abafavam os sons externos da cidade, dando a impressão de que estavam numa época em que as pessoas nem sequer sonhavam com veículos motorizados.

"O lugar não é dos mais acolhedores", comentou Amber. "Cadê todo mundo?"

Abelhas dançavam ao seu redor enquanto caminhavam sobre o chão de cascalho. A cada novo passo, o cheiro de dióxido de carbono dos carros dava lugar ao perfume de lavanda, porém, ao pisarem na sombra de uma abóbada, as abelhas recuaram. É como se falassem: "Vamos até aqui, mas nem um centímetro adiante".

Todo o calor foi embora, como se alguém houvesse desligado o sol, e Amber deu uma olhada com nervosismo para as duas portas de madeira escondidas nas laterais da abóbada. Torcendo para Talitha não reparar, ela se aproximou um pouco de sua companheira.

O segundo pátio, um menor e sem plantas para amenizar a quantidade infinita de pedras, guardava ainda mais semelhança com um lugar de confinamento. Agora as paredes eram substituídas por áreas de um edifício. Dezenas de janelas pretas com mainéis pareciam encará-las.

De uma porta na exata direção oposta, surgiu um homem vestido como monge com túnica alongada de cor variante entre o marrom e o cinza. Ele aparentava estar na casa dos 50 anos, a pele era pálida; as mãos, que apareciam por entre mangas compridas, lembravam Amber das mãos que ela vira em bonecos de cera, e as unhas eram excepcionalmente alongadas. Quando se aproximaram, ele olhou de uma para a outra sem dizer nada.

"Obrigada por deixar a gente entrar", agradeceu Amber.

O monge não demonstrou que a tivesse ouvido.

"Como falei pelo interfone, estamos procurando Daniel Redman", informou Talitha após alguns segundos. "Somos amigas de longa data. Também sou advogada dele. Acredito que você já conheça Amber Pike, ministra do Parlamento."

Os olhos do monge se direcionaram para Amber.

"Sinto muito, mas não posso te ajudar", respondeu ele, com uma voz que carregava um leve indício de gagueira. "Poderiam fazer a gentileza de garantir que os portões estejam bem fechados ao saírem?"

Talitha respirou fundo.

"Ele mora aqui?", perguntou ela.

O monge respondeu com um aceno de cabeça.

"Fomos até a escola dele. Falaram que ele não aparece já faz alguns dias. Sabe se ele está doente?"

"Sinto muito, mas não posso falar."

Talitha deu um passo na direção do monge. Em seus saltos, ela tinha quase a mesma altura. "Bem, *sentir muito* não vai me ajudar. Estamos preocupadas com o bem-estar do Daniel. Se você não puder falar nada, precisarei insistir em ver o quarto dele para conversarmos diretamente."

O monge se manteve intransigível. "Impossível."

"Por quê?"

"Estamos em uma ordem sagrada. Mulheres não têm autorização de adentrar nossa habitação. Daniel possui um telefone, apesar de ser contra as regras que aparelhos permaneçam ligados aqui dentro. Sugiro que vocês liguem para ele e deixem uma mensagem."

"Nós tentamos, diversas vezes", intrometeu-se Amber. "Estamos muito preocupadas com ele. A gente tem se visto com regularidade nas últimas semanas, e, de repente, ele desapareceu. É muito estranho ele abandonar a escola antes do final do semestre, e, se estivesse doente, tenho certeza de que nos contaria."

Pela primeira vez, o homem pareceu hesitar. Os olhos se viraram para baixo, e, quando voltaram, um pouco de sua convicção ficou para trás.

"Entendemos que não dá pra entrar no quarto dele", Amber continuou a pressionar, "mas existe a chance de outra pessoa ir lá? Só para ficarmos tranquilas."

"Sinto muito, mas isso seria inútil", respondeu o monge. "O irmão Daniel não está aqui."

Percebendo que Talitha estava prestes a falar novamente, Amber colocou a mão no braço da amiga.

"Então, você pode falar onde ele está?", retrucou ela. "Ou há quanto tempo ele não está aqui?"

"Sinto muito, mas não sei a resposta para suas perguntas. Ele foi visto no jantar de segunda-feira à noite, não sei nada além disso."

Segunda de noite — logo após ir com Xav até o Travelodge atrás de Megan.

"Vocês falaram com a polícia?", perguntou Talitha.

O monge franziu o cenho, quebrando a compostura tranquila.

"Não. Até o momento, não temos motivos para preocupação. Nossos irmãos têm liberdade para ir e vir a hora que quiserem. É possível que Daniel tenha sentido a necessidade de isolamento e reflexão e, por isso, tenha ido para um dos vários retiros que frequentamos."

Amber compartilhou um olhar com Talitha e soube exatamente o que se passava pela cabeça da outra mulher. Seria isso, então? Era típico do Daniel sair correndo quando as coisas ficavam pesadas.

"Você pode nos dar algum detalhe?", perguntou Amber. "Só para tentarmos entrar em contato."

"Sinto muito, mas não. Quando nossos irmãos vão para um retiro, fazem uma escolha própria de abdicar do mundo exterior."

"E se ele estiver machucado?", perguntou Talitha.

"Então, ele está nas mãos de Deus", declarou o monge.

Aquilo era demais para Talitha.

"Você tá brincando comigo, né?" Ela olhou ao redor, como se planejasse seu próximo movimento. Além da ideia de empurrar o monge e entrar correndo, não havia nenhum outro plano em vista. "Vamos embora, Amber, terminamos por aqui."

Amber foi puxada de volta à entrada, numa velocidade bem desconfortável.

"Tem uma coisa que posso dizer", proferiu o monge após se virarem.

As duas olharam para trás.

"Daniel deixou a maioria de seus pertences pessoais para trás", revelou ele. "Sua carteira e telefone estão no seu quarto."

47

Nos dias que se sucederam, Talitha se surpreendeu ao descobrir o quanto sentia falta de Daniel. Era como ter um irmão mais novo irritante que foi para a escola — finalmente, graças a Deus —, porém, após a primeira hora de alegria, você se lembrava de como ele sempre vinha te chamar quando a comida estava na mesa, de que ele não se importava de você pegar a primeira colherada do sorvete de chocolate e de que ele não contou para seus pais sobre aquela vez que você acidentalmente — tá legal, foi de propósito — quebrou o videogame dele.

Em seu primeiro dia na pré-escola, Daniel se sentou ao lado dela no refeitório e disse que gostou de seu cabelo. Ele dividiu seus bombons e se tornou uma presença constante na vida de Tali desde então. Eles passaram algum tempo, durante a faculdade e o período seguinte, separados, porém nunca perderam o contato. A chegada das redes sociais ainda significou que poderiam conversar diariamente, até mesmo em diversos momentos durante o dia. Ela percebeu que era mais próxima de Daniel do que do próprio marido.

Não conseguia simplesmente aceitar o fato de ele ter se afastado sem um aviso prévio.

Após sair da propriedade da ordem religiosa na tarde da quinta-feira, Talitha instruiu seu detetive particular a procurar em retiros religiosos, mas apenas alguns possuíam informações públicas. O número dos que atendiam ligações era ainda menor, e nenhum deles divulgava informações sobre seus frequentadores. Ao final da sexta-feira, aceitou com relutância que não encontraria o retiro de Daniel. Isso, se ele de fato tivesse ido para um. De alguma forma, ela não acreditava nessa ideia, pois seria algo que ele avisaria.

Em algum momento do sábado, concluiu que era sua culpa: deveria ter notado como Daniel estava péssimo com o retorno de Megan. Ele nunca fora forte emocionalmente, e o estresse das últimas semanas foi demais para o homem. Ela deveria ter percebido e cuidado dele. Só que ele sempre foi quem menos exigia atenção, o membro do grupo com quem nunca se preocuparam porque era tão autossuficiente... ele ainda tinha sua escola e sua própria fé. Ela deveria ter enxergado além disso. Daniel era quem estava dirigindo naquela noite. Por mais que falassem que todos dividiam a culpa, eram as suas mãos naquele volante.

Ao final do domingo, ela não podia mais ignorar o pensamento que rondava a parte mais profunda de seu inconsciente. Daniel sempre contava tudo para ela. Só conseguia pensar em um motivo para que ele não houvesse contado. Um a um, ela ligou para os outros e os avisou para encontrá-la ao final da tarde do dia seguinte.

Talitha não conseguiria encarar sozinha o que viria a seguir.

48

Os pais de Daniel moravam numa casa medieval com um moinho, numa pequena ilha no rio Thame, não muito longe da vila Waterstock. Amber já estivera lá diversas vezes antes. No entanto, não visitara a propriedade desde que as meninas nasceram, pois a simples ideia de suas filhas chegando perto do íngreme jardim com águas profundas a deixava apavorada.

Lembrando-se das orientações de Talitha para estacionarem longe da casa, ela parou na estrada. Estava cinco minutos adiantada, porém Felix chegara primeiro. Enquanto saía do carro, Xav também chegou.

"Não sei se consigo olhar na cara dos pais do Dan", desabafou ela, quando os três se juntaram à beira da estrada. "E pra que vamos preocupá-los antes de termos qualquer certeza?"

"Não acho que fazer uma visita esteja nos planos." Xav deu um trato na própria aparência desde a última vez que se encontraram. Ele estava barbeado e parecia mais limpo; apesar de ainda parecer cansado.

"Não faz sentido estacionar aqui para ir lá", concluiu ele.

"A Tali chegou", anunciou Felix, enquanto o Range Rover branco dobrava a última curva.

"O que foi?" A tensão parecia irradiar de Talitha enquanto se aproximava. Como de costume, seus comentários agressivos foram direcionados a Amber.

"Não sabia que você usava esse tipo de roupa", respondeu Amber. Talitha estava usando calças cargo de algodão e uma camiseta desbotada, os pés estavam calçados com botas de trilha. Era como ver a rainha usando avental e luvas de borracha.

Felix olhou para os sapatos de Talitha e soltou uma risada nervosa.

"O que você está tramando?", perguntou ele. "O que vamos fazer?"

Talitha parecia não conseguir olhar no rosto deles.

"Vocês precisam vir comigo", ordenou ela e rumou em direção à casa com moinho.

Confusos pela situação, Amber e os dois homens a seguiram por um curto trecho de estrada, até que entraram na trilha que atravessava o rio Thame. Passaram tão perto da casa dos pais de Daniel que, se a mãe dele estivesse na janela da cozinha, os teria visto. Depois, seguiram em frente, passando a propriedade e atravessando a ponte para o outro lado da pequena ilha.

Do outro lado da ponte, Talitha se deteve. O barulho da represa ecoava nos ouvidos.

"Passei a metade da minha infância aqui", contou ela, olhando ao redor para ver as árvores que circundavam a trilha com os campos e os prados a distância. "Costumava sonhar que os pais do Dan eram os meus, porque eles pareciam me amar mais que minha mãe e meu pai."

Amber jamais ouvira Talitha admitindo que sua vida era qualquer coisa além de perfeita.

"A mãe do Dan contava as histórias mais incríveis." Talitha se inclinou sobre a ponte para observar a água enquanto falava. "Ela contava que fadas viviam nas árvores daqui e saíam à noite para fazer barquinhos com as folhas de louro, usando as teias das aranhas como velas para apostar corrida nesse riacho. Ela falava pra gente procurar folhas de louro na margem, que seriam os barcos deixados para as fadas usarem quando a noite chegasse. Eu devia ter uns 10 anos quando percebi que era tudo invenção dela."

Amber enxergou a própria confusão estampada no rosto de ambos os homens. Essa não era a Talitha que conheciam.

"No verão, quando não estava na Sicília, eu ficava aqui", prosseguiu Talitha. "A gente não podia brincar sozinho perto da água, mas escapávamos quando a mãe do Dan estava ocupada. Conheço cada centímetro desta ilha."

Amber viu Felix olhar para o relógio, porém nenhuma reclamação foi proferida. Até mesmo ele, conhecido por sua falta de sensibilidade, podia perceber que aquilo era importante.

"Tali!" Xav parecia ainda mais magro, embora tivessem se visto poucos dias atrás. "Seja lá o que for, conta pra gente."

Talitha permanecia de cabeça baixa.

"Esta ponte é mais alta do que parece daqui de cima. E exatamente abaixo de onde estamos tem um gancho de ferro muito velho", explicou ela.

Amber viu os olhos de Felix se arregalarem.

"A gente brincava embaixo da ponte", lembrou Talitha. "Amarrávamos uma corda no gancho e usávamos como balanço. Nossos pais teriam um ataque de nervos se soubessem, mas nunca descobriram."

Felix se afastou, fora do campo de visão de Amber, para se inclinar sobre o outro lado da ponte. Ela olhou para Xav, a tempo de vê-lo engolir em seco.

Eles não sabiam o que ela...

"Uma vez ele me contou...", prosseguiu Tali, "fingi que era uma brincadeira, mas no fundo eu sabia que não era. Ele disse que, se algum dia fosse se matar, seria aqui, debaixo da ponte, porque ninguém olha ou vem até este local."

Amber estava ciente de que Xav estava se aproximando.

"Não", balbuciou ela, olhando de Xav para Felix, vendo a mesma expressão de horror no rosto dos amigos.

"Então, eu preciso encontrá-lo agora", determinou Talitha. "Desculpa por arrastar vocês nessa, mas não achei que conseguiria fazer isso sozinha."

Como uma sonâmbula, ela se dirigiu à margem.

"Esperem aqui", ordenou Tali. "Liguem para a polícia quando eu avisar."

"Ah, não mesmo." Felix a alcançou. "Você não vai aí pra baixo sozinha. Xav, fique com a Amber."

Talitha balançou a cabeça negando a ideia. "Eu me vesti pra isso, você não. Pra que estragar um terno fino?"

"O Daniel vale mais que um terno fino." Amber se afastou de Xav e se juntou aos outros dois à margem. "Todos nós vamos."

• • •

A água estava mais gelada do que Amber imaginava, igual ao barro que afundava cada vez mais a cada passo. Ela tirara os sapatos, assim como os homens, e se segurou em Xav enquanto atravessavam o leito irregular do rio cheio de seixos. Felix e Talitha estavam um passo à frente.

Felix alcançou a base de pedra da ponte. Mais alguns passos e conseguiria ver diretamente embaixo dela. Firmando-se contra a pedra com uma das mãos e segurando Talitha com a outra, ele continuou avançando, com a água acima dos joelhos. Xav e Amber seguiram atrás. Ela viu uma sombra balançando e precisou segurar um grito. Afastando-se de Xav, ela praticamente correu em direção à borda. Mas, então, a sombra se moveu, era a sombra de Felix, não a de Dan. Amber voltou a segurar a mão de Xav.

Amber foi a última a ver a caverna escura e cheia de lodo embaixo da antiga ponte. Era um lugar sombrio, e teria sido a pior vista do mundo se fosse a última que Daniel contemplou com vida.

Mas não era. O gancho de ferro estava exatamente onde Talitha disse que estaria, e o balanço da infância deles permanecia no mesmo lugar. Não havia o menor sinal de Daniel.

49

Foram necessários quinze minutos aos prantos e boa parte do conteúdo que havia no cantil de Felix, porém chegou o momento em que Talitha estava calma o suficiente para conversar de novo.

"Estou feliz que não encontramos o Dan", desabafou ela, enxugando as lágrimas de rímel no rosto. "Mas não estou enganada. Ele não abandonaria a gente. Não agora, com tudo isso acontecendo. E também não iria a lugar algum sem sua carteira."

"E ainda tem o negócio do passaporte", lembrou Amber. "O monge biruta da residência nos contou que nenhum dos irmãos possui passaporte", explicou ela a Xav e Felix. "Ele encontrou o antigo do Dan no quarto dele, o mesmo que a gente tinha quando era estudante. Não tinha nenhum canto cortado, o que significa que ele nunca solicitou um novo. Ele tem que estar em algum lugar dentro do país."

"Não consigo acreditar que aqueles idiotas não ligaram para a polícia", comentou Felix. "Não que fosse bom pra gente a polícia estar envolvida logo agora."

"A Tali também tocou nessa questão com o monge", falou Amber. "Mas o resultado não foi dos melhores."

Talitha suspirou. "Eu simplesmente argumentei que deixar a carteira e o celular dava a entender que ele não planejou uma viagem longa, e o fato de entrarem no quarto dele sugeria que eles também estavam preocupados. O sacerdote, acho que seu nome era Ted, respondeu que, quando os irmãos saem para retiros, só levam dinheiro suficiente para cobrir as despesas da volta. Para ele, não havia motivos para invadir a privacidade do Daniel."

"Dá pra descobrir onde ficam esses retiros?", perguntou Felix.

"Sem chance, já tentei", respondeu Talitha. "E seria inútil, ele não foi para um retiro."

O som de passos rápidos surgiu poucos segundos antes de um maratonista em calças de lycra aparecer no caminho. Eles deram um passo para o lado a fim de permitir sua passagem.

"A gente brincava de Poohsticks* aqui", recordou Talitha, após o maratonista desaparecer. "O Dan passava décadas juntando gravetos, e, assim que chegávamos perto da ponte, eu roubava a maioria deles pra mim. Ele sempre começava a chorar, mas nunca contava para a mãe dele. Então, continuei fazendo isso."

"Você nasceu para ser uma advogada sanguessuga mesmo." Felix se agachou até o chão e pegou dois gravetos. Ele entregou o mais longo e grosso para Talitha. Após algum tempo, Xav encontrou dois gravetos também, um deles era um pouco torto, e ofereceu outro a Amber. Os quatro amigos ficaram na borda da ponte e olharam para a água.

"O fluxo tá meio devagar", afirmou Felix.

"Sempre foi assim", informou Talitha. "Aqui é um remanso."

"Um, dois, três e já!", gritou Felix, e os quatro gravetos foram jogados na água. Em total sincronia, os quatro se viraram e foram para o outro lado da ponte.

"Amber ganhou", anunciou Xav, quando o graveto quebrado apareceu, seguido dos outros três. "Muito bem, Am, quem diria que o pior graveto daria sorte."

---

* Trata-se de uma brincadeira inspirada no Ursinho Pooh. Cada participante joga um graveto por cima da ponte. Depois, correm para o outro lado para ver qual graveto chegou primeiro. [NT]

"Queria que a gente tivesse feito isso antes", confessou Talitha, baixinho. "Quando éramos seis."

Com o canto do olho, Amber viu Felix se aproximar um passo de Talitha e passar o braço em torno da cintura dela. Um segundo depois, sentiu o braço de Xav por cima de seus ombros. Ela se aproximou dele e deixou a cabeça cair contra o peito do homem. Fechando os olhos e sentindo o perfume de Xav, que nunca abandonou suas memórias, ela se permitiu sonhar, por um breve instante, como seria a vida se as coisas fossem diferentes.

Se estivesse menos bêbada naquela noite, poderia ter implorado para Xav não ir. Ela poderia fazê-lo mudar de ideia, tinha certeza disso; e, sem ele, nunca teria acontecido. Eles poderiam ser seis velhos amigos agora, lembrando-se dos bons tempos. Lágrimas se acumularam por debaixo dos olhos de Amber.

"Então, onde ele está, Tali?" Ela ouviu Felix perguntar.

"Aconteceu alguma coisa. Tenho certeza disso, por mais que estivesse errada em achar que ele estaria aqui", respondeu ela.

Amber abriu os olhos novamente. "Você quer dizer, tipo um acidente?"

"Já teriam encontrado o Dan se fosse um acidente." A voz de Talitha estava carregada de emoção, e ela não tirou os olhos do rio.

"Não faz parte da sua personalidade ser tão evasiva, Tali", observou Felix.

Os ombros de Talitha subiram enquanto ela respirava fundo.

"Nos últimos dias, o pai da Megan foi brutalmente espancado, e o Daniel desapareceu", lembrou ela. "O que, ou melhor, quem, esses dois homens têm em comum?"

"A Megan também desapareceu", argumentou Xav.

Por fim, Talitha se virou e, agora, ela usava o que Amber chamava de semblante jurídico, a mesma fisionomia de quando estava no fórum. "Sabemos que ela está viva e bem porque alguém a viu no hospital. Não temos a mesma certeza sobre o Dan."

"O carro dela ainda está em Blackbird Leys", acrescentou Felix, "mas em outra rua. Ela continua viva."

"A Megan não machucaria o Dan", alegou Xav.

"Oi? A Megan estava disposta a abrir o Dan e roubar um dos seus rins", retrucou Talitha. "Então, me desculpa, mas discordamos nessa. Ela também estava disposta a levar embora uma das filhas da Amber e deixar que eu contratasse um assassino de aluguel para matar o pai dela. Acho que podemos afirmar que existe pouca coisa que ela não seria capaz de fazer."

"Ela passou muito tempo na cadeia", afirmou Felix. "Sabemos como esse tipo de lugar muda as pessoas."

"Ainda assim, não machucaria o Dan", argumentou Xav. "Ela precisa dele."

Talitha respirou fundo novamente.

"Bem, é possível ela ter percebido que seu plano não ia funcionar, que não iríamos concordar com suas exigências. Talvez esse seja o plano B." Ela olhou ao redor no grupo. "Pessoal, vocês a viram na última sexta. Ela estava furiosa. De um jeito ou de outro, vai querer se vingar da gente."

"Então, é só nos entregar para a polícia", observou Felix. "Se quisesse ferrar com a gente, seria a melhor forma, não?"

Talitha assentiu. "Seria, se ela ainda estivesse com a prova, mas e se não estivesse mais? E se nesses vinte anos o filme e a confissão acabaram se perdendo ou deteriorando? Xav, como era aquela torre de água?"

"Bem longe de ser à prova d'água", admitiu Xav. "O local era gelado e úmido."

"Imaginem o seguinte cenário: Megan sai da prisão determinada a se vingar por termos nos esquecido dela. Só que não tem mais a prova, mas não sabemos disso, então ela dá uma blefada. Faz as suas exigências e cruza os dedos pra gente concordar. Quando ela descobre, ou até mesmo suspeita, que não vamos seguir seu plano, elabora um diferente."

"O único problema nisso", pondera Felix, "é que até onde a Megan sabe, nós estamos concordando. Ninguém discordou até agora."

"Não é bem assim...", retrucou Xav, numa voz que parecia exausta.

"O que você quer dizer?", indagou Talitha.

"Fui encontrar a Megan no Travelodge na noite do último domingo", confessou Xav. "Foi dois dias depois do nosso confronto com ela. Disse que não iria me divorciar da Ella."

"Você disse o quê?" Felix ficou pálido.

"Eu falei que sentia muito, mas que não seria chantageado e que não achava que vocês também seriam. Disse que preferia confessar antes de isso acontecer."

Felix e Talitha trocaram olhares de pavor, e Amber viu o punho de Felix se fechando.

"Xav...", começou Amber. Ele deu um passo para longe dela.

"Você matou o Dan." Os olhos de Talitha estavam esbugalhados em horror. Por um segundo, parecia que ela estava prestes a pular em cima de Xav. "O Dan está morto por sua causa."

"Pega leve, Tali." Felix ficou entre os dois.

"Você acha que o Dan vai ser o único?", gritou Talitha para Xav. "Ele foi o primeiro porque é o mais fácil, fraco como uma ovelha no pasto." Ela se virou para Amber. "Você é a próxima, ex-funcionária pública. Você será uma presa fácil agora sem os seus seguranças. Então, quem sabe não é a minha vez. Ela vai eliminar um por um."

"Tá legal, já deu." Felix segurou Talitha pelos braços e os apertou sem usar força.

"Você tá falando sério?", perguntou ele, quando se voltou para Xav. "Sobre confessar?"

"Tô." A voz de Xav estava trêmula. "Desculpa, pessoal, realmente sinto muito, mas tudo isso é demais pra mim. Olhem só, acabamos de procurar o corpo do Dan embaixo de uma ponte. Não vou entregar nenhum de vocês. Vou falar que era apenas eu no carro com a Megan, que ela concordou em não contar nada porque estava apaixonada por mim."

Ele deu um passo para trás, depois outro, até não estar mais na ponte. Ele os estava deixando para trás. O grupo estava se desmantelando. Primeiro Daniel, agora Xav.

"Ela não vai concordar com isso." Talitha parecia desesperada.

Xav continuou caminhando.

"É provável que não", concordou ele. "Mas será a palavra dela contra a minha. E a de vocês, se acharem que ainda conseguem conviver com isso."

Ele chegou ao lugar que o levaria de volta para os carros.

"No fim das contas, é isso que devemos fazer: aqueles que não conseguem mais conviver com a própria consciência, vão à polícia e admitam estar no carro naquela noite. Aqueles que conseguem, bem, não vou entregar ninguém."

"Não faça isso, meu amigo", recomendou Felix.

"Vou esperar uma semana", avisou Xav. "Não farei nada até semana que vem. Dá tempo de vocês decidirem e ajeitarem as coisas que precisam ser ajeitadas. Depois, vou me entregar."

"Xav, você tá entregando a gente para os lobos." Amber sentiu as lágrimas surgindo nos olhos enquanto dava um passo na direção do ex-namorado. "Se você reabrir o caso, a polícia não vai parar até pegar todos nós. Felix e eu temos filhos."

"E a Talitha e eu temos nossas vidas, mesmo sem filhos", retrucou Xav. "Só que eu não consigo mais viver a minha."

Ele levantou a mão em despedida, um aceno estático semelhante a uma saudação. Então, virou-se e começou a andar. Um segundo depois, Xav não estava mais lá.

50

Xav passou a semana toda extinguindo sua vida: cuidou da transferência de seus bens, realizou a modificação do testamento, quitou a hipoteca. Ella era péssima com dinheiro, porém ele fizera o seu melhor para protegê-la. Na sexta-feira, pediu demissão do emprego, alegando problemas pessoais impossíveis de resolver agora.

Do ponto de vista prático, esvaziar a casa e levar suas roupas e equipamentos esportivos para Oxfam foi o mais difícil. Não houve muita surpresa quando, ao retornar para casa de Waterstock, encontrou Ella sentada no chão da sala de estar. O rosto dela estava vermelho, e ela chorava de soluçar, enquanto virava as páginas de um álbum de fotografias retirado da lixeira da rua.

Ele também se sentou no tapete, envolvendo-a com os braços e pernas, da mesma forma que faria se tivesse uma criança, se não fosse por aquele verão.

"Eu te amo tanto", sussurrou ele no ouvido da esposa.

"Você nunca me mostrou isso", murmurou ela. "Por que você jogaria fora antes que eu pudesse ver?"

Fotos de sua adolescência que, agora, faziam o coração dele pegar fogo só de olhar: uma festa, no alto da colina, uma casa numa das áreas mais privativas de Oxford, um jardim repleto de lanternas e velas; crianças, quase crescidas, selvagens e lindas com roupas coloridas e glitter na pele. Uma fogueira, o rosto de seus amigos brilhando na luz tremeluzente, o cabelo loiro morango de Amber caindo quase até o chão enquanto ela cochilava no ombro de Xav. Felix, alto e com brilho dourado como um jovem deus nórdico; e Daniel, pálido e bonito, quase feminino aos 17 anos; Talitha também, usando uma coroa de botões-de-ouro no cabelo bagunçado e escuro. Um pouco afastada estava Megan, esbelta e com o cabelo loiro prateado.

"Queria ter te conhecido antes", falou Xav enquanto ficava de pé, o álbum estava em suas mãos agora. "Gostaria de estar com você há mais tempo."

Talitha e Felix o visitaram naquela tarde para tentar persuadi-lo a mudar de ideia. Seu grande sacrifício, eles argumentaram, não mudaria nada; ele ainda viveria com a culpa, só que num lugar onde nada poderia fazer para se redimir. Eles insistiram que havia mais de uma forma de alcançar a redenção: ele poderia fazer caridade, doar a maior parte de seu dinheiro para os menos afortunados. Era um homem com muito a oferecer e capaz de coisas extraordinárias. Abandonar isso por uma vida descascando vegetais e limpando privadas era o verdadeiro crime. Ele contou sobre os preparativos que fizera e os aconselhou a fazer o mesmo.

Uma hora após saírem, Amber ligou para ele. Entre soluços de choro, ela repetiu tudo que os outros falaram. Ele pediu desculpas e desligou o telefone.

Quando a penumbra recaiu sobre St. John Street, ligou para os pais, que moravam nos arredores de Banbury, e teve a conversa mais longa de que podia se lembrar em anos. Disse que os amava, e ambos perguntaram o que havia de errado.

Xav acordou cedo na manhã de terça-feira, pouco antes do nascer do sol. Enquanto permanecia deitado na meia-luz de seu quarto com a esposa respirando suavemente ao seu lado, ele soube, como se alguém houvesse sussurrado num sonho, onde Megan havia escondido a prova.

51

Xav nada disse aos outros, pois estava longe de saber se aquilo mudaria algo ou não. Passou o dia todo sem conseguir pensar em outra coisa, porém não fez nenhum esforço para sair de casa. Quando o sol estava se pondo, dirigiu alguns quilômetros para longe de seu bairro até uma área florestal no lado sul da cidade. Estacionou e começou uma longa caminhada até seu destino.

A família de Will Markham poderia não morar mais em Boars Hill, porém era bem provável que a casa e o jardim estivessem lá da mesma forma que antes. Se não estivessem, caso alguém houvesse comprado a propriedade, derrubado as árvores e construído um conjunto habitacional, ele estaria errado. Mas ninguém fez isso; e ele não se equivocara.

Ofegante, conseguiu enxergar o telhado da mansão por cima da cobertura das árvores. Ele ainda se lembrava de todos os detalhes daquela noite há vinte e um anos.

Will comemorou o aniversário de 17 anos em meados de junho, e a tenda aberta em toda a extensão da propriedade familiar significava que todos os seus colegas de All Souls e de outras escolas próximas foram convidados. Quase trezentos adolescentes de 16 e 17 anos estavam na propriedade naquela noite. Muitos foram para casa à meia-noite, porém Xav não era um deles. O jovem se juntou ao pequeno grupo perto da fogueira na parte mais baixa do jardim. O local ficava a cerca de meio quilômetro descendo o morro nos fundos da residência. Um a um, os outros foram embora, até restarem apenas ele e Megan. Ele a provocava para saber quem era o menino de quem ela gostava. Ela descartou cada um dos nomes sugeridos, porém não a ideia de que havia alguém, e, por alguma razão, se tornou muito importante descobrir a identidade do tal garoto.

Quando o fogo começou a se extinguir, ela abandonou a fogueira e foi em direção à floresta; Xav pegou um cobertor e uma lanterna e a seguiu. Perto da cerca da propriedade, a poucos metros de distância do portão que levava para o campo aberto, os dois se detiveram perto de uma enorme árvore de faia. Ambos se sentaram e tiveram a sensação de que alguma coisa, alguma coisa especial, estava prestes a acontecer.

"Olha", exclamou Megan. "É uma árvore dos namorados."

Ao redor do grande troco, casais haviam raspado cascas de árvores para entalhar corações com iniciais dentro. Xav apontou para um coração torto.

"Felix e Ari Hughes", leu ele. "Deve ser de quando a gente veio pra cá no Natal?"

"Eles duraram o quê? Umas seis semanas?"

Xav encontrou suas chaves e tirou um pedaço de casca que saiu com facilidade.

"Vamos lá", incentivou ele, entregando as chaves para Megan. "Me dá uma pista."

Megan riscou o contorno de um coração, muito melhor que o de Felix, então inseriu suas próprias iniciais: *MM*. Xav aguardou, sentindo o coração acelerar, então Megan parou.

"Ele pode colocar suas próprias iniciais." E devolveu a chave para Xav.

Talvez se ele não estivesse tão bêbado, saberia o que ela queria dizer, apesar de ter certa noção. Só que ele ainda tinha 17 anos, e garotas eram um terreno desconhecido, onde se aventuraria sem medo no futuro. Porém, naquela época, ainda pisava neste terreno com um mapa na mão e uma bússola na outra. Ele a encarou, esperando que as palavras saíssem, mas elas o deixaram na mão. Sentindo-se como um idiota, Xav guardou as chaves em seu bolso, e, um segundo depois, Megan se levantou e caminhou de volta em direção a casa.

No dia seguinte, viajou com sua família e não viu Megan novamente até o começo do último ano, quando ela se mostrou fria e distante de uma forma estranha. No meio do semestre, desesperado para perder a virgindade, Xav descobriu que Amber tinha uma quedinha por ele. Bem, ela era uma das garotas mais bonitas da escola, é claro que ele não perderia a oportunidade. Assim, ele e Amber se tornaram um casal, e Megan... digamos que ela se tornou uma história sem conclusão.

E continuava assim.

O portão ao final do jardim da família Markham estava destrancado, e Xav passou em silêncio por ele. O local da fogueira ainda estava lá, e os bancos de pedra branca brilhavam com a luz da lua. A enorme árvore de faia se destacava contra o azul do céu à meia-noite. Ajoelhando-se na grama alta ao pé da árvore, iluminou os nomes entalhados com sua lanterna. Havia mais nomes do que se lembrava, porém Will tinha irmãos mais novos. Com certeza, outras festas adolescentes aconteceram e outros casais foram até lá. Xav moveu a lanterna até encontrar o local onde retirara o pedaço de casca duas décadas antes.

O coração de que se lembrava conter apenas um conjunto de iniciais, duas letras *M* maiúsculas, permanecia lá. Só que agora, havia outras iniciais. Vinte e um anos depois, Megan finalmente entalhara na árvore as iniciais do rapaz de que gostava: *XA*. As iniciais de seu nome e uma pequena seta, apontando para baixo.

A parte do tronco ligada ao solo estava escondida num emaranhado de folhas e samambaias, mas Xav conseguiu tirar o suficiente para enxergar as raízes e viu um pequeno espaço. Indo ao chão, iluminou o local com a lanterna e viu um buraco escuro. Puxou a manga da blusa e enfiou a mão no buraco. Ele sentiu a terra macia, folhas mortas, alguma coisa afiada que arranhou os dedos, uma série de galhos que poderia ser de um ninho antigo e, em seguida, um plástico gelado e liso.

O saco vedado que retirou de lá era completamente comum, assim como o envelope marrom em seu interior. Dentro dele, havia um rolo de filme fotográfico e a confissão que todos assinaram na casa da piscina de Talitha vinte anos atrás, além de um segundo envelope menor, direcionado a ele. Xav guardou o saco plástico no bolso e se sentou ao lado da fogueira para ler a carta.

Oito horas depois, o jardineiro, que fora instruído pela mãe de Will a limpar as cinzas da fogueira, teve seu dia completamente arruinado pela descoberta do cadáver de Xav.

52

Amber estacionou na St. John Street sem recordação de como chegara até lá. Talvez tivesse morrido no meio do caminho e se encontrava agora presa a algum tipo estranho de purgatório, pois o mundo ao seu redor não era o que conhecia. A fileira maravilhosa de casa ao estilo Regency* perdera seu contorno nítido, as bordas de sua vista estavam embaçadas, e o asfalto na rua tremeluzia como se fosse um dia de calor sufocante, apesar de ser uma manhã fresca.

Xav não podia ter morrido. Era tudo uma piada cruel da parte de Ella.

Amber fechou a porta do carro sem se importar em travá-lo e atravessou a rua, dizendo para si mesma que era tudo uma pegadinha, que o próprio Xav abriria a porta com vários pedidos de desculpa. Ela não se importaria, estaria pouco se fodendo para aquilo, pois seria o fim do pesadelo, Xav estaria frente a frente com ela, e não morto.

Ela apertou a campainha.

Abre a porta, Xav, abre essa maldita porta.

A porta se abriu, e Ella surgiu acima de Amber nos degraus da entrada, seu belo rosto estava coberto de manchas.

Então era real, Xav havia morrido.

---

* Estilo arquitetônico popular na Inglaterra durante o século XIX, conhecido por sua elegância e simetria. [NT]

• • •

"Me conta o que você conseguir", pediu Amber, quando as duas estavam sentadas na sala de estar da casa que não pertencia mais a Xav. A outra mulher segurava as mãos de Amber com tanta força que os anéis estavam deixando marcas nos dedos dela. Ella continuava chorando de soluçar, e Amber olhou ao redor em busca de lenços, papel-toalha, ou qualquer coisa que servisse para enxugar as lágrimas. Por dentro, perguntava-se quando também poderia desabar e gritar.

"Não faz o menor sentido", conseguiu falar Ella, por fim. "O que ele tava fazendo lá? Não conhecemos ninguém de lá."

"Lá onde? Ella, começa pelo início. O que a polícia disse?" Amber continuava a olhar para os arredores, agora na esperança de encontrar um policial uniformizado escondido na cozinha. "Inclusive, não tem um policial por aqui? É comum ficarem de plantão com um parente da vítima."

Ella fez um esforço visível para se recompor.

"Eu pedi para a policial que estava aqui ir embora. Ela tornava tudo tão real, Amber. Pensei que, se ela não estivesse mais por perto, tudo não passaria de uma fantasia." Ela soluçou mais. "Pode ser apenas um erro, não? Se enganaram na identificação. Você acha que é possível?"

Amber daria tudo para acreditar nessa possibilidade.

"É improvável, Ella. Em geral, a polícia tem bastante certeza nesses assuntos. O que te falaram?"

"Pediram que eu confirmasse ser a sra. Attwood, então me falaram que sentiam muito, mas que tinham motivos para acreditar que meu marido tinha sido assassinado no início do dia de hoje." Ela parou e assoou o nariz de forma barulhenta. "Mas não pode ser ele. A gente não conhece ninguém em Boars Hill. Por que ele iria tão tarde para uma casa em Boars Hill?"

Ella estava certa, não conheciam ninguém em Boars Hill. Amber não pisara o pé num dos bairros residenciais mais caros de Oxford nos últimos vinte anos. Não desde o aniversário de 17 anos de Will Markham.

"Querem que eu identifique o corpo... falaram que sou a parente mais próxima e preciso fazer isso, mas eu não consigo, Amber. Nunca vi um cadáver na vida. E como o primeiro poderia ser o do Xav?"

"Ella, eles contaram o que aconteceu?"

Poderia ser um acidente de trânsito, Amber não vira o carro de Xav do lado de fora. Seria terrível um acidente de carro, porém não estaria totalmente fora da normalidade.

"Falaram que foi uma lesão na cabeça." Ella estava com dificuldade para respirar e falar, talvez ela fosse asmática. "Encontraram o Xav no jardim de uma casa enorme. Perto de uns bancos de pedra. Acreditam que ele caiu, bateu a cabeça e morreu esperando por socorro. Eu não consigo suportar, Amber, não dá pra imaginar o amor da minha vida deitado lá a noite toda, sangrando até a morte."

Mais tarde, Amber também lutaria contra essa imagem. Por ora, pensava nos bancos de pedra, nas pessoas fumando maconha perto da fogueira porque pensavam que os pais de Will estavam longe o suficiente para não sentirem o cheiro.

"Ella, você contou para mais alguém?", perguntou Amber. "A Talitha ou o Felix? Os pais do Xav?"

Ela balançou a cabeça. "Não, liguei direto para você. Você sempre foi a melhor amiga dele."

Uma nova punhalada no coração que Amber não acreditava que poderia doer mais ainda. A melhor amiga dele. Ele realmente falou isso para a esposa.

"Você pode ir comigo?", pediu Ella. "Digo, para ver o Xav. Não consigo ir sozinha. Vou ter que pedir pro pai dele ir, se você não for."

Ela queria dizer identificar o corpo. Amber nunca se deu conta antes de como Ella era jovem, como estava completamente despreparada para o lado duro da vida. A mulher estava prestes a fazer aquele doce senhorzinho encarar o cadáver do próprio filho.

"Eu vou", prontificou-se. "Ele está no Hospital John Radcliffe? Sobe e troca de roupa. Eu dirijo até lá." Amber levantou a outra mulher. "Vamos, se arruma que eu dirijo."

No instante em que Ella saiu do cômodo, Amber discou o número de Talitha.

"Não me importo com quem ela esteja", falou para a secretária. "Você precisa interromper agora e avisar que Amber Pike, ministra do Parlamento, está na linha e o assunto é da mais extrema urgência."

Ela aguardou, contando até dez. Não seria de se espantar que Talitha se recusasse a atender até as ligações mais urgentes. Precisou contar mais um pouco antes de ser atendida.

"Amber, mas que porra é essa?", esbravejou Talitha, após vinte e três segundos.

Não pensa, não escolha as palavras, só desembucha.

"O Xav morreu."

"O quê?"

"Não vou repetir. Por favor, não me faça repetir."

O silêncio do outro lado da linha foi interrompido por um suspiro estranho. "Me atualiza dos fatos."

"Foi no começo do dia, na antiga casa de Will Markham em Boars Hill. Encontraram o corpo com uma lesão na cabeça próximo aos bancos de pedra. A polícia desconfia que ele caiu."

Outro som estranho que, se fosse de qualquer outra pessoa além de Talitha, pareceria como se estivesse contendo o choro. "Ele não caiu. Amber, você sabe que ele não caiu, correto?"

Talitha precisava parar agora mesmo. A morte de Xav já era ruim por si só. A ideia de que poderia ser algo além de um terrível acidente era demais para Amber.

"Não, Tali, não sabemos de nada." Ela precisava manter a calma por mais algum tempo. "Vou levar a Ella para identificar o corpo. Preciso dar uma olhada nele, tenho que vê-lo — o homem que conheço desde criança e que cheguei a pensar que seria meu marido — e preciso ver seu cadáver. Os pais dele ainda não sabem, aquele doce casal de velhinhos. Provavelmente precisarei contar para eles. A notícia vai matá-los. Eles nem sequer têm netos."

"Amber, pelo amor de Deus, se controla." Talitha falava em seu tom natural agora. "Primeiro o Dan, agora o Xav. Não foi um acidente. Jesus, você falou com o Felix? E se ele..."

Seja lá qual fosse a suposição, Talitha não conseguiu concluir.

"Vou ligar pra ele agora", avisou a advogada após um momento. "Vai com Ella até o necrotério. É provável que a polícia já esteja lá, então seja bem cuidadosa com o que vai dizer."

"Eles vão querer conversar comigo hoje?" O pânico começou a se instaurar novamente em sua cabeça. "O que eles vão me perguntar? Tali, não sei se consigo fazer isso."

"Você consegue, sim. A última vez que você viu o Xav foi em Waterstock na segunda. Nós quatro nos encontramos lá porque estávamos preocupados com o Daniel. Há registros disso, e fizemos tudo certo, então não tem por que não mencionar. Fale que nos encontramos lá, pois era um lugar conveniente para você e o Felix, que não moram em Oxford, mas não chegamos a entrar na casa para não preocupar os pais do Dan. Antes disso, você não se lembra de quando se encontraram, vai ter que conferir em sua agenda, mencione que você não se recorda do Xav estar preocupado com algum assunto em particular. Consegue fazer isso?"

Não, ela não conseguia. Nem tinha certeza se conseguiria sair daquela sala.

"Acho que sim", respondeu ela, "mas, Tali, eu não consigo suportar mais. É o Xav."

"Eu sei, eu sei, mas me escuta, Amber, você precisa tomar cuidado."

"Eu vou, não vou falar nada de idiota."

"Não falo nesse sentido. Você ainda tem a equipe de segurança pessoal?"

Por um segundo, Amber ficou confusa com a mudança repentina de assunto. "Não, eu pedi exoneração do meu cargo, lembra?"

Talitha suspirou do outro lado da linha.

"Bem, você vai precisar tomar conta de si mesma", alertou ela. "Se a Megan entrar em contato, não é para você encontrá-la sozinha."

"Megan? Você acha que a Megan tem algo a ver com isso?"

"Amber, acorda! Se o Xav não sofreu um acidente, e eu apostaria nisso, então é claro que foi a Megan. Não vai deixá-la entrar na sua casa ou chegar perto das suas filhas. Liga para a escola, faça toda a equipe do lugar compreender que elas estão em perigo."

Amber não achava ser possível sentir mais medo do que já estava sentindo.

"Ela não machucaria o Xav, ela o amava."

"Ninguém sabe do que uma mulher desprezada é capaz, Amber. Xav rejeitou a Megan. Ela viu seus planos desmoronando. Promete pra mim que você será sensata."

As meninas, ai, meu Deus... ela precisava ligar para a escola. "Eu prometo."

"Vou ligar pro Felix. Ele deve ter monitorado o carro dela. Vou te mantendo informada. Agora, Amber, falando sério mesmo... tenha muito cuidado."

53

"Felix! Felix, você ainda tá aí?"

A linha estava muda. Talitha se afastou da janela e se perguntou se não estaria prestes a soltar um berro.

"Estou aqui." O homem do outro lado da linha não parecia nada com Felix.

"Você está bem?", perguntou ela.

"Tô, tô bem. Eu... Que merda, Tali."

"Eu sei."

Silêncio, com exceção da respiração rápida e arquejada dele.

"Felix, precisamos saber se foi a Megan. Você estava monitorando o carro dela ontem à noite?"

Outra pausa.

"Dei uma olhada algumas vezes no começo da noite", respondeu ele, após alguns segundos. "O carro estava parado. Pelo menos, não dava a impressão de que foi usado, mas também o sinal está mais fraco. A bateria pode estar nas últimas."

"Quando foi a última vez que você conferiu?"

"Não tenho certeza. Acho que por volta das dez. Aguenta aí, acho que consigo ver a última viagem."

Talitha esperou. Ela ouviu sons ao fundo, um barulho que poderia ser do telefone colocado na mesa, uma gaveta sendo aberta, uma reclamação entre os dentes, então...

"Meu Deus, Tali."

"O quê?" Há pouco, Talitha acreditava ter atingido o limite do medo, apenas para descobrir estar errada. Não há limites para quanto o medo ainda pode crescer.

"Foi a Megan", afirmou Felix. "Ela estava na rua do Xav pouco tempo depois das onze e depois dirigiu até Boars Hill. Ela seguiu ele até lá."

Talitha precisava se sentar. Ela abriu a boca para gritar pelo telefone, para exigir uma explicação por que ele não olhara o aplicativo na noite passada, pois, se olhasse, teria visto o perigo e conseguiria avisar Xav.

Não havia motivo. O que estava feito, estava feito.

"Precisamos contar para a polícia", declarou ela. Então, já era. Seria o fim da linha.

"Não podemos", retrucou Felix. "A menos que você encontre um bom motivo para eu ter colocado um dispositivo de rastreamento no carro dela."

"Precisamos detê-la. Os próximos somos nós."

O pensamento mal lhe ocorreu e Talitha estava novamente de pé, perto da janela, olhando para fora para ver se Megan estava na rua abaixo.

"Eu sei", concordou Felix. "E nós vamos, mas não podemos entrar em pânico. Vamos precisar de um tempo, conversamos depois. E não conte pra Amber. Pode ser demais para ela."

Não havia sinal de Megan do lado de fora.

"Acho que a Amber já passou do seu limite."

"Mais um motivo. Vamos lá, Tali. Nós dois somos os durões do grupo, você e eu. A gente consegue fazer isso."

54

Sem vida, Xav parecia ainda mais belo do que nos últimos anos. O cabelo, que deixara crescer desde o retorno de Megan, enrolava-se ao redor da cabeça em cachos escuros. O rosto não sofreu nenhum dano de seja lá qual for o ferimento que o matou, e os ombros pareciam esculpidos em mármore. À medida que a cortina era aberta, Amber segurava a mão de Ella e pensava haver uma excentricidade agridoce na situação. As duas pessoas ao lado de Xav naquele momento eram a primeira e a última mulher que ele amou.

"Sra. Attwood, este é seu marido?" O investigador que as acompanhou até o necrotério se mantinha a uma distância respeitosa atrás delas.

Ella soluçou, gesticulou com a cabeça e continuou a chorar.

"Este é o Xav Attwood", afirmou Amber.

O investigador estava brincando com alguns grãos de açúcar na mesa da cafeteria. Amber queria dar um tapa na mão dele e gritar para que ele agisse com mais respeito.

"Sra. Pike, você consegue pensar em alguém que poderia fazer algum mal ao sr. Attwood?"

E assim começava.

"Fazer algum mal?" Amber se forçou a parecer levemente chocada. "Achei que tinha sido um acidente."

Por cima do ombro do investigador, conseguia ver a viúva de Xav conversando com outro investigador e pensou como foi bom que nenhuma das duas precisou ir até a delegacia ou se submeter a um interrogatório formal. Por enquanto.

"Foi nossa primeira suposição", informou o investigador. "Que o sr. Attwood tivesse bebido demais, tropeçado no jardim e batido a cabeça num dos bancos de pedra."

Amber aguardou. O investigador examinava a ponta do dedo indicador onde grãos de açúcar estavam grudados.

"Só que há dois problemas com essa teoria", continuou ele. "O primeiro é que não havia indícios de álcool no sangue do sr. Attwood, e o segundo é que a necrópsia apontou três contusões diferentes na nuca dele. Ninguém cai três vezes seguidas."

"Acho que não." Amber sentiu a última fagulha de esperança se apagando. Talitha estava certa, é claro, ela sempre estava. Xav fora assassinado.

"Então, você consegue pensar em alguém com algum motivo para fazer mal a ele?"

Um gesto negativo com a cabeça foi a resposta de Amber.

"Ninguém", mentiu ela. "Nunca conheci vivalma que não gostasse do Xav."

O investigador olhou para baixo em direção a seu caderno. "Você comentou que viu ele na última segunda-feira em Waterstock. Como ele estava, em sua opinião?"

Acabado. No limite. Prestes a jogar toda a sua vida fora.

"Ele parecia bem", falou Amber. "Normal. Cheio de trabalho, ganhando rios de dinheiro. O Xav de sempre."

Uma dor intensa surgiu em sua mandíbula. Novamente, as lágrimas ameaçavam dar as caras.

"Curioso", rebateu o investigador, "porque a esposa dele disse o exato oposto. Ela afirma que ele estava estranho já fazia semanas, que parecia alguém bem diferente."

Amber disse a si mesma para ir devagar, dar a impressão de que estava pensando.

"Bem, acho que ela conhece o Xav melhor. Talvez ele tenha mostrado um lado para ela que o resto de nós não estava enxergando."

"E ele pediu demissão do emprego quatro dias atrás."

Aquele fato era desconhecido para Amber. "Eu não sabia disso."

Ele falou a verdade. Xav estava colocando suas coisas em ordem. Não, ele estava finalizando sua vida, preparando-se para abandoná-la.

"A esposa disse que ele passou o fim de semana arrumando suas coisas. Ela achou que o homem planejava se separar dela."

Bem, de certa forma, era seu plano. Amber balançou a cabeça. "Isso é novidade para mim."

"Você é uma antiga namorada do sr. Attwood, correto?"

"Xav e eu ficamos juntos no ensino médio. Isso foi há vinte anos."

"Então, vocês dois não estavam se vendo recentemente?"

Amber sentiu uma onda de alívio ao ter permissão para responder uma pergunta com honestidade. "Se você quer dizer tendo um caso, definitivamente não estávamos."

"E mesmo assim você pediu exoneração do seu cargo na semana anterior, alegando problemas pessoais. Dias antes do sr. Attwood fazer a mesma coisa. Você estava preocupada que poderia manchar a imagem do governo?"

"Xav e eu não tínhamos um caso. Até onde eu sei, ele não tinha um caso com ninguém."

Engraçado como ninguém aprecia a simples satisfação de poder contar a verdade até ser privado disso.

"Então por que você saiu do seu cargo?"

"Eu estava perdendo toda a infância das minhas filhas. Posso voltar para minha cadeira no governo quando elas estiverem mais velhas."

"Na sua opinião, haveria algum motivo para o sr. Attwood estar no jardim daquela casa em Boars Hill à meia-noite?"

Outra pergunta a que ela poderia responder honestamente.

"Sinto muito, mas não faço ideia. Conhecíamos um dos garotos que cresceu lá, Will Markham, o filho mais velho, mas não o vejo há vinte anos. Não sei se o Xav ainda mantinha contato com ele."

"Will Markham está nos Estados Unidos." O investigador consultou seu caderno outra vez. "O sr. Attwood é a segunda pessoa próxima a você a preocupá-la nas últimas duas semanas, correto? Vimos que o doutor Daniel Redman, diretor da Escola All Souls, foi dado como desaparecido pela equipe que trabalha lá."

"A gente ficou preocupado com o Dan", respondeu Amber, "mas um membro de sua ordem religiosa contou que ele saiu para um retiro."

"A gente?"

"Um grupo de velhos amigos." Ela deu os nomes de Tali e Felix, os únicos que sobraram agora.

"Eu me pergunto por que você não deu queixa do desaparecimento dele para a polícia."

"Cogitamos fazer isso. Era o que eu queria. Só que a Tali argumentou que, se o Dan simplesmente precisasse de um tempo para ele, a gente poderia criar uma confusão vergonhosa para ele. Aí decidimos esperar um pouco mais."

"Veja bem, pesquisei o nome do sr. Attwood em nossos computadores, e apareceu uma conexão com a senhora e com Daniel Redman. Vocês eram amigos de Megan Macdonald, correto?"

"Há muito tempo."

O investigador guardou o caderno e manteve os olhos fixos em Amber por algum tempo.

"Você sabia que ela também está desaparecida?"

55

Talitha parou na entrada da garagem e observou as imensas janelas pretas de sua casa. Em seguida, percebeu que odiava voltar para um lar vazio e não fazia a menor ideia do motivo pelo qual levou tanto tempo para descobrir isso.

Quando conheceu Mark, disse para si mesma que três filhos de um casamento anterior eram um ponto a seu favor. Barulhentos, fedidos, muitas vezes insuportáveis e de vez em quando engraçados, os garotos eram todos os filhos de que ela precisaria e ainda a presenteariam com netos algum dia. A melhor parte era que não precisaria ser muito próxima a eles, pois — você sabe — não seriam seus *verdadeiros* filhos ou netos.

Fins de semana intercalados e visitas no meio da semana para os meninos dormirem lá era toda a vida familiar de que precisava. Só que, agora, quando Mark estava ausente, como ocorria com frequência, ela vagava pelos intermináveis pisos de pedra da casa com um peso no peito.

Continuou sentada no carro por um pouco mais de tempo. Gus, o caçula de 7 anos, grudara adesivos da Marvel na janela de seu quarto, o que a irritou profundamente. Os heróis espalhafatosos estragavam a fachada minimalista da residência, porém Mark ficou do lado do filho. Agora ela sentia falta de Gus sentado ao seu lado no sofá com seu corpinho quente e robusto. Gus era uma máquina de aconchego, pronto para se aninhar a qualquer coisa que ficasse quieta o bastante com ele. Talitha nunca fora muito paciente com o menino.

Ela se perguntou se não seria tarde demais para ter um filho.

A chuva, que começara desde que saíra do escritório, agora embaçava o para-brisa. Talitha saiu do carro, correu um pouco e entrou. Lembrando-se do próprio conselho que dera a Amber e Felix, verificou a fechadura e estava prestes a colocar a corrente na porta, quando percebeu algo de errado. Ela deveria ter desativado o alarme de segurança, inserindo o código que o impediria de disparar e, mesmo assim, o alerta em baixa frequência não havia soado. O alarme estava desativado.

Apenas ela, Mark e a governanta sabiam qual era o código, só que Mark falara com ela mais cedo de seu hotel em Berlim, e a governanta nunca vinha fora dos dias e horários combinados. Por outro lado, era possível que ela houvesse se esquecido de ativar o alarme naquela manhã. Sua cabeça estava sobrecarregada com a quantidade de informação naquele momento.

Gotas de chuva caíram do casaco de Talitha enquanto o pendurava no pequeno closet. Como de costume, era quase impossível encontrar um espaço livre com os vários casacos a formar uma massa uniforme que a porta mal conseguia empurrar para dentro. Ela teria que falar com os meninos sobre deixar tanta bagunça ali.

Os saltos ecoaram pelo corredor, e a fivela da alça da bolsa bateu contra a bancada de granito da cozinha. Nunca percebera como sua casa era barulhenta. As janelas, ocupando toda a parede dos fundos, se transformavam num enorme espelho contra a escuridão lá fora. Era possível enxergar a galeria do mezanino atrás de Talitha perfeitamente refletida nesse espelho. Viu cinco portas de quarto, uma delas estava entreaberta.

Algo, um galho talvez, bateu na janela da cozinha, fazendo a mulher dar um pulo.

"Alexa, feche as persianas."

Um segundo de silêncio, e então as persianas penduradas na vertical deslizaram. Cortar a vista noturna deveria ter ajudado, porém, assim que ficou enclausurada na cozinha, incapaz de usar as janelas como espelho, Talitha teve uma sensação inegável de alguém a observando e deu meia-volta. Estava sozinha na galeria, é claro, mas a porta aberta indicava um problema. As portas dos quartos eram mantidas fechadas quando os meninos não estavam aqui. Alguém estivera lá em cima.

No caminho para fora da cozinha, parou junto ao faqueiro. As sete facas estavam exatamente onde deveriam estar, o que era um bom sinal, achava. Ela não iria pegar uma faca, pois a ideia de andar com o objeto cortante pela casa era ridícula demais.

Só que essa não era a vida como ela a conhecia, essa era uma realidade na qual Dan sumira e Xav fora assassinado. Pegou uma faca de tamanho médio, a que Mark usava para cortar vegetais. Pegar as facas maiores para corte de carnes era realmente um absurdo, e aquela poderia ser escondida em sua mão.

O térreo estava vazio. Na área aberta, desprovida de esconderijos, era mais fácil inspecionar. Nenhum assassino agachado atrás de nenhum dos sofás de couro da sala de estar; no closet perto da porta da frente, a massa de casacos continuava a ser apenas uma massa de casacos; o escritório de Mark estava uma bagunça, porém era só a bagunça de Mark, do jeito que ele sempre deixou. O andar de cima seria mais complicado.

O cabo da faca ficou escorregadio de suor conforme Talitha subia as escadas.

Verificou os quartos um por um, começando pelo quarto que dividia com Mark, sem deixar de lado os banheiros das suítes. Dava um passo para trás quando abria os guarda-roupas, consciente a todo momento de que não haveria forma fácil de escapar da casa no andar superior. Naquele local, ela estava presa.

A porta entreaberta pertencia a Rupert, o mais velho. Ela parou no limiar e ajeitou a faca na mão. O coração batia tão forte que chegava a doer no peito.

Certo, agora!

A porta se chocou contra a parede. Sem ver de onde, um grito agudo ecoou no quarto. Talitha gritou, enquanto adentrava e via um adolescente de 16 anos deitado na cama. O celular dele estava no chão, e ele usava fones de ouvido que bloquearam o som da chegada de Talitha.

"Rupert, mas que porra é essa?" A repentina descarga de adrenalina a fez gritar. "O que você tá fazendo aqui?"

O garoto magro de cabelos escuros olhou de volta com olhos bem abertos e uma expressão de dar pena. "Desculpa, desculpa, eu entrei sozinho."

Com o coração ainda acelerado, Talitha guardou a faca no bolso sem que o garoto percebesse.

"Achei que vocês só viriam no fim de semana. Sua mãe sabe que você tá aqui?"

O rosto dele se alternou de uma expressão de arrependimento para uma de receio. O idiota achava que estava encrencado; ela nunca estivera mais feliz em encontrá-lo.

"Ela acha que eu tô na casa do Stan", explicou Rupert. "Mas eu briguei com ele."

Stan era um dos amigos menos agradáveis do garoto. "Ué, por que você não foi para sua casa?"

"Minha mãe é a melhor amiga da mãe dele. Ela me obrigaria a ir até lá e pedir desculpas para não ficar um clima ruim."

A mãe de Stan era a presidente da associação de pais e mestres da escola e o sol em torno do qual as outras mães orbitavam como planetas menores.

"E se ela ligar para saber se você está bem e descobrir sobre a sua saída?", perguntou Tali. "Ela vai entrar em pânico."

"Ela me mandou três mensagens falando como eu devia me comportar." Rupert mostrou o celular. "Eu respondi. Ela sabe que tô vivo, só não sabe onde eu tô."

Talitha afundou na cama ao seu lado. "Então, como você entrou aqui?"

"Encontrei uma chave reserva na última vez que a gente veio." Os olhos de Rupert se direcionaram para o chão.

"Sei que você tem outras e não daria por falta delas."

"Esperto. E o alarme de segurança?"

Ele deu de ombros. "A gente já sabe a combinação faz um tempão."

Talitha falou mais alto. "Alexa, coloque um lembrete para mudar o código do alarme."

Enquanto Alexa agendava um lembrete, Talitha se permitiu sorrir.

"Tá com fome?", perguntou ela.

Os olhos de Rupert se iluminaram.

"Tô, só comi alguns salgadinhos", respondeu.

"Seu pai guardou algumas lasanhas no congelador. Tá a fim de uma?"

Rupert se levantou num salto e a puxou para ficar de pé. Ele logo seria mais alto que ela e já era bem mais forte. Talitha tocou no ombro dele.

"É bom te ver", desabafou ela.

Enquanto Rupert saía do quarto, Talitha se aproximou da janela para fechar as persianas. No andar de cima, elas não eram automatizadas. Antes de se fecharem completamente, viu certo movimento na rua. Desligou a luz do quarto e aguardou alguns segundos para os olhos se ajustarem antes de voltar para a janela.

Havia alguém na calçada, embaixo de um poste de luz, protegido por um guarda-chuva. O rosto foi revelado um instante antes de se afastar. Era Megan.

"A gente disse que não faria isso", a voz de Felix estava abafada, como se falasse através de um tecido grosso.

"Acho que a Megan tá do lado de fora da minha casa", respondeu ela.

"Espera aí."

O telefone se chocou contra uma superfície sólida. Talitha permaneceu aguardando.

"Se ela estiver aí, tá a pé", informou Felix, quando pegou o telefone novamente. "O carro dela está de novo em Blackbird Leys, apenas em outra rua."

"Ela estava a pé."

"Não faz muito sentido. É uma caminhada distante de Blackbird Leys até Summertown. Por que ela andaria na chuva?"

De fato, por que iria a pé? Parando agora pra pensar, o cabelo estava diferente. Estava curto e loiro, como a Megan de antigamente.

"Acho que não era ela." Foi apenas o vislumbre de outra mulher, nada de mais.

"Quer que eu vá até aí?", ofereceu-se Felix.

Talitha sentiu a tensão saindo do corpo, deixando-a exausta.

"Não, tá tudo bem. O Rupert tá aqui comigo."

"Certo, vê se mantém as portas bem trancadas."

Após o jantar, Talitha e Rupert se aconchegaram no sofá. No fim das contas, Rupert também era uma excelente máquina de aconchego. Os dois assistiam a um filme antigo da Marvel, quando a campainha tocou, sobrepondo o barulho do Incrível Hulk derrubando um helicóptero.

"Deve ser a minha mãe", resmungou Rupert, enquanto abria um aplicativo em seu celular.

Talitha pausou o filme.

"Não é ela." Rupert parecia confuso. "O Find My Friends diz que ela ainda está em casa."

"Espera aqui", ordenou Talitha.

O corredor estava escuro, exceto pela luz fraca da iluminação de segurança, cuja função era garantir que ninguém precisaria andar no breu noturno. Talitha não acendeu as luzes, pois não conseguiria enxergar lá fora. Pelo vidro da porta da frente, tentou identificar quem estava do outro lado.

Da sala de estar, ouviu Rupert dando *play* no filme, o que era um bom sinal, assim ele não conseguiria ouvir nada que fosse dito perto da porta.

Seja lá o que acontecesse ou qual fosse a desculpa que falasse, Megan não iria entrar.

A silhueta escura no batente da porta tomou forma à medida que Talitha caminhava pelo corredor. A dois passos de distância, ela viu cabelos, ombros e a curva de um rosto que reconhecia.

• • •

Os créditos surgiram na tela antes de Rupert perceber que sua madrasta não retornara, também não descobriu quem estava à porta. Levantou-se, esperando encontrar Talitha de frente à bancada da cozinha, curvada sobre o notebook como costumava fazer, porém o amplo cômodo estava vazio. Estava prestes a subir as escadas quando uma porta bateu em algum lugar da casa. Sentiu uma corrente de ar frio e percebeu que a porta da frente estava aberta.

"Tali!" Ele avançou com cautela pelo corredor.

Ainda chovia do lado de fora. Rupert estava com o celular na mão — é óbvio, ele era um adolescente — e mantinha os olhos voltados para a entrada. Ao encontrar o número do pai, o dedo pairou por cima do botão de discar, porém o adolescente decidiu aguardar.

Do outro lado, podia ver o carro de Talitha estacionado na entrada; ela não foi a lugar algum.

"Tali! O que tá acontecendo?" O cascalho na entrada machucava os pés. Ele não pensara em colocar os tênis, e a chuva o deixaria ensopado se ficasse por muito tempo do lado de fora. Ela já escorria pelos olhos e pingava do cabelo.

Não precisou ficar do lado de fora por muito tempo.

O corpo da madrasta jazia no chão de cascalho ao lado do carro.

56

"Você acredita em coincidências, sr. O'Neill?"

"É claro", respondeu Felix.

"Você diria que a morte de dois dos seus mais antigos amigos, somada ao desaparecimento de um terceiro, dentro de poucos dias, é uma coincidência?"

"Não, isso seria algo absurdo", raciocinou ele. "Megan Macdonald matou a Tali e o Xav, provavelmente o Dan também."

O mais velho dos dois investigadores que estavam interrogando Felix empurrou uma fotografia de Megan pela mesa.

"Essa Megan Macdonald?", perguntou ele.

Alguém tirou aquela foto na prisão, contra um fundo branco austero. O cabelo úmido de Megan estava grudado no couro cabeludo, indicando um banho recente ou a falta de um há vários dias. Sem nenhuma maquiagem, a pele parecia uma massa de pequenas imperfeições e manchas de eczema.

"É ela." Ele devolveu a fotografia. "Vocês a encontraram?"

"Estamos seguindo algumas pistas. Fale sobre o motivo que levaria a sra. Macdonald a matar dois de seus mais antigos amigos."

"Três amigos. O fato de vocês não terem encontrado o corpo do Dan não significa que esteja vivo. Ele não ia desaparecer assim."

Dan seria totalmente capaz de fugir e se esconder, porém aqueles dois palhaços não precisavam saber disso.

"Por que a Megan mataria alguém?"

"Tem alguma coisa de errado com ela e não é de hoje. Olha só o que ela fez há vinte anos. Foi algo brutal. Além dos vinte anos que passou na prisão, tempo suficiente para deixar qualquer um insano."

Um péssimo argumento, mas era tudo que tinha.

Um suspiro pesado foi sua resposta. "E, mesmo assim, muita gente sai da prisão do mesmo jeito que entrou. A sra. Macdonald nunca foi diagnosticada com nada além de uma capacidade mental comum.

"Ela é esperta, preciso admitir."

"Tá legal, vamos seguir a sua linha de raciocínio por um instante. Por que ela escolheria seus amigos mais antigos? Por que não algum estranho no meio da rua?"

"Ela tem raiva da gente. Acha que traímos sua confiança."

"Como assim?"

Felix passara a maior parte da noite anterior acordado, planejando qual seria sua resposta para essa exata pergunta.

"Quando Megan foi presa, foi uma surpresa para todos", começou ele. "Não dava pra acreditar que ela tinha feito aquilo. Não duvido que pense que viramos as costas para ela. Tinha muita pressão nas nossas costas, e nossos pais queriam que a gente cortasse os laços, e acho que fizemos exatamente isso. Na última vez que vimos ela, há pouco tempo, ela estava realmente brava, falando que abandonamos ela."

"E vocês a abandonaram?"

De forma proposital, Felix abaixou a cabeça.

"Acho que sim. Não a visitamos nem escrevemos. Acho que a Talitha fez alguma promessa infantil de atuar por Megan quando se tornasse advogada. Ela tentaria reduzir a pena, mas não fez nada. O Daniel estudou em Durham perto de onde a Megan estava presa, e nem mesmo ele foi visitá-la."

"E Xav Attwood? Por que ela teria motivos para matá-lo?"

Felix arriscou dar uma olhadela para a frente, o investigador estava com os olhos vidrados.

"Essa é fácil", falou ele. "Ela tinha uma paixonite enorme por ele na escola. Acho que ele até chegou a prometer que esperaria por ela. Então, quando ela saiu e viu que o cara estava casado, sem a menor intenção de abandonar a esposa, surtou."

"Antes, você disse que vocês se viram bastante desde que ela foi solta, não?", afirmou o investigador. "No seu caso, em todos os dias úteis. Por quê?"

Felix se inclinou para trás na cadeira, ainda que fosse a última coisa que quisesse fazer.

"Ninguém realmente queria isso, mas ela foi se infiltrando nas nossas vidas e não aceitava não como resposta. Era um pouco constrangedor, pra ser sincero, e causou alguns problemas com nossas famílias."

"E, mesmo assim, você ofereceu um trabalho a ela?"

"Fiquei com pena."

"Ela trabalhou na sua empresa por quanto tempo? Umas cinco semanas?"

Felix fingiu estar pensando a respeito. "Acho que foi por aí mesmo."

"Ela estava se saindo bem, correto?"

"Tava, sim, para ser justo, ela não é nada ruim. Pegou o jeito para finanças rápido e chegava todos os dias no horário. Ela era boa."

"Então, ela não te faria nenhum mal? Visto que você era o chefe dela."

"Tenho certeza de que ela me odeia tanto quanto os outros. Talvez eu seja o próximo."

"Quando foi a última vez que você a viu?"

Era naquele ponto que precisava tomar cuidado, qualquer informação que fornecesse poderia ser contrastada com algo que os outros falaram. Exceto que agora, não havia os outros. Apenas ele e Amber.

E Megan.

"Não tenho certeza", alegou Felix. "Ela não foi trabalhar na semana passada. Me falaram que agendou uma folga, mas era só de uma semana, então ela deveria estar de volta na segunda."

Ele afundou a cabeça contra as mãos a fim de ter mais tempo para pensar.

"Sinto muito", falou ele. "Está difícil assimilar tudo isso. O Xav foi meu padrinho de casamento, a gente se conhece desde que era criança. A Tali também era uma amiga próxima."

Um silêncio se instaurou.

"Leve o tempo que for necessário, sr. O'Neill." Um copo com água foi posto à sua frente. "Na verdade, por que não fazemos um intervalo curto?"

O interrogatório foi suspenso, e Felix ficou sozinho. Ele enxugou os olhos com as costas das mãos — e quem diria que realmente havia lágrimas nelas? — e bebeu um pouco da água. Estava morna e continha muito flúor. Quando os investigadores retornaram, ele havia tomado uma decisão.

"Tem uma coisa que preciso contar para vocês", declarou ele.

Os dois homens se ajeitaram nas cadeiras, ligaram o gravador e aguardaram.

"Vinte anos atrás, montamos um fundo fiduciário para Megan."

O investigador responsável demonstrou surpresa. "Um fundo fiduciário?"

"Não consigo lembrar quem teve a ideia, mas a gente combinou isso no dia em que ela foi condenada."

"Desculpe, quem seria 'a gente'?"

"Nossa turma, nós cinco. Eu, o Xav, a Tali, a Amber e o Dan. A gente estava no fórum naquele dia, apesar de acreditarmos que Megan não soubesse da nossa presença. Concordamos que, após terminarmos a faculdade e ganharmos nosso dinheiro, guardaríamos 10% da nossa renda anual e colocaríamos no fundo para quando Megan saísse."

Um olhar foi trocado entre os dois investigadores. "Muito generoso da sua parte."

"A gente era criança. Estávamos arrasados com o que aconteceu. Todos colaboraram, até mesmo o Dan, que só recebeu um salário de professor durante um bom tempo. O Xav que arranjou tudo, e o valor estava bem considerável quando ela saiu da cadeia."

"Ela deve ter ficado muito grata."

Felix olhou para baixo novamente. "Não contamos para ela."

"Por que não?"

Ele olhou para a frente novamente com o olhar firme. "Não éramos mais crianças. Foi uma coisa que fizemos na adolescência e que parecia infantil e sem necessidade. Era muita grana. A gente não queria entregar para ela, para ser sincero. Não vou negar, foi uma atitude canalha da nossa parte. De qualquer maneira, ela acabou descobrindo."

"Descobrindo como?"

"Ela percebeu que eu fazia contribuições regulares a um fundo e conseguiu acessá-lo. Ela é realmente esperta. Só que, em vez de ser grata, ficou furiosa, porque sabia que estávamos escondendo dela."

"Acho que consigo compreender."

"É, eu também. Não tô falando que foi certo da nossa parte. Só que ela não apenas descobriu, como também roubou o dinheiro. Quero dizer, acessou a conta, e a grana sumiu. Tá com ela. Então, seja lá onde ela se meteu ou o que tem planejado, não faltam recursos financeiros."

"Vamos precisar acessar o sistema da sua empresa", informou o investigador.

Felix deu um aceno positivo com a cabeça, sabendo que tal permissão era totalmente desnecessária. Ele percebeu na noite anterior que, mais cedo ou mais tarde, a polícia iria checar as contas de sua empresa. Não fazia diferença. Com exceção do fundo fiduciário, que ele mesmo confessou ter aberto, não havia nada que pudesse incriminá-lo.

"Tem mais uma coisa", continuou ele. "Algo que ela contou da última vez que a gente se viu."

"Achei que você não conseguia lembrar a última vez que vocês se viram."

"Consigo lembrar a ocasião", afirmou ele, com firmeza. "Só não a data. Talvez fosse a penúltima vez, eu não sei, tá bom? Só acho importante contar. Ela disse que sofreu um estupro coletivo pelo pai e outros amigos dele no verão em que fizemos as provas finais. Ficamos em choque. Ela não deu o menor indício há vinte anos, mas é óbvio que isso explica por que ela saiu dos trilhos. Você sabe, tirar notas tão horríveis nas provas, fazer aquela besteira ao volante? Ela estava traumatizada. É bem provável que sofria de estresse pós-traumático e não conseguia pensar direito. Seria bom saber disso na época, com certeza a gente contaria para a polícia, e seria algo que considerariam antes da sentença, mas a gente não sabia."

Ambos os investigadores faziam anotações.

"O pai dela foi atacado há pouco tempo", prosseguiu Felix. "Espancaram o homem no trailer onde morava. Passou no jornal. Desconfio que ela mexeu uns pauzinhos para arranjar o ataque com nosso dinheiro. A mulher está usando o fundo para dar o troco em todo mundo que ela acha ter virado as costas para ela."

"Você tem ideia de onde ela possa estar?"

Felix balançou a cabeça. "Ela pode ter contatos, pessoas que conheceu na cadeia. Não acredito que tenha família, além do pai que continua no hospital."

"Estamos quase encerrando por aqui, sr. O'Neill. Apenas mais dois assuntos para tratarmos. Qual o modelo do carro que a sra. Macdonald dirigia?"

Felix deixou a imaginação vagar e visualizou-se de pé perto da janela de seu escritório, enquanto olhava para o estacionamento. "Um Nissan Micra. Um modelo bem antigo, azul metálico."

Outra fotografia escorregou até perto de Felix. Tirada de noite, a foto exibia um carro que poderia ser azul em direção a Boars Hill, era difícil distinguir.

"Esse daqui?", perguntou o investigador.

A placa não estava visível.

"Parece que sim", confirmou Felix.

"A sra. Macdonald não registrou o veículo em seu nome, então ela estava dirigindo ilegalmente", informou o investigador. "Ajudaria se você soubesse a placa do carro."

Felix fechou os olhos e pensou por um segundo.

"PD54 RZM", falou.

"Você pareceu bastante certo agora."

"Também sou bom com números", argumentou ele. "É o mesmo carro?"

"É, sim. Uma câmera conseguiu essa imagem enquanto o veículo subia em direção a Boars Hill e, depois, descia de volta num horário parecido com o do assassinato do sr. Attwood."

Felix sentiu uma emoção crescendo dentro de si. "Isso é uma prova?"

"Não exatamente, não podemos discernir quem estava ao volante, mas é uma prova circunstancial bem forte."

"Mais uma coisa, senhor." O outro investigador tirou um saco plástico transparente destinado a guardar provas. "Você reconhece este objeto?"

Eram os óculos de Megan, os mesmos que ela usou no almoço na casa da Talitha.

"São da Megan", reconheceu ele.

"Tem certeza?"

"Absoluta. Ela os deixava em cima da cabeça na maior parte do tempo, mas, quando os tirou, deu pra ver que as pontas estavam mastigadas." Ele apontou. "Exatamente assim."

O saco plástico foi guardado.

"Obrigado por seu tempo, sr. O'Neill. Iremos manter contato."

O gravador foi desligado, e os três homens ficaram de pé. Perto da porta, Felix virou para trás.

"Vocês podem me falar onde encontraram os óculos?", quis saber ele.

Um breve olhar foi trocado.

"Não vejo motivo para não dizer. Eles foram encontrados na entrada da garagem de Talitha Slater, perto de onde seu corpo estava."

57

Ao ouvir o som do portão se abrindo, Amber cortou um pedaço de pele do seu polegar. Uma gota de sangue surgiu no local do corte, seguida por uma dor aguda. Como sempre que algo assim acontecia, ela se perguntou se conseguiria lidar com dor de verdade, quando até mesmo um pequeno corte doía tanto. Bem, talvez descobrisse em breve, igual a Tali, Xav e Dan descobriram.

Ela precisava se acalmar. Desesperar-se por nada certamente a levaria para o túmulo. Os portões se abriram para que Dex entrasse. Era um horário comum para seu retorno.

Ela se manteve cozinhando, algo que fazia com frequência quando estava estressada ou precisava apenas ocupar seu tempo de forma produtiva. A cada noite de eleição, e Amber já presenciara quatro desde que se tornou uma parlamentar, era comum encontrá-la descascando, fritando e cozinhando. No momento em que o resultado saía, seu freezer estava lotado e o forno dava a impressão de que uma bomba explodira em seu interior.

Após a gota de sangue cair sobre a bancada, pegou uma toalha de papel e a enrolou em torno do ferimento. Foi quando percebeu que Dex ainda não havia entrado, nem as rodas do carro soaram contra o cascalho da entrada. A luz do lado de fora permanecia apagada. O medo retornou com força total.

Amber deixou a cozinha, pegando sua bolsa no caminho, pois ali estavam os dois telefones que não ficavam mais longe de seu alcance. Na sala de jantar, aproximou-se da grande janela que dava para a entrada. Não encontrou vestígios de Dexter ou seu carro. Quando estava prestes a ligar para o marido, o telefone descartável começou a tocar. Felix estava ligando. Bem, é claro que seria Felix. Eles dois eram os únicos sobreviventes.

Não, não podia se permitir pensar nesse tipo de coisa, não agora.

"Alô!"

Sem enrolações, Felix foi direto ao assunto: "Preciso conversar agora com você".

Amber estava prestando atenção na chegada do marido. "Acho que vou precisar retornar depois."

"Não por aqui. Se lembra do que conversamos? Se uma certa pessoa retornasse?"

As conversas por telefone precisavam ser limitadas, pois nunca se sabia quem poderia estar ouvindo. Amber, em especial, precisava ser cuidadosa.

"Você está sozinha?", perguntou Felix. "Tem alguém aí com você?"

"Não, mas acho que o Dex está prestes a entrar."

Felix pareceu soltar um suspiro pesado. "Tá legal. Me escuta, preciso muito falar com você. Posso aparecer aí?"

Não no dia de hoje. Muito menos agora.

"Acho que não dá."

Outra pausa, outra arfada audível. Felix também estava chateado, talvez com medo, e isso só piorava as coisas. Ele deveria ser o durão do grupo. Se ele caísse, todos iriam para o buraco.

Só que todos eles já foram. Só restavam os dois.

"Amber, isso é muito sério."

Ela podia ouvir a voz trêmula dele, mesmo com o esforço de Felix para ocultar o medo.

"A gente precisa mesmo conversar", prosseguiu ele. "Precisamos decidir o que fazer agora. Aconteceu algo sério."

Bem, é claro que algo aconteceu. Megan se tornara um espírito furioso de vingança, eliminando todos em seu caminho. Ela matou Daniel,

Talitha e até mesmo Xav, por quem nutria um amor desde a adolescência. Não haveria piedade para a melhor amiga que roubara o amor da sua vida e a deixou apodrecendo na prisão.

"O que aconteceu?", ela conseguiu falar.

"Am, não vou repetir. Você está em perigo. Onde estão as meninas?"

A mudança repentina de assunto a confundiu.

"O quê?"

"A Pearl e a Ruby, onde elas estão? Mandei a Sarah e o Luke para os pais dela. Não quero os dois perto daqui."

Uma punhalada no coração, mais fria e afiada do que tudo que Amber sentira até agora.

"Eu também", respondeu ela. "Elas estão na casa da mãe do Dex em Finchley. Falei que estaria ocupada com a casa pelos próximos dias. O Dex não tinha certeza de quando iria voltar, mas ele já está aqui."

Talvez ele não estivesse, ainda não ouvira o marido chegar em casa. Amber percebeu de repente como a casa era grande e como estava distante dos vizinhos.

"Ótimo", exclamou Felix. "Certo, você consegue vir pra cá? Vai pra fábrica, vamos ficar mais seguros lá. Ninguém tem a chave além de mim e os faxineiros, e eles devem ter ido embora a essa altura."

Seguros. Ela não fazia mais ideia do que aquilo significava.

"Amber, você tá me ouvindo?"

"Claro. Tá bom, se você acha que é importante."

"E, Am, não confie em ninguém. Não fale com ninguém e não pare de dirigir. Só chegue logo, tá bom?"

Felix encerrou a ligação, e o silêncio na casa parecia cercar Amber. Apesar do que falara para Felix, ela estava sozinha. Dexter não tinha a capacidade de ficar em silêncio por mais de alguns segundos; mesmo dormindo. Ela nunca conheceu um homem que roncasse e falasse tanto no sono como seu marido. O silêncio incomum e opressivo era um sinal de que estava só.

Ela pegou seu casaco e, prestes a destrancar a porta dos fundos, lembrou por que achava que Dex estava em casa. Ela tinha ouvido o portão abrindo e fechando.

O enorme portão de última geração, instalado quando foi nomeada ministra de prisões e liberdade condicional, reconhecia as placas de alguns carros autorizados a entrar automaticamente. Para abri-lo em qualquer outro momento, seria necessário digitar um código de seis dígitos que, segundo lhe haviam garantido, era impossível de adivinhar, desde que não usassem algo óbvio como sua data de aniversário, ou a do marido, ou a das filhas. Ela não tinha usado, então o portão não poderia ter se aberto sozinho. Provavelmente, ouviu os portões da casa ao lado.

Criando coragem, Amber saiu em silêncio para o lado de fora. Enquanto trancava a porta, seu casaco quase foi arrancado pela força do vento. Os galhos e gravetos voando pelo chão indicavam que uma tempestade estava prestes a eclodir. Os portões estavam fechados, exatamente como deveriam estar, e ela decidiu não se preocupar com a porta da garagem aberta, já que costumava deixá-la assim para Dex. Seu carro estava de frente para a saída, pronto para partir, algo que sua equipe de segurança enfatizou bastante. Em questão de segundos, ela estava no banco do motorista.

Ao deixar a propriedade, Amber entrou na rodovia em frente à sua casa. Ela percorrera cem metros e estava quase a oitenta por hora quando se tocou de seu terrível engano. Quando destravou o carro com o alarme, não houve o habitual som das fechaduras abrindo, apenas as luzes internas. O carro não estava trancado. Ao mesmo tempo, percebeu um cheiro estranho: roupas molhadas pela chuva, xampu com aroma artificial de floral e um leve odor de transpiração.

Seu pé congelou no acelerador, e ela soube exatamente o que veria no espelho retrovisor. Foi quase um alívio quando a estrada atrás dela desapareceu da vista e deu lugar a um par de olhos escuros emoldurados por um rosto pálido. Quando o pior acontece, pelo menos o terror acaba.

"Olá, Amber!", cumprimentou Megan, do banco de trás. "Não pare de dirigir."

58

"Não é para desacelerar. Não, Amber, tô falando sério. Continua dirigindo e nem pense em parar no acostamento."

O rosto de Megan se virou por um momento e a parte de trás da cabeça apareceu no retrovisor.

"Se você parar e outro carro bater na gente, estamos ferradas", falou ela, com rispidez. "Mantenha os olhos na estrada e, pelo amor de Deus, se acalma. Você está hiperventilando."

Amber ouvia o que Megan falava, porém o cérebro não conseguia processar as informações.

"O que é que você quer?", perguntou ela, com muito custo.

A voz, fraca e estranhamente aguda, parecia sair espremida por um tubo. Era uma pergunta idiota de qualquer forma. Ela sabia o que Megan queria: matar todos eles. Felix devia saber que ela estava a caminho, e que ele vá pro inferno por não ter dito logo. Mais cedo ou mais tarde, quando chegassem a um refúgio ou a uma saída, Megan a mandaria parar e seria seu fim.

"Só quero conversar." A voz de Megan estava calma; no tom que alguém usaria para acalmar um animal em pânico. "Espera um pouco, vou até aí."

Ela se moveu para a frente. Amber contraiu a mandíbula, e o carro quase perdeu a direção.

"Pelo amor de Deus", irritou-se Megan. "Vou apenas sentar perto de você no banco do passageiro."

Com o canto da vista, Amber observou Megan se espremendo entre os assentos. Por que, logo no momento em que mais precisava, não conseguia lembrar nada que aprendera sobre defesa pessoal com sua equipe de segurança?

Megan balançou ambas as mãos em frente do rosto de Amber.

"Olha só", exclamou ela. "Sem arma, faca ou qualquer coisa. Não vou te machucar."

"O que você quer?" Lágrimas surgiram nos olhos de Amber. "Me perdoa pelo que fizemos. Sei que estávamos errados e não te culpo por odiar a gente, mas você tá virando um monstro."

Ela sabia que deveria ser mais corajosa que isso, mas, só de pensar em Pearl e Ruby e imaginar que nunca mais as veria novamente, a coragem se esvaiu.

A mão da outra pousou em seu ombro, e Amber a sacudiu para longe, como se fosse uma aranha ou uma abelha.

"Amber, me escuta…"

"Minhas meninas, Megan. Como você pode fazer isso com as minhas filhas?"

"Caralho, Amber, tenta se acalmar um pouco. Não é de mim que você precisa ter medo."

Ela arriscou uma olhadela rápida para o lado. O rosto de Megan estava indecifrável, mas ela não parecia uma assassina fria prestes a atacar. Se transparecia alguma coisa, era o mesmo medo presente em Amber, e isso não fazia sentido algum.

"Como assim?", perguntou Amber.

"Para onde você tá indo?", retrucou Megan. "Agora mesmo, para onde você estava indo antes de me ver? Vamos lá, não é uma pergunta difícil."

Por um breve momento, Amber precisou pensar. É claro, ela estava indo se encontrar com Felix na fábrica.

"Você atendeu a ligação naquele celular descartável que a Tali te entregou. Deu pra ver da entrada. Era o Felix?"

Amber respondeu com um gesto afirmativo.

"E ele quer se encontrar com você em algum lugar?"

Amber assentiu novamente — o que mais ela poderia fazer?

Megan se jogou para trás no banco do passageiro, como se fosse atingida por um pensamento repentino. No mesmo instante, um celular tocou, e as duas deram um pulo de susto. Era o telefone descartável de Amber. Felix estava ligando.

"Não atende", ordenou Megan. Ela se inclinou para a frente e desligou a chamada. Poucos segundos depois, o celular pessoal de Amber começou a tocar pelo sistema bluetooth do carro. Era Felix de novo. Ele provavelmente estaria na fábrica. Se ela não aparecesse, ele faria alguma coisa, correto? Seu amigo não a deixaria para trás.

Megan apertou o botão de recusar a ligação.

É óbvio que ele deixaria; estamos falando de Felix.

"Amber, reduz a velocidade, a gente pode sofrer um acidente."

O velocímetro estava em cem quilômetros por hora, rápido demais para a estrada estreita e escura. Amber aliviou o pé no acelerador.

"Tá legal", disse Megan. "Preciso que você fique calma e me escute. Consegue fazer isso?"

Ela poderia fazer isso. Amber deixou a cabeça tremer, teria que servir como sinal de consentimento.

"Eu estava indo embora", comentou Megan. "Já havia pagado para um caminhoneiro me levar escondida para a França no fundo do seu caminhão. Ninguém se importa com caminhões saindo do Reino Unido, só querem saber daqueles que entram. Eu estava em Dover na terça passada, prestes a sair para vocês nunca mais terem notícias sobre mim."

Não podia ser verdade, não fazia o menor sentido.

"Então, por que você não foi?", arriscou ela.

"Vi a notícia sobre meu pai. Alguém invadiu o trailer dele no meio da noite e espancou o velho até ele ficar por um fio. Precisei voltar."

Ainda não fazia sentido.

"Você odiava seu pai."

"Tô pouco me fodendo para aquele desgraçado, mas eu sabia que alguma coisa estava acontecendo. Nem mesmo a Talitha conseguiria arranjar um esquema assim tão rápido. Havia algo a mais."

Amber ouviu as palavras, mas elas poderiam estar fora de ordem pelo que ela tentou compreender.

"Eu não tô doente, Amber", suspirou Megan. "Eu nunca faria o Dan me entregar um dos rins, estava só mexendo com o psicológico dele. Você também, por isso falei que queria uma das suas filhas."

Aquela mulher estava maluca. Ela quebrara o espírito de Amber com aquela exigência. Agora, dizia que foi tudo uma brincadeira? De repente, aquilo se tornou demais para sua cabeça. Amber tirou as mãos do volante e o pé do acelerador.

"Não consigo mais." Ela balançou a cabeça. "Não dá."

Megan segurou o volante. "Tá bom, tá bom, para aí no acostamento. Só me promete que não vai fugir."

"Eu prometo." Ela prometeria qualquer coisa. Nem importava mais se o plano de Megan o tempo todo fosse fazer com que parasse para esmagar seu crânio em milhares de pedaços. Ela não se importava mais.

Enquanto Megan olhava repetidas vezes para trás e para o relógio, Amber dirigiu até o acostamento. Ela deixou o motor desligar e fechou os olhos.

"Presta atenção." A voz de Megan soava alto e perto demais. "Eu estava mexendo com a cabeça de vocês, de todos vocês. Eu fiquei furiosa pra cacete com a forma que me deixaram apodrecer na cadeia, sem nem me dar uma segunda chance após todos esses anos."

Ouvindo o som de movimentação, Amber abriu os olhos, assustada. Megan estava olhando diretamente em sua direção.

"E, pra ser completamente sincera", continuou Megan, enquanto Amber fechava os olhos de novo, agora, por vergonha, "algumas vezes, eu poderia muito bem ter matado a Talitha por me manter naquele lugar."

"Eu não sabia disso, eu juro", chorava Amber.

A mão de Megan pousou com gentileza em seu braço, e, dessa vez, ela não a sacudiu.

"Eu sei", falou Megan. "Mas isso é importante, eu não ia fazer nada. Amber, por favor, olha pra mim."

Amber abriu os olhos, porém as lágrimas transformaram Megan num borrão.

"Sei como vocês se sentiram nesses últimos vinte anos. Sei que a culpa engoliu todos vivos. Vocês também foram punidos."

Sim, era verdade, eles foram.

"Mas não como você." Amber enxugou as lágrimas a tempo de ver Megan sorrindo.

"Não como eu", afirmou ela. "Acho que foi ainda pior. Pelo menos, eu paguei pelo que fizemos. Existe certo consolo nisso."

Lágrimas ameaçavam voltar para os olhos de Amber, enquanto ela sentia Megan segurar suas duas mãos.

"Me perdoa", repetiu ela.

"Agora, me escuta." Megan apertou as mãos de Amber. "Coloquei o filme e a carta num lugar onde sabia que o Xav iria encontrar. Sabia que ele se lembraria daquela árvore no jardim da família Markham. Não fazia nem ideia se conseguiriam revelar o filme após tanto tempo, mas eu nem iria tentar de qualquer forma. Deixei uma carta pro Xav, explicando exatamente isso que tô te falando agora. Essa história já tinha chegado ao fim, Am. Eu peguei o dinheiro, sem o menor sentimento de culpa, mas estava indo embora e nunca mais iria incomodar vocês. Principalmente, porque sabia do que a Talitha era capaz de fazer. Nunca eu confiaria nela."

Amber tentava processar todas essas informações. Se Xav tinha encontrado a prova no jardim — numa árvore? —, então a polícia deveria estar com ela agora. Só que isso não fazia sentido, porque, se a polícia estivesse com a prova, saberia de tudo. Megan tinha que estar mentindo.

"A Talitha morreu", falou ela para Megan. "Você matou ela."

Um par de olhos escuros olhou diretamente nos olhos de Amber.

"Não, não fui eu. Não estou dizendo que não odiava a Talitha, mas você acha que eu poderia matar o Xav? Até mesmo o Daniel?"

Não tinha como ela saber. "Não sei mais quem você é. Não sei do que é capaz de fazer."

Megan soltou as mãos de Amber.

"Então, por que você ainda está viva? Por que eu não estava esperando do lado de fora da sua casa, pronta para te acertar na cabeça com um porrete?"

Seria bem mais fácil.

"Seu carro foi avistado em direção a Boars Hill na noite em que o Xav morreu", argumentou ela. "A polícia sabe que foi você."

Megan estremeceu, como se Amber a tivesse atingido, e, por um momento, pareceu perdida em seus pensamentos.

"Eu abandonei meu carro no Travelodge no último domingo", informou ela por fim. "Deixei as chaves embaixo do tapete do motorista. Sabia que não poderia levá-lo comigo e não queria que me rastreassem através dele. Foi uma triste coincidência."

Era muita informação para processar, e não havia como diferenciar a verdade da mentira.

Megan deixou a cabeça cair nas mãos, talvez dando a si mesma tempo para pensar, uma chance de inventar mais mentiras, e Amber ouviu um carro se aproximando. Ela olhou ao redor a tempo de ver o veículo, um pequeno *hatchback* azul, se aproximando e perdendo a velocidade antes de acelerar novamente.

"A gente não deveria ficar parada aqui." Megan levantou a cabeça. "Você está bem para dirigir?"

Amber ligou o motor e saiu do acostamento. "Pra onde vamos?"

"Não sei."

O vento continuava impassível. De tempos em tempos, os detritos do chão atravessavam a estrada e acertavam o veículo como projéteis balísticos. O telefone do carro tocou, era Felix novamente. Desta vez, Amber não fez nenhuma tentativa de atender.

Passaram por uma curva à esquerda, e Amber avistou um pequeno carro azul esperando para sair. O outro veículo não teve pressa, mesmo que a estrada estivesse vazia além deles dois. Em seguida, seus faróis se perderam na curva seguinte.

"Por que você tá aqui?", perguntou Amber, após dirigir por mais um quilômetro. "Se você não quer me machucar, por que pularia o muro da minha casa e se esconderia no meu carro?"

Megan soltou uma risada curta e sem graça.

"Pra começo de conversa, não escalei um muro de quatro metros com arame farpado. Coloquei o aniversário da sua mãe no controle do portão e funcionou. Desconfiei que, de todo o grupo, você seria a menos provável a mudar suas senhas, mesmo depois de vinte anos. Seu carro estava aberto. E estou aqui porque alguém quer te matar e eu acredito que vai ser na noite de hoje. Eu preferia que isso não acontecesse. Como não dava pra ir até a polícia por razões óbvias, tive que vir eu mesma."

Amber sentiu novamente uma névoa de confusão dentro da cabeça. Quem na face da terra iria querer matá-la se não Megan?

"Quem?"

"O Felix, é claro", respondeu ela.

"Você tá maluca?"

"Felix poderia pegar as chaves do meu carro em todo período que trabalhei com ele. Dava pra facilmente fazer uma cópia."

Felix também colocara um rastreador no carro de Megan, ele saberia onde ela estava esse tempo todo.

"O que ele te falou pelo telefone?", perguntou Megan.

Algo sobre precisarem conversar, porém não podia ser pelo telefone. Ele a pressionou para encontrá-lo. Era tão característico de Felix esperar que o resto do grupo lhe obedecesse quando dava ordens que ela não questionou tanto quanto deveria.

"Ele falou que eu estava em perigo", contou ela a Megan. "Disse que precisávamos nos ver."

"Pensa bem, Am. A Talitha, uma das pessoas mais inteligentes que já conhecemos, saiu da segurança de sua casa por alguém que tocou a campainha tarde da noite. Num momento em que ela sabia estar em risco. Você realmente acha que ela abriria se achasse que era eu do outro lado?"

Não mesmo. É óbvio que não.

"Você a enganou." Amber sabia que estava abandonando a lógica. "Você tocou a campainha e se escondeu."

"E ela cairia nessa? Qual é! Seja lá quem foi que tocou a campainha, era alguém em quem ela confiava, e ela não confiava em mim."

Talitha enfatizara muito sobre o perigo que corriam, ela que convenceu Amber sobre a importância de agir com cautela.

"Um de vocês atacou o meu pai", afirmou Megan. "Eu sabia que as chances de Talitha organizar algo tão rápido eram quase nulas, então pensei que fosse um dos caras. O Dan não teria coragem pra isso, nem os músculos, então só poderia ser um dos outros dois. Quem, entre o Xav e o Felix, você acha que seria mais capaz de espancar alguém?"

Felix, é claro. Amber nunca tinha visto Xav sequer perder a paciência.

Megan deduziu pelo silêncio de Amber que a amiga tinha chegado à conclusão certa.

"Onde vocês marcaram de se encontrar?"

"Na fábrica."

"Tá, não vamos pra lá."

Não, elas não iriam, Amber se tocou. Ela não chegaria nem perto de Felix. De alguma forma, nos últimos minutos, sua confiança fora transferida de um velho amigo para outra velha amiga.

"Pra onde vamos?", perguntou ela novamente.

"Pra algum lugar onde ele não vai nos encontrar. Precisamos de um plano, Amber."

59

Antes de sair de casa em direção à fábrica, Felix conferiu o aplicativo de rastreamento para confirmar se o carro de Megan ainda estava em Blackbird Leys, onde permanecera imóvel pelas últimas vinte e quatro horas. Quando ele o viu na A329, apenas a poucos quilômetros de Drayton St. Leonards, onde Amber morava com a família, achou que o coração fosse parar de bater.

Ele ligou para o telefone residencial de Amber, o celular pessoal e o descartável que Tali havia entregado. Ninguém atendeu.

Era tarde demais.

60

Echo Yard. Amber leu a placa e se perguntou por que, de todos os lugares na face da terra, elas estavam em Echo Yard. Se Felix quase matara o pai de Megan ali, ele saberia como entrar, mas já era tarde demais para fazer perguntas. Megan estava agora se aproximando dos enormes portões de ferro.

Ciente de que, ao menos, teria uma chance de escapar, Amber soube que nem sequer tentaria. Em algum momento, durante os últimos quilômetros, chegara a essa conclusão sem precisar pensar muito. Ela confiava mais em Megan do que em Felix, era simples assim.

Contudo, não mudava o fato de que estar ali não era uma boa ideia. Amber observou Megan digitar o código e os portões se abrirem. Obedecendo ao sinal de sua velha amiga, ela dirigiu para dentro do local. Em seguida, os portões pesados se fecharam com um estrondo. Megan caminhou à frente do carro, mostrando o caminho.

Aquele lugar era perturbador à noite. As gigantescas árvores nos arredores se balançavam como se não pesassem nada, fazendo suas sombras dançarem no solo. Conforme o carro avançava lentamente, estátuas pálidas surgiam à luz do luar e gárgulas horrendas espiavam as duas mulheres. Algumas estavam penduradas em árvores, como demônios que caçoavam dos mortais abaixo. Com o cabelo esvoaçando ao vento, similar a uma bandeira no mastro, e totalmente à vontade naquele lugar sobrenatural, Megan as ignorou e indicou para Amber estacionar o carro atrás do galpão.

"Ali atrás, ninguém na estrada vai conseguir ver", falou ela alto para ser ouvida dentro do veículo.

Amber parou o carro, desligou o motor e pulou para fora.

"Tem alguém aqui?", perguntou ela. O lugar estava cheio de barulho e sons de movimentação; era impossível acreditar que apenas as duas estariam lá.

"Os outros donos não dormem aqui." Megan caminhou em direção ao trailer. "Meu pai era o vigia noturno e fazia todas as outras funções de que esse lugar precisa."

Após conferir seus dois celulares, Amber a seguiu. Os aparelhos tinham diversas ligações de Felix.

A porta do trailer não estava trancada. Do lado de dentro, Megan conferiu cada janela para garantir que as cortinas finas estavam bem fechadas antes de ligar uma pequena luz acima da pia.

O trailer era pequeno, porém servia bem para duas pessoas. Enquanto permanecia no espaço da cozinha, Amber se lembrou do trailer de seus avós. À direita, abaixo de uma janela, estavam uma pequena escrivaninha e cadeira e, mais ao lado, uma porta interna que provavelmente levaria ao banheiro. À esquerda, uma pequena mesa de jantar e, logo depois, um beliche.

"Pode se sentar." Megan passou por duas bolsas que ocupavam o espaço do chão. Outra bolsa menor, com um logotipo esportivo, estava sobre a mesa estreita.

"Você tá morando aqui?", perguntou Amber. No espaço apertado, havia um leve aroma de Megan dividindo espaço com o cheiro de roupas velhas e cachorro molhado.

"Nos últimos dias, sim", respondeu Megan, espremendo-se no assento apertado. "Eu ia ficar apenas um ou dois dias, até descobrir o que aconteceu com meu pai. Logo depois, fiquei sabendo do desaparecimento do Daniel. A propósito, isso aí não é meu."

Ela apontou para uma garrafa meio cheia de Whisky Bell's e dois copos sujos na mesa de fórmica.

"São do meu pai. Estou tentando encostar no lugar o mínimo possível. Você deveria seguir meu exemplo, não queremos suas digitais por aqui."

Não seria um problema tão grande assim. O lugar estava tão sujo, que dava para escrever seu nome com o pó ao redor da pia, o chão estava ainda pior. Tufos com pelos de cachorro e sujeira se acumulavam nos cantos, e o pequeno tapete quadrado estava cheio de resíduos de construção. Latas de cerveja vazias estavam amontoadas de forma desordenada na pia e restos de uma refeição transbordavam na lixeira. Mesmo com o barulho do vento no lado de fora, conseguia ouvir o zumbido das moscas. Sentada em frente à Megan, Amber sentiu algo pequeno passar voando pelo cabelo. Ela afastou o inseto com a mão e se encolheu.

Megan apertou os lábios.

"Antes que você pergunte, a prisão é muito pior", declarou ela.

Amber olhou para o chão. "Desculpa."

"Não precisa se desculpar", respondeu Megan, ao mesmo tempo que pegava e abria a bolsa esportiva. "Você precisa ver isso."

O conteúdo da bolsa foi despejado sobre a mesa de fórmica. De lá, caíram roupas pretas, um par grande de tênis, calças jeans, um moletom, luvas e uma estranha máscara de esqui. Além disso...

"Um taco de beisebol", falou Amber, observando a longa peça lisa de madeira.

"Dá uma olhada no logo abaixo do cabo, mas sem encostar."

Amber seguiu as instruções.

"Beit Hall", leu ela. "Era a sede residencial de Felix durante a faculdade. Isso daí é do Felix?"

"Levando em consideração que eu encontrei no fundo do armário que fica no estoque da fábrica, eu diria que sim", sentenciou Megan. "Eu mesma entrei lá ontem à noite. Acho que foi isso que ele usou para espancar o meu pai. Não duvido que também tenha sido a arma usada com o Dan, o Xav e a Tali."

Amber recuou. Se houvesse manchas de sangue naquela coisa à sua frente, não queria vê-las.

"E você pegou?", retrucou ela. "Ele vai saber e virá atrás da gente."

Ela pensou na enorme cerca de aço que cercava o pátio, que poderia ser o que as manteria seguras ou presas.

"Amber, ele já estava indo atrás de você de qualquer maneira. Você era uma presa fácil."

Ela não deixou de ser. O cérebro de Felix era incrivelmente lógico. Se estivesse procurando Megan, mais cedo ou mais tarde, e bem provável que mais cedo, ele pensaria neste lugar. Viria aqui procurando Megan e também encontraria Amber.

"Vamos lá, Am, se recomponha. Preciso de você inteira", afirmou Megan.

Fácil falar, Amber estava bem abaixo da capacidade total fazia muito tempo. Todos eles.

"Por que ele tá fazendo isso?", perguntou ela. "O Felix é nosso amigo, por que ele iria machucar a gente?"

Felix estava fazendo muito mais do que machucá-los, porém era difícil falar a palavra *matar*. Era muito mais fácil fingir que era uma série de terríveis acidentes, resultado de mal-entendidos, pois, dessa forma, ainda haveria a possibilidade de tudo dar certo no final.

"Porque ele acha que vocês vão ceder com a pressão e confessar", argumentou Megan. "Sei que sou a maior responsável por essa pressão, então, aceito a minha parte de culpa pelo que aconteceu com o Xav e o Dan."

Mesmo na luz fraca, Amber podia ver que os olhos de Megan também estavam brilhando.

"Mas não a Talitha", continuou ela. "Aquela vadia mereceu."

"Você não é a culpada", afirmou Amber. "A gente começou tudo isso naquele verão. Mais cedo ou mais tarde, a conta chegaria para todos nós."

Seus olhos foram para a garrafa de Whisky Bell's. Ela nunca precisou tanto de uma bebida quanto agora.

"Na cabeça de psicopata do Felix, bastava apenas um de vocês ir até a polícia para que todos fossem pegos", alegou Megan. "Ele está há anos numa guerra interna, Am. A bebedeira ficou fora de controle, e a empresa dele está à beira da falência. Ele tomou algumas decisões idiotas. Eu não estava errada quando disse que precisaria de alguém como eu para reverter a situação."

"Todos nós estivemos numa guerra interna", desabafou Amber. "Ninguém do nosso grupo é mais normal."

"Não mesmo. Assim que reencontrei o Dan, deu pra perceber que ele não estava bem. Era visível que ele andou enfrentando sérios problemas mentais nos últimos anos."

"Mesmo assim, ele ainda estava firme", rebateu Amber. "Não foi o Dan o primeiro a ceder à pressão. Foi o Xav que queria ir até a polícia. Ele até avisou a gente."

Megan balançou a cabeça num gesto triste. "Bem, encontramos o ponto de partida. O Felix nunca deixaria isso acontecer. Só que não sabemos o que pode ter ocorrido entre ele e o Dan. Não me surpreenderia se o Daniel fosse o primeiro a morrer."

"Mas por que a Talitha? Não havia a menor chance de ela ir até a polícia. Nunca nessa vida."

"Acho que o Felix percebeu que a única forma de ficar realmente seguro é se ele fosse o único restante."

Sem conseguir ficar parada por mais tempo, Amber se levantou, passou por cima das bolsas no chão e andou até a parte mais distante do trailer. Ela puxou a cortina alguns centímetros para o lado. A estrada além da cerca estava vazia.

"Só que ele não vai ser o único restante." Ela se virou para encarar Megan novamente. "Mesmo que ele me pegue, ainda vai restar você."

"Ah, a minha situação é a mais fácil de resolver", observou Megan. "Eu vou levar a culpa. Tenho certeza de que ele pegou meu DNA na fábrica em alguma coisa: fios de cabelo, digitais em canetas, lenços na lixeira... ele vai inventar que estou atrás de vingança contra os amigos que me abandonaram. Depois, é só me colocar de volta na prisão por mais algumas décadas, e problema resolvido. Vou morrer naquele lugar."

"É por isso que você precisa de mim", afirmou Amber. "Vai precisar que eu fique viva e do seu lado."

Megan não discordou, apenas começou a colocar as roupas e o taco do Felix de volta na bolsa esportiva. Ela tomou cuidado, usando a máscara de esqui como luva improvisada.

"Isso vai provar que ele é culpado", declarou ela. "As digitais dele devem estar no taco. Dá pra associar o DNA dele com o que aconteceu com o meu pai, o Xav e a Talitha. Talvez o Dan também, mas você é uma ponta solta em que precisamos dar um jeito."

O que ela queria dizer com aquilo?

"Tenho um plano, Amber, quer ouvir?"

Sem outra opção, Amber assentiu.

"Saímos daqui e vamos direto pra delegacia em Oxford", explicou Megan. "Contamos a verdade sobre o que aconteceu vinte anos atrás."

Então, essas eram as opções de Amber: confessar e cumprir pena ou ser espancada até a morte pelo homem que um dia fora seu amigo. Naquele momento, Amber não tinha certeza de qual escolheria. A segunda opção ao menos seria rápida, e ela morreria com a reputação intacta.

"E quando eu digo a verdade", continuou Megan, "quero dizer uma versão dela."

Amber andou de volta até a mesa.

"Sou toda ouvidos."

"Vou contar que os outros, o Dan, o Xav, o Felix e a Tali, estavam dentro do carro comigo naquela noite", explicou Megan. "Mas não você. Falamos que você bebeu demais e desmaiou antes de a gente sair."

O que não fugia muito da verdade. Amber estava praticamente fora de si naquela noite.

"Vou contar que me ofereci para levar a culpa porque eu sabia que minhas notas foram péssimas", prosseguiu Megan. "O acordo era todos me ajudarem. A Tali iria convencer o pai dela a me representar para garantir que minha pena não fosse tão dura. Depois, quando eu saísse, todos cuidariam de mim."

"Cuidar de você como?"

"Oferecer um emprego, ajudar a encontrar um lugar pra morar, entregar um dinheiro. Não preciso ser específica com os detalhes, foi há muito tempo. O mais importante é que você não sabia nada disso até pouco tempo atrás, pode ser até a última semana ou por aí. Precisamos falar a mesma data, pode ser o dia em que fiz vocês me encontrarem na antiga casa da Talitha."

Não teria como. Essa ideia nunca daria certo. Mesmo assim, Amber sentia algo parecido com uma pequena pontada de esperança surgindo.

"Você ficou horrorizada", continuou Megan. "Não conseguiu acreditar. Sabíamos que você não guardaria isso para si. Os outros entraram em pânico total, e o Felix decidiu resolver o caso com suas próprias mãos."

"Foi quando eu pedi exoneração", complementou Amber. "Vai servir. Precisei ser exonerada do governo quando descobri o que meus amigos fizeram."

Megan sorriu com frieza. "Isso, é um ótimo motivo. Então, o que você acha? Consegue fazer isso?"

Ela não tinha certeza.

"Por que você deixaria eu me livrar dessa?", perguntou Amber.

Megan ficou de pé. "Porque já basta de vidas arruinadas, Am. Você realmente estava fora de si naquela noite. Mal sabia o que estava fazendo. De todos nós, é a menos culpada disso tudo."

Amber balançou a cabeça. Por mais que quisesse acreditar que aquilo fosse verdade, ainda podia se lembrar de cada segundo daquela noite na A40.

"E você tem duas filhinhas."

"O que vai acontecer com você? Vai mesmo confessar que mentiu pra polícia? Isso é perjúrio."

Megan deu de ombros. "Talvez eu tenha que voltar pra prisão por um tempo. Não muito, não posso ficar pensando muito nisso, ainda mais agora que a Tali não está mais aqui. Quando eu sair, vou pegar minha grana e sumir."

Seria realmente assim tão simples?

"Felix não vai deixar a gente se safar dessa", rebateu Amber. "Se o denunciarmos, ele vai me levar junto."

"Ele vai tentar", concordou Megan. "E ele pode conseguir, mas vai ser a nossa palavra contra a dele, e por que eu mentiria logo agora?"

Seria o fim da carreira de Amber. Toda sua vida iria mudar, porém ela ainda teria uma.

"Você tá certa", assentiu Amber. "Eu topo. Vamos lá."

Megan pegou a bolsa esportiva, e Amber abriu a porta quando uma rajada de vento quase a acertou no rosto. A noite havia ficado ainda mais intensa. Esperando apenas Megan sair do trailer, Amber andou rapidamente até o carro. Ela já tinha ligado o motor antes mesmo de Megan entrar. Após as duas estarem no interior do veículo, engatou a marcha à ré, recuou do galpão e virou o carro antes de se dirigir para os portões. A alguns metros de distância, ela parou, esperando que Megan saltasse e abrisse os portões. A outra mulher não se mexeu.

"O que foi?", indagou Amber.

Megan estava olhando fixamente para algo na escuridão além do para-brisa.

"Liga o farol alto", ordenou ela. "E veja se as portas estão trancadas."

Com o coração acelerado, Amber seguiu as instruções. Sob a intensa luz dos faróis do carro, pôde ver claramente o que Megan apenas suspeitava. Uma corrente grossa estava presa com cadeado nos portões. O código para abri-lo não adiantaria em nada. Elas estavam presas.

61

"Ele tá aqui." Megan estava olhando para um carro estacionado além da cerca. "É o meu carro. Eu falei que o Felix pegou."

Nunca havia passado pela cabeça de Amber perguntar qual era o carro de Megan. Agora, ela via um pequeno *hatchback* azul similar — na verdade, era o mesmo — ao que passara por elas na estrada. Elas foram seguidas esse tempo todo?

O rosto branco de Megan estava pálido. Ela não parecia ter a capacidade de desviar o olhar dos portões trancados e do pequeno carro azul. Entretanto, não havia ninguém no assento do motorista no outro veículo.

"O que a gente faz?" O coração de Amber disparou dentro do peito. "Voltamos pro trailer?"

"Ele arrebenta com esse cadeado sem dificuldade", respondeu Megan. "Estamos mais seguras aqui. Me dá seu celular. Não, esse não. O seu mesmo."

Megan discou o primeiro dígito do número de emergência quando ouviram um grito vindo do outro lado do pátio. As duas mulheres se viraram para olhar pela janela traseira. Um vulto corria em direção a elas. Elas o perderam quando desapareceu atrás do globo dourado.

"É o Felix", sussurrou Amber.

O homem alto, com os cabelos loiros grudados no rosto pela chuva, reapareceu. Ele gritava em alto e bom som, porém elas não conseguiam distinguir o quê.

"Ele pode tentar partir o vidro do carro." A voz de Megan estava trêmula. "Quando ele tentar, acelera e dá a ré, o mais rápido que você conseguir. Vou ligar para a polícia, a história continua a mesma, Amber. Segura firme."

"Amber! Espera aí! Amber, espera aí!" Felix estava a poucos metros de distância. Amber pisou no acelerador com o freio de mão engatado.

Ele as alcançou. Sua mão bateu com força na janela do motorista, enquanto Amber soltava a alavanca e o carro disparava para a frente.

"Amber, pelo amor de Deus." Felix corria ao lado, batendo na janela. Amber manteve os olhos fixos à frente.

"Coloca na ré!", gritou Megan. "Alô, alô, polícia!"

Amber não conseguia ver nada atrás, mas fez o que lhe foi dito. Um segundo depois, o carro atingiu algo e parou fazendo barulho. O telefone na mão de Megan bateu no painel e caiu no chão, ao mesmo tempo que ela se segurava no para-brisa. Felix as alcançou. Seus olhos passaram rapidamente por Megan antes de bater na janela outra vez.

"Me deixem entrar, vocês precisam ouvir isso, as duas."

Ele tentou abrir a porta.

"Vai, Amber", berrou Megan, agachada ao seu lado, enquanto tentava encontrar o telefone no chão do carro. "Acelera."

O carro avançou e Felix desapareceu. Amber ouviu o que parecia um grito de dor. Ela parou a poucos centímetros do portão e olhou para trás. Felix sumira.

"Ele está no chão." Megan também olhava para trás, espiando por cima do banco. "Não consigo encontrar aquele telefone, cadê o outro?"

"Tá na minha bolsa. Eu bati nele?"

"Não." Megan estava revirando a bolsa de Amber. "Ele está nos enganando."

Uma batida na janela de Megan fez com que ambas se assustassem. Ao se virarem em total sincronia, deram de cara com Daniel, encharcado, pálido e magro, encarando seus rostos.

62

Como se temesse que o homem do outro lado pudesse se dissolver diante de seus olhos, Megan abriu a janela do carro e estendeu as duas mãos para Daniel.

"Você tá bem? O que foi que aconteceu? Onde você estava?"

"Eu derrubei ele." Daniel parecia horrível, o rosto magro e coberto de manchas escamosas de eczema. Ele parecia sem fôlego, quase exausto. "Vi o carro do Felix parado do lado de fora, a alguns metros daqui."

Uma crise de tosse o atingiu, e ele precisou se curvar por vários segundos.

"Tô seguindo o Felix há vários dias", esclareceu ele, após recuperar o fôlego. "Não tinha certeza se ia conseguir chegar a tempo."

Ele olhou para além dos portões. "Precisamos da chave do cadeado. Precisamos tirar vocês duas daqui. Fiquem de olho nele enquanto eu procuro, tá bom?"

"Pode deixar", respondeu Megan enquanto subia o vidro da janela. "Amber, fica no carro."

Alguma coisa estava errada. Como Daniel conseguiu ver o carro do Felix parado se, de acordo com Megan, Felix estava dirigindo o carro dela?

"Espera aí, Megan. Não acho que..."

Tarde demais. Megan havia destravado a porta e pulado para fora. Ela e Daniel se encaravam, trocando palavras que Amber não ouvia. Houve um abraço curto. Amber apertou o botão que abriria a janela do seu lado.

"Vamos lá", falava Daniel com Megan, direcionando-a para tomar a dianteira, enquanto os dois se afastavam do carro. "Toma cuidado. Não bati nele com tanta força."

"Megan!"

Ela não ouviu. Sabendo que havia algo de muito errado, Amber colocou o carro em marcha à ré novamente e os seguiu. Megan olhou para trás, porém continuou andando. Em questão de segundos, ela e Daniel alcançaram o ponto onde Felix estava caído no chão.

Amber se virou no acento para ver a cena se desenrolar na luz vermelha dos faróis traseiros do veículo. Conforme seus dois amigos de longa data se aproximavam do corpo inerte de Felix, Daniel recuou, e Amber viu algo que não percebera antes. O homem carregava algo na mão direita atrás do corpo, como se tentasse esconder de Megan. Na escuridão, parecia um martelo, provavelmente o objeto usado para golpear Felix. Por que ele ainda o segurava como uma arma se Felix já estava imóvel? A menos que...

A mão de Amber parou em cima da buzina. Havia algo de errado ali. Para começo de conversa, o carro de Megan estava parado exatamente do lado de fora do portão. Ainda assim, Daniel falou que viu o carro de Felix, que não conseguiria dirigir os dois veículos até lá. Como Daniel chegou até ali se ele não dirigia? Não dirigir não significava que ele se esquecera das aulas da autoescola ou não sabia.

Ela precisava que Megan voltasse para o carro.

Megan estava olhando para Felix. Depois, abaixou-se até o corpo dele, e Amber não sabia se era para verificar se ainda respirava ou para procurar as chaves do cadeado. Nesse momento, Daniel ergueu o braço direito acima da cabeça e, em seguida, desceu com força. Megan desabou sob o golpe. Daniel se virou e correu diretamente para o carro de Amber.

63

Amber engatou a marcha normal e pisou fundo. Dirigiu em linha reta na direção do portão, mas perdeu a coragem no último instante e tirou o pé do acelerador um segundo antes do choque.

Diversos airbags explodiram com o impacto. Por um momento, Amber achou que o forte barulho na lateral do veículo fosse um eco estranho do acidente. Então, a janela do passageiro rachou com o segundo golpe do martelo de Daniel. No terceiro, ela viu a ponta de ferro do objeto entrando no veículo.

Amber correu, deixando para trás a porta do motorista aberta. Ela disparou pelo chão de cascalho, passando pelos corpos caídos dos dois amigos. Se conseguisse chegar até o trailer, a fechadura poderia aguentar o suficiente até que ligasse para a polícia. Enquanto se esgueirava pelo enorme globo dourado, olhou para trás e viu Daniel se aproximar de Megan ainda inconsciente. Ele ergueu o martelo, mas pareceu mudar de ideia e abaixou o braço.

"Amber!", gritou ele.

O trailer estava a pouco mais de quinze metros, porém, se ela corresse até lá, ele a veria.

"Amber, onde você está? Só quero conversar."

Ela precisava de uma arma. A menos de dois metros, havia uma estátua de querubim com uns sessenta centímetros de altura. Se conseguisse chegar até lá e pegar o objeto...

Daniel não sabia onde ela estava. Ele só andava vagarosamente, conferindo cada esconderijo possível. Por um momento, pareceu perder o rastro da mulher.

"Eu tive que fazer isso, Amber", afirmou ele. "Eles estavam nessa juntos."

O homem se aproximava.

"Tenho um plano. Precisamos conversar."

Felix não conseguiria dirigir dois carros até lá, então Daniel deve ter dirigido o *hatchback* azul de Megan. Foi ele que estivera zanzando nos arredores da casa de Amber mais cedo e quem as seguiu até lá.

Talitha nunca abriria a porta de sua casa para Megan à noite. Para Felix, talvez, porém para seu velho amigo Dan, de volta do mundo dos mortos, não pensaria duas vezes. Talitha amava Daniel, e isso a matou.

Amber se abaixou e pegou uma pedra pequena. Ela aguardou até Daniel olhar para outra direção, então a jogou. Ela caiu perto do galpão das gárgulas, e o barulho fez o homem dar meia-volta.

Amber recuou de seu esconderijo até chegar ao querubim de pedra. Embora fosse pesado, ela conseguiu levantá-lo e segurá-lo contra o peito. Enquanto isso, Daniel achava que ela estava atrás na área anexada. Usando uma lanterna para iluminar o caminho, ele começou a espiar nas moitas.

O trailer estava a três metros de distância. Amber apertou o passo, enquanto Daniel se endireitava para olhar em sua direção. Ela correu, alcançou a porta do trailer e subiu os degraus. Do lado de dentro, puxou os ferrolhos da tranca que talvez segurariam Daniel por um ou dois minutos. Somente depois procurou seu telefone.

Não estava com ela. Nenhum dos dois estava. Eles ficaram no carro.

A porta dobrou para dentro com a força do golpe do martelo. O segundo golpe quebrou o ferrolho de cima; o inferior cedeu no quarto golpe, e uma rajada de vento entrou ao mesmo tempo que Daniel. Eles se olharam, e o homem precisou de um momento para recuperar o fôlego. Então, balançou o martelo no ar como se estivesse firmando sua empunhadura.

Amber sentiu a borda da mesa contra as coxas. Não havia mais para onde correr.

"Você não precisa fazer isso", implorou ela, enquanto rastejava pela extensão do banco acolchoado. "Eu juro que não conto pra ninguém."

Daniel fechou a porta atrás de si, como se fizesse alguma diferença. Não havia ninguém nas proximidades para ouvir os gritos de Amber.

"Dan, eu tenho duas filhas pequenas. Não vou fazer nada que possa tirar as duas de mim, você sabe disso. Não vou contar pra ninguém."

"Eu gostaria de acreditar em você." Ele se movia bem devagar agora, tentando recuperar o fôlego. Ele parecia muito doente.

"A Megan ligou para a polícia", tentou Amber. "Ela está a caminho."

"Ela ainda está viva", afirmou Daniel. "Ela vai acordar em breve com um martelo na mão." Ele balançou a arma no ar. "Um martelo com o sangue do Felix nele. E do Xav, da Tali e o seu também. A essa altura, já estarei de volta ao meu retiro em Cumbria."

Ele sorriu para ela, exibindo duas fileiras perfeitas de dentes. Ela nunca vira algo mais assustador.

"Eu tive um colapso nervoso, Amber. Por isso, precisei ir pra longe. Vou ficar devastado quando souber da notícia de que todos os meus antigos amigos morreram."

O banco acabou, e Amber pôde ficar de pé novamente. Esperando por um milagre, ela olhou para a esquerda e depois para a direita, torcendo para encontrar uma porta que não tivesse visto antes. Encontrou roupas de Gary Macdonald de um lado e uma estante do outro. Em suas costas, havia apenas a cama.

Acima da cama, pendia uma janela. Daniel permanecia do outro lado da mesa.

Amber se virou e pulou pra cima da cama fedida. Logo em seguida, empurrou as cortinas e mexeu na fechadura da janela. O ar noturno acertou seu rosto quando a janela se abriu, e ela se jogou pro lado de fora. A gravidade assumiu o controle da situação, e Amber caiu em direção ao chão.

Só que seus tornozelos foram agarrados.

A dor atravessou as coxas enquanto ela era puxada de volta para cima. Ela estendeu a mão em busca de algo para se segurar, alguma alavanca ou qualquer coisa. Amber chutou e se contorceu ao lado do trailer, porém a borda da janela parecia uma lâmina conforme o corpo era espremido contra ela. Então, sentiu a mão de Dan na cintura da calça jeans e metade de seu corpo foi alçado para dentro.

Ela esticou os cotovelos, porém Daniel segurava sua cintura com força para dentro do trailer. Estava praticamente de volta ao interior apertado. Em seu desespero, agarrou o batente da janela. Por um segundo, ela foi largada pelas mãos que a puxavam, mas, logo depois, o martelo desceu com força sobre sua mão direita, e ela sentiu os ossos se despedaçando.

Ao cair na cama, a mão de Dan agarrou o cabelo dela e a arrastou pela mesa. Amber teve um vislumbre da garrafa de uísque voando pelo trailer. O couro cabeludo ardeu, então o chão se aproximou rapidamente, enquanto as mãos de Daniel a soltavam — ela soube que seria pela última vez.

O ar assobiava acima da cabeça de Amber ao mesmo tempo que a arma que a mataria se projetava para cima. Matéria sólida se chocou contra matéria sólida, e a mais fraca cedeu. Ossos foram fraturados e estilhaçados; sangue jorrou para o alto como fogos de artifício. Um grito soou, talvez humano, e então o exalar de um suspiro final, como a última onda antes de a maré virar.

Alguém tocava sua cabeça.

"Amber? Você está bem? Amber, fala comigo. Acabou."

Era a voz de Megan. Ela estava de pé, pálida e ensanguentada, falando para Amber se levantar. Amber arriscou olhar para cima. A poucos centímetros de distância, Felix estava ajoelhado sobre o corpo de Daniel com os dedos em sua garganta. Ao lado do corpo inerte, encontrava-se a estátua do cupido com sangue em uma das asas.

"Ele morreu", declarou Felix.

"Graças a Deus", respondeu Amber.

64

Após encerrar a ligação, Felix sentiu como se pudesse respirar novamente. Teve sérias dúvidas acerca da capacidade de Megan dirigir com uma lesão na cabeça, sem mencionar Amber com a mão quebrada. Porém, estava tudo bem, e as duas mulheres conseguiram voltar para a casa de Amber, onde passariam o dia seguinte. Na próxima noite, Megan levaria seu carro para um dos estacionamentos no Aeroporto de Heathrow. De lá, pegaria o transporte público para Kent e entraria em contato com seus amigos caminhoneiros que a levariam para outro país.

Ela seria procurada pelo resto da vida pelo assassinato de Xav Attwood e Talitha Slater, entretanto não demonstrou a mínima preocupação com isso.

"Conheço certas pessoas", declarara ela a Felix, momentos antes de partir de carro com Amber. "Sei como desaparecer e tenho dinheiro, graças a vocês." Ela sorriu e tocou a curva da mandíbula dele num gesto que poderia quase ser afetuoso.

Agora, Felix passava a mão pelo mesmo lugar que ela tocara. Ainda podia sentir os dedos da amiga.

Ah, Megan, de todas as escolhas que ele poderia ter feito na vida, não estar ao seu lado como seu verdadeiro amor era a que mais lhe trazia arrependimento. Você teria superado sua paixão por Xav, ele tinha certeza disso.

Felix agarrou o corpo de Daniel pelos ombros e o arrastou para fora do trailer. Ainda faltavam alguns minutos para meia-noite.

Amber retornaria à normalidade de sua vida. Com o tempo, era provável que até voltasse a um cargo governamental. Felix, no entanto, não apostaria nessa possibilidade. Tinha a sensação de que o futuro de Amber seria marcado por reuniões de pais e mestres em vez de comitês parlamentares. Ele acreditava que Amber passaria muito mais tempo com sua família.

A cabeça de Felix doía e podia sentir o cabelo grudado com sangue, mas ainda havia bastante trabalho pela frente.

Depois que as mulheres partiram de carro, ele foi rapidamente até a fábrica para pegar soda cáustica e um carrinho de carga antes de retornar. Com o carrinho, carregou o tonel de soda cáustica até a banheira vitoriana escondida atrás do globo dourado. Usando a mangueira do galpão, encheu a banheira pela metade com água e utilizou uma chapa de ferro fundido para protegê-la da chuva.

Depois de tudo que aconteceu, havia lugares muito piores para se livrar de um corpo do que um armazém de bens arquitetônicos recuperados.

Daniel não era um homem pesado, porém era difícil carregar seu corpo para fora do trailer e arrastá-lo por aquele lugar. Felix o colocou deitado na banheira, como se estivesse num caixão, de braços cruzados sobre o peito. Era o mínimo que poderia fazer.

Tudo fez sentido quando viu os óculos de sol vermelhos na delegacia. Eles eram de Megan, mas nunca foram devolvidos após o almoço na casa de Talitha. Daniel estava com eles e os usara para incriminar Megan pelo assassinato de Talitha.

Felix não se assustou quando bolhas flutuaram até a superfície da água, como se Daniel continuasse a respirar. Era um homem de ciência e sabia que estava diante de um cadáver. O que faria agora era uma atitude prática e necessária. Mesmo assim, sendo ou não tolice, agradeceu a Megan por ter fechado os olhos de Daniel.

Sua bolsa esportiva com o taco também foi para a banheira, além de várias outras posses de Daniel. Em seguida, despejou a soda cáustica. A carne começou a chiar conforme o composto corroía as proteínas do corpo, e uma nuvem de vapor subiu à medida que a temperatura da água aumentava. Colocando a chapa de ferro sobre a banheira para protegê-la da chuva, Felix voltou para o trailer. Não lhe escapou da vista nem dos pensamentos que a garrafa de uísque que caíra no chão permanecia intacta.

Cinco horas depois, quando nuvens negras retardavam o nascer do sol, Felix retornou para a banheira. Usando luvas de proteção de alta resistência, soltou o ralo e deixou o líquido vermelho espesso escorrer. A chuva eliminaria qualquer vestígio. Se a grama ao redor da banheira se recusasse a crescer por uma ou duas estações, bem, ninguém se importaria.

Tudo que restou de Daniel foi um esqueleto frágil e esguio. A soda cáustica não corrói ossos. Felix recolheu os restos do amigo, enquanto os ossos se desfaziam e quebravam conforme ele os pegava. Eles foram transportados dentro de um balde até os fundos do galpão com as gárgulas, onde havia uma cova rasa. Uma vez que os ossos estavam no chão, não foi difícil esmagá-los com o próprio martelo de Daniel. Quando finalizou, ninguém os reconheceria como pertencentes a um humano. Felix jogou terra por cima. Após algumas horas de chuva, ninguém que se aventurasse por ali perceberia nada fora do comum.

No bolso de seu casaco, estava a garrafa meio vazia de uísque que pertencera a Gary Macdonald. Ela permanecia intocada. Felix tirou a rolha e sentiu o familiar aroma defumado.

Virando a garrafa, Felix esvaziou o conteúdo no chão, sobre o túmulo de Daniel.

"Descanse em paz, meu amigo", exclamou ele, virando as costas para ir embora.

AGRADECIMENTOS

Alguns leitores que conhecem Oxford podem perceber certas semelhanças entre a escola ficcional de All Souls e o Magdalen College School, que realmente existe, onde meu filho, Hal, teve o privilégio de estudar por sete anos, sendo um dos monitores do conselho estudantil em seu último ano. Entretanto, as semelhanças são totalmente superficiais.

Magdalen College School é um colégio excelente e de alta performance, com um forte código moral, representado por professores excepcionais e frequentado por brilhantes alunos dotados de gentileza, bom humor, dedicação e muito talento. Foi um enorme prazer fazer parte dessa comunidade.

Um Pacto de Silêncio é uma obra de ficção, inteiramente inspirada na minha própria imaginação e sem nenhuma relação com eventos da vida real. De acordo com meu conhecimento, todos os estudantes do Magdalen College School são motoristas responsáveis e cuidadosos!

Sou grata a Hal por trazer credibilidade ao conhecimento em química de Felix e a Dani Loughran, da Aston Chemicals, por proporcionar ao meu filho a oportunidade de trabalho que fez toda a diferença. Agradeço também à minha amiga Lucy Stopford por me ajudar a planejar as localizações em Oxford, e ao meu marido, Andrew, por ser meu primeiro leitor.

A Sam Eades, Alex Layt e Lucy Cameron por serem um triunvirato de muito talento: vocês foram brilhantes, bem como todos os colegas na Trapeze e Orion Books. Como sempre, meu amor e agradecimento aos meus agentes: Anne Marie Doulton, Peter Buckman, Rosie Buckman e Jessica Buckman O'Connor.

Case No. #01 Inventory
Type 3ª temporada
Description of evidence coles

Quem é ELA?

SHARON BOLTON cresceu em uma cidade produtora de algodão em Lancashire, na Inglaterra, e trabalhou com marketing e relações públicas. Ela desistiu dessa carreira em 2000, para se tornar mãe e escritora. Seu primeiro romance, *Sacrifice* (2008), foi eleito a melhor nova leitura pela Amazon britânica, enquanto seu segundo, *Awakening* (2009), ganhou nos EUA o prêmio Mary Higgins Clark (parte do prestigioso Edgars). Ela foi finalista do CWA Gold Dagger, do Theakston's Prize para melhor thriller, do prêmio de melhor primeiro romance do International Thriller Writers, do Prix Du Polar, na França, e do prêmio Martin Beck, na Suécia.

QUEM GOSTOU DE *UM PACTO DE SILÊNCIO* TAMBÉM VAI GOSTAR DE:

Narra um acidente trágico no passado e um pacto entre sobreviventes, anos depois

Segredos enterrados vêm à tona em um cenário isolado à beira-mar

Suspense psicológico envolvente, que mistura trauma, amizade, lealdade e traição

Narrativa estruturada com maestria, usando múltiplas linhas do tempo

Mesma autora do best-seller *The Last House Guest*, escolhido por Reese Witherspoon para seu club do livro

SOBREVIVENTES — MEGAN MIRANDA — DARKSIDE

MEGAN MIRANDA
SOBREVIVENTES

Um acidente terrível. Nove sobreviventes. Incontáveis segredos e mistérios. Um thriller arrepiante e engenhoso que rompe totalmente com todas as fórmulas.

"Nasce uma nova rainha do suspense."
MARY KUBICA, autora de *A Garota Perfeita*

3ª temporada
E.L.A.S EM EVIDÊNCIA.

Trama marcada por segredos, desaparecimentos e pactos quebrados, com reflexões sobre trauma, amizade e amadurecimento

Adolescentes fortes e determinadas desafiam a autoridade em busca da verdade

Captura o espírito de uma geração entre a inocência e o perigo

Inspirado em crimes reais, ambientado no interior dos EUA dos anos 1970

Autora best-seller e multipremiada

JESS LOUREY GAROTAS NA ESCURIDÃO

Um thriller atmosférico que evoca o verão de 1977 e a vida de toda uma cidade que será transformada para sempre — para o bem e para o mal.

"Uma prosa hipnotizante sobre um mundo que todos conhecemos e tememos."
ALEX SEGURA, autor de Araña and Spider-Man 2099

Capture o QRcode e descubra.

Conheça agora todos os títulos do projeto especial **E.L.A.S — Especialistas Literárias na Anatomia do Suspense**, que integra a marca Crime Scene® Fiction, da DarkSide® Books, para apresentar uma seleção criteriosa das mais criativas e inovadoras autoras contemporâneas do suspense mundial.

CRIME SCENE®
FICTION

DARKSIDEBOOKS.COM